ROBYN CARR

Che bello essere noi

Traduzione di
Susanna Molinari

LIBRERIA pienogiorno

Pubblicato per
LIBRERIA **pienogiorno**
da FullDay Srl

1

«E con questo le riprese sono finite», disse il regista. «Credo di avere tutto quello che mi serve. Ora passiamo al montaggio, dopodiché potrai visionare le varie puntate».

«Fantastico. Grazie, Kevin. Un'altra stagione conclusa», replicò Marni, soddisfatta. «Più tardi festeggiamo! Mia sorella e mia figlia passeranno qui per un aperitivo. Ti fermi a brindare con noi?»

«Ti ringrazio, ma non posso, devo rientrare subito a casa. Ormai siamo agli sgoccioli...»

«Giusto! Il bambino sta per arrivare. Sonja come si sente?»

«Enorme. Ma a quanto pare, lui è piuttosto indeciso. Secondo l'ostetrica ci vorranno ancora un paio di settimane. Quando l'ha saputo Sonja ha pianto per un'ora».

«Ricordo bene quella sensazione», disse Marni. «Mi raccomando, cerca di starle vicino. E grazie ancora. Anche questa volta abbiamo fatto davvero un buon lavoro».

Le riprese del seguitissimo show culinario condotto da Marni si svolgevano ogni anno in due sessioni di trenta giorni ciascuna e durante quelle serratissime settimane era inevitabile che si creasse un clima famigliare. Marni si congedò dal regista con un lungo abbraccio.

«Sophia, tu invece sei dei nostri, vero?», domandò alla sua stagista con un sorriso, dopo aver accompagnato Kevin alla porta.

«Ma certo. Per niente al mondo mi perderei uno dei tuoi aperitivi».

«Benissimo». Marni si guardò intorno leggermente preoccupata. La cucina di *In cucina con Marni* era proprio quella di casa sua, e come sempre alla fine delle riprese era immersa nel disordine. «Magari, mentre mi occupo degli stuzzichini, tu ed Ellen potreste sistemare un po' questo caos».

In realtà per l'aperitivo era tutto pronto, doveva soltanto sistemare sui piatti da portata le leccornie che aveva preparato. Marni McGuire si concedeva rarissime pause dal suo lavoro; quando non era impegnata con le riprese, studiava, scriveva, ideava nuove ricette e ovviamente… cucinava.

Per un attimo osservò le due donne riordinare insieme: Ellen, la sua socia, era una cuoca coi controfiocchi, ma detestava apparire in video, al contrario di Sophia, che invece adorava flirtare con la telecamera, e la telecamera con lei. Dopo essere entrata per caso nelle inquadrature un paio di volte, gli spettatori si erano affezionati al suo arguto umorismo e al suo delizioso accento latinoamericano.

A dire il vero, neppure Marni aveva mai desiderato, e neppure pensato, di condurre una trasmissione televisiva. Era successo tutto per caso: dopo essere rimasta vedova con una figlia piccola, il suo unico obiettivo era mettere insieme il denaro necessario a crescere la sua bambina, Bella, e per farlo aveva accettato mille lavori. Aveva iniziato come promoter per una catena di supermercati: offriva assaggi di cibo ai clienti con la figlia infilata in un marsupio che teneva dietro le spalle, perché ovviamente non poteva permettersi una babysitter. Doveva ringraziare il suo carattere comunicativo se ogni giorno esauriva tutte le scorte dei vari prodotti, anche se la vera attrazione era Bella, che incantava letteralmente i clienti con la sua aria buffa e simpatica.

Un giorno le proposero di sostituire una collega malata: avrebbe dovuto tenere un piccolo show per dimostrare le infinite applicazioni di un miracoloso utensile da cucina con cui tagliare, affettare e sminuzzare in mille modi frutta e verdura. Tra il pubblico che si era raccolto intorno a lei, attratto anche dai modi simpatici di Bella, c'era il produttore di una rete televisiva locale che, colpito dalle capacità di Marni, le propose di partecipare un paio di volte alla settimana a un programma mattutino durante il quale avrebbe preparato delle ricette in diretta.

Quel nuovo lavoro fu la svolta: Marni iniziò a tenere dimostrazioni di cucina alle fiere, a collaborare con vari servizi di catering, a sostituire gli chef di altri programmi quando questi non erano disponibili. Pubblicò anche un paio di libri di ricette e avviò la collaborazione con un quotidiano per cui firmava brevi editoriali di cucina.

E dato che una cosa tira l'altra, all'alba dei trentadue anni finì per ottenere un lavoro a tempo pieno come chef e conduttrice di un programma tutto suo in diretta. I dati di ascolto lievitarono rapidamente e nel giro di poco tempo Marni si accorse di aver bisogno di aiuto. Fu così che conobbe Ellen. Grande esperta di cucina, Ellen si rifiutava categoricamente di apparire in trasmissione, ma aveva un talento innato per la preparazione di piatti innovativi e accattivanti: nelle sue mani, il cibo sembrava prendere vita e diventava qualcosa di meraviglioso. In breve la popolarità dello show crebbe così tanto che venne acquisito da un network. Marni non ci mise molto a capire che il merito del successo era della sinergia tra lei ed Ellen, che nel frattempo era diventata la sua più cara amica. E così, a suggello della loro collaborazione e della loro amicizia, le propose di diventare sua socia. Offerta che Ellen colse al volo, anche perché nessuno l'avrebbe pagata così profumatamente per fare ciò che adorava e senza nessun'altra responsabilità se non quella di cucinare e di creare. Da allora non si erano più separate, e la mano di Ellen sarebbe stata quella che avrebbe stretto nei momenti più difficili.

Fu più o meno nello stesso periodo che nella vita di Marni comparve Jeff. Dopo la morte del suo primo marito, quando Bella aveva soltanto nove mesi, Marni non credeva più di poter amare ancora, tanto meno di trovare un altro compagno. Invece il destino la sorprese. Con Jeff fu subito un amore profondo e pieno di passione, tanto che lei non riusciva quasi a credere che tutto andasse così bene. Jeff si rivelò anche un ottimo padre adottivo per Bella e, poiché era un giornalista televisivo piuttosto noto e quindi lavorava anche lui nell'ambiente, era un valido partner professionale. Le nozze, dopo qualche anno, sembrarono il naturale coronamento di quel meraviglioso sodalizio.

Tuttavia, a un certo punto la relazione si avviò verso il più banale degli epiloghi. Da tempo Marni sospettava che una collega di Jeff gli avesse messo gli occhi addosso. Lo tempestava di messaggi con cui gli chiedeva consigli per ogni cosa, e non perdeva mai occasione per adularlo e dichiararsi sua amica. Marni lo aveva messo in guardia più di una volta, suggerendogli di non incoraggiarla. «Sono perfettamente in grado di gestire la situazione», la tranquillizzava lui. Come intendeva farlo, poté verificarlo lei stessa il giorno in cui li soprese avvinghiati nell'auto di Jeff, in un parco alle pendici della Sierra Nevada.

D'istinto, accostò la sua auto a quella del marito e suonò il clacson con tutta la rabbia che aveva in corpo, facendo saltare sui sedili i due fedifraghi. Ma poi, svanita la soddisfazione del momento, dovette prendere atto dolorosamente che il suo matrimonio era finito. E con lui tutta la felicità che aveva vissuto.

Una felicità fittizia, dato che nei giorni seguenti scoprì che le menzogne di Jeff partivano da lontano e che da anni ormai conduceva una doppia vita. Non poteva stare un minuto di più con un uomo capace di ingannarla guardandola negli occhi, e lo obbligò ad andarsene.

Jeff non protestò né mosse un dito per salvare il loro matrimonio, però assunse un buon avvocato e si batté come un leone per ottenere il più possibile dal divorzio. All'epoca entrambi potevano contare su solide carriere, ma Marni era sul punto di fare il grande salto, perciò Jeff cercò di accaparrarsi una sostanziosa fetta di quel successo, attribuendosene il merito, visto che – a suo dire – le aveva sempre dato ottimi consigli.

Per un attimo, soffocando l'istinto che le suggeriva di darsela a gambe, Marni si interrogò se non fosse il caso di prendere in considerazione la famigerata pausa di riflessione, o di tentare la strada di una terapia di coppia. Ma quando Jeff le chiese una percentuale sui suoi futuri introiti, non ebbe più dubbi: il suo istinto aveva ragione. Così, pur di liberarsene velocemente, accettò di dargli metà del suo patrimonio, che era molto più di quanto gli spettasse e infinitamente di più di quanto si meritasse. Jeff non poteva sperare in niente di meglio. Lei staccò l'assegno, gli disse addio e corse incontro alla sua nuova vita, scoprendo che due buone gambe e delle buone amiche sono il rimedio migliore per un cuore spezzato.

Per un paio d'anni Marni serbò un grande rancore verso l'ex marito, ma poi lentamente le cose fra loro si appianarono e il cuore smise di farle male. E poiché le vie del karma sono infinite, mentre la carriera di Marni spiccava decisamente il volo, quella di Jeff iniziò a naufragare.

Con i soldi del divorzio lui aprì un ristorante, sperando di sfruttare la notorietà di Marni. Lei però rifiutò categoricamente di sponsorizzarlo non appena seppe che la sua socia in affari era Gretchen, l'altra donna. La quale non solo gli fece sperperare dietro alle sue voglie gran parte del patrimonio, ma lo tradì lungamente fino a scaricarlo una volta per tutte, lasciandolo quasi senza un soldo e con un ristorante che faceva acqua da tutte le parti. Giravano voci che lei non solo gli faceva sperperare il patrimonio dietro ai suoi capricci, ma che lo tradiva in continuazione e che la loro relazione era un eterno tira e molla. Insomma, Jeff era pieno di corna e di debiti, e una volta era persino tornato da Marni strisciando e invocando il suo perdono.

Era una storia antica come il mondo e Marni sarebbe stata una perfetta idiota a fidarsi nuovamente di lui. E lei non era un'idiota. Tuttavia, col tempo, il suo atteggiamento nei confronti dell'ex marito si era ammorbidito e ora avevano rapporti cordiali. Di tanto in tanto, Jeff la chiamava o le mandava un messaggio o passava a farle visita, anche se, a scanso di equivoci, da tempo aveva cambiato la serratura di casa. Qualche volta l'aveva anche invitata fuori a cena, ma lei aveva sempre declinato.

Il rumore della lavastoviglie distolse Marni dai suoi pensieri. Estrasse dal forno i salatini al pesto e prese dal frigorifero la salsa ai carciofi.

«Mamma, ci sei?» Era Bella, appena entrata in casa.

«Ciao tesoro, sono in cucina», rispose lei, e la figlia la raggiunse. «Come va il pancione?»

Bella era al quinto mese di gravidanza ed era un fiore. Dopo molti tentativi, era finalmente rimasta incinta grazie alla fecondazione assistita, che però le era costata una fortuna.

«Oggi è piuttosto esuberante», disse Bella con un sorriso radioso.

Il rumore della porta di casa che si apriva annunciò un altro arrivo. «Dev'essere tua zia Nettie», disse Marni, posando sul tavolo gli stuzzichini, mentre Ellen arrivava con un vassoio colmo di calici. Alle sue spalle, Sophia portava un secchiello per il ghiaccio e due bottiglie di vino bianco già stappate; le posò e andò a prendere una bottiglia fresca di sidro per Bella, che non poteva bere alcolici.

Marni osservò Ellen avvicinare con la sua solita discrezione un pouf a sua figlia affinché potesse posarvi le gambe, e ne apprezzò la silenziosa premura. Adorava vedere le persone a lei care muoversi per la casa, le dava una sensazione di benessere e pienezza. Quando tutte ebbero preso posto intorno al tavolo, Marni propose un brindisi: «A un'ottima stagione… una delle migliori, credo. Lo dico ogni volta e lo ripeto: che bello essere noi!»

Il brindisi fu rallegrato dal tintinnio dei bicchieri, mentre gli stuzzichini sparivano velocemente dai piatti. Marni si guardò attorno soddisfatta: era quello il suo luogo felice, quella grande sala che ora ospitava le sue amiche del cuore e le persone più care della sua famiglia. Fuori di lì, oltre la porta che si affacciava sul patio, lo spettacolo della Sierra Nevada, con le sue cime, ancora innevate benché fosse maggio, che si riflettevano nella piscina costruita sul retro della casa. Vivevano tutti a Breckenridge, una pittoresca cittadina del Nevada adagiata ai piedi delle montagne, a sud di Reno e del lago Tahoe. Marni amava quella cittadina agricola che, data la vicinanza delle montagne, era anche una località sciistica. Le ricordava certi esclusivi resort austriaci per le vacanze invernali.

La casa aveva nella grande cucina il suo punto di forza. Era stata costruita quando lei e Jeff erano ancora sposati, ma sebbene lui le avesse dato qualche consiglio, quella era senza alcun dubbio la *sua* casa: era lei, infatti, che aveva preso tutte le decisioni e seguito i lavori fin nei minimi dettagli, nonostante i mille impegni, e il risultato era magnifico. L'arredamento giocava con i toni del beige e del marrone, del rosa e del malva. Le pareti venivano ritinteggiate a ogni nuova stagione dello show, e le suppellettili rinnovate, per il piacere dei telespettatori. Ma ciò che più contava per Marni era che la casa era il suo nido, e lì si sentiva sicura e protetta.

Quando Jeff se n'era andato, aveva occupato senza problemi lo spazio fisico che lui aveva lasciato; colmare il vuoto che aveva dentro, invece, non era stato così facile. Nonostante avesse smesso di amarlo, e anche di odiarlo, nel suo cuore era rimasto un buco, un buco nero e gelido che sembrava ricordarle il suo poco talento per l'amore.

«Mamma...» Bella prese la parola. «Con Nettie e Sophia stavamo dicendo che...»

Da quell'esordio non c'era da aspettarsi niente di buono, pensò Marni.

«...sei sola da troppo tempo. Perciò pensavamo... Perché non inizi a uscire con qualcuno?»

«Sono certa che le vostre intenzioni sono buone», replicò Marni, «ma sapete benissimo che non sono minimamente interessata a risposarmi».

«E chi ha parlato di sposarsi?», ribatté Bella. «Intendevamo dire... Non ti piacerebbe avere un amico speciale, un compagno, qualcuno con cui uscire? In fondo hai soltanto cinquantasette anni. Hai ancora davanti un sacco di tempo per divertirti. Perché non provi a guardarti intorno? Non vorresti trovare qualcuno con cui condividere i prossimi anni?»

«No, Bella. Il pensiero non mi sfiora nemmeno», ribadì sua madre, decisa. «Ho avuto due mariti, ma in realtà ho trascorso gran parte della mia vita adulta da sola. Quindi forse avere un compagno non è il mio destino».

«Il tuo destino è essere una donna di successo», intervenne Ellen, pacata ma seria. «E avere delle amiche meravigliose», aggiunse sorseggiando un po' di vino.

«Sì. Direi che sono piuttosto soddisfatta della mia vita così com'è», confermò Marni.

«Comunque, non è che tu sia stata sposata tanto a lungo», disse Bella. «Due anni con papà? E con Jeff, più o meno una quindicina, o sbaglio? Forse è venuto il momento di cercare un altro tipo di relazione. Non devi pensare per forza al matrimonio. Non ti piacerebbe avere qualcuno dal quale tornare a casa la sera? Una persona con cui organizzare qualche viaggetto? O semplicemente con cui scambiare quattro chiacchiere?»

«Ho un sacco di gente con cui scambiare quattro chiacchiere», ribatté Marni.

«O con cui andare a letto», s'intromise Sophia. Scoppiarono tutte a ridere.

«A questo, poi, non penso proprio». Ma era una bugia. Era l'unica cosa a cui pensava quando c'era di mezzo un uomo, anche se poi concludeva sempre che il gioco non valeva la candela. Non aveva più voglia di vivere quella sfibrante altalena di emozioni per poi ritrovarsi, una volta superata la fatidica linea di confine, a rimuginare per giorni per capire se il tizio in questione le piacesse al punto da sorvolare su questioni minime come il disordine, o massime come la fedeltà. E se lui fosse stato più interessato al suo denaro che a lei? In più, non era affatto sicura che il suo cuore avrebbe retto se fosse stata lasciata per un'altra, magari più giovane, più carina, più in gamba. Una che dopo averglielo portato via e averlo usato per un po', lo avesse scaricato lasciandolo senza un soldo, come Gretchen aveva fatto con Jeff. E se invece avesse incontrato un violento? Uno che avrebbe potuto picchiarla, o peggio?

«Mamma, non ti capita mai di sentirti sola?»

La domanda di Bella interruppe i suoi pensieri. «Sono troppo presa dal lavoro per sentirmi sola», rispose.

Di nuovo, stava mentendo. Certo che si sentiva sola. Sarebbe stato così bello avere qualcuno accanto, qualcuno di cui potersi fidare. Un uomo su cui poter contare in caso di bisogno, e che l'amasse per quello che era, che s'intenerisse nel guardarla dormire con la bocca aperta, ignorando gli orrendi suoni che emetteva nel sonno.

«Tentar non nuoce», disse Nettie.

«Allora, mamma, che ne dici?», la incalzò Bella.

Marni accennò un sorriso. «Non saprei da dove cominciare».

«Ma per questo ci sono io. Ho già messo a punto il tuo profilo. Quindi potremmo già dare un'occhiata a qualche sito d'incontri», la informò la giovane con entusiasmo.

«Potremmo?»

«Sì, tu e io. Sono sicura di poterti essere d'aiuto».

«Beata te. Io invece non ne sono affatto sicura».

«Dài, mamma. Lasciami fare».

«Nessun sito d'incontri, d'accordo?»

«Ok. Allora mi limiterò a chiedere in giro. Agli amici degli amici. Terrò orecchie e occhi aperti. Iniziamo e vediamo come va. Prometto che non ti organizzo nessun appuntamento senza prima aver avuto il tuo benestare. Dài mamma, lo sai anche tu che è arrivato il momento di provare non dico a spalancare, ma almeno a socchiudere quella porta, per vedere se dall'altra parte c'è un tipo simpatico che ha voglia di passare del tempo con te. Giusto per uscire, avere un po' di compagnia. Che ne dici?»

«Che non sono interessata. Ho già la mia famiglia, zia Nettie e te col tuo pancione. Tante amiche. Colleghi simpatici, e un lavoro impegnativo».

«E Jason? L'hai dimenticato?», sottolineò Bella.

«Ma certo che no. Ovviamente c'è anche Jason, il miglior genero che una suocera potrebbe desiderare».

«Adesso non esageriamo», obiettò la figlia. «Ultimamente non è poi così eccezionale; è diventato musone e rompiscatole. Comunque, inizierò a far correre la voce e vedremo quali pesci finiranno nella rete. Bene, affare fatto».

«Nettie, tu che dici?», chiese Marni, rivolta alla sorella.

«Non ci avevo mai pensato ma, visto che ne stiamo parlando, devo ammettere che non mi dispiacerebbe affatto saperti di nuovo felice con qualcuno accanto. Oltretutto, ho un sacco di amici che hanno trovato l'anima gemella in rete, frequentando i siti d'incontri online».

«Tutte storie che cominciano bene ma poi non durano», osservò Marni. «Qualche volta è meglio essere indipendenti e avere l'affetto della famiglia e di qualche buona amica, piuttosto che sfidare la sorte sperando che un uomo mantenga le sue promesse. E poi io non sono affatto infelice».

«Non sto dicendo che tu abbia bisogno di un uomo per essere felice», precisò Nettie. «Sarebbe una stupidaggine. Dico però che lavori dalla mattina alla sera e sono anni che sei sola. Grazie al cielo il lavoro ti sta dando grandi soddisfazioni, però mi piacerebbe sentirti ridere di più. E vorrei anche vedere i tuoi occhi brillare come un tempo. Come quando sapevi di poter contare su qualcosa in più del tuo lavoro».

«Io adoro il mio lavoro».

«Troppo lavoro e nessun divertimento...», la ammonì Nettie.

...rendono la vita un vero tormento, concluse Marni a mente.

Marni non era un diminutivo, ma il suo vero nome di battesimo. L'avevano chiamata così in ricordo della nonna materna, che se n'era andata quando lei aveva soltanto tre anni. Non aveva memoria di quella donna che la mamma e le zie le avevano sempre descritto come esuberante, spiritosa, coraggiosa e molto capace. Aveva perso la vita sotto le ruote di un tram, a San Francisco, lasciando tre figlie grandi e una nipote, Marni appunto. Nettie, la seconda nipote, era nata sette anni dopo la sua morte.

Delle tre sorelle, Celeste, la loro madre, aveva avuto il matrimonio più longevo. Infatti, nella modesta casa di Reno in cui erano cresciute, col tempo vennero accolte anche le due zie, Ruth e Dahlia: la prima reduce da due divorzi, la seconda rimasta vedova e senza figli dopo diciassette anni di matrimonio.

In una famiglia composta da così tante donne, Ernie, il padre di Marni, aveva ben poca voce in capitolo. Era un brav'uomo, dai modi gentili, sensibile ai problemi delle persone. Aveva lavorato tutta la vita nello stesso garage come meccanico. Marni lo ricordava con la divisa da lavoro azzurra sempre addosso, col nome ricamato sulla tasca sinistra, all'altezza del petto, e con le mani eternamente sporche di grasso. E ricordava anche le sfuriate della madre quando lui non si faceva pagare le riparazioni perché sapeva che il proprietario era in difficoltà. Purtroppo le aveva lasciate troppo presto, a cinquantasette anni. Per un infarto, aveva detto all'epoca il medico di famiglia, anche se zia Ruth sosteneva che fosse morto di disperazione.

Adesso che aveva la stessa età, Marni di tanto in tanto tornava col pensiero alla sua morte, come per cogliere un presagio. Ma il check up a cui si era sottoposta l'aveva dichiarata sana come un pesce. A quanto pareva, dal padre aveva ereditato la sensibilità e la buona volontà, ma per fortuna non la debolezza di cuore.

Circondate da mamma e zie, Marni e Nettie, diminutivo di Annette, erano cresciute con abbondanti dosi di affetto e attenzioni, ma senza figure di riferimento maschili solide, a parte Ernie. E lui non le aveva insegnato molto su come avere una vita coniugale felice.

Forse anche da questo era dipesa l'infelicità del suo primo matrimonio. Marni non aveva mai raccontato a Bella la verità sulla sua relazione con suo padre, perché era convinta che la figlia non ne avrebbe ricavato niente di utile. Lei e Rick si erano messi insieme al liceo, e per lungo tempo Marni ne era stata innamorata pazza. Si erano sposati giovanissimi, lei aveva diciannove anni e lui ventuno. A un certo punto però, Rick era diventato violento. Per fortuna, essendosi arruolato nell'esercito a diciotto anni, era spesso lontano da casa, anche se le licenze erano fin troppo frequenti. Un anno dopo il matrimonio, Marni stava già pensando di lasciarlo, ma poi era rimasta incinta. Pochi mesi dopo la nascita di Bella, l'uomo si era messo alla guida completamente ubriaco ed era andato a schiantarsi, grazie a Dio contro un albero e non contro un'altra auto. Era morto sul colpo. Così Marni era tornata a casa di Celeste, evidentemente destinata ad accogliere i cuori spezzati. Non aveva raccontato a nessuno cosa aveva passato. Come molte donne maltrattate, dentro di sé si vergognava e aveva preferito tenere per sé il suo segreto.

Certi giorni sentiva la mancanza di Rick, e si chiedeva se le cose sarebbero potute migliorare se lui non fosse morto, sebbene l'istinto le dicesse che la sua era una pia illusione. Tuttavia, per la maggior parte del tempo era felice. Dopo l'incidente, tutti la ammiravano per la sua forza d'animo e il suo ottimimismo. Certo che era ottimista! Il pericolo di una relazione violenta era scongiurato e ora doveva soltanto occuparsi di crescere Bella dandole tutto il suo amore. Per molto tempo si era tenuta lontana da ogni relazione, trincerandosi dietro la scusa che non voleva rischiare di compromettere la stabilità della sua bambina né ostacolare la propria carriera.

Non aveva mai confidato a nessuno il suo segreto: sapeva bene che non aveva colpa per i maltrattamenti che aveva subìto, eppure una piccola parte di sé temeva ancora il giudizio degli altri. Era quella la vergogna segreta di una moglie maltrattata.

Marni e le sue ospiti scambiarono ancora qualche chiacchiera e brindarono di nuovo a un'altra promettente stagione, dopodiché Bella si congedò. «Stasera tocca a me cucinare. E poi, non poter bere neppure un goccio di vino è una vera tortura, quindi preferisco andare via prima di vedervi stappare un'altra bottiglia. Ma appena avrò partorito, state sicure che mi scolerò una bottiglia intera».

«Come non capirti», disse Nettie, che a differenza di Marni sembrava aver trovato la ricetta del matrimonio felice. «Devo andare anch'io. Stasera è il turno di Marvin ai fornelli», aggiunse con una risata, perché era *sempre* il turno di Marvin. «Se vuoi, ti accompagno», propose alla nipote, che accettò volentieri.

Dopo che Bella e Nettie furono uscite, Sophia iniziò a sparecchiare e fece per portare un po' di piatti e bicchieri in cucina.

«Ci penso io», la fermò Ellen. «Direi che per oggi hai fatto abbastanza».

«Sicura? Mi fa piacere dare una mano».

«Non preoccuparti, Sophia. Facciamo noi. Se vuoi, puoi tornare a casa».

«D'accordo. Grazie. Prima devo fare una telefonata. La mia auto fa strani rumori, e voglio chiamare un amico a cui piace giocare con i motori per chiedergli se può venire a casa a dargli un'occhiata».

«Certo. Se hai bisogno di aiuto, o di un passaggio, chiedi, mi raccomando», disse Marni.

«Ti ringrazio, ma oggi mio padre rientra presto dal lavoro: in caso di necessità, posso chiamare lui». E dopo aver parlato brevemente al telefono con l'amico, Sophia si congedò.

Mentre Ellen lavava i piatti, Marni finì di sparecchiare. «Ti va una tazza di tè?», chiese alla sua socia.

«Volentieri», accettò Ellen. «È stata una giornata lunga, ma finalmente è finita. Tra l'altro, mi sono venute in mente un sacco di nuove ricette», aggiunse, mentre iniziava ad asciugare i piatti.

«Non stento a crederlo», disse Marni con una risata, e lasciò cadere una bustina di tè nelle tazze prima di versarvi l'acqua bollente. «Vieni, andiamo a sederci sul divano. E almeno per oggi lasciamo da parte le ricette. Tanto so già che al momento giusto non ti mancheranno le idee».

«Esatto. Ne ho già una bella sfilza».

«Cambiando discorso... che ne pensi dell'idea di Bella? Parlo del fatto di riprendere a uscire con qualcuno».

«Quello che penso io non ha molta importanza, sai bene che questo genere di discorso non m'interessa. Comunque, se davvero ci tieni, ti dirò che secondo me non è vero che i tuoi occhi non brillano come un tempo o che non sorridi abbastanza».

«Dimmi la verità: sembro infelice?»

«Nient'affatto. Non è che si deve ballare dalla mattina alla sera per dimostrare di essere felici. Dormire bene e avere appetito significa già che le cose vanno bene».

«Se devo essere sincera, non mi dispiacerebbe avere di nuovo un uomo al mio fianco. Però continuo a chiedermi se ne valga davvero la pena», ammise.

«È proprio questo il punto. Sai già come la penso in proposito».

Ellen aveva trascorso molti anni della sua vita a prendersi cura di un marito gravemente malato. Si era sposata a trentotto anni con un uomo che aveva dieci anni più di lei; due anni dopo lui era stato colpito da un ictus che lo aveva lasciato menomato a livello fisico e mentale e aveva trascorso diciassette anni inchiodato a una sedia a rotelle, molti dei quali in una casa di cura. Ellen non ne parlava mai, Marni però aveva sempre pensato che la morte del marito fosse stata una specie di liberazione, se non per lei, sicuramente per lui.

Fortunatamente, Ellen non era rimasta sola: aveva un paio di sorelle e diversi nipoti ormai grandi che stavano mettendo su famiglia, e viveva circondata dall'affetto dei familiari.

«Soffri mai di solitudine?», le chiese Marni.

«Mai. Starmene per conto mio non mi è mai dispiaciuto. Ogni tanto sento solo la mancanza di un nipotino, anche se... mi rendo conto che sarebbe stata dura per me crescere dei figli dovendomi anche occupare di Ralph, date le sue condizioni. Comunque, ci sono sempre i figli delle mie sorelle», concluse.

«Non ne abbiamo mai parlato, ma... hai avuto altre storie prima di Ralph? Io ti ho raccontato della mia cotta del liceo finita in un matrimonio, ma di te non so niente».

Ellen ridacchiò passandosi una mano tra il caschetto di capelli sale e pepe. «Da ragazza mi sentivo totalmente invisibile. Ero la classica spilungona un po' scialba: non riuscivo mai a sistemarmi i capelli come avrei voluto e mia madre mi proibiva di truccarmi. In verità io non volevo affatto truccarmi, perché detestavo attirare l'attenzione su di me».

«Mi fai venire in mente un'amica del liceo, che adesso non frequento più», raccontò Marni, «bellissima e molto molto vanitosa. Diceva sempre che se non si giravano tutti a guardarla quando entrava in una stanza, iniziava a chiedersi che cosa stava succedendo».

Ellen scoppiò a ridere. «Nel mio caso, se anche solo una persona si girava verso di me, controllavo subito se non mi fosse rimasta una striscia di carta igienica appiccicata a una scarpa». E dopo un altro sorso di tè aggiunse: «Dimmi: come ci si sente a essere perdutamente innamorate a diciassette anni?»

«In realtà non è così divertente come si potrebbe immaginare. Io mi sentivo come se fossi intossicata, hai presente? Ero così giovane e stupida. Dopo la morte di Rick ci sono voluti anni prima di rendermi conto che con lui mi ero letteralmente annientata. Era un maniaco del controllo, e prendeva da solo tutte le decisioni che ci riguardavano. Litigavamo moltissimo. Se non fosse morto, non credo che il matrimonio sarebbe durato a lungo».

«Non immaginavo che le cose fra voi andassero così».

«Rick ormai è morto, non serve a nulla parlare male di lui. E poi non mi va di deludere Bella, anche se capisco che può sembrare sciocco».

«In effetti non ne hai mai parlato».

«È stato tanto tempo fa e all'epoca ho preferito darmi il ruolo della povera sposina che aveva perduto l'amore della sua vita in tragiche circostanze. Suonava tanto romantico, e in più mi ha permesso di tenere nascosta la verità, cioè che ero una sposa giovane e stupida. Magari un giorno ti racconterò tutto».

«Ecco perché con Bella ti sei sempre comportata come un cane da guardia, soprattutto nei confronti dei ragazzi», osservò Ellen.

«È vero, ho cercato di proteggerla, e credo di avercela fatta. Con Jason è andata bene. Ora però mi preoccupa la determinazione con cui mia figlia vuole trovarmi un compagno».

«In effetti, da quando la conosco devo dire che raramente l'ho vista così agguerrita».

«Già, mi ha messo quasi paura», convenne Marni.

«Io lo so che te la cavi benissimo, ma gli altri ti vedono come una persona molto socievole, e probabilmente fanno fatica a pensarti da sola. E forse hanno anche ragione. Ma se come dici l'idea non ti dispiacerebbe, perché non provi almeno a considerare la possibilità che da qualche parte ci sia un uomo giusto per te, qualcuno che ha desideri simili ai tuoi? Potresti accettare la proposta di Bella e vedere che cosa ne viene fuori».

«Tu ci proveresti?»

«Non scherziamo. Io nel mio spazio non faccio entrare nessuno. Non ho bisogno dei consigli di qualche presuntuoso. E non c'è niente che un uomo possa offrirmi che io non abbia già. Ma tu...»

Marni rifletté sulle parole dell'amica. In effetti non le sarebbe dispiaciuto sentirsi di nuovo stretta fra le braccia di un uomo, ma doveva essere una brava persona, e non un tipo pronto a spezzarle di nuovo il cuore. Le mancava un uomo con cui farsi qualche risata. Con Nettie, con Bella e con le amiche a volte rideva fino alle lacrime, ma non era la stessa cosa, non erano quelle risate intime, complici, a letto, nel cuore della notte, che Marni non sentiva più ormai da troppo tempo. Sarebbe stato meraviglioso avere di nuovo al suo fianco qualcuno interessato a lei, *appassionato* a lei e a tutto ciò che faceva. Come il marito della sua collega Ina Garten che, di tanto in tanto, faceva un'apparizione in trasmissione e rimaneva estasiato davanti alle straordinarie abilità culinarie della moglie. Non le sarebbe dispiaciuto incontrare un uomo romantico col quale condividere qualche viaggio, qualcuno che amasse fare le stesse cose che amava fare lei, visitare fattorie, vigneti, distillerie o scovare cucine e piccoli ristoranti fuori dai percorsi più battuti.

No, una persona così non poteva esistere, disse a se stessa tornando di colpo con i piedi per terra.

«È mio dovere ricordarti, però, che se decidi di seguire Bella e il suo folle proposito dovrai riprendere a depilarti regolarmente», disse Ellen con un sorriso ironico.

«Pensare che fino adesso sono stata così bene da sola, indossando solo pantaloni e leggings», ribatté Marni.

«E per come la vedo io, te le sai cavata alla grande; ma non serve che io ti dica che la vita potrebbe riservarti grandi sorprese, se solo tu aprissi la mente e il cuore all'idea di incontrare qualcuno di speciale. Se però continui a rimanere così inavvicinabile... capisci che cosa intendo?»

«Pensi davvero che basti dire "Eccomi, sono pronta" e tutto venga da sé?»

«Più o meno», rispose Ellen, sorseggiando il tè.

2

Il sole scendeva pigramente dietro le montagne quando Ellen si congedò. Era maggio e le giornate si stavano allungando in vista dell'estate, anche se le serate in quella zona erano ancora fredde. Marni accese il braciere a gas in giardino, spalancò le finestre scorrevoli e tornò in cucina. Non aveva per niente fame, ma prese dal frigorifero una cipolla e qualche spicchio d'aglio e cominciò a tritarli, quindi versò del brodo di pollo in una padella, lo portò a bollore e vi calò delle linguine, dopodiché lavò funghi e spinaci.

Ripensò all'idea di Bella e alla loro conversazione. La prospettiva di uscire con qualcuno le sembrava davvero poco allettante.

Mise a cuocere in forno un paio di petti di pollo e affettò i funghi. Aveva deciso di preparare uno dei suoi rinomati piatti unici. Dopo qualche minuto scolò la pasta al dente e conservò il brodo; il pollo nel frattempo era cotto e pronto per essere tagliato a dadini. Aggiunse i funghi e gli spinaci al soffritto di cipolle e aglio, sfumò con il brodo e addensò con un po' di farina e qualche cucchiaio di panna, infine regolò di sale e di pepe. La consistenza vellutata e l'aroma di quella crema di verdure la aiutarono a rilassarsi. Dopo una lunga giornata di lavoro, molte persone si sedevano sul divano con un buon bicchiere di vino, Marni invece preferiva mettersi ai fornelli, anche quando non aveva fame.

Sistemò su un piatto le linguine e il pollo, condì con la salsa agli spinaci e ne assaggiò un boccone. Aveva imparato a degustare più che a mangiare: trascorrere tanto tempo in cucina e amare le proprie ricette era un vero rischio per la linea, che una donna di spettacolo non poteva permettersi di correre. Così si era abituata a tenere il conto delle calorie e a stare attenta a ogni boccone, per evitare di prendere chili superflui che poi avrebbe sicuramente faticato a smaltire.

Il campanello della porta la fece trasalire. Diede un'occhiata all'orologio: le nove e un quarto. Chi la conosceva bene sapeva che la sera, se non doveva uscire per un incontro di lavoro, una festa o qualche cena di beneficenza, alle otto e mezzo era già in camera da letto.

Controllò le telecamere di sicurezza dal cellulare e sullo schermo comparve Jeff, il suo ex marito, in attesa davanti alla porta. In una mano stringeva una bottiglia di champagne e nell'altra un mazzo di fiori. Marni sospirò. Ultimamente lo aveva tenuto a distanza evitando di rispondere alle sue chiamate e respingendo le sue richieste di passare a farle un saluto. Ma per qualche ragione lui insisteva, chiaramente determinato a incontrarla.

Quando lo vide, Marni non poté fare a meno di notare quanto ancora fosse attraente. Era davvero un bell'uomo, per giunta dotato di quel fascino che "bucava lo schermo", come si diceva in gergo televisivo. Bello, sexy e anche simpatico. Marni aveva un debole per le persone divertenti e lui era capace di farla ridere persino nel bel mezzo di una lite. Il ricordo delle sue molte qualità la indispettì.

«Immagino sia venuto il momento di scoprire che cosa vuoi», lo apostrofò aprendo la porta.

«Voglio solo congratularmi con te», disse lui, porgendole i fiori. «Non hai appena concluso un'altra stagione di riprese?»

«E se invece non avessimo ancora finito?», ribatté Marni, prendendo i fiori.

«Conoscendoti, mi sembrerebbe strano. Ma in questo caso direi che questa potrebbe essere utile», e le mostrò la bottiglia di champagne. «Dal profumino che sento dev'essere stata una puntata di tutto rispetto».

«È il soffritto».

«Che magia hai fatto con il soffritto?», domandò lui pregustando il manicaretto.

«Uno dei miei piatti unici creativi».

«Non ho molto appetito, però mi farebbe piacere assaggiarlo e dirti cosa ne penso. Sono sicuro che sarà buonissimo, ma un parere in più non guasta, giusto?»

«E va bene, entra. Comunque, sappi che non è il piatto che ho preparato per le riprese. Quello è nel freezer», lo avvertì, facendolo accomodare.

«La casa è fantastica. Hai cambiato di nuovo l'arredamento?»

«Do sempre una rinfrescata prima di una nuova stagione, lo sai. Agli spettatori piace vedere qualche scorcio della casa e del giardino, oltre alla cucina. Apprezzano molto i cambiamenti, e non mancano di farcelo sapere. I social sono sempre pieni di fotografie e di commenti sull'arredamento».

Marni gli servì una porzione di linguine con pollo e salsa di spinaci.

«Se non sbaglio per te è un'altra fonte di guadagno», commentò Jeff, assaggiando un boccone. «Mi riferisco alla pubblicità non dichiarata di articoli e prodotti presenti sul set che poi la gente vuole acquistare. È un'incredibile opportunità commerciale».

«Sì, lo so», rispose Marni sbrigativamente. Da tempo ormai evitava di fare pubblicità esplicita durante lo show, ma se un certo oggetto o prodotto veniva ripreso e i telespettatori chiedevano informazioni in merito, la produzione forniva il marchio e il nome del negozio dov'era possibile reperirli. Qualche volta le bastava aggiungere un commento come: "Questo è uno strumento davvero utile" per promuovere un certo articolo, e i commercianti pagavano molto volentieri per avere quel privilegio.

«Mi hai cercata spesso ultimamente. Che succede?», gli chiese.

«Questo piatto è incredibile. Come sempre, del resto», commentò Jeff gustando il cibo a occhi chiusi. «Niente di particolare, volevo soltanto sapere come stai. E come sta Bella».

«Non l'ho mai vista più felice e in salute di così. E anch'io non mi posso lamentare».

«So che i dati di ascolto sono alti. E in continua crescita».

«Sì, per fortuna la pandemia non ci ha danneggiato. Anzi, posso dire di essermi trovata al posto giusto al momento giusto. La gente era obbligata a stare a casa, e guardava tutto quello che c'era in tv. Noi avevamo già registrato moltissime puntate ed è stato facile vendere i diritti del programma a più canali. Poi i telespettatori hanno iniziato a telefonare con la lista degli alimenti che avevano in casa, chiedendo consigli per trasformali in ricette gustose e lo show è diventato sempre più popolare».

«Già. A me invece non è andata così bene. Le condizioni che hanno favorito te hanno danneggiato me».

Lascia cadere il discorso. Non chiedergli niente, pensò Marni.

Con la pandemia nessun'altra categoria aveva sofferto come i ristoratori, e probabilmente il ristorante di Jeff, che era specializzato in cucina basca, ne aveva sofferto più di altri. Marni aveva sentito dire da amici comuni che Jeff e Gretchen erano sempre ai ferri corti e si prendevano e si lasciavano di continuo. Probabilmente le sue maledizioni avevano avuto effetto.

«Non era decisamente il momento giusto», commentò Marni, in tono asciutto. «Anche se nemmeno un genio del marketing avrebbe potuto prevedere una simile catastrofe». Cercò di non farsi intenerire, ma poi si lasciò sfuggire una domanda. «Adesso le cose vanno un po' meglio?»

Accidenti, ma perché gliel'ho chiesto?, pensò, infastidita.

«Non tanto. Ho ancora molto da recuperare. Però mi fa piacere che tu invece te la passi bene. E soprattutto sono contento che Bella abbia ripreso a parlare con me, anche se col contagocce. Ma non mi lamento, visto che temevo che non mi avrebbe mai più rivolto la parola».

«Mi spiace se le cose fra voi non vanno bene, però non voglio essere coinvolta».

«Non serve dire altro. È solo colpa mia se la situazione è questa. Ultimamente, comunque, Bella è più gentile. Forse grazie alla gravidanza. Mi sembra più conciliante, più disponibile».

«Forse è così anche per te», osservò Marni, addolcita da quelle parole.

Jeff sorrise. «In effetti mi piacerebbe molto fare il nonno. Se Bella me lo permetterà».

«È carino da parte tua», disse Marni, poi, quasi sovrappensiero, radunò della frutta sul bancone della cucina: mele, kiwi, banane, mandarini, ciliegie, noci e uvetta, e dopo averla lavata iniziò a sbucciarla e a tagliarla a dadini. Non aveva in programma di preparare una macedonia, ma maneggiare tutta quella frutta colorata le dava l'impressione di avere la situazione sotto controllo. Mentre chiacchierava con Jeff del più e del meno, le sue mani abili e veloci sembravano danzare, incuranti della lama lunga e affilatissima del coltello.

«Brindiamo alla nuova stagione del tuo show, ti va?», propose lui, armeggiando con il tappo dello champagne.

Marni accettò la proposta e posò sul bancone due lunghi calici. Jeff versò il vino e brindarono facendo tintinnare i bicchieri. «Alla prossima stagione, che sia ancora migliore!»

«Grazie», disse Marni, sorseggiando lo champagne.

Continuarono a chiacchierare mentre Jeff finiva di gustare il pollo e Marni si occupava della macedonia. Lui le chiese se ci fossero novità nell'ambiente e lei come al solito rispose che non ne sapeva molto perché frequentava poco gli studi televisivi, e solo per partecipare a qualche saltuaria riunione di programmazione. Marni gli chiese quando avesse parlato con Bella l'ultima volta e lui le rispose che si sentivano un paio di volte al mese e che la settimana prima avevano pranzato insieme. Quindi passarono a parlare di alcuni amici comuni: Brad Thomas aveva ottenuto un nuovo incarico presso la camera di commercio, Gloria Neiman era passata alla conduzione di un programma mattutino mentre Elizabeth Reynolds aveva accettato la conduzione di un programma di prima serata a San Francisco.

«Non l'ho mai sopportata», ammise Marni.

«Elizabeth non piace a nessuno, il che mi fa pensare che essere detestati sia un requisito indispensabile per fare carriera in televisione», commentò Jeff sarcastico.

Mentre Marni riponeva la macedonia in frigorifero e Jeff lavava il suo piatto, finalmente la vera ragione della visita venne a galla.

«La verità è che… le cose stanno andando decisamente peggio di quanto ti abbia raccontato. Il ristorante è in pessime acque. E io con lui», confessò Jeff.

«Mi dispiace. Sono sicura che in un altro momento avrebbe avuto un grande successo», si sforzò di dire Marni.

«Mi sono dato da fare per trovare dei finanziamenti, o un prestito, oppure qualcuno disposto a subentrare nella gestione, ma è stato tutto inutile, e sinceramente non so più a che santo votarmi».

Marni rimase in silenzio per un lungo istante. «Ne hai parlato con tua madre?», gli chiese infine.

«Certo. Ma le sue finanze non sono più quelle di una volta. E poi adesso mia sorella è il suo tutore legale, e non ha nessuna intenzione di lasciarmi attingere al patrimonio, nemmeno per un prestito, perché sostiene che il denaro serve per mia madre; dice che ha bisogno di assistenza e non si può prevedere per quanto tempo, potrebbero essere due anni come dieci».

«Per il momento però sta bene, no?»

«Sì, l'ho vista un paio di giorni fa. Giocava a bridge con alcune amiche nella sua nuova residenza. Sembrava felice. Devo dire che Jasmine è molto presente e si prende cura di lei con affetto».

La madre di Jeff era un'ereditiera. Alla morte del marito aveva incassato il sostanzioso premio di una polizza assicurativa intestata a lei, ed era anche entrata in possesso di un interessante portafoglio di investimenti, anche questo intestato a lei per proteggerla dall'eventuale avidità dei figli e dei rispettivi coniugi. Ma se avesse dovuto vivere altri dieci anni in quella costosa residenza per anziani, alla fine per gli eredi sarebbe rimasto ben poco.

«Com'è giusto che sia», osservò Marni.

«Sono d'accordo. Nel frattempo, però, io sto perdendo il ristorante. Proprio quando eravamo a un passo dal risollevarci».

«Eravamo?»

«Sì, non intendo solo Gretchen ed io, ma soprattutto i collaboratori. Sono tante le persone che dipendono da questo locale. Gretchen si limita a tenere d'occhio i libri contabili, per ordine del tribunale, ma a parte questo non alza un dito per risolvere la situazione. Non so cosa darei per riuscire a salvare la baracca, soprattutto per le persone che ci hanno investito i risparmi di una vita: lo chef, la moglie, i loro figli, e vari membri della famiglia. Sono ottime persone, tutti baschi. Se il ristorante chiude, si ritroveranno in mezzo a una strada».

«Hai pensato di venderlo?»

«Certo, ma in questo momento sono talmente in difficoltà che dovrei cederlo a una cifra ridicola, e non riuscirei a saldare tutti i debiti. L'ideale sarebbe un prestito; purtroppo sono un cliente a rischio, lo so, ma è l'unica soluzione alla quale riesco a pensare».

«E io che cosa c'entro in tutto questo?», chiese Marni, temendo la risposta.

«Se tu riuscissi a darmi una mano».

«Di che cifra parliamo, esattamente?»

«Qualche centinaia di migliaia farebbero la differenza».

«Cosa?», gridò Marni, sconcertata. «Ma se quando abbiamo divorziato ti ho versato ben cinque milioni di dollari. Dove sono finiti?»

«A parte che ho contribuito anch'io alla crescita del tuo patrimonio, e quindi mi spettavano, li ho reinvestiti nella mia quota del ristorante».

«Accidenti a me e a quando ho deciso di rinunciare agli accordi prematrimoniali. Cinque milioni sono comunque un sacco di soldi, e mi chiedo come mai non ti sei tutelato con un accordo di qualche tipo con Gretchen, prima di metterti in società con lei. L'avevo detto che quella donna sarebbe stata la tua rovina. Le interessava soltanto il tuo denaro. E visto quanto sei riuscito a spillarmi, non aveva tutti i torti. Ma io non ho nessuna intenzione di finire in società con quella, prestandoti dei soldi».

«Secondo te io non mi sto consumando nei rimorsi per essermi lasciato abbindolare così? Però pensavo che tu... Al diavolo che cosa pensavo, tanto ormai ho capito che la tua risposta è no».

«Soltanto una pazza si lascerebbe fregare una seconda volta. Per giunta a distanza di pochi anni».

«Mi dispiace di avertelo chiesto», cercò di scusarsi Jeff. «Avrei preferito non doverlo fare, ma eri davvero la mia ultima chance».

Marni prese distrattamente qualche gambo di sedano e una cipolla dal frigorifero e iniziò a tritarli. D'un tratto si fermò, sorpresa di quel che stava facendo. «Jeff, ma in che cavolo di situazione ti sei cacciato?»

«Non sai quanto tempo ho passato a sentirmi in colpa», ammise lui. «Non sono un ristoratore esperto, ma ho lavorato sodo. Praticamente quel ristorante è diventato la mia casa. E poi la pandemia ha rovinato tutto; in più Gretchen non solo mi ha lasciato ma se n'è andata senza rimetterci un centesimo. È riuscita a portarsi via più di quanto io sarò mai in grado di recuperare».

«Ma non ti sei tutelato in qualche modo?»

«Io no, ma lei sì», rispose Jeff.

Marni fece un fischio. «Ti ha davvero fregato con le tue stesse mani».

«E alla grande, direi».

Marni scrollò la testa. «Non posso dire di essere dispiaciuta per quanto ti è accaduto, ma non ne posso più di essere arrabbiata con te e non voglio litigare. Sappi però che non posso prestarti una somma così alta. Anzi, non posso prestarti nessuna somma, punto e basta. Sarebbe una follia. Puoi dire grazie alle leggi di questo Stato, in cui vige la comunione dei beni e non è previsto l'addebito per colpa, se ti sei potuto prendere la tua parte anche se mi hai tradita, e senza neanche abbassarti a chiedere scusa. Da me quindi hai già avuto molto più di quello che meritavi, e stiamo parlando di una vera fortuna».

«Te l'ho detto che mi dispiace, Marni. Sono annientato dai sensi di colpa, credimi», ribadì Jeff.

«Peccato che tu non abbia mai fatto il minimo sforzo per farti perdonare».

«Soltanto perché non saprei da dove cominciare», replicò lui.

«Francamente, Jeff, ne ho fin sopra i capelli di sentir parlare del nostro divorzio. Voglio chiudere con questa storia. Mi dispiace di non poterti aiutare, ma non sono un mostro e di certo non ti lascerò morire di fame. Quindi, se dovessi trovarti nella condizione di non avere di che mangiare, fammelo sapere. Farò in modo che tu abbia sempre di che sfamarti. E non resterai senza un tetto sulla testa. Ma non chiedermi di più».

«Non sono disperato fino a questo punto. Ma grazie lo stesso», disse Jeff.

«Non ringraziarmi. Diversamente da quanto pensavo, i tuoi sensi di colpa non mi procurano nemmeno un briciolo di soddisfazione».

Nel giro di qualche minuto si salutarono, senza troppi convenevoli, e dopo che Jeff fu uscito, Marni sistemò la cucina, chiuse tutte le finestre e andò a dormire. Aveva il cuore pesante. Non riusciva a non pensare a quanto l'avesse amato, alla fiducia che aveva riposto in lui, e alla sua ingenua convinzione che quei sentimenti fossero reciproci. Erano passati più di cinque anni dalla fine del loro matrimonio, e non riusciva a capire perché quella ferita bruciava ancora. In fondo, il karma aveva ripagato Jeff con la stessa moneta, visto che era stato lasciato dalla donna che aveva scelto come sua nuova compagna. Non era ora di metterci definitivamente una pietra sopra?

Il tradimento è una lama che lascia ferite profonde, concluse. Naturalmente con tutti quei pensieri che le giravano per la testa, non riuscì a prendere sonno e trascorse ore a inveire mentalmente contro di lui, rinfacciandogli tutto ciò che all'epoca del divorzio non gli aveva potuto dire, finché il sonno finalmente la colse.

Il mattino seguente si svegliò poco dopo l'alba, assonnata e indolenzita. Dopo il caffè uscì in giardino, scalza e in pigiama. Scattò qualche foto con il cellulare e osservò a lungo le piante del suo orto biologico. Amava coltivare personalmente alcuni degli ingredienti che utilizzava in cucina: le file ordinate di ortaggi e il profumo della terra la rilassavano. Spruzzò lungo tutto il perimetro un repellente naturale per tenere alla larga i conigli; per gli afidi, invece, usò un misto di acqua e detersivo per i piatti, dopodiché si dedicò alle erbacce, che estirpò con particolare foga, anche per smaltire la rabbia nei confronti di Jeff. In pochi minuti si ritrovò con le unghie nere e il pigiama sporco di terra fino alle ginocchia.

Mentre stava ancora rimuginando contro l'ex marito, qualcuno suonò alla porta. Non aveva voglia di vedere nessuno, ma fece uno sforzo e controllò la telecamera di sicurezza sul cellulare per vedere chi fosse venuto a trovarla a quell'ora del mattino. In realtà, non si era accorta che il tempo era volato ed era ormai un orario più che accettabile per una visita. Davanti alla porta c'era Sam Garner, il padre di Sophia, con una cassetta di legno.

Marni aprì e solo quando l'uomo la squadrò lentamente da capo a piedi con un sorriso imbarazzato, si rese conto di essere ancora in pigiama.

«Buongiorno», la salutò Sam. «Forse non era il momento migliore per passare di qui», cercò di scusarsi.

Marni si guardò i piedi e le mani sporche di terra. «Buongiorno. Oggi è la mia giornata libera, così appena sveglia sono subito uscita fuori a occuparmi del mio orto».

«In questo caso ho fatto bene a passare», e le porse la cassetta che aveva portato con sé, sollevando il telo che la copriva. Conteneva dei pregiati asparagi bianchi. «Sophia mi ha detto che ha difficoltà a coltivare questa varietà, mentre da me crescono bene. E visto che mia figlia oggi è fuori con gli amici, ho pensato di passare di qui per portarglieli di persona».

«Grazie! Che pensiero gentile», disse Marni, sorpresa.
«S'immagini. Vuole che l'aiuti a piantarli?»
«È vero, Sophia mi aveva detto che lei è un contadino», ricordò Marni, come se esprimesse un pensiero appena affiorato alla mente.
«Sì, in un certo senso è così, anche se il mio orto è piuttosto piccolo. Però con gli asparagi ho una certa fortuna, in effetti. Ci vogliono circa cinque anni per ottenere un raccolto di una certa soddisfazione».
«Anche il mio orto è molto piccolo».
«Posso vederlo? Così magari la aiuto a interrare questi?», chiese Sam.
«Ma certo. Prego, entri pure», e Marni spalancò la porta per farlo accomodare.
«Se preferisce, posso passare dal cancello del giardino, così non le sporco casa».
«Nessun problema. Anche perché... sono più sporca io di lei», disse Marni, con una risata. «Mi scusi se sono ancora in pigiama, ma non aspettavo visite», si giustificò, dando un'occhiata al suo outfit – pantaloni e giacca azzurro polvere con fantasia di barchette – per accertarsi che non si vedesse niente di sconveniente.
«Non si preoccupi. Sono così negato in fatto di moda che non saprei distinguere un pigiama da un abito firmato», la rassicurò Sam.
«Non ci credo», rispose Marni, divertita.
«Forse ho un po' esagerato, ma mi creda, non più di tanto».
Marni constatò che aveva una bella voce, calda, profonda e leggermente roca. Ripensò a quando l'aveva conosciuto, più o meno un anno prima: quel giorno le era sembrato un po' dimesso, o forse aveva semplicemente un'aria da

persona comune. Aveva il naso leggermente storto, le orecchie un po' grandi e un cappellaccio calcato in testa. Jeans, camicia a quadri con le maniche arrotolate e scarponcini stringati buoni per tutte le stagioni completavano il look da contadino.

Sam si pulì le scarpe sullo zerbino e la seguì dentro casa. Dalle finestre scorrevoli aperte si poteva vedere la piscina e tutt'intorno il grande giardino delimitato da ortensie e alberi da frutto, con le montagne sullo sfondo.

«Bellissimo...», esclamò l'uomo.

Posò la cassetta a terra e fece il giro del giardino, osservando le varie piante e gli alberi da frutto. «I susini sono i miei preferiti, li ho anch'io nel mio orto, ma devo ammettere che mi piacciono più i fiori del frutto».

«Quindi che fine fanno tutte quelle prugne? Ci fa la marmellata?»

«No, purtroppo. Non ho molto tempo. Così ogni anno regalo gran parte del raccolto. E lei?»

«La mia è una situazione diversa. Uso la frutta e i prodotti che coltivo per il programma, soprattutto quando preparo le ricette estive».

Sam si chinò per esaminare alcune piante di pomodori particolarmente rigogliose. «Che belle. Immagino che diano ottimi frutti».

«È così. Ci faccio una passata fantastica; ricetta italiana, ovviamente. Ogni anno ne metto da parte una bella scorta per l'inverno», spiegò Marni con orgoglio.

«Anch'io ho molti pomodori nel mio orto. Mi danno sempre grandi soddisfazioni».

«Che cosa usa per gli afidi? Io nebulizzo sulle piante uno spray a base di acqua e sapone per i piatti; funziona bene, ma devo spruzzarlo tutti i giorni e siccome non ho molto tempo, qualche volta mi affido a un giardiniere».

«Io uso un prodotto che potrebbe esserle utile», disse lui. «È uno spray naturale, non tossico, che dura per diversi giorni».

«Sembra fantastico. Lo proverei volentieri».

«Ottimo. Allora glielo procuro. Dove tiene le erbe aromatiche? Una cuoca del suo livello deve assolutamente coltivare gli aromi per le proprie ricette».

«Sono laggiù, sul retro della casa. In quel punto prendono il sole del primo mattino». Sam la seguì in un angolo del giardino un po' nascosto. «Ho a disposizione gli aromi freschi quasi tutto l'anno, e in inverno uso quelli che faccio essiccare in dispensa».

«Credo che questo potrebbe essere il luogo ideale per gli asparagi», disse Sam indicando una zona dell'orto accanto al riquadro delle erbe aromatiche. «Porto qui la cassetta e torno domani con qualche asse di legno e il terriccio giusto».

«La ringrazio, ma non deve disturbarsi. Posso chiamare il giardiniere».

«Nessun disturbo; mi fa piacere. Così, se gli asparagi non dovessero attecchire, saprà a chi dare la colpa», replicò con un sorriso. «Non serve che lei sia a casa, posso entrare dal cancello del giardino».

«Domani è domenica. Sarò a casa di sicuro».

Sam proseguì il suo giro. «La lattuga e le altre verdure hanno un colore davvero brillante. Sembrano molto genuine. E sono anche in anticipo sulla stagione».

«Uso un compost che preparo personalmente. Credo che il segreto sia questo».

«Immagino che il raccolto sia molto abbondante. Che fine fanno tutte queste verdure? A parte quelle che usa per le sue ricette».

«Le regalo un po' a tutti quelli che conosco. Tranne Sophia, visto che ha già il suo orto personale».

«Il *mio* orto, vorrà dire», la corresse Sam. «Sophia non se ne occupa mai. A lei piace soltanto mangiare la verdura fresca».

«Ha sempre coltivato la terra?», domandò Marni.

«Sono figlio di contadini e sono cresciuto in una fattoria nel Midwest. Da quelle parti coltivare la terra è molto faticoso, per via del freddo e dei lunghi inverni. Qui è tutto molto più facile. Però sono più interessato all'agricoltura dal punto di vista scientifico che commerciale. E coltivo l'orto per puro diletto».

«Le piace cucinare?»

«Diciamo che mi piace mangiare», rispose con un sorriso. «Sono perlopiù vegetariano, anche se di tanto in tanto mi concedo un bello stinco di maiale coi fagioli. Oppure un bel misto di verdure con osso di prosciutto. A proposito di mangiare… ha mai provato a tagliare le zucchine a fettine sottili e a lasciarle marinare per una notte in olio ed erbe aromatiche?»

«No, ma mi sta già venendo l'acquolina in bocca. E poi le mangia col pane?», si informò Marni.

«Sì, con delle fette di pane buono. Quello però lo compro», spiegò, «non avrei davvero il tempo di farlo. Come le dicevo, mi occupo di agricoltura a tempo pieno e il cibo sostenibile è alla base dei miei studi».

«I suoi studi?», chiese Marni.

«Sì, sono uno ricercatore di coltura idroponica, e anche un insegnante. E lei? Da chi ha ereditato la passione per le piante?»

«In realtà da nessuno. Da piccola non avevo un giardino. Ho imparato da autodidatta, molti anni dopo. Sono cresciuta in una famiglia un po' particolare. Le mie due zie vivevano con la mia famiglia, e dopo la morte di mio padre, eravamo tutte donne. Ho dei bei ricordi della mia infanzia, nonostante la mia fosse una famiglia un po' strana. Anche se con il tempo ho imparato che le famiglie cosiddette normali non esistono», aggiunse con una risata.

Sam proseguì la sua ispezione dell'orto. «Posso dare un'occhiata ai suoi ortaggi?», chiese.

«Ma certo, faccia pure».

Sam estrasse dalla terra una carota lunga e sottile. «Bella», mormorò compiaciuto. Poi fu la volta di un lungo porro. «Fantastico», disse e proseguì verso le piante rampicanti: zucchine, cetrioli, fagioli, zucche. Raccolse due diverse varietà di cetrioli e li esaminò.

«Mi servono per le insalate e per i sott'aceti», spiegò Marni.

«Il suo giardino mi piace. È ben strutturato. E lo spazio è sfruttato al meglio», osservò Sam.

«Però non è bello. Io ho un debole per quello di Ina Garten, che oltre a essere molto produttivo è anche un piacere per gli occhi», confessò Marni.

«Secondo me il suo orto è molto bello», replicò lui, con un sorriso carico di fascino. «Come mai non lo considera un "piacere per gli occhi"? Che cosa manca, secondo lei?»

«Mi sembra che non sia abbastanza curato, e poi non ho tanta fantasia nel disporre le varie piante», rispose lei prima di essere interrotta dal suono del cellulare, che aveva lasciato sul tavolo del patio. «Mi scusi un secondo», disse, vedendo che la chiamata arrivava da Bella. «Buongiorno, tesoro. Dimmi...»

«Ciao mamma. Volevo dirti che ho conosciuto un uomo fantastico. Si chiama Tom ed è perfetto per te. È...»

«Scusa un attimo, tesoro. Sono curiosa di sapere tutto, ma in questo momento non posso stare al telefono. Puoi chiamarmi più tardi?», la interruppe rivolgendo un'occhiata a Sam, che si stava scrollando la terra dai pantaloni.

«Che cosa stai facendo?», domandò Bella.

«Ho lavorato in giardino e sono in condizioni pietose. Ti chiamo fra un po'», tagliò corto Marni, e chiuse la telefonata prima che Bella potesse ribattere. Non si chiese come mai non volesse essere disturbata, anche se non le era sfuggito che chiacchierare con Sam nel suo giardino le procurava una sensazione piacevole, come non le capitava da tempo.

«Non si preoccupi per me, signora McGuire. Ora devo andare. Ho una lunga lista di commissioni che mi aspetta».

«Mi chiami Marni, la prego. Era mia figlia. Ci sentiamo tutti i giorni, anche due o tre volte al giorno».

«Prima anche io e Sophia ci sentivamo spesso, quando era più piccola, adesso, però, è sempre piena di impegni e ci sentiamo molto meno. Ma immagino che sia giusto così. A ventidue anni c'è di meglio da fare che stare al telefono con il papà».

«Mia figlia si è messa in testa che devo cominciare a uscire con qualcuno», rivelò Marni, senza capire che cosa l'avesse spinta a condividere una simile informazione con un estraneo. «Immagino che anche sua figlia...»

«In realtà, per me è esattamente il contrario», disse Sam, accennando un sorriso. «Non credo proprio che Sophia abbia mai preso in considerazione il fatto che io possa avere un'altra donna, anche se oramai sono passati anni da quando sono rimasto vedovo».

«Capisco. Mi dispiace».

«Perdere la madre per lei è stato davvero terribile. Per fortuna, sembra che sia riuscita a venirne fuori bene».

«Però non vuole che lei esca con un'altra».

Sam ridacchiò. «Per il momento ho altro per la testa. E comunque, vista l'intensità della vita sociale di mia figlia, immagino che presto supererà anche questa fase. Se per lei va bene, torno domattina per piantare gli asparagi. Prometto che non arriverò troppo presto. Non voglio disturbarla troppo».

Marni si sistemò la giacca del pigiama. «Non si preoccupi, di solito mi alzo presto. E domani farò in modo di essere più presentabile».

«Non lo faccia per me. Quelle barchette sono molto carine». E con un sorriso Sam si avviò verso il patio. «È decisamente ora di togliere il disturbo».

«La ringrazio molto. Non vedo l'ora di avere i miei asparagi nell'orto».

«Mi fa piacere», rispose lui.

Un attimo dopo non c'era più.

3

Non appena Sam se ne fu andato Marni chiamò Bella, che riprese a parlarle dell'uomo fantastico che voleva farle conoscere. Lei però era decisamente poco interessata a incontrare lo sconosciuto che la figlia descriveva come "gentile, educato, carino".

«Bella, spero tu abbia capito che non ho nessuna intenzione di risposarmi», sottolineò Marni per l'ennesima volta.

«Va bene, mamma. L'ho capito. Ma continuo a pensare che sarebbe bello se tu avessi un po' di compagnia».

«Non so davvero perché insisti in questo modo. Mi spieghi perché per te è così importante che io frequenti un uomo?»

«Perché secondo me ti farebbe bene avere qualcuno con cui parlare, e con cui uscire, visto che sei sempre sola, o con le solite quattro amiche. Guarda che lo so che qualche volta soffri di solitudine, anche se cerchi di nasconderlo. E comunque, non voglio trovarti un marito. Però mi piacerebbe sapere che quando ti invitano a una festa, non sei costretta ad andarci da sola. E sarei anche felice se, di tanto in tanto, ti concedessi una serata fuori casa, andassi a vedere uno spettacolo, insomma... se ti divertissi un po'. Non ti piacerebbe cucinare per qualcuno che poi si ferma a dormire da te? Avere un compagno con cui condividere qualcosa, una persona dalla quale tornare dopo una giornata pesante? Capisco che tu non voglia un marito, un uomo che magari si trasferisca a vivere da te, ma... Questo Tom sembra un tipo piacevole. Ha più o meno la tua età ed è un uomo di successo, anche se in questo momento mi sfugge di che cosa si occupi di preciso».

«La gravidanza ti ha fatto perdere la memoria?», le chiese Marni con una risata, quando finalmente la figlia riprese fiato.

«Mi sa di sì, purtroppo. Comunque, abbiamo giusto scambiato qualche parola; il figlio è un collega, anche lui avvocato presso la procura, e l'ho conosciuto perché è passato da noi per un saluto».

«E allora perché sei così sicura che sia il mio tipo?»

«Non sono sicura. Però mi è piaciuto. Tutto qui. Così ho chiesto al mio collega se fosse impegnato, o se uscisse già con qualcuno. Richard ha detto di no, e ha aggiunto che gli sembrava una buona idea farvi conoscere. Un uomo e una donna che si conoscono con un appuntamento al buio organizzato dai figli. Non è divertente?»

Marni sospirò, alquanto scettica. No, non le sembrava affatto divertente. Avrebbe preferito tenere a bada una scolaresca di bimbetti delle elementari, o portare in gita una banda di adolescenti. «Senti, perché invece non mi prendi un gatto? Giusto l'altro giorno ho letto un invito della protezione animali ad adottare i trovatelli che i loro operatori salvano dalla strada».

«Ma con un gatto non puoi fare conversazione», replicò Bella.

«Come no? Non sai che chiacchierate facevo con Mister Chips, buon'anima».

«Vedetevi almeno per un caffè, poi se non ti piace… amici come prima».

Marni, però, sapeva bene che se quel Tom non le fosse piaciuto, Bella sarebbe rimasta delusa, e anche il suo collega. Decise di non approfondire. E la telefonata si concluse rapidamente. Per fortuna di lì a qualche mese sarebbe nato il nipotino e quell'assurda faccenda si sarebbe sgonfiata come un soufflé troppo cotto. Bella aveva deciso di andare in maternità solo per tre mesi e poi sarebbe tornata al lavoro, e a quel punto avrebbe avuto troppo da fare per occuparsi anche della vita amorosa di sua madre.

Marni aveva strategicamente omesso di raccontare alla figlia che in realtà aveva già in programma un incontro che si prospettava molto interessante. Era molto incuriosita dall'idea di coltivare gli asparagi bianchi, e anche di rivedere l'uomo che li avrebbe piantati nel suo orto. Non vedeva l'ora che arrivasse l'indomani. Da quando Sophia aveva cominciato a lavorare con lei, Marni aveva già incontrato Sam in altre occasioni, ma era la prima volta che avrebbero potuto scambiare due chiacchiere da soli.

La mattina seguente, Marni si alzò alle prime luci dell'alba, sebbene Sam avesse promesso di non arrivare troppo presto. Fece la doccia e si preparò con cura, senza dimenticare un filo di trucco. Dopodiché per distrarsi riordinò la camera da letto, ascoltò il notiziario, sfogliò alcuni dei suoi libri di cucina preferiti e guardò fuori dalla finestra almeno una ventina di volte.

Controllò anche la sua agenda, che come sempre era fitta di impegni. Il suo lavoro era piuttosto complesso e non si riduceva alla semplice presentazione di piatti prelibati e ricette innovative; le riunioni erano all'ordine del giorno e includevano incontri regolari con la direzione del network e con lo staff della produzione. La sede degli uffici si trovava a Sacramento, a due ore d'auto da lì, e vide che il prossimo incontro era stato fissato per il martedì successivo.

Inoltre, essendo un personaggio pubblico, doveva avere sempre un'immagine impeccabile, sia quando appariva in televisione sia a telecamere spente, perciò non poteva assolutamente trascurare il parrucchiere e la manicure; una personal shopper si occupava del suo guardaroba, e ogni mese la incontrava per decidere l'acquisto di nuovi capi d'abbigliamento. Per quanto riguardava la casa, le pulizie erano gestite da un gruppo di professioniste, che ogni lunedì mattina si presentavano di buonora e non se ne andavano finché non avevano tirato a lucido ogni stanza, oltre a occuparsi del bucato e del cambio di lenzuola e asciugamani; gli spazi esterni, a parte l'orto di cui si occupava lei personalmente, erano curati da una squadra di giardinieri che arrivavano da lei il venerdì, di primo mattino.

Intorno alle undici Marni sentì dei rumori provenire dal giardino sul retro. Quando uscì sul patio, vide Sam dirigersi verso l'orto con un sacco di terriccio, delle assi di legno e diversi attrezzi da lavoro, fra cui una vanga e un rastrello.

«Buongiorno», lo salutò Marni con un sorriso. «La stavo aspettando».

«Buongiorno a lei. Ho portato con me un po' di roba. Mi spiace ma dovrò fare un po' di rumore».

«Nessun problema. Qualsiasi cosa pur di avere i miei asparagi bianchi».

«Niente pigiama, oggi? Mi piacevano le sue barchette».

Marni ebbe l'impressione che volesse farle un complimento, e per un attimo credette di arrossire. «È troppo tardi per il pigiama. Invece è il momento giusto per un buon caffè. Che ne dice? L'ho appena fatto».

«Volentieri. A patto però che lo prenda anche lei».

«Ma certo. Come lo preferisce? Latte? Zucchero? Panna?»

«Un goccio di latte andrà benissimo, grazie».

Marni annuì, rientrò e dopo poco tornò con due tazze colme di caffè, che posò sul tavolino del patio. Sam intanto stava già scavando il terreno per delimitare una zona rettangolare simile a quella dove crescevano le erbe aromatiche. Quando alzò lo sguardo, lei lo invitò a raggiungerla.

«Che ne dice se lasciamo da parte le formalità e ci diamo del tu?», propose Marni.

«Ottima idea».

«Sono curiosa: parlami del tuo orto», continuò.

«Coltivo un piccolo pezzo di terra sul retro della mia casa. Ho iniziato con un po' di insalata e qualche pomodoro e a poco a poco mi sono allargato sempre di più. Ma è più che altro un passatempo. Niente a che vedere con quello che facevo nella fattoria dei miei genitori; ricordo che mi svegliavo prima dell'alba e mi mettevo subito al lavoro. Coltivavamo mais e soia».

«Se non sbaglio hai conosciuto tua moglie in Argentina. Sophia mi ha raccontato che laggiù per tutti eri il tipico americano intraprendente innamorato di una bella ragazza locale. Come mai ti trovavi in quel Paese?»

«Ci sei mai stata?»

«Di passaggio, e purtroppo non ho visto molto. Ricordo però che avevo la sensazione di trovarmi in un posto bellissimo. È per questo che sei andato laggiù?»

«No, ma la bellezza dell'Argentina è certamente una delle ragioni per cui mi sono fermato lì per un po'. In realtà è una lunga storia».

«Io non ho nessuna fretta. E tu?»

«Non saprei da dove cominciare». Per qualche istante Sam sembrò raccogliere le idee. «Molto tempo prima di conoscere Sophia e sua madre, quand'ero molto giovane, il mio unico desiderio era viaggiare per il mondo. Purtroppo non era qualcosa che il figlio di un agricoltore potesse permettersi e così, su insistenza di mio padre, mi iscrissi al college e scelsi la facoltà di Agraria, convinto che per me sarebbe stato facile, visto che credevo di sapere già tutto sull'agricoltura. Dopo la laurea, decisi di proseguire gli studi scegliendo un dottorato di ricerca che prevedesse anche viaggi di approfondimento all'estero. E così iniziai a visitare fattorie e comunità agricole in Europa, in Canada, in Sud America e in America centrale. Quando arrivai a Buenos Aires era ormai passato qualche anno e nel frattempo avevo cambiato indirizzo, passando dall'agricoltura alle biotecnologie. Fu lì che mi innamorai della madre di un'adorabile bambina». Sam sorrise al ricordo di quel periodo, e il suo viso si illuminò. «Nel giro di un attimo sposai Selena e adottai Sophia e continuai a viaggiare tra il Sud America e l'America centrale, accompagnato dalla mia piccola famiglia, visitando e studiando grandi aziende agricole e piccole fattorie a conduzione familiare. Finché un giorno non decidemmo di trasferirci in California. Quando Selena si ammalò vivevamo lì. Se ne andò che Sophia aveva soltanto quindici anni. Poi, cinque anni fa, ho trovato lavoro qui, e ora viaggio molto meno e quasi esclusivamente per diletto e per curiosità».

«Molto interessante. Posso chiederti che lavoro ti ha portato qui?»

«Giusto, l'ho dimenticato. Non sono mai stato bravo a raccontare la storia della mia vita. Faccio ricerca per conto dell'università; ho risposto a un annuncio presentando un breve studio basato sulle ricerche che avevo svolto durante i miei viaggi e grazie a quello ho ottenuto un posto al dipartimento di Agraria».

«E come si svolgono le tue ricerche? Fai sopralluoghi, interviste, fotografie? Come ti muovi?»

«Un po' tutte queste cose insieme, ma più che altro lavoro a stretto contatto con gli agricoltori».

Sam le descrisse alcune delle molte fattorie presso le quali conduceva le sue ricerche. Le grandi aziende agricole erano le più accessibili, e in genere gli mettevano a disposizione un caposquadra che gli faceva visitare gli appezzamenti e ne illustrava le caratteristiche. Ma lui era interessato soprattutto alle piccole fattorie a conduzione familiare. Ne citò alcune per nome – la fattoria Aguirre, la fattoria Sepulveda, la fattoria Soto – e le parlò delle varie famiglie che aveva conosciuto. Una di queste contava sette figli maschi e benché non fosse particolarmente grande, era tenuta in grande considerazione dalla comunità locale per via dei molti ragazzi che vi lavoravano. Al contrario della famiglia Soto, che invece aveva soltanto figlie femmine e per questo aveva dovuto attendere che tutte le ragazze si sposassero per vedere aumentare il valore della proprietà, benché ovviamente le donne lavorassero sodo quanto gli uomini.

«Per noi è difficile da accettare, ma il loro è un mondo arcaico, regolato da tradizioni secolari», le spiegò Sam.

I terreni di queste famiglie erano incredibilmente curati, le piante venivano coltivate con amore quasi materno, e per combattere i parassiti usavano soltanto metodi tradizionali, rigorosamente biologici. Sam ripeté i nomi dei componenti di ogni famiglia, le parlò dei loro talenti e di chi si sarebbe assunto la responsabilità della fattoria quando i vecchi avrebbero ceduto il passo ai giovani.

Le raccontò delle loro case, molto piccole in confronto a quelle che si vedevano negli Stati Uniti. Marni volle sapere com'erano le cucine e Sam le spiegò che nelle fattorie si cucinava sempre per un gran numero di persone, quasi sempre all'aperto, servendosi di pentole e padelle molto grandi. Le descrisse i mazzi di erbe aromatiche essiccate e le diverse varietà di pepe che non potevano mai mancare dalle dispense. Elogiò l'ospitalità delle famiglie argentine e spiegò quanto lo viziassero con stufati succulenti a base di pollo o di carne, serviti con montagne di riso, di fagioli e di tortillas.

«Mi piacerebbe imparare alcune di quelle ricette», disse Marni.

L'uomo proseguì raccontando delle bellezze naturali che circondavano le fattorie: montagne superbe, fiumi ampi e sinuosi, pianure fertili e sconfinate, e mentre parlava, lasciò il patio e tornò nell'orto per completare il suo lavoro. Marni lo seguì, sempre più incuriosita dai suoi racconti. Sam le parlò anche di quanto amasse sciare, una passione che aveva trasmesso anche a Sophia. Ed era stato proprio lo sci, insieme alle montagne e all'università, uno dei motivi che lo avevano portato a vivere vicino a Reno.

«Praticamente adesso conosci tutta la mia vita», osservò Sam, stupito della facilità con cui aveva condiviso la sua storia. «Perché adesso non mi racconti qualcosa di te? E della tua passione per la cucina?»

«La mia vita ti sembrerà una noia mortale rispetto alla tua».

«Raccontamela. Sono curioso».

«La passione per la cucina è nata per caso», iniziò lei. «Anch'io sono rimasta vedova; ero molto giovane e con una bambina di appena nove mesi quando mio marito morì in un incidente d'auto. Mi sarebbe piaciuto andare all'università, invece dopo essere rimasta incinta dovetti rinunciare. Iniziai a lavorare come promoter nei supermercati e, visto che non potevo permettermi una babysitter, portavo Bella con me. Era una bambina molto simpatica e socievole, e i clienti l'adoravano. I miei primi successi li devo soprattutto a lei. Dopo qualche tempo passai alle dimostrazioni dal vivo dei prodotti; nel frattempo Bella aveva iniziato a frequentare la scuola materna, anche se qualche volta la portavo ancora con me, perciò riuscii ad accettare incarichi sempre più impegnativi, e gratificanti. E così, piano piano, iniziai a fare carriera finché un giorno un produttore mi offrì di cucinare in diretta un paio di volte alla settimana durante un programma del mattino. Ero terrorizzata, ma la cosa funzionò; al punto che, venticinque anni dopo il primo contratto, sono ancora qui con il mio *In cucina con Marni.* Sono stata fortunata, e il programma continua ad avere un certo successo».

«In effetti è un bel programma», osservò Sam.

«L'hai visto?»

«Ma certo. Sophia non fa che parlarmene. Ho addirittura la sensazione che abbia scelto di laurearsi in Comunicazione proprio grazie a te; dice sempre che le piacerebbe lavorare in televisione».

«Non sarà difficile per lei fare strada», ribatté Marni. «È una ragazza molto dotata».

Tra una chiacchiera e l'altra, Sam aveva finito di preparare il terreno. Piantò quindi gli asparagi e coprì la terra con una garza, quindi caricò i suoi attrezzi sul camioncino. Marni lo invitò a mangiare un sandwich con lei, prima di andare via. E lui accettò senza farsi pregare.

«È il miglior sandwich che abbia mai mangiato», si complimentò Sam quando ebbe finito. «Adesso capisco perché hai tanto successo».

Era arrivato il momento di salutarsi. Avevano trascorso insieme tre piacevolissime ore e per tutto il tempo non avevano mai smesso di chiacchierare, condividendo le loro esperienze di vita.

Rimasta sola, Marni continuò ad avere la sensazione di sentire intorno a sé la voce profonda di Sam. Uscì sul patio e si stese sulla sdraio per godersi il sole, abbandonandosi ai suoi pensieri; lo immaginò al lavoro con i contadini argentini, mentre mangiava con loro o caricava sul camioncino le verdure per il mercato. «Il cibo sostenibile è ciò che lega le famiglie, le comunità e i paesi», le aveva detto.

Sam sembrava davvero una bella persona, un uomo di buon cuore, e lei si era sentita ispirata dalla sua presenza. Chissà perché non avevano mai avuto occasione di conoscersi meglio, nonostante Sophia lavorasse con lei già da diverso tempo.

La sensazione di quell'incontro la accompagnò per tutta la giornata e quella sera andò a dormire portando con sé i racconti di Sam e lasciandosi cullare dal suono della sua voce.

Una settimana dopo Marni si ritrovò alle dieci del mattino da Starbucks con un perfetto sconosciuto. Sulle prime Tom, l'uomo che Bella aveva scelto per lei, le aveva fatto una buona impressione. Appena entrata nel locale, un tizio distinto seduto a un tavolino d'angolo le aveva fatto un cenno con la mano. Leggermente imbarazzata, Marni si era guardata intorno, per capire se il richiamo fosse per lei, e aveva indicato se stessa con aria interrogativa. L'uomo aveva sorriso e si era alzato per andarle incontro.

«Buongiorno, Marni».

«Sei Tom vero?», verificò lei.

«Sì, certo. Accomodati e permettimi di offrirti qualcosa. Che cosa gradisci?»

«Un cappuccino alla vaniglia, grazie».

Qualche minuto dopo fece ritorno al tavolo con le consumazioni. Il locale era tranquillo, vicino a loro c'erano soltanto una donna che leggeva un libro e un altro paio di clienti.

«È un vero piacere conoscerti», le disse porgendole il suo cappuccino. «Se posso permettermi, sei persino più attraente di persona che sullo schermo».

Marni si sentì arrossire. Non era insensibile ai complimenti, e per un istante pensò che forse quell'appuntamento non era stato una cattiva idea. Non era una donna vanitosa ma le piaceva curare il suo aspetto, non solo per esigenze professionali. E comunque sentirsi apprezzata da un uomo era sempre una bella sensazione.

«Ammetto che non avevo mai guardato un programma di cucina prima d'ora. Però quando Bella mi ha parlato di te mi sono sentito costretto a dare un'occhiata».

Marni lo guardò, leggermente perplessa. «Mi sembra giusto. A te piace cucinare?»

«Diciamo che sono in grado di preparare un paio di piatti, giusto per non sfigurare, ma non posso dire che la cucina mi appassioni. Invece la tua trasmissione… sono rimasto incantato. Da quanto tempo ti dedichi a questo lavoro?»

«Ti riferisci alla conduzione del programma? Da più di vent'anni. All'inizio erano soltanto due brevi interventi alla settimana, su un solo canale, ma poi le cose sono andate avanti e sono passata a un vero e proprio show. Raccontami di te: da quanto tempo vivi da queste parti?»

«Una decina d'anni. Prima ho vissuto a San José, poi a San Francisco, a Sacramento e infine sono arrivato qui. Diciamo che non mi sono mai allontanato troppo dalla California. Ho fatto l'insegnante, il rappresentante e persino il venditore di auto usate. Finché sono arrivato a Reno e sono entrato nel settore immobiliare; ho capito subito che era il lavoro giusto, e infatti è andata bene. Quando ho iniziato era un momento molto favorevole per il mercato immobiliare, ma bisognava comunque sapersi muovere; per fortuna trattare con la gente era il mio punto di forza, e non ho avuto problemi ad avviare la mia attività. Adesso sono in pensione ma ho ancora la licenza e, di tanto in tanto, mi occupo di qualche compravendita. Non resisto alla tentazione di concludere qualche buon affare. Di recente ho venduto una casa sul Lago Tahoe».

A quel punto Tom cominciò a snocciolare un lungo elenco di successi, senza risparmiarle alcun dettaglio. Però non le disse quanti anni aveva, così Marni glielo chiese e scoprì che aveva sessantacinque anni e due divorzi alle spalle. Tom era un tipo che rideva molto, perlopiù delle sue stesse battute; di tanto in tanto interrompeva la conversazione per farle un complimento. «Hai cinquantasette anni? Non è possibile. Sembri molto più giovane».

Ma più che altro continuò a parlarle delle sue trattative preferite, sottolineando di volta in volta la sua abilità nel concludere ottimi affari. «Che ci vuoi fare, ho un debole per le trattative complesse, forse perché mi permettono di dare il meglio di me; alla fine tutti hanno un punto debole, ci vuole solo un po' di pazienza per scoprirlo, e a quel punto chiudere l'affare è un gioco da ragazzi. Ricordo che una volta mi è capitato un cliente particolarmente ostico, che aveva tirato sul prezzo di una proprietà a tal punto che per me non aveva più senso continuare. Allora sai che cosa ho fatto? Non ho risposto. Ho lasciato scadere l'offerta, e il cliente a quel punto non sapeva più che fare. In pratica, gli avevo fatto capire che non avrebbe mai ottenuto la casa al prezzo che lui aveva deciso. Ovviamente gli avevo lasciato credere di aver ricevuto un'offerta migliore da un altro cliente. E alla fine si è visto costretto a cedere e ad accettare il mio prezzo. Mi piacciono queste trattative, le trovo divertenti. Ma non sempre va così. A volte i clienti si impuntano e preferiscono rinunciare alla proprietà dei loro sogni piuttosto che pagarla qualche dollaro in più».

Per un attimo Marni pensò di guardare l'orologio, giusto per comunicare in modo subliminale il suo disinteresse, ma poi si limitò a finire il suo cappuccino. Ma dopo un'altra serie di "affari pazzeschi" si sentì morire dalla noia. E pensare che adorava parlare di case, a lei però piaceva visitarle, immaginare come sarebbe stato viverci. Il progetto della sua casa l'aveva ideato lei. Per un attimo fu tentata di parlare a Tom della sua bellissima dimora e di come l'avesse adattata alle sue esigenze di lavoro, ma poi lasciò perdere. L'unica cosa che desiderava in quel momento era mettere fine a quel noiosissimo incontro. E non sapeva come fare.

Avrebbe dovuto chiedere a Bella come ci si comportava, al giorno d'oggi, in situazioni simili. Forse avrebbe dovuto essere brutalmente sincera e dirgli: «Mi dispiace, ma non credo che fra noi possa funzionare»?

Ma alla fine optò per una soluzione più diplomatica. «Tom? Mi dispiace interromperti, ma si è fatto tardi. Purtroppo ho un altro impegno».

«Posso offrirti un altro cappuccino?»

«Ti ringrazio. Ma come ho detto, ho un altro impegno».

«Davvero? Non me ne avevi parlato, quando ci siamo sentiti al telefono».

«Pensavo che un'ora fosse sufficiente per prendere un caffè. Ed è passata già da un po'».

«Che tipo di impegno, se posso chiedere?»

«Un incontro d'affari».

«Di che tipo d'affari si occupa una cuoca?», domandò lui.

Marni credette di cogliere una punta di sarcasmo nella sua voce e si irrigidì. A quel punto congedarsi le risultò decisamente più facile.

«Scusami se la mia domanda è inopportuna. Ma sono sinceramente incuriosito dal tuo mondo», insisté Tom.

«Si tratta di un incontro con la produzione», rispose Marni, con una certa freddezza. «Il mio staff e il produttore devono stabilire la scaletta delle prossime riprese».

«Capito. Senti, che ne dici di vederci ancora?»

«Ti chiamerò dopo aver dato un'occhiata alla mia agenda», replicò Marni, alzandosi. «Grazie mille per il cappuccino. E per la piacevole conversazione. Alla prossima...», e gli strinse sbrigativamente la mano.

«Ti accompagno all'auto. Mi piacerebbe molto rivederti, magari per un drink», rilanciò Tom, seguendola fuori dal locale.

«Ti chiamo io. Prima devo vedere gli altri impegni», ribadì Marni.

A quel punto lui le strinse il braccio, come se volesse attirarla a sé. Marni s'infastidì, e gli allontanò la mano.

«Ho capito. Scusami, è troppo presto», disse lui, imbarazzato.

«Buona giornata», lo salutò, aprendo la portiera dell'auto.

«A te, Marni. E a presto».

Non credo proprio, pensò lei.

Marni in realtà non aveva nessun impegno e fu felice di avere un po' di tempo per sé, e per pensare. Tom non le era piaciuto affatto, e non capiva perché lui volesse rivederla, visto che sembrava interessato soprattutto a se stesso. Anche se, dopo quell'ora trascorsa con lui, si era resa conto che era ormai troppo tempo che non si abbandonava tra le braccia di un uomo.

Era una bellissima giornata e, una volta rientrata a casa, si sedette sul patio a sfogliare libri di ricette. Dopo poco squillò il telefono. Era Bella. Sapeva che la figlia l'avrebbe costretta a dire la verità.

«Ciao mamma. Ho sentito Tom. È convinto di non averti fatto una buona impressione. Che cosa è successo?»

«Ma niente, Bella. Solo che non ha fatto altro che parlare di sé e dei suoi successi professionali. L'unica cosa che ha voluto sapere di me è stata la mia età. E solo perché io gli avevo chiesto la sua».

«No? Veramente?»

«In realtà mi ha anche chiesto da quanto tempo facevo la cuoca in televisione».

«Ma... ti è piaciuto?», volle sapere Bella.

«Mi sembra un tipo a posto, ma non credo che vorrò rivederlo».

«Davvero? Sicura che non vuoi dargli un'altra occasione?»

«Sicura. Mi spiace, figlia mia, ma credo che dovrai trovarti un altro passatempo, possibilmente uno che non implichi mettere tua madre in situazioni di grande imbarazzo e disagio».

«Ma hai appena detto che è un tipo a posto; perché ti sei sentita a disagio?»

Marni sospirò. «Te l'ho detto: perché ha parlato di se stesso per tutto il tempo. E sai che cosa mi hanno insegnato le persone che parlano molto di sé? Che non sono particolarmente interessate agli altri. Mentre tu parli, non ti ascoltano, e pensano già a che cosa ti diranno dopo. Credimi, è così. Purtroppo, spesso si tratta di persone molto egoiste».

«Magari stava cercando soltanto di rendersi interessante».

«O forse pensava di farmi cadere ai suoi piedi con la storia in dieci volumi dei suoi successi. Mi spiace, Bella, ma mi sono annoiata a morte».

«Quindi non ti ha raccontato niente del suo viaggio in Africa? O della crociera in Scandinavia? Non ti ha nemmeno parlato del figlio avvocato?»

«No, niente di tutto questo».

«Va bene. Mi rendo conto che forse dovremmo fare due chiacchiere per capire esattamente che cosa cerchi in un uomo».

«Non cerco niente di particolare. O forse cerco un altro Jason, ma con vent'anni in più. Scusa, tesoro, ma adesso devo proprio andare. Mi suonano alla porta. Forse è una consegna... sto rifornendo la dispensa. Ti chiamo più tardi».

Marni posò il cellulare e andò alla porta. Guardò attraverso lo spioncino: era Sam. L'ultima persona al mondo che si aspettava di vedere. Marni gli aprì e d'istinto gli sorrise.

«Ciao. Che sorpresa».

«Spero di non disturbarti. Volevo chiamarti prima di passare, ma non avevo il numero e non volevo chiederlo a Sophia. Così ho portato una bottiglia di vino e ho tenuto le dita incrociate. Stai lavorando?»

«No. Sono libera. E un bicchiere di vino lo bevo volentieri. Ho avuto una mattinata piuttosto stressante».

«Guai col forno?», domandò lui con un sorriso.

«No, tutt'altro. Questa mattina avevo un appuntamento con un uomo. Ma è stato un incontro poco promettente».

«Apriamo la bottiglia, così mi racconti com'è andata davanti a un buon bicchiere», suggerì Sam, e la seguì in cucina dove lei prese due calici e cercò il cavatappi per aprire la bottiglia.

«Come mai non volevi chiedere il numero a Sophia?», gli chiese, dopo aver versato il vino nei bicchieri.

«Perché non volevo che si facesse strane idee. Avrai notato che Sophia è un po'... curiosa. Mi avrebbe tempestato di domande e non si sarebbe accontentata di sapere che volevo venire a dare un'occhiata agli asparagi. Ho avuto mogli meno ficcanaso di lei».

«In che senso? Quante mogli hai avuto?», domandò Marni, stupita.

«Solo due. La prima volta mi sono sposato appena ho finito l'università. Ma è stato un matrimonio molto breve, niente di cui valga la pena parlare. Scoprimmo molto rapidamente di non avere nulla in comune. E decidemmo che era meglio finirla lì. È stata una separazione rapida e indolore. Divorzio consensuale, e senza nemmeno rivolgerci agli avvocati».

«Ma quindi... quando hai conosciuto la madre di Sophia?»

«Era la figlia di uno dei contadini argentini a cui facevo visita. Io avevo quarant'anni, e Selena ventisei. Ma la differenza d'età non è mai stata un problema fra noi. Quando lei se ne andò, eravamo sposati da nove anni. Era davvero troppo giovane per morire».

Marni gli porse il suo bicchiere vino. «Sarà stato difficile per Sophia».

«L'adolescenza è già un periodo complicato, se poi perdi la mamma... Ma non parliamo di cose tristi. Ti va se gustiamo il nostro vino in giardino?»

«Ma certo. Quando hai suonato, in realtà ero seduta sul patio».

Uscirono e Marni si affrettò a riordinare i mille libri di ricette sparsi un po' ovunque. Per Sam non fu difficile capire che cosa stesse facendo quando aveva suonato.

«Immaginavo stessi lavorando», disse Sam accomodandosi su una delle due sedie a sdraio.

«In verità leggo i manuali di cucina per rilassarmi. A te invece che cosa piace leggere?»

«Romanzi d'azione e d'avventura. E un sacco di libri di storia. Oppure cataloghi di semenze. Immagino che ti piacciano anche altre cose, oltre alle ricette».

«Sì, certo. Mi piacciono i bei romanzi, anche quelli rosa. In pratica, adoro il lieto fine».

«Quindi credi nel lieto fine», disse Sam, e non era una domanda.

«Diciamo che *spero* nel lieto fine», precisò lei.

«In un certo senso la tua vita è molto simile a quelle che si vedono al cinema, hai una casa stupenda, una bella famiglia, una carriera di successo...»

«In effetti non mi posso lamentare, ma mi piace ugualmente leggere storie che finiscono bene; adoro soprattutto quando le situazioni complicate si risolvono brillantemente e... tutti vissero felici e contenti».

«Ammetto che l'idea piace anche a me».

«Ma Sophia non è d'accordo».

«No, direi di no. L'ho addirittura sentita dire: "Mio padre non amerà mai nessun'altra donna". Non saprei dire se abbia ragione, ma so per certo che sarebbe molto complicato trovare una donna che potrebbe piacerle. Eppure nessuno più di Sophia avrebbe bisogno dell'esperienza e della saggezza di una donna adulta, anche per avere qualche consiglio sulla sua vita sentimentale. L'ultimo ragazzo col quale è uscita era un tipo piuttosto freddo e scostante. Per fortuna la relazione è finita presto».

«Mi sorprende. Non è da lei», ribatté Marni. Se è vero che le figlie femmine tendono a cercare dei ragazzi simili ai loro padri, "freddo e scostante" era ben lontano da ciò che si poteva dire di Sam. Per quel poco che lo conosceva lo trovava cordiale e decisamente affabile.

«Non prendermi troppo alla lettera. Forse sono le parole di un padre un po' troppo possessivo. Secondo Sophia esagero; è convinta che se lo avessi conosciuto meglio, lo avrei apprezzato. Io però ne dubito, perché era evidente che non aveva nessun rispetto per lei».

«Anch'io mi trovo in una situazione alquanto insolita, ma per la ragione opposta. Come sai, mia figlia è determinata a trovarmi qualcuno con cui uscire», disse Marni.

«Sei riuscita a capire perché?»

«Credo che le dispiaccia sapermi sola».

«Lo sei?»

Fece di no con la testa.

«Qualche volta capita a tutti di sentirsi soli. Ma nel mio caso non al punto da voler correre i rischi che comporterebbe una relazione. Sono già stata sposata due volte, e sono anche rimasta vedova. Come il tuo, anche il mio primo matrimonio è stato breve».

«Non sapevo che avessimo questa esperienza in comune. E comunque, lasciami dire che una donna come te dovrebbe avere la fila fuori dalla porta».

«E invece non è così. Anche se è vero che non mi capita molto spesso di trovarmi in situazioni dove poter conoscere uomini non impegnati e dell'età giusta. Cinque anni fa ho dovuto affrontare un divorzio piuttosto difficile, ed essendo rimasta scottata non mi va di avventurarmi in altre relazioni. Credo che il gioco non valga la candela. Quindi dirò a Bella di togliersi quest'idea dalla testa».

«Concordo», disse lui con una risata. «Ma... che cos'è successo durante il tuo appuntamento?»

«Ha organizzato tutto Bella. Abbiamo preso soltanto un caffè, ma quel tipo non mi ha suscitato nessun interesse. Sicuramente è una persona a posto, ma mi è sembrato un po' troppo... preso da se stesso. Mi sono annoiata a morte, e a un certo punto mi ha anche innervosito. Insomma, non vedevo l'ora di tornare a casa».

Sam rise. Sembrava divertito.

«È stato piuttosto imbarazzante», ammise Marni.

«A dire la verità, anch'io ho diverse amiche che cercano di accasarmi», rivelò Sam, sorseggiando il vino. «Ma io, francamente, non ho nessuna intenzione di farlo».

«Nemmeno io», affermò Marni convinta. «E non sono neanche interessata ad avere una relazione seria, sto bene così. Ovvio, non mi dispiacerebbe avere un amico speciale, se i nostri caratteri fossero compatibili, e se insieme ci divertissimo, ma il mio lavoro mi impegna troppo per avere una relazione più seria di così. E il lavoro per me è molto importante. Gli dedico gran parte del mio tempo, e quel che faccio mi piace molto. È così anche per te? Perché non mi racconti qualcosa in più di quello che fai?»

«Come sai, a parte coltivare il mio piccolo terreno, faccio ricerca in ambito agrario. Più precisamente, cerco di ottenere dei dati attraverso una serie di esperimenti. Ma per chi non è del settore, sono cose piuttosto noiose».

«D'accordo. Allora che ne dici di parlare un po' di giardinaggio? Come ti sembra il mio piccolo paradiso verde?»

«Mi sembra in ottima forma. Sicuramente te ne occupi con passione, perché le piante e gli alberi sono molto curati», osservò Sam.

«È vero, appena ho un attimo, mi dedico alle mie piante. Mi rilassa e mi mette allegria. A proposito: quello spray contro gli afidi che mi hai dato l'altro giorno è portentoso. Dove l'hai preso?»

«L'ho preparato io. Quando lo finisci, te ne porto dell'altro. Come va con i conigli?»

«Il recinto regge, per il momento, ma ho dovuto spruzzare il repellente in alcuni punti strategici».

«I conigli vanno matti per le foglie tenere, quindi sarebbe meglio tenerli lontani almeno fino a quando le piante non saranno cresciute».

Sam si guardò intorno per un attimo e cambiò argomento. «Nei rari momenti in cui non lavori, che cosa fai per svagarti?»

«Come ti ho detto, non ho molto tempo libero, ma mi piace molto viaggiare, anche da sola, in particolare per scoprire la cucina di altri luoghi. Adoro scovare ricette inedite, anche insolite, e conoscere gente nuova».

«Anche a me piaceva molto conoscere nuove persone, quando viaggiavo da una fattoria all'altra».

«Quando sono a casa, spesso mi metto ai fornelli e sperimento nuove ricette. E leggo molto. Oppure guardo vecchi film, o mi godo il silenzio. D'inverno ogni tanto vado a sciare e d'estate mi capita qualche volta di andare al mare».

«È da molto che vivi qui?», si informò Sam.

«Ho sempre abitato in questa zona. Mia figlia lavora per il procuratore distrettuale della contea e ha intenzione di crescere suo figlio qui, per cui non penso che mi trasferirò, almeno, non a breve. Anche mia sorella abita qui, insegna a Reno, ed è sposata con un vigile del fuoco. Insomma, per me questo posto è casa mia».

«Tua sorella insegna?»

Marni annuì. «Insegna all'università, al dipartimento di Lettere. Si chiama Nettie Carlisle, cioè Annette Carlisle. La conosci?»

«No, mai sentita», rispose lui, scuotendo la testa. «Però adesso che so il suo nome, la cercherò. Quindi, ti piace leggere e guardare vecchi film?»

«Sì, e andare in bicicletta. E anche fare lunghe passeggiate, e qualche escursione in montagna. Adoro anche stare con le amiche, sai quelle belle serate rigeneranti di chiacchiere e pettegolezzi? Qualche volta è venuta anche Sophia, anche se ultimamente ci sta snobbando, immagino che avrà di meglio da fare che stare con delle vecchione come noi», disse Marni con un sorriso. «Più che altro frequento mia sorella, mia figlia, Ellen, la mia socia e grande amica, e qualche altra amica della televisione. Insomma non ho di che annoiarmi».

«Ti piace andare in città?»

«Adoro San Francisco», rispose di getto.

«Cosa ti piace esattamente?»

«Scoprire nuovi ristoranti, naturalmente. Ma anche andare nei locali dove fanno musica dal vivo, visitare gallerie d'arte, fare shopping, svaligiare i negozi che vendono cibi esotici.

Un paio di volte sono anche andata a fare pesca d'altura e mi è piaciuto da morire. Hai mai provato?»

«Sì, ho provato. E concordo: è molto divertente. Potremmo mettere anche questo nella lista da fare insieme. Che ne dici?»

«Senza dirlo a Sophia, però», disse Marni con un sorriso complice.

«Mi sembra una saggia decisione. Meglio non complicarsi la vita. Sophia è un tesoro di ragazza, ma qualche volta sa essere davvero ostinata nelle sue posizioni».

«D'accordo, e io terrò la bocca cucita con Bella», ridacchiò Marni.

«Prima di programmare una gita a San Francisco, però, che ne diresti di venire a vedere il mio orto?»

«Mi piacerebbe molto. Anche se ho paura che dopo averlo visto, finirò per vergognarmi del mio».

«Ma figurati. Dai un'occhiata alla tua agenda e dimmi quale giorno potrebbe andare bene. Se hai tempo, potremmo anche mangiare qualcosa insieme».

«Sono sicura che lo troverò».

Prima di congedarsi, si scambiarono i numeri di cellulare, poi Marni accompagnò Sam alla porta. Avevano parlato di tutto, comprese le rispettive figlie, entrambe ostinate e indipendenti. A parte gli extraterrestri e la religione, avevano toccato praticamente ogni argomento, compresi i loro matrimoni. Si erano anche detti che non avevano intenzione di risposarsi e non erano convinti di volersi impegnare in una relazione seria. Ma nessuno dei due aveva parlato del desiderio di sentirsi di nuovo innamorati.

Marni desiderava molto essere di nuovo innamorata, anche se la considerava una sua debolezza. Per lei niente era più emozionante del sentirsi innamorati. E niente era devastante quanto il timore di perdere l'amore della persona amata.

Nonostante due matrimoni deludenti, nonostante fosse consapevole di quanto fosse rischioso fidarsi ancora di un uomo, doveva ammettere che la sola idea di innamorarsi di nuovo le faceva battere il cuore come nient'altro al mondo.

4

Bella guardò soddisfatta il variopinto assortimento di verdure sul ripiano della cucina: quella sera la sua insalata sarebbe stata ricchissima, e non avrebbe avuto niente da invidiare a un piatto più elaborato. La sua giornata in smart-working si era appena conclusa, ed era piuttosto stanca. *Che fortuna non dover guidare fino a casa*, pensò, *oggi non ce la farei proprio.*

La pandemia, se non altro, aveva dimostrato che gran parte del lavoro di un avvocato poteva essere gestito da casa. E infatti Bella aveva allestito in soggiorno un piccolo spazio dove poteva svolgere la sua professione tranquillamente e… comodamente, aspetto tutt'altro che trascurabile, soprattutto adesso che era incinta e sentiva spesso la necessità di tenere le gambe sollevate. Il rovescio della medaglia era che purtroppo la sua vita era diventata terribilmente sedentaria e, tra la gravidanza e i continui spuntini, stava letteralmente lievitando.

Ovviamente non poteva esimersi dall'andare fisicamente in tribunale per seguire le sue cause, ma a parte questo, poteva evitare di mettere il naso fuori di casa per settimane. Shelly, invece, la sua collaboratrice più stretta, preferiva andare in ufficio tutti i giorni, e da lì si occupava delle mansioni di routine con computer e telefono, e la teneva aggiornata su tutto.

Ora che la pandemia era finita, c'era tantissimo lavoro arretrato da recuperare perché molte cause giudiziarie erano state rinviate e riprogrammate. Bella sperava di riuscire a smaltire il lavoro accumulato prima del parto. Dopodiché sarebbe andata in maternità per tre mesi.

Anche Jason aveva diritto al congedo parentale, ma Bella aveva capito che non aveva intenzione di usufruirne. Le aveva detto che avrebbe preso qualche permesso e si sarebbe reso più disponibile, ma che non vedeva la necessità di chiedere un congedo lungo. Era rimasta un po' delusa dalla sua scelta, ma suo malgrado aveva deciso di rispettarla.

Mentre sistemava sul tavolo tovagliette, piatti e bicchieri sentì aprirsi la porta che dava sul garage. Era Jason che, come suo solito, stava parlando di lavoro al cellulare ben oltre il suo orario di lavoro, un'abitudine che Bella trovava irritante.

«Sì, domattina me ne occuperò personalmente», lo sentì dire. «Avete controllato la documentazione disponibile per il caso Hanson? A scanso di equivoci, magari fate una ricerca su eventuali ingiunzioni o condanne. No, è soltanto uno scrupolo. Però è sempre meglio essere prudenti».

Come Bella, anche Jason era un avvocato, e lavorava per uno studio legale privato di Reno. Si erano conosciuti subito dopo la laurea in Legge e da allora non si erano più lasciati.

Bella posò al centro della tavola la ricca insalata che aveva appena preparato e il pane per Jason.

«Ancora insalata?», osservò lui, deluso. Appena rientrato era andato a cambiarsi, e adesso indossava comodi abiti da casa.

«Sto cercando di non prendere altro peso», spiegò Bella. «Non voglio arrivare al nono mese grossa come una balena».

«Ma io sto morendo di fame. Non mi basta un'insalata».

«Che ne dici di prepararti un panino? O qualcos'altro. Lo sai che se metto in tavola una cena completa, finisco per divorare tutto».

«E va bene, vada per il panino». Dopodiché Jason si alzò e andò a prepararsi un paio di sandwich con prosciutto e formaggio.

Durante la cena, Bella chiese al marito della sua giornata di lavoro, e poi gli raccontò della sua, evitando di condividere informazioni sensibili, visto che lavoravano su fronti opposti. Quella sera, però, Jason era insolitamente silenzioso, e Bella si chiese se fosse semplice riservatezza professionale, oppure fosse arrabbiato per via dell'insalata.

«Ho ancora fame», la informò quando ebbero finito di cenare.

«Prendi ancora un po' di insalata», suggerì Bella, avvicinandogli la terrina.

«No, grazie. Con l'erba per oggi ho chiuso».

«Anch'io ho fame, sai? E meno male che avevi promesso di sostenermi. Ti ricordo che sono *io* quella incinta».

Jason non replicò. Tornò al frigorifero e passò in rassegna il suo contenuto. Bella sapeva che non avrebbe trovato granché, visto che aveva già utilizzato il prosciutto e il formaggio per i sandwich. Infatti Jason lo richiuse subito e uscì dalla cucina. Ricomparve qualche minuto dopo in jeans, maglione leggero e stivali, pronto a uscire. Prese il portafoglio, il cellulare e le chiavi dell'auto, che aveva lasciato sul mobile bar del soggiorno.

«Vado da Bilby's a farmi una birra», annunciò. Il Bilby's era il loro locale preferito in zona.

«Aspettami, vengo con te», gli disse Bella, e fece per alzarsi.

«Preferirei andarci da solo. Ho avuto una giornataccia e ho bisogno di starmene un po' per conto mio per smaltire il cattivo umore. Non starò via molto e ti prometto che al mio ritorno sarò più rilassato».

«Dài, lascia che ti accompagni. Non sei costretto a far conversazione. Possiamo anche stare in silenzio».

«Non si tratta di questo. Ho bisogno di rilassarmi, di scaricare la tensione».

«Se non sbaglio, ultimamente esci da solo piuttosto spesso», gli fece notare Bella.

«Ti ricordo che in casa non c'è mai niente da bere», ribatté Jason. Adesso che ci pensava, aveva smesso di comprare alcolici da quando era rimasta incinta. E quando lo faceva lui, lei lo guardava bere ripetendo quanto le mancassero una bella birra ghiacciata o un Martini dry.

«C'è una bottiglia di vino. Vuoi che la apra?», chiese.

«No, grazie. Voglio soltanto che tu mi lasci uscire per un po'; quando tornerò sarò d'umore migliore».

«Va bene. Comunque sappi che anch'io ho avuto una giornata pesante».

«Lo so. Lo immagino. Non starò fuori a lungo», replicò Jason, e uscì prima che lei potesse aggiungere altro.

Bella finì di caricare la lavastoviglie, si allungò sul divano e si mise a leggere. Le sembrava di aver cominciato quel libro secoli prima, eppure non aveva letto più di un centinaio di pagine. Dopo un paio di paragrafi, abbandonò la lettura, infilò le scarpe, prese la borsa e uscì.

Attraversò in auto i cinque isolati che la separavano dal bar dov'era andato Jason. Il Bilby's era un piccolo locale poco conosciuto, ma aveva un'atmosfera accogliente ed era frequentato soprattutto da clienti abituali. Nella cittadina di Jason e Bella, che si trovava a una ventina di minuti da Breckenridge e dalla casa di Marni, c'erano molti altri locali interessanti, ma lei non li frequentava più da quando aveva deciso di mettersi a dieta. Era aumentata troppo nei primi mesi di gravidanza e l'ostetrica le aveva consigliato di stare attenta o sarebbe arrivata al nono mese con un peso eccessivo, che rischiava di compromettere la sua salute.

Bella si aspettava che Jason la sostenesse e l'aiutasse, ma lui non sembrava molto interessato ai problemi di dieta della compagna. Così come non lo toccavano i suoi sbalzi ormonali, che invece costringevano Bella su un ottovolante emotivo.

Fuori dal Bilby's l'auto di Jason non c'era. Possibile che fosse già tornato già a casa?

Bella parcheggiò ed entrò nel locale, per verificare che il marito non fosse ancora lì. «Ehi, tesoro, ti trovo in gran forma», le gridò il barman.

Bella in effetti era radiosa. La gravidanza la rendeva molto felice. Soprattutto perché per molto tempo aveva temuto che non sarebbero mai diventati genitori. «Pensavo di trovare qui Jason, dev'essere appena andato via», spiegò.

«Veramente non l'ho visto».

«Ok. Immagino che lo troverò a casa. Visto che mi devo tenere alla larga dalle birre, è meglio che vada via subito».

«Se vuoi, posso preparati un tè verde alla vaniglia francese», propose il barman.

«Wow, che sballo», rispose Bella, ironica. «Direi che per questa volta passo. Ciao, alla prossima».

Decise di andare a cercare il marito negli altri locali che era solito frequentare. Ma non vide la sua auto da nessuna parte. Girò a caso per la città, e controllò anche il grande parcheggio di un complesso di villette a schiera, ma della sua auto nessuna traccia. Non sapendo più dove cercarlo, tornò a casa.

Dopo una decina di minuti tornò anche Jason.

«Scusa se prima sono stato sgarbato», disse appena entrato, dandole un bacio sulla fronte.

«Come va? Meglio?», domandò Bella.

«Molto meglio, grazie».

«Non sei andato da Bilby's».

«No. All'ultimo momento ho cambiato idea. Ma tu come lo sai?»

«Perché sono venuta a cercarti. Ma allora dove sei stato?»

«Se avevi bisogno di me, perché non mi hai chiamato?»

«Perché non mi dici dov'eri?»

«Perché non volevo farti arrabbiare né litigare. Sono andato a mangiare una pizza. Con il salame piccante, per la precisione».

«Pizza? Ma se non ti piace la pizza».

«Cosa? Veramente a *te* non piace la pizza. Quando muori di fame, niente è meglio di una bella pizza».

«Hai mangiato con qualcuno?», gli chiese Bella, sul punto di scoppiare a piangere.

Jason sembrò imbarazzato. «Sì. Il cameriere si è seduto al tavolo con me per farmi compagnia, visto che non c'erano molti clienti». E aggiunse, in tono divertito: «Figurati che mi ha chiesto se fossi un atleta locale, di cui non ricordo il nome...»

Ma quando notò l'espressione di Bella, l'allegria passò in un istante. «Bella, tesoro... Si può sapere che ti prende? Non ti ho detto che andavo a mangiare una pizza perché non volevo litigare», si giustificò, stringendole le mani fra le sue. «Lo so che essere incinta non è una passeggiata, soprattutto dopo tutta la fatica che abbiamo fatto per arrivarci, e lo sai che voglio fare il possibile per starti vicino. Ma avevo fame. Avevo bisogno di mettere qualcosa sotto i denti, del cibo vero, e sostanzioso, non la solita erba. Tutta quell'insalata mi sta facendo venire la nausea. Se preferisci che mi compri qualcosa di pronto, o che mi fermi a mangiare fuori, lo faccio. Però non posso portare il bambino in grembo al posto tuo e non posso nemmeno continuare a dimagrire. Lo capisci questo, vero?»

«Sei sicuro che si trattasse di un cameriere e non di una cameriera?» Bella aveva gli occhi umidi di lacrime.

«Ma... sei seria?», esclamò lui, spazientito. Poi le lasciò le mani e se ne andò in camera.

Bella rimase seduta dov'era per una decina di minuti, a rimuginare e a commiserarsi, poi finalmente si alzò e raggiunse Jason nella loro camera. Lo trovò sdraiato sul letto, intento a leggere una corposa memoria difensiva. Mentre si spogliava, le lanciò un'occhiata furtiva. Quando Bella si infilò a letto, l'attirò a sé e la strinse fra le braccia. La coccolò per un po', poi fece scivolare una mano sotto la camicia da notte e la accarezzò con delicatezza: le braccia, la pancia, il seno... Fecero l'amore a lungo, lentamente, dolcemente, finché Bella scivolò in un sonno profondo.

Era mattina presto quando Jason uscì dalla doccia e la svegliò con un bacio. «Devo correre in tribunale. Come va? Meglio?»

«Decisamente. Tu?»

«Bene. Lavori da casa, oggi?»

«Andrò in ufficio per un paio d'ore. A che ora arrivi stasera?»

«Spero verso le sette. Se faccio tardi, ti avviso».

«Okay, buona giornata. E non dimenticare che ti amo».

«Ti amo anch'io», rispose, e uscì dalla stanza mandandole un bacio.

Bella lo sentì aprire il garage, avviare il motore, fermarsi e richiudere il garage. Dopodiché come ogni mattina, chiamò sua madre. «Mamma... Jason ha una tresca», disse, senza preamboli.

Fra tutti i drammi che Bella avrebbe potuto rovesciarle addosso di primo mattino, quello era il più inatteso. «Ne sei proprio sicura?», domandò Marni, incredula.

«Ieri sera mi ha detto che usciva per una birra, ma io sono andata a cercarlo in tutti i nostri locali preferiti e non l'ho trovato da nessuna parte. E poi ho scoperto che invece era andato a mangiare una pizza».

«Ma... perché non siete usciti insieme?»

«Perché ha detto che era di cattivo umore, e voleva stare un po' da solo. E poi io non posso bere alcolici, e neanche mangiare la pizza, visto che continuo a ingrassare. Perciò per cena avevo preparato un'insalata mista. Che lui non ha gradito. Ma il punto è che mi ha mentito. Ha detto che andava in un posto e invece è andato in un altro. E c'è solo un motivo che può spiegare questo comportamento».

«Bella, sono certa che ci sarà un'altra spiegazione», disse Marni, cercando di tranquillizzarla. «Preferirei parlare di queste cose a quattr'occhi, magari tenendoti la mano per rassicurarti. Ma visto che non posso farlo, ti ricordo che anche nei tuoi momenti migliori tendi a essere un po' impulsiva e nervosa, figuriamoci in questo periodo, con gli ormoni che fanno la giostra. È normale che tu sia un po' fuori controllo. E francamente non credo si possa concludere che un uomo ha una tresca, come dici tu, solo perché è andato a mangiare una pizza da solo».

«E allora perché lo ha fatto? E mi ha pure mentito?», domandò Bella, per nulla rassicurata dalle parole della madre.

«Ascolta, figlia mia. Quando è successo con Jeff, ci è voluto un po' prima di capire. Però, in base alla mia esperienza, posso dirti che i segnali sono altri. Per esempio, le classiche tracce di rossetto sulla camicia, oppure il telefono spento per molte ore di fila, o un mucchio di messaggi, e-mail e telefonate dalla stessa donna… in ogni caso, se davvero sospetti che abbia una relazione, la prima cosa da fare è tenere d'occhio il suo cellulare».

Bella rimase in silenzio per un lungo istante.

«Come mai non dici niente? L'hai già fatto, vero?»

«Conosciamo le rispettive password».

«Ragioniamo: se Jason avesse davvero qualcosa da nasconderti, non ti darebbe la sua password, no? Non credo che la sua assistente conosca la password del suo cellulare personale».

«La sua assistente è più grande di te, ed è tutto fuorché attraente. No, non è Janine che mi preoccupa. Inoltre…»

«Bella, tesoro mio, ascolta: secondo me dovresti parlare con qualcuno, con un professionista, intendo», suggerì Marni. «Perché non chiami la clinica dove hai fatto l'inseminazione? Ricordo di aver letto da qualche parte che c'è una psicologa alla quale ci si può rivolgere in caso di bisogno».

«Una psicologa?» Bella sembrava inorridita.

«È un'idea. Del resto, chi meglio di loro? Quella clinica è frequentata da donne che, come te, sono state bombardate di ormoni e tu sai anche meglio di me che questo comporta una serie di effetti collaterali. Forse questa tua diffidenza un po' paranoica potrebbe dipendere da una questione ormonale. Non credi?»

«Non sono paranoica. Ma Jason aveva detto che sarebbe stato al mio fianco per tutti i nove mesi e invece... Guarda in che stato sono per colpa sua».

«Insisto. Penso che parlare con qualcuno ti farebbe bene. Se non altro, eviteresti inutili stati d'ansia. Anch'io quand'ero incinta piangevo senza motivo, avevo vuoti di memoria, e passavo dal dormire come un ghiro all'insonnia totale. E non avevo neanche subìto il bombardamento ormonale che hai subìto tu».

«Spero che tutta questa tensione non stia facendo male al bambino». Bella aveva iniziato a piagnucolare.

«Tesoro mio, il mio ovviamente non è un parere medico, ma lasciami dire che questa è una vera sciocchezza. Se le preoccupazioni e i turbamenti delle madri incinte dovessero nuocere ai nascituri, la specie si sarebbe estinta da un pezzo. Le donne incinte sono in ansia per qualsiasi cosa, è normale, è naturale che sia così. Eppure la quasi totalità dei bambini viene al mondo sana. Tornando alla psicologa...»

«Mamma, scommetto che in freezer hai qualcosa di succulento e molto calorico che potresti passarmi. Vorrei preparare una super cenetta per Jason, ma non ho tempo di cucinare. E in ogni caso non potrei mai competere con i tuoi manicaretti. Che ne dici? Potrei passare a prenderlo nel pomeriggio».

Marni fece un lungo sospiro. «Se vuoi ho una teglia di lasagne. Però te le darò soltanto se mi prometti che ti rivolgerai a uno specialista».

«Mamma, ti prego».

«Sono sicura che saprà come curare i casi di donne incinte con alterazioni ormonali che accusano il marito di tradirle solo perché il poveretto era affamato ed è uscito a mangiarsi una pizza».

«Va bene, va bene, fisserò un appuntamento con la psicologa della clinica. Per caso hai anche del pane all'aglio?»

«Sì».

«E potresti prepararmi anche un'insalatina? O una bruschetta? Sì, dài, mamma. Una bruschetta delle tue, tipo pomodoro, olive e basilico fresco».

Marni non riuscì a trattenere una risata. Bella non aveva ereditato il suo talento in cucina, ma non si poteva dire che non fosse una bongustaia.

«Probabilmente capirà che non è farina del mio sacco, ma va bene lo stesso», disse Bella.

«Se è vero che lo stai facendo morire di fame, immagino che sarà solo contento che tu mi abbia chiesto aiuto. Ricordati la promessa, devi chiamare la clinica».

«Certo, lo faccio di sicuro, anche se sai benissimo che ho l'agenda chiusa e non ho praticamente nessuna finestra libera».

Marni sorrise. Il gergo di quella generazione di giovani avvocati d'assalto non finiva mai di stupirla. «Anch'io, tesoro mio, sono molto impegnata. Ma troverò sicuramente il tempo di prepararti una piccola borsa frigo con quello che hai chiesto. Tu riuscirai a trovare almeno trenta secondi per mettere tutto nel microonde?»

Sua figlia rise, finalmente più rilassata. D'un tratto tutti i suoi problemi si erano dissolti, e anche il marito fedifrago era diventato un semplice marito affamato.

«Per caso potresti passare a portarla fin qui?», azzardò.

«No, tesoro. Anch'io ho la mia agenda. La borsa frigo è qui che ti aspetta. Ti voglio bene. A presto». E Marni chiuse la telefonata prima che la figlia potesse protestare.

Non era un'ingenua, e sapeva bene che il problema della figlia non si sarebbe risolto con una cenetta gourmet. Probabilmente avrebbe avuto sbalzi d'umore continui fino al termine della gravidanza. E forse anche dopo la nascita del bambino.

E se Jason avesse avuto davvero una relazione? Marni non aveva mai preso in considerazione una simile eventualità, ed era convinta che lui e Bella sarebbero stati molto felici. Ma se mai avesse scoperto che l'adorato genero tradiva la figlia, era sicura che avrebbe sofferto come per il tradimento di Jeff, se non di più.

Marni tolse le lasagne dal freezer, abbrustolì il pane per le bruschette e radunò tutte le verdure fresche che aveva in frigorifero per preparare una bella insalata. Dopodiché andò al computer e inserì nel motore di ricerca "relazioni clandestine" cercando di convincersi che la vita di Bella non doveva necessariamente ricalcare la sua.

Bella in realtà stava vivendo un'esperienza comune a molte donne incinte: si sentiva grassa, poco attraente, con i nervi a fior di pelle e con la lacrima facile. Se a tutto questo si aggiungevano le alte dosi di ormoni che le avevano somministrato per favorire la fecondazione, non era difficile capire perché fosse così in difficoltà.

Come scoprire se vostro marito vi tradisce era il titolo del primo podcast trovato dal motore di ricerca, seguito da: *Cosa fare se sospettate che lui vi tradisce*. Li ascoltò entrambi, aspettando l'arrivo di Ellen. Nessuno dei due suggeriva di rivolgersi alla mamma, chiedendole di preparare una cenetta degna di un ristorante stellato.

Ellen amava molto il suo lavoro, soprattutto quando le giornate erano meno frenetiche e non doveva arrivare da Marni all'alba. La sera prima aveva fatto tardi per preparare qualche dolce, così aveva recuperato un po' di sonno e aveva dormito fino alle otto.

Riempì un sacchettino di biscotti e altre prelibatezze fatte da lei, infilò in borsa l'agenda e il quaderno degli appunti e andò in garage. Quando però premette il pulsante di accensione della sua Lexus non successe nulla, a parte un rapido clic, che non lasciava presagire nulla di buono. La Lexus era un'auto molto silenziosa, ma così era davvero troppo.

Uscì dal garage e si fermò sul vialetto per cercare il numero dell'assistenza. Nel peggiore dei casi, pensò, avrebbe chiamato Marni per farsi dare un passaggio o, quantomeno, il nome di un bravo meccanico.

«Ellen», sentì gridare alle sue spalle.

Sollevò lo sguardo dal cellulare e vide il suo vicino di casa. «Buongiorno, Mark».

«Qualche problema?», chiese lui, avvicinandosi.

«Non mi parte la macchina. Penso sia un problema di batteria, anche se non dovrebbe, visto che l'auto ha soltanto tre anni».

«Pare proprio che al giorno d'oggi le batterie siano programmate per esaurirsi due giorni dopo la scadenza della garanzia. Fammi dare un'occhiata».

«Ti ringrazio, ma non vorrei farti perdere tempo; immagino che dovrai andare a lavorare. Posso chiamare un meccanico».

«Non preoccuparti, non ho fretta...», e Mark si avvicinò all'auto. «La chiave elettronica è inserita?»

«Sì. Grazie, sei davvero molto gentile».

«Figurati, mi fa piacere dare una mano», disse Mark mentre cercava di avviare il motore, che però non rispondeva. Scese dall'auto e aprì il cofano. «Non sono un meccanico ma credo che tu abbia ragione, in effetti sembra un problema di batteria. Se vuoi posso accompagnarti a prenderne una nuova; non dovrebbe essere difficile installarla».

«Mi spiace darti tutto questo disturbo».

«Nessun disturbo, anzi».

«Visto che sei così gentile, allora ne approfitto. Ti ringrazio tantissimo».

«È un piacere», le disse mentre iniziava a staccare i fili della vecchia batteria.

Mark Wascott si era trasferito nella casa accanto a quella di Ellen da tre anni. Avevano fatto subito conoscenza ma aveva scoperto che Mark era vedovo soltanto dopo un anno. Lui le aveva raccontato che, dopo la morte della moglie, aveva venduto la casa dove avevano abitato insieme per tanti anni per comprarne una più piccola. Aveva un figlio ormai grande e un paio di nipotini che vivevano a Las Vegas. Capitava che venissero a trovarlo, ma di rado, ed Ellen si era fatta l'idea che in genere fosse lui ad andare più spesso da loro, perché ogni tanto si accorgeva che la casa restava chiusa per un po' di tempo.

Ellen e Mark erano buoni vicini di casa e quando si incrociavano scambiavano volentieri quattro chiacchiere. Nel tempo si erano raccontati che lei lavorava per un programma televisivo, e che lui era ufficialmente in pensione ma in realtà aveva un lavoretto part-time presso un emporio locale, giusto per arrotondare un po' e tenersi impegnato. Era un uomo gentile, premuroso e cordiale, un vicino di casa perfetto, e lei lo apprezzava molto.

Durante il tragitto verso il negozio di pezzi di ricambio, dopo averlo ringraziato svariate volte, disse: «Ricordo che una volta mi hai raccontato di essere in pensione, ma non mi hai mai detto di che cosa ti occupavi».

«Ero un vigile del fuoco. È stato il mio lavoro per più di trent'anni. Avrei potuto continuare a lavorare, ma quando Susan, mia moglie, si è ammalata, ho deciso che era ora di smettere. Aveva il cancro, ed è stata una dura lotta. Che è durata a lungo, troppo a lungo».

«Oh, mi dispiace».

«Avrei voluto che almeno avesse il tempo di godersi un po' di pensione». Per un attimo, lo sguardo di Mark si velò di tristezza. «Sei rimasta vedova anche tu, vero?» domandò, cambiando argomento.

«Sì, mio marito era gravemente malato e io mi sono presa cura di lui per tanti anni prima della sua morte. Ma non ho mai rinunciato al mio lavoro. Anche perché credo che altrimenti sarei impazzita. Gli ultimi anni li ha trascorsi in una casa di cura. Se n'è andato sei anni fa. Ma io vivo sola già da dieci anni».

«Ti ci sei mai abituata?»

«Direi di sì. E mi ci trovo anche troppo bene, temo. Ma le mie circostanze erano molto diverse dalle tue. Quando Ralph è entrato nella casa di cura era già molto debilitato, nel fisico e nella mente, e devo ammettere che all'epoca ho provato un sentimento strano, un misto di dolore e di sollievo. Sapevo che non sarebbe più tornato a casa, ma speravo che potesse almeno trovare un po' di pace».

«Dev'essere stata dura. Avevate figli?»

Ellen fece di no con la testa. «Abbiamo perso l'occasione».

«Peccato. Mio figlio e la sua famiglia sono la mia gioia più grande».

Trascorsero il resto del tragitto in silenzio. Arrivati al negozio, Mark consegnò la vecchia batteria e ritirò quella nuova, che poi installò senza grossi problemi. Quando Ellen provò ad avviare il motore e lo sentì prendere vita scoppiarono entrambi a ridere, come se si fosse prodotto una sorta di miracolo.

«Mi è venuta un'idea. Che ne dici di una cena insieme?», domandò Mark, a bruciapelo.

Ellen fu colta di sorpresa e per un attimo non seppe cosa dire. Ma poi rispose: «Una cena insieme? Non so più nemmeno che cosa significhi cenare insieme».

Mark sorrise. «Vediamo... potrebbe voler dire che andiamo al ristorante, o che uno di noi due cucina qualcosa per l'altro».

«Io sono una cuoca. Te l'ho già detto, vero?»

«E io sono un vigile del fuoco. Non mi definirei uno chef, ma come vedi non mi sono lasciato morire di fame. Potremmo cucinare insieme, che ne dici? Per esempio, venerdì prossimo, che è il mio giorno libero, potrei invitarti da me. Verso le sette. Una cenetta semplice. Ti piacciono gli sformati?»

Ellen annuì, ancora sbalordita dalla proposta. E poi aggiunse: «Scusa, ma... è da una vita che non accetto un invito a cena».

«Intendi dire da quando è mancato tuo marito?»

«No, da molto prima».

Mark la guardò e sorrise. Ed Ellen pensò che, se l'intuito non la ingannava, quel sorriso significava che la trovava carina. Il che era piuttosto imbarazzante, pensò, per una sessantenne che aveva avuto un solo uomo nella sua vita.

«Passeremo una serata piacevole, vedrai. Sarà una cosa semplice. Buon cibo e qualche risata. Ti va?»

«Va bene», rispose, stringendosi nelle spalle.

«Ottimo, non vedo l'ora».

5

Quella mattina Ellen era più silenziosa del solito. Marni la sentiva distratta, lontana, eppure quel giorno si sarebbero occupate della programmazione della nuova stagione, ovvero di un aspetto del loro lavoro che la socia amava particolarmente.

La selezione e lo studio delle ricette, le fotografie e l'allestimento del set per le nuove puntate dello show richiedevano settimane di preparazione e di prove. Per prima cosa dovevano fissare un incontro per discutere il piano di produzione, il che significava, fra l'altro, esaminare almeno un centinaio di ricette, che poi venivano ridotte a cinquanta e da ultimo a trenta. La scelta doveva comprendere piatti veloci e facili da realizzare e altri più complessi e di difficile esecuzione, per due, quattro o più persone, suddivisi in antipasti, primi, secondi di carne, bianca o rossa, e di pesce, piatti unici, dessert. I menù proposti da Marni ed Ellen dovevano essere il più possibile variati ma al tempo stesso legati da un filo conduttore, inoltre tutti i tipi di cottura potevano essere contemplati, e ovviamente non potevano mancare le proposte per vegetariani e vegani. Una volta scelti i piatti, era necessario stabilire la scaletta del programma cercando di mantenere un certo equilibrio fra una puntata e l'altra.

Sophia si era presentata al lavoro nel pomeriggio, dopo aver trascorso la mattinata a lezione. «Ho un progetto per te», la informò Marni, non appena la vide. «Vorrei che lo realizzassi in autonomia, senza la mia supervisione. Se vuoi, puoi trasferirti nel mio ufficio e usare il mio computer. Si tratta di preparare una serie di simulazioni per diverse scenografie, tavola placé ma anche a buffet, diciamo una ventina. Dovrai scegliere innanzitutto lo stile, e quindi tovaglie, piatti, bicchieri, piatti da portata, decorazioni florali, accessori per lo sfondo e tutto il resto. Dopodiché decideremo se utilizzarli così come li hai pensati tu o se modificarli. Che ne dici? Ti piace l'idea?»

«E me lo chiedi? Certo che mi piace».

«Immaginavo che avresti apprezzato».

«Dammi un po' di tempo, poi appena trovo la cucina libera, inizio a mostrarti qualche idea».

«Ottimo. Sarà un fantastico banco di prova per una futura produttrice».

Sophia non vedeva l'ora di lavorare al progetto che Marni le aveva affidato. Non c'era paragone fra quel tipo di lavoro e ciò che faceva di solito, cioè compilare scartoffie, o peggio ancora, lavare, tagliare e pesare gli ingredienti.

Le due sedettero in soggiorno, munite di blocchi per appunti e pile di libri di cucina.

«In cima alla mia lista ho messo gli involtini di vitello», dichiarò Marni. «Sono un po' impegnativi, ma sono molto belli da vedere, e poi sono una vera squisitezza. Potremmo accompagnarli con punte di asparagi bianchi, ce li può fornire il padre di Sophia. Li inserirei fra le proposte per una cena a due, o anche quattro persone, fra i piatti gourmet, e fra quelli che si possono preparare in anticipo».

Marni si accorse che Ellen non l'ascoltava; era distratta e del tutto immersa nei suoi pensieri. In passato le aveva proposto lei stessa quella ricetta diverse volte, eppure ora sembrava non essere più interessata. «Ellen?», la sollecitò.

«Eh?»

«Sei più silenziosa del solito. Che succede? Qualcosa ti preoccupa?»

La sua socia sembrò cadere dalle nuvole. «Scusami, Marni. Dicevi? Ah sì, gli involtini. Direi che sono perfetti. Stavo pensando che dovremmo preparare più antipasti».

«Che ne dici di giocare un po' con le bruschette? Per esempio, una classica con aglio, pomodoro e basilico, una con il pesto, e una più moderna con la glassa balsamica».

«Potremmo aggiungerne una al prosciutto, e anche al pollo».

«Ottima idea. Preparare le bruschette è sempre divertente», osservò Marni. «E poi anche l'assortimento dei colori è piuttosto accattivante. Bene, su questo siamo d'accordo. Adesso perché non mi racconti cosa c'è che non va?»

«Niente di particolare», rispose Ellen con un sospiro.

Marni conosceva troppo bene il modo in cui l'amica piegava di lato la testa quando era a disagio, come in quel momento. «A chi credi di raccontarla? Ti conosco troppo bene per accontentarmi di questa risposta. C'è qualcosa che ti preoccupa, lo vedo. Dài, non farmi stare in pensiero».

«Niente di che, davvero. Il mio vicino di casa mi ha invitato a cena da lui venerdì sera. Vuole farmi assaggiare il suo sformato di verdure».

«Ma quale vicino? Non me ne hai mai parlato».

«Si chiama Mark, è un tipo simpatico. E anche molto gentile. Mi spazza sempre le foglie secche dal vialetto, oppure mi rimette il bidone della spazzatura vicino al garage dopo che è stato svuotato. Una volta mi ha anche spalato la neve! Andare a cena da lui però...»

«Però?»

«Non lo so, Marni. Una cena è quasi come un appuntamento».

«E allora? Dov'è il problema?», replicò l'amica, sorpresa.

«Non ceno più con un uomo da quando è morto mio padre. Quindi da più di due anni».

«Ma lui lo sa che sei una cuoca? Perché sono sicura che in una gara ai fornelli fra voi non ci sarebbe partita. Potrebbe essere divertente, non ti pare?»

«No, non credo. Penso che alla fine gli darò buca. Non mi sento a mio agio in questo genere di cose. Da quando me l'ha proposto, mi è venuto il mal di stomaco».

«Su, Ellen. Un po' di coraggio», la incoraggiò l'amica. «Nel peggiore dei casi, sarete più in confidenza e sarà ancora più gentile».

«Mi ha perfino accompagnata a comprare una nuova batteria per l'auto», rivelò Ellen. «Il punto è che se andassi a cena da lui non saprei di che cosa parlare».

«Ma quando siete andati a prendere la batteria, non avete chiacchierato?»

«Veramente ha parlato quasi sempre lui. Mi ha raccontato della moglie. È vedovo».

«Accidenti, che allegria», ironizzò Marni. «Però ti ha invitata a cena, quindi significa che sa cucinare, giusto? Se è così, gli argomenti di conversazione non mancheranno».

«No, no. Lasciamo perdere la cucina. Non voglio annoiarlo. Anche perché morirei di imbarazzo se alla fine mi dicesse che cenare insieme non è stata una buona idea, e mi accompagnasse gentilmente alla porta senza aggiungere altro».

«Non ti sembra di esagerare?», le chiese l'amica. «E se, invece, fosse una bella serata? Se scopriste di avere un sacco di cose in comune e molto di cui parlare? Pensa che bello se ti accorgessi di essere attratta da lui».

«Non dirlo neanche per scherzo. Non ci voglio nemmeno pensare», ribatté Ellen.

«Ma perché? Guarda che non sei ancora sotto terra».

«Una parte di me è come se lo fosse. E non mi riferisco al cuore», replicò la donna in tono allusivo.

«Ma in passato ti sarà capitato di essere attratta da qualcuno, no? Sicuramente da Ralph, quando eravate giovani».

«Ormai è passato così tanto tempo che neanche me lo ricordo più».

«Ma non hai ricordi piacevoli? Per me, per esempio, *quello* è l'unico aspetto delle mie relazioni che ricordo con piacere», ammise Marni.

«A dire il vero, non saprei», rispose Ellen. «Era sempre Ralph a prendere l'iniziativa. Lui era molto simpatico, insieme ridevamo molto, e così, tra una risata e l'altra, tutto accadeva in modo naturale». Ellen si interruppe, e per un attimo sembrò perdersi nei ricordi. «Amava circondarsi di amici, gli piaceva tantissimo raccontare barzellette», riprese, con una punta di tristezza nella voce. «Tutti gli volevano bene ed è stato uno shock anche per loro sapere che era stato colpito da un ictus e che non si sarebbe più ripreso. Poi però, a uno a uno, gli amici sono spariti. E io non potrei sopportare di rivivere un'altra volta un'esperienza del genere».

«Ti capisco, credimi», cercò di consolarla Marni, pensando alle tante situazioni che nemmeno lei avrebbe voluto rivivere. «Questa, però, è un'esperienza completamente nuova. Non dovresti tirarti indietro soltanto per timidezza».

«Marni, davvero non me la sento di iniziare una nuova relazione».

«Ma chi dice che devi iniziare una relazione? Potresti trovare semplicemente un buon amico. Non devi per forza impegnarti per la vita soltanto perché il vicino di casa ti offre uno sformato. Potresti avere una frequentazione leggera, senza farti coinvolgere troppo, non credi? Io di certo non mi sposerei di nuovo, ma questo non significa che non mi piacerebbe fare qualche giro di lenzuola con un uomo interessante. Chiedo troppo?»

La giornata lavorativa di Marni ed Ellen fu molto proficua, nonostante la chiacchierata fuori programma. A sera, però, quella conversazione portò Marni a riflettere sulla *sua* vita sentimentale, che al momento era inesistente. E alla fine si ritrovò a esaminare la sua situazione economica per capire se avrebbe potuto aiutare Jeff con un prestito, pur sapendo che non avrebbe più rivisto il suo denaro. Ma non poteva ignorare il loro passato, e per niente al mondo avrebbe voluto vedere il suo ex marito andare in rovina; anzi, avrebbe sinceramente voluto vederlo felice e lontano dai guai.

Quel giorno aveva sentito Bella altre due volte. Non era affatto convinta che un piatto di lasagne congelate potesse cancellare i problemi di coppia, nonostante riconoscesse al buon cibo un grande potere rappacificatore.

«Che ti devo dire, mamma… andiamo avanti, ma fra noi c'è qualcosa che non va, anche se non saprei dire che cosa», le aveva detto la figlia durante una di queste telefonate. «Jason ha un lavoro molto impegnativo. Forse è nervoso per questo. Immagino che a tutte le coppie capiti di avere qualche difficoltà di tanto in tanto. Tu e mio padre litigavate spesso?»

Marni rimase spiazzata da quella strana domanda. In trentacinque anni Bella non aveva mai toccato l'argomento. «Noi... sì certo che litigavamo. Eravamo giovani, inesperti e... sciocchi. In più, diciamo che tuo padre non aveva proprio un bel carattere. Jason non è un tipo che perde il controllo facilmente, vero?»

«Ma figurati. Jason è più sul genere passivo-aggressivo. Mette il muso. A dire il vero, sono io quella che perde il controllo. Anzi, ultimamente mi succede di arrabbiarmi per qualsiasi cosa. Non so neanche perché, fatto sta che Jason mette il broncio un po' troppo spesso. Ed è molto silenzioso, distante», spiegò Bella.

«Avevamo detto che ti saresti fatta aiutare. Hai chiamato?»

«Non ancora, ma lo farò».

«Bella, ti ricordo che me lo avevi promesso».

«Mamma, ho detto che chiamerò. Sono sommersa di lavoro. Da Carson City a Reno, tutti i miei colleghi sono stracarichi e non ti dico quante pratiche si stanno accumulando sulla mia scrivania».

«Non riesco a immaginare come tu possa fare quel lavoro, figlia mia. Però, seriamente: voglio che tu...»

«Va bene, mamma. Però adesso ti devo chiedere un favore. Una cosa carina, almeno spero».

«Dubito che possa essere carina, se si tratta di un favore», replicò Marni, scettica.

«Credo sia tempo che io mi conceda una serata fuori con le amiche. Jason è stufo delle mie cene ipocaloriche, e s'inventa qualsiasi scusa per non mangiare a casa. Solo che poi, quando torna, ha l'alito che sa di pizza. Così ho pensato di dargli un po' di tregua e di prendermi una serata libera. Ho già chiamato Nettie, e lei ci sta. Tu potresti invitare Ellen o Sophia, o tutt'e due. Che ne dici?»

«A cena?», chiese Marni.

«Sì, a cena. Nettie proponeva di andare anche a vedere uno spettacolo, o qualcosa del genere. Ha detto che si sarebbe informata e mi avrebbe fatto qualche proposta. Secondo me ci farà bene trascorrere un po' di tempo insieme e farci qualche risata. E io finalmente riuscirò ad allontanarmi per qualche ora da Jason Musolungo».

«Direi che questa è l'idea migliore che hai avuto da qualche tempo a questa parte. In effetti, prendervi una pausa non potrà che farvi bene. Quando?»

«Ho pensato venerdì sera a cena. Va bene per le otto?»

«Se vogliamo andare anche a vedere uno spettacolo dopo cena, forse sarebbe meglio anticipare alle sette, no? Non sono più abituata ad andare a letto tardi», spiegò Marni.

Bella sorrise. «Dài mamma, non fare l'anziana», la prese in giro. «Proprio tu, che sei sempre stata l'anima di qualsiasi festa, vuoi andare a letto presto?»

«Il tempo passa, figlia mia», replicò lei, con un sospiro.

Il giorno seguente Marni propose l'idea di una serata fra amiche a Ellen e a Sophia.

«Cade proprio a fagiolo», commentò Ellen con entusiasmo.

La sua reazione colse Marni di sorpresa. «Davvero vuoi uscire con noi?», domandò, stupita.

«Perché no? Magari esco solo a cena, però, e salto lo spettacolo. Ho deciso di declinare l'invito del mio affascinante vicino di casa, ma preferisco avere una scusa vera, piuttosto che dovermi inventare qualcosa».

«Ma se hai appena detto che il tuo vicino è affascinante, perché vuoi dargli buca?», domandò Sophia, confusa.

«Perché un invito a cena è qualcosa di più di una semplice cortesia fra vicini di casa», spiegò Ellen, «e io non vorrei dare l'impressione di avere… insomma di avere un interesse che vada oltre i semplici rapporti di buon vicinato».

«Fammi capire: quest'uomo ti ha invitata a uscire con lui?», chiese Sophia, sempre più confusa.

«È una lunga storia. In breve, venerdì sera vorrebbe cucinare per me il suo sformato di verdure».

«Non è affatto una lunga storia», si intromise Marni. «Questo tizio negli ultimi anni si è rivelato un ottimo vicino di casa: dove lo trovi un altro che ti spazza le foglie e ti rimette a posto il bidone della spazzatura ogni volta? In più è single e ama cucinare».

«Sembrerebbe l'uomo perfetto», commentò Sophia.

«Sì. Peccato che io non sia minimamente interessata. Solo che non vorrei essere costretta a dirglielo. L'ultima cosa che voglio fare è offenderlo», spiegò Ellen.

«Arrivata a questo punto, ho paura che sarà difficile non farlo se non accetterai di trascorrere qualche ora con lui in amicizia», osservò Marni.

«Sinceramente, spero proprio di riuscire a evitare entrambe le cose», rispose Ellen, dopodiché cambiò argomento. «Sophia, non ci hai ancora detto se ti andrebbe di uscire con tre attempate signore e una donna incinta?»

«Sicuramente mi farebbe piacere, purtroppo però per quella sera ho già un impegno», rispose, illuminandosi in viso. «Ho un appuntamento con un tipo. Anzi, con gran bel tipo».

«Fantastico. Sono contenta per te. È un tuo compagno di università?», si informò Marni.

«No, questa volta no. L'ho conosciuto in un locale, una sera che sono uscita con le mie amiche».

«E le tue amiche lo conoscono?»

«Sì, l'avevano visto altre volte. In passato è uscito con la cugina di una di loro. È un figo pazzesco. Irresistibile».

«Ma lo conosci bene?», insisté Marni. «O almeno conosci qualcuno che lo frequenta?»

«L'ho appena conosciuto, però abbiamo già parlato tantissimo. L'altro giorno mi ha invitata a prendere un gelato. È molto simpatico. Mi ha raccontato che sua sorella ha un bambino, quindi lui è già zio, ed è super tenero quando parla del nipotino. Secondo me è un tipo a posto».

«Tuo padre l'ha già conosciuto?», chiese Marni.

«No, non ancora. Ma presto glielo presenterò. È argentino anche lui. Si chiama Angelo, e secondo me è un nome davvero perfetto per lui».

«E da quanto tempo lo conosci?»

«Da un mesetto. Anche se mi sembra di conoscerlo da sempre. Sento che tra noi c'è già una bella intesa. La prima volta che mi ha chiamato siamo rimasti a parlare per ore».

La conversazione proseguì fra Marni ed Ellen, che ripresero a parlottare fra loro del fatidico appuntamento con il vicino di casa, mentre Sophia si fece silenziosa e si distrasse guardando le fotografie sul suo cellulare. In realtà non voleva più parlare di Angelo perché non era stata del tutto sincera. Si conoscevano solo da un paio di settimane, e non da un mese, e aveva la sensazione che ci fosse qualcosa di sbagliato in quella frequentazione, anche se non riusciva a capire esattamente che cosa. In ogni caso, era stato un incontro molto strano.

Come aveva detto, si erano conosciuti in un locale mentre era con le sue amiche, ed era vero che alcune di loro lo conoscevano o, comunque, avevano sentito parlare di lui. Non aveva detto, però, che nell'istante in cui i loro sguardi si erano incrociati, lei si era sentita avvolta in una nuvola di stelline e proiettata nel cielo, come se d'un tratto si trovasse in un fuoco d'artificio. Mentre le sue amiche ballavano, lei e Angelo erano rimasti a flirtare al bar fino a fine serata, e lei aveva finito per bere più del dovuto. Non le succedeva mai di esagerare, ma quella sera la presenza di quel bel ragazzo l'aveva distratta.

Al momento dei saluti, le amiche avevano notato che Sophia era decisamente andata oltre con i drink, ma si erano tranquillizzate quando lui si era offerto di accompagnarla a casa e lei aveva accettato. Diverse ore dopo, si era svegliata dentro l'auto di Angelo con un dolore martellante alla testa. Le sembrava che la macchina fosse parcheggiata nel vialetto di fronte a casa, ma in realtà non aveva idea di dove fosse.

«Va tutto bene», la rassicurò lui. «Non ti ho ancora portata a casa per due motivi: primo, non sei stata in grado di dirmi dove abitavi; secondo, ho pensato che non volessi farti vedere da tuo padre in queste condizioni. Tieni, bevi un po' d'acqua, ti sentirai meglio», le disse porgendole una bottiglietta.

«Ma non capisco...», balbettò lei, cercando di svitare il tappo.

«Per un attimo ho pensato che ti avessero messo qualcosa nel bicchiere, ma in realtà hai chiacchierato con me tutta la sera, quindi l'unica spiegazione è che abbiamo esagerato con l'alcol».

«Di solito non bevo così», disse Sophia fra un sorso e l'altro. «Mi spiace. *Lo siento mucho*».

«*De nada*», rispose lui, sorridendo amabilmente. «Te la senti di tornare a casa? Riuscirai a reggerti in piedi? Se tuo padre è ancora sveglio, dovrai almeno arrivare fino in camera tua senza farlo insospettire».

«Sì, grazie. Adesso mi sento meglio, e devo assolutamente rientrare. Chissà che ore sono», disse, guardando l'orologio. «Accidenti. Ma sono le quattro del mattino», esclamò, inorridita.

Angelo rise. «Eh sì, abbiamo fatto nottata. Mi dici dove abiti?»

Sophia gli indicò la strada e quando arrivarono a destinazione, Angelo l'accompagnò fino alla porta, si assicurò che avesse con sé la borsa e il cellulare e la salutò con un bacetto molto casto sulle labbra. «Ti chiamo domani, per sentire come va».

«Vuoi il mio numero di telefono?»

Angelo la guardò con aria vagamente perplessa. «Me l'hai già dato, non ricordi? Quando eravamo al bar».

«Ah. Scusa, ma sono un po' disorientata. In realtà non lo faccio mai. Accetto quello degli altri, ma il mio non lo do mai».

«Evidentemente sentivi di poterti fidare. Hai capito che non avevo cattive intenzioni. Ed è vero».

Il giorno dopo, come promesso, Angelo l'aveva chiamata. Per il resto, quanto aveva raccontato a Marni ed Ellen era vero: avevano parlato per ore, e in effetti sembrava che fra loro ci fosse una forte intesa.

Però c'era qualcosa che la infastidiva. Angelo la chiamava di continuo e la tempestava di messaggi, e così lei aveva dovuto inventarsi una piccola bugia: gli aveva detto che il suo capo, Marni, esigeva che tenesse il cellulare spento durante le ore di lavoro; e che naturalmente doveva tenerlo spento anche quando era a lezione.

«Ma perché non lo hai detto prima, piccola? Non voglio assolutamente crearti problemi. Dimmi tu quando ti posso chiamare», le disse.

Piccola? Sophia aveva notato che non la chiamava mai per nome, ma usava sempre dei vezzeggiativi, come "piccola", oppure "dolcezza", spiegando che per lui erano segni di affetto.

Si rendeva conto che Angelo stava correndo, e che le cose stavano andando troppo in fretta, ma al tempo stesso, quando era con lui, tutto questo le piaceva. Le diceva che era la donna più bella che avesse mai conosciuto, il che non la emozionava più di tanto, perché era un complimento come un altro; le diceva anche che era dolce, ma lei non gli credeva, perché non era affatto *dolce*. Adorava i suoi lunghi capelli scuri e gli occhi neri, e questo le faceva piacere, come non le dispiaceva affatto che apprezzasse la sua intelligenza e la sua cultura di laureanda in scienza della Comunicazione. Ma a mandarla letteralmente in estasi era il tono sicuro con cui affermava che un giorno lei avrebbe avuto un enorme successo come conduttrice del telegiornale. Perché quello era il sogno nel cassetto di Sophia. «Sono convinto che prima o poi accadrà», le diceva. «La tua voce è capace di incantare chiunque l'ascolti».

Per lei quelle parole erano irresistibili; desiderava moltissimo sentirsi apprezzata, e avere accanto qualcuno che credesse nei suoi sogni. E forse quel qualcuno l'aveva trovato.

Quel venerdì, prima di andare al lavoro, Ellen arrivò fino alla porta di Mark con una busta in mano. Aveva recuperato della carta da lettera, molto elegante, dimenticata da chissà quanto in un cassetto, aveva scritto su un foglio il suo messaggio in bella calligrafia, e poi l'aveva richiuso nella busta che adesso intendeva infilare nella buca del suo vicino. Ma d'un tratto la porta si aprì. Sorpresa, Ellen arretrò di un passo.

«Buongiorno, Ellen».

«Buongiorno Mark. Scusami, non volevo disturbarti e volevo lasciarti questo messaggio. Purtroppo non avevo il tuo numero e... Volevo dirti che purtroppo avevo dimenticato che questa sera ho un impegno precedente, una cena di lavoro, e rientrerò troppo tardi per fare un secondo round a tavola. Sai com'è, sarebbe un vero attentato alla mia linea», disse, cercando di essere spigliata. Ma in realtà si sentì arrossire.

«Mi spiace. Ma... capisco. E se facessimo per domani sera?», propose lui.

«Ecco... temo di essere impegnata anche domani», mentì Ellen.

Mark incrociò le braccia sul petto e la guardò sorridendo. «I casi sono due: o non ti piaccio, o per qualche motivo che non riesco a immaginare non vuoi uscire a cena con un uomo interessato a te».

Ellen prese un lungo respiro. Il problema era proprio che un uomo fosse "interessato" a lei. «Mark, tu sei un'ottima persona. E ti trovo molto simpatico. Averti come vicino di casa, poi, è una vera fortuna. Però sono sola da secoli, ormai, e, come sai, ho trascorso anni lunghi e difficili al fianco di mio marito. Purtroppo non sono più attratta da nulla che vada al di là di un veloce scambio di battute da un giardino all'altro. Spero che tu mi capisca».

«Certo che ti capisco. Però, Ellen, mi auguro che non rimarrai delusa se ti rivelo che... non avevo intenzione di chiedere la tua mano», replicò lui con un tono leggero. «E parlando di matrimoni, come sai anch'io ho perso mia moglie dopo una lunga malattia e non sto certo prendendo in considerazione un nuovo matrimonio. Però, dopo aver trascorso da solo un po' di anni, devo ammettere che inizio a sentire la mancanza di una compagnia femminile. Niente di impegnativo, intendiamoci. Nessun programma a lungo termine. Pensavo soltanto che se dovessimo scoprire di andare d'accordo, sarebbe una bella cosa. E se invece così non fosse...», Mark scrollò le spalle, «pazienza. Però saresti la prima donna alla quale ho fatto una proposta del genere».

«E sono sicura che non sarò l'ultima. Sei un uomo molto affascinante», gli disse Ellen.

«Grazie, e tu sei una donna bellissima».

«Ti prego, Mark... sai bene che non è così», rispose divertita e imbarazzata al tempo stesso.

«Secondo me sei l'unica convinta di non esserlo. Ma non importa. Divertiti alla tua cena di lavoro e fammi sapere per domani, o per domenica, se ti è più comodo. E adesso strappa quella busta, che non serve più. Io intanto preparo il mio sformato di verdure, tanto lo posso sempre congelare. È ottimo, fidati. Non sei curiosa di scoprire se sono bravo a cucinare quanto te?»

«Ne dubito», replicò Ellen con un sorriso.

«Be', c'è un unico modo per scoprirlo».

Finalmente arrivò il venerdì sera e l'uscita fra amiche. Nettie arrivò al ristorante con un gran sorriso e l'outfit di chi non voleva passare inosservata; Bella, che aveva optato per un tubino nero aderente, sembrava la testimonial di una campagna a favore della gravidanza con le sue guance rosee, i lunghi capelli sciolti sulle spalle e gli occhi che brillavano di felicità. Ellen veniva direttamente dal lavoro per cui indossava un semplice paio di pantaloni e un maglioncino leggero scollato a V. Marni, invece, si era cambiata e sfoggiava un look da sera con pantaloni neri in raso e una blusa con applicazioni in strass rosa e neri che cadeva morbida sui fianchi.

Si erano date appuntamento nel loro ristorantino del cuore, *Da Rosa,* gestito da una simpatica famiglia di origine basca. Non era un locale molto conosciuto, anche perché si trovava nascosto all'interno di un anonimo centro commerciale e passava inosservato a chi non lo conosceva. Stretto fra un sushi bar e un negozio di tatuaggi, si faceva notare per lo sgargiante tappeto rosso steso davanti alla porta, che sembrava messo lì apposta per invitare gli avventori a entrare. La maggior parte dei negozi chiudeva alle sei per cui la sera il parcheggio era a disposizione delle persone che arrivavano al centro commerciale solo per cenare fuori.

Marni adorava provare nuovi piatti, ma le piaceva soprattutto potersi fidare di chi li cucinava e su questo Rosa era imbattibile. Le dava un sottile piacere avere messo il suo *Mi piace* al ristorante già da tempo e non avere fatto lo stesso per quello di Jeff. Cosa che le faceva apprezzare il suo cibo ancora di più.

Come sempre Marni si occupò di ordinare per tutt'e quattro. Qualche volta, quando uscivano insieme, una di loro suggeriva di provare un piatto nuovo, ma quasi sempre lasciavano scegliere Marni; dopo tutto, l'esperta era lei. E spesso le lasciavano anche pagare il conto. Non era un mistero, infatti, che fosse una donna molto ricca, soprattutto se paragonata a Bella, che era una giovane procuratrice, a Nettie, una docente presso l'università statale, e a Ellen, che era una semplice produttrice televisiva.

Marni ordinò un vassoio di frutti di mare serviti su un letto di ghiaccio come entrée, tris di pasta per tutte, verdure marinate e come dessert una cheesecake in versione basca. Durante la cena, le quattro amiche si aggiornarono sulle ultime novità. Ellen raccontò di Mark, e del fatto che le aveva proposto di cenare insieme in un'altra occasione; Bella condivise i dettagli della sua gravidanza e Marni notò che aveva assunto toni meno duri nei confronti di Jason; Nettie le informò delle ultime beghe fra i docenti del dipartimento di Lettere della sua università e di qualche nuovo aneddoto sui suoi tre figli. Per tutta la cena non smisero di chiacchierare e di ridere, tanto che Marni a un certo punto domandò: «Ma perché non usciamo più spesso tutte insieme?»

«Semplice: perché per tirarti fuori dal guscio bisogna sudare sette camicie», replicò Nettie.

«In effetti... Il punto è che dopo una giornata di lavoro ho soltanto voglia di stare tranquilla e andare a letto presto. Però quando esco con voi, mi sembra di rinascere».

«E non sai quello che ci aspetta dopo. Prossima tappa: *Miss Ruby's*», la informò Nettie.

«Per caso è il club dove siamo state l'anno scorso? Quello dove si esibiscono i comici?», domandò Marni.

«Esattamente», confermò la sorella. «È una serata a microfono libero, ma non so quali artisti si esibiranno stasera».

«Speriamo che siano ancora i comici».

Finita la cena, Ellen si congedò dalle amiche e rientrò a casa mentre le altre salirono sulla monovolume di Bella e partirono verso Reno, dirette al *Miss Ruby's*. Arrivate a destinazione, il gruppetto di amiche entrò nel grande albergo che ospitava il locale, e attraversò il casinò, immerso nel frastuono prodotto dalle slot machine e dal vociare dei clienti in attesa di sedersi ai tavoli da gioco.

Anche davanti al loro club c'era una lunga fila di persone venute per assistere allo show. Un'insegna luminosa recitava: *Chi canta stasera?* e sembrava sfidare gli spettatori a indovinare chi sarebbe salito sul palco. Quando finalmente riuscirono a entrare, il locale era talmente affollato che faticarono a trovare un tavolo libero, e ancora di più a richiamare l'attenzione di un cameriere per poter ordinare un drink.

La grande sala, appena illuminata dalle luci soffuse, era dominata da un imponente palcoscenico; su un lato si trovava il bar mentre il centro era interamente occupato dai tavolini per gli spettatori; in una zona più appartata c'erano dei separé. Sul palco spiccava un bellissimo pianoforte a coda e, vicino, un microfono infilato nella sua asta. A un certo punto le luci si accesero, i camerieri cominciarono a passare fra i tavoli e i barman a esibirsi nelle loro acrobazie con shaker e bottiglie. Una coppia di giovani cameriere in divisa si presentò al loro tavolo. «Serata fra donne?», chiese una delle due ragazze in tono allegro. E dopo aver ricevuto una silenziosa conferma, aggiunse: «Che cosa desiderate bere?»

Quella sera Marni si sentiva sorprendentemente vitale e trovò molto piacevole sentirsi fra persone così dinamiche. Lei ormai tendeva a trascorrere serate molto tranquille, quasi sempre a casa, e partecipava con una certa riluttanza a eventi di qualsiasi genere. Ma poi, nelle rare volte in cui usciva, si rendeva conto che stare in mezzo alle persone le piaceva molto.

Il locale rimbombava delle voci dei clienti che si affrettavano a ordinare da bere perché sapevano che, una volta iniziato lo spettacolo, i camerieri non avrebbero più preso ordinazioni. Passò ancora del tempo prima che le luci si abbassassero e sul palco arrivasse un presentatore che inaugurò lo show con una raffica di battute e barzellette. Indossava la classica livrea da direttore del circo e la vivacità della sua performance lasciò intuire agli spettatori che genere di spettacolo li attendeva. «Tutti gli artisti che vedrete stasera si sono già esibiti su questo palco; assisterete quindi al meglio del meglio, e vi possiamo assicurare che non rimarrete delusi. Signore e signori, accogliamo con un bell'applauso il Rat Pack», annunciò il presentatore con entusiasmo.

Da dietro le quinte iniziarono a uscire sul palco una serie di cantanti-imitatori nei panni di Frank Sinatra, Dean Martin, Joey Bishop, Peter Lawford e Sammy Davis Jr.; erano tutti incredibilmente somiglianti agli originali sia nell'aspetto sia nella voce, al punto che gli spettatori più volte si guardarono intorno per capire se gli artisti stessero cantando in playback. Il numero durò quasi un quarto d'ora.

Subito dopo, accolto da un pubblico entusiasta, arrivò il sosia di Elton John con indosso un autentico ed eccentrico costume in puro stile Elton, con tanto di zatteroni e occhialoni. Dopo fu la volta di Barbra Streisand. Il tono di voce era sorprendentemente azzeccato e la capigliatura e il trucco ricordavano nei minimi dettagli quelli della cantante e attrice. «Secondo te è un uomo o una donna?», domandò Bella sporgendosi verso Marni.

«Onestamente non saprei», rispose la madre, ma la sensazione era che l'artista si esibisse *en travesti* ed era la migliore performance di quel genere cui lei avesse mai assistito.

Toccò poi a Elvis, accolto dal pubblico con un'ovazione. Adèle, che si esibì subito dopo, aveva un abito tempestato di cristalli e i lunghi capelli sciolti sulle spalle.

«*Hello, it's me...*», cominciò a cantare con la sua voce roca, e subito in sala il silenzio fu totale. L'artista era molto affascinante e la sala, Marni compresa, era letteralmente ipnotizzata. Non soltanto la voce era identica all'originale, ma anche il sorriso e la gestualità. Eppure, c'era qualcosa di strano in quella versione di Adèle, che Marni non riusciva a definire. Benché il trucco fosse molto pesante, il naso e la forma delle sopracciglia le risultavano in qualche modo familiari. Concluso il suo numero, Adèle ringraziò il pubblico con un grande sorriso e lei rimase a bocca aperta. Era certa di conoscere quel sorriso o, quantomeno, era certa di averlo già visto.

Dopo un po', non ebbe più dubbi: era proprio lui. Era Tom, l'uomo che le aveva fatto conoscere Bella. Aveva un talento incredibile, e aveva interpretato la canzone di Adèle con grande classe e molto pathos. Marni, però, non condivise con le altre la sua scoperta e si limitò ad applaudire.

A chiudere lo show fu Cher, ma questa volta l'artista che si esibiva *en travesti* era decisamente riconoscibile, anche a causa dell'evidente pomo d'Adamo. Aveva una voce portentosa e, grazie alle lunghe gambe da gazzella, calcava la scena con incredibile eleganza.

Era uno dei migliori spettacoli in puro stile Las Vegas che Marni avesse mai visto. Quando si accesero le luci, il presentatore invitò gli artisti a uscire di nuovo sul palco e il pubblico li salutò con una standing ovation. Marni accompagnò il suo applauso con un sorriso smagliante e un grido di apprezzamento, attirando lo sguardo di Tom che, per un attimo, rimase impietrito.

Lei lo salutò con un impercettibile cenno del capo, e sollevò discretamente la mano per un saluto. D'un tratto, si sentì emozionata: quell'uomo aveva un talento straordinario. Durante il loro incontro non le aveva detto niente, aveva parlato soltanto dei suoi successi immobiliari, e delle sue capacità di negoziatore. Marni immaginò fosse molto sorpreso di vederla lì. Decise tuttavia di non dire niente, nonostante provasse un desiderio irresistibile di vantarsi di conoscerlo.

Iniziò a trovarlo decisamente più interessante di quando lo aveva conosciuto in quel bar, ed era l'ultima cosa che si sarebbe aspettata. Così decise che lo avrebbe chiamato per fargli i complimenti; era anche curiosa di sapere se i suoi amici e familiari erano a conoscenza del suo passatempo. Se avesse risposto di no, gli avrebbe promesso che sarebbe stata discreta, ma avrebbe cercato di fargli capire che era un vero peccato. Non era giusto che un simile talento rimanesse segreto: secondo lei andava rivendicato, e perfino ostentato.

«Che spettacolo incredibile», commentò Bella, entusiasta. «Ti sei divertita, mamma?»

«Puoi dirlo. Dovremmo venirci più spesso».

6

Tornata dal lavoro, Sophia impiegò più di un'ora a prepararsi. Quella sera Angelo sarebbe andato a casa a trovarla e lei voleva essere bellissima. Sarebbero stati soli, perché il padre aveva un impegno all'università e sarebbe rientrato tardi. Il ragazzo aveva cercato di convincerla, con molta insistenza, a non dire che avrebbero trascorso la serata insieme. «È meglio se non diamo troppa importanza alla cosa», aveva argomentato. «Facciamo finta che sia stata una decisione dell'ultimo momento, che sono passato per caso. Se gli dici che abbiamo un appuntamento, potrebbe decidere di tornare a casa prima».

«Non mi piace mentire a mio padre», aveva protestato Sophia. «Lui mi lascia sempre libera di decidere, e rispetta le mie scelte; se dovesse scoprire che non dico la verità, potrebbe iniziare a dubitare di me».

«Per questa volta proviamo a fare come dico io, e vediamo come va».

Sophia però non si era lasciata convincere, e aveva accennato al padre che quella sera Angelo sarebbe passato da lei.

«È il tuo ragazzo?», le aveva domandato.

«No, è solo un amico», aveva risposto lei, senza troppa convinzione.

In cuor suo però aveva pensato: *Sì, certo che Angelo è il mio ragazzo.* Sophia non aveva molta esperienza in campo sentimentale; era uscita con un paio di ragazzi ma fino a quel momento non aveva mai provato quello che sentiva per Angelo. Lui non era soltanto bellissimo e intelligente, ma era anche molto deciso e sicuro di sé, e questo tratto del suo carattere le piaceva molto.

Il campanello trillò e appena Sophia aprì la porta, lui la strinse fra le braccia e la baciò appassionatamente, lasciandola senza fiato. Lei si sentì letteralmente travolta, e si accorse che quella sensazione non le dispiaceva affatto. Angelo la abbracciò a lungo, accarezzandole i capelli. «Ho aspettato tutto il giorno che rispondessi ai miei messaggi», le sussurrò all'orecchio.

Lei sorrise. «Li ho ascoltati tutti, ma non pensavo di doverti rispondere».

«E come mai non hai risposto nemmeno alle mie chiamate? Oggi ti ho chiamata *dodici* volte», aggiunse, continuando a stringerla a sé.

«Perché ero al lavoro».

«E non potevi rispondere almeno una volta?»

«Lo sai che a Marni non piace che usi il cellulare mentre sono al lavoro. Te l'ho detto, no?»

«Marni? Chi è questa Marni?»

«Te l'ho detto, è la mia capa. Ed è la conduttrice del programma televisivo *In cucina con Marni.* È una persona piuttosto famosa, e il mio lavoro di stagista nella sua produzione mi piace molto. In più per me si tratta di un'occasione importante, perché mi pagano bene e ottengo crediti per l'università. Solo che mentre lavoro non posso usare il cellulare, se non per le emergenze. Perciò, visto che non era niente di urgente, non ho risposto».

«Come fai a saperlo? E se invece fosse stata un'emergenza?»

«Immagino che me l'avresti detto».

«Sai cosa penso, piccola? Che se hai intenzione di trattarmi sempre così, di tenermi appeso a un filo, ho paura che le cose tra noi non funzioneranno», le disse sottolineando ogni parola con piccoli baci sulle guance. Quindi abbassò le mani sui suoi fianchi e la strinse a sé ancora più forte.

Sophia però lo spinse via. «Non ti tengo affatto appeso a un filo. Semplicemente, tu non mi hai chiesto di richiamarti», protestò.

Lui l'attirò nuovamente a sé. «Avevamo deciso che non ti avrei chiamata a meno che non avessi bisogno di te, e in quel caso mi avresti risposto, o almeno mi avresti richiamato».

Sophia gli puntò le mani sul petto per prendere le distanze. «Nei tuoi messaggi non dicevi che avevi bisogno di qualcosa. Mi sembrava chiaro che non avrei risposto, visto che ero al lavoro. Ma poi, non eri al lavoro anche tu?»

«No, oggi no. Sono stato licenziato. Volevo dirtelo, ma tu non hai risposto. Quindi, giusto per capire: è così che funzionerà tra noi? Ogni volta che avrò bisogno di te, tu non ci sarai? Perché hai da fare cose più importanti? E perché io per te non valgo niente?»

«Angelo, non lo sapevo. Come potevo immaginare?»

«Se mi avessi richiamato, lo avresti saputo», ribatté lui, respingendola di colpo. «Mi hai deluso, sai? Credevo di poter contare su di te, e invece...»

«Ma certo che puoi contare su di me. Però, se hai bisogno di qualcosa, devi dirmelo. Pensavo che volessi soltanto salutarmi, che non fosse niente di urgente. Del resto, non posso certo leggerti nel pensiero».

«Non è non mi hai richiamato perché eri impegnata con qualcun altro? Forse non mi vuoi così bene come dici».

Sophia lo guardò confusa. Non ricordava di avergli detto di volergli bene. Però detestava l'idea di averlo deluso, di aver fatto qualcosa di male. «Senti, non mi piace litigare», disse in tono conciliante. «Ho un paio di hamburger in frigo. Che ne dici di mangiare qualcosa, guardare un film e concludere la serata con un gelato? Non mi sembra il caso di litigare. Non ne vale la pena. E intanto mi racconti cos'è successo al lavoro. Ti va?»

«No, adesso non ho più voglia di parlarne», rispose lui, risentito.

A quanto ne sapeva, Angelo lavorava come garzone in un ristorante: puliva i tavoli e andava avanti e indietro dalla cucina con pile di piatti sporchi, ma le aveva detto che sperava in una promozione, perché se fosse diventato cameriere ovviamente avrebbe guadagnato di più, e avrebbe anche potuto contare sulle mance. Lei lo aveva lodato perché lavorava sodo e cercava di migliorarsi, ma in realtà dentro di sé si rendeva conto che le prospettive di Angelo e le sue aspirazioni erano piuttosto limitate. Tuttavia era già positivo che non stesse con le mani in mano. «Va bene. Se non ti va di parlarne, lasciamo stare. Vuoi un hamburger?»

«Mi è passata la fame. È meglio che vada, anche perché non mi sembri così felice di vedermi».

Una vocina nella testa le sussurrò che aveva ragione. Si era creata una situazione assurda: Angelo sembrava avercela con lei perché secondo lui aveva fatto qualcosa di deplorevole e di cui avrebbe dovuto scusarsi, quando in realtà era esattamente il contrario, era lui che si stava comportando in modo ridicolo e irragionevole. Sophia, però, cercava sempre di non giudicare gli altri, e poi la madre le aveva insegnato che con la gentilezza e le buone maniere si poteva porre rimedio a tutto. In più le aveva spiegato che molti uomini latini venivano cresciuti come se fossero i padroni del mondo e avevano un ego molto fragile, che una donna doveva saper maneggiare con cura. Era così che lei, e tutte le donne della famiglia, si erano sempre comportate.

Sophia si era resa conto che Angelo non la attraeva più come quando si erano conosciuti, ma per qualche ragione, che non era chiara nemmeno a lei, non voleva che lui lo capisse. «Insisto», gli disse, ignorando il suo rifiuto. «Vedrai che dopo aver mangiato il cattivo umore passa».

Angelo fece spallucce, senza alzare gli occhi dalla punta delle scarpe. «Vediamo. Tanto ormai sono qui», replicò, senza neanche fare lo sforzo di ringraziare. Per un attimo Sophia ebbe la sensazione che in quella risposta ci fosse un segnale da cogliere, ma poi lasciò correre. Lo prese per mano, lo portò in cucina e lo fece accomodare. Dopodiché prese dal frigorifero tutto ciò che serviva per preparare gli hamburger, compresa la lattuga, i pomodori e i sottaceti. «Ho anche delle patatine surgelate, se ti va di mangiarle, le metto in forno».

«Per me va bene», rispose lui, mentre si guardava intorno incuriosito. «Gran bella casa, tuo padre».

«Sì, sono fortunata. Mio padre è un tipo davvero in gamba».

«Per avere una casa come questa dev'essere nato ricco».

Sophia accennò una risata. La tensione si stava sciogliendo e iniziava a sentirsi di nuovo a suo agio. «A dire il vero no. La sua famiglia viene dall'Iowa. È nato e cresciuto in una grande fattoria, che esiste ancora, ma papà dice che la erediteranno i suoi fratelli. È un insegnante, ed è anche uno studioso. Lavora all'università».

«Ma... mi avevi detto che era un contadino», replicò Angelo, stupito.

«Perché lui si definisce così. In realtà è un uomo molto colto, che fa delle ricerche sulle coltivazioni».

«E non è sudamericano».

«No. Mia madre era sudamericana. Mio padre è un miscuglio: un po' irlandese, un po' svedese, ma anche gallese e tedesco, e forse qualche altra discendenza. Dopo la laurea in Agraria, so che è andato in Argentina per motivi di studio. Ed è lì che ha conosciuto mia madre».

«Alla fine non ho capito se è ricco o no», insisté Angelo.

«Credo che abbia un ruolo importante all'università, ma in generale non direi che i professori sono ricchi».

«Tu invece lo diventerai, vero?»

Sophia sorrise. Non perché fosse sicura di diventare ricca, ma perché voleva essere una giornalista televisiva di successo. E quella era una delle tante ragioni per cui era grata a Marni di averle offerto uno stage, perché ogni giorno aveva modo di imparare qualcosa di nuovo che riguardava l'ambito televisivo.

«Un giorno mi piacerebbe condurre un programma tutto mio, proprio come Marni. Ma non credo che mi occuperò di cucina, anche se Marni dice che devo tenere la mente aperta, che bisogna sempre essere flessibili».

Sophia mise le patatine in forno, poi affettò un pomodoro, un po' di formaggio e una cipolla e aprì la confezione di hamburger. «Questi è meglio cuocerli sulla griglia. Preferisci aspettare qui o vieni fuori con me?» Angelo non rispose. «Per caso vuoi cucinare tu la carne?», gli chiese.

«Va bene. Ti do una mano». E la seguì sul patio.

Sophia posò il piatto accanto alla griglia e iniziò a disporre gli hamburger. In quel momento sentì Angelo fare un lungo fischio e quando si girò si accorse che stava guardando l'orto. «È grandissimo», disse.

«È il parco divertimenti di mio padre».

Angelo sembrava sinceramente ammirato. «Non so che cosa darebbe mia mamma per avere un simile pezzo di terra. Sei molto fortunata».

«Pensa che mio padre regala quasi tutto quello che raccoglie», spiegò Sophia. «Se vuoi, possiamo preparare una cassetta di verdure da portare a tua madre. Anche a lei piace coltivare l'orto?»

D'un tratto Angelo sembrò rabbuiarsi, e rispose qualcosa di incomprensibile. Sophia lo ignorò e tornò a occuparsi della griglia. Passò qualche minuto e lui si avvicinò per darle una mano. Sophia gli consegnò la spatola e lui continuò a pressare e a rigirare la carne sulla griglia al posto suo.

«Vado a preparare la tavola. Ci pensi tu qui?»

«Certo, tranquilla».

Benché non fosse in programma, Sophia a quel punto decise di fare le cose per bene, e apparecchiò con tutto l'occorrente: tovagliette, piatti, bicchieri, posate, e persino i tovaglioli di stoffa.

Quando Angelo arrivò in cucina con gli hamburger sembrava molto contento, come se avesse ricevuto una buona notizia. Si accomodò al suo posto, e aspettò che Sophia lo servisse. Lei allora gli mise la carne nel piatto e una porzione di patatine.

«Che bontà», disse lui, coprendo la carne con una quantità esagerata di maionese, cipolla, sottaceti e lattuga. E Sophia fece altrettanto.

Quando Angelo addentò il primo boccone, non riuscì a trattenere un mugolio di approvazione. Lei si sentì sollevata, come se avesse superato una prova, anche se non avrebbe saputo dire esattamente quale.

Purtroppo, però, quando tagliò in due il suo hamburger, ebbe quasi un conato di vomito. Al centro la carne era quasi completamente cruda, e nel piatto si era allargata una macchia rossastra in cui galleggiavano le patatine. Angelo probabilmente aveva dato per scontato che a lei sarebbe andata bene qualsiasi cottura e non si era neppure scomodato a chiederle come lo volesse; così lei si limitò a mangiucchiare la parte esterna, dove la carne era ben cotta, mentre Angelo divorava il suo hamburger senza accorgersi che Sophia aveva avanzato quasi tutto ciò che aveva nel piatto.

«Domani sarebbe una giornata perfetta per andare al lago», propose lui, quando ebbe finito. «L'acqua è ancora fredda, ma le previsioni dicono che la temperatura arriverà a ventisei gradi. Sarà bellissimo».

Sophia non rispose; si stava chiedendo com'era possibile che la gente adorasse la carne al sangue.

«Piccola, ti giuro che nemmeno mia madre sarebbe in grado di fare una cenetta così. Sei fantastica. Non credevo di volere una ragazza fissa, e invece sei arrivata tu e adesso mi sento una persona nuova».

Pulì il piatto senza lasciare nemmeno una briciola, dopodiché Sophia sparecchiò la tavola e portò le stoviglie nel lavandino.

«E pensare che la giornata era cominciata così male», osservò Angelo, con aria soddisfatta. «Ora però sono sicuro che finirà alla grande, visto che ci sei tu a viziarmi. Stamattina ero uno straccio quando mi sono svegliato. Ho cercato di fare più in fretta che potevo ma sono comunque arrivato in ritardo al lavoro. Il ristorante era una bolgia». Sophia iniziò a lavare i piatti, lui la raggiunse in cucina e andò a sedersi sul bancone. «Ieri sera mia sorella ha usato l'auto e l'ha lasciata a secco, così ho dovuto fare benzina e ho perso un sacco di tempo. La titolare mi ha beccato mentre cercavo di entrare dal retro senza farmi notare e ha cominciato a inveire prima ancora che potessi spiegarle il motivo del mio ritardo. È una stronza pazzesca. Ma non me ne importa nulla di quello che dice, e si sbagliava di grosso se aspettava che io mi giustificassi. L'ho lasciata sfogare, e poi ho preso la porta e me ne sono tornato a casa. A dormire».

Sophia chiuse il rubinetto dell'acqua e si girò verso di lui. «Quindi ti ha licenziato?»

«Immagino di sì. Ma tanto era un lavoro di merda», commentò lui. «Lo odiavo. Hai finito qui? Che ne dici di metterci comodi sul divano? O, meglio ancora, a letto?»

«A letto direi proprio di no», rispose Sophia. «Se vuoi possiamo guardare un film. O magari potremmo uscire».

«Potremmo guardare un film a letto», suggerì lui con aria ammiccante.

«E se mio padre torna a casa?»

«Intanto adesso non c'è. E poi, non gli hai detto che sarei venuto, vero?»

«Certo che gliel'ho detto. Mi ha chiesto che programmi avevo per la serata e ho preferito essere sincera. Non mi piace raccontare bugie, non mi sarei sentita a posto», spiegò Sophia.

«Io però ti avevo detto di non dirglielo. E così adesso hai rovinato tutto».

«In che senso ho rovinato tutto? Mio padre si fida di me proprio perché con lui sono sempre stata sincera».

Aveva appena finito di pronunciare quelle parole che sentì aprirsi la porta del garage. Un attimo dopo si aprì anche la porta che dal garage portava in cucina.

«Merda!», si lasciò sfuggire Angelo. «Hai visto? Spero che la prossima volta mi darai retta», sibilò a denti stretti.

Il padre di Sophia entrò e posò sul bancone una pila di libri. «Ciao, ragazzi», disse in tono disinvolto. «Piacere, Sam», aggiunse, tendendo la mano verso Angelo.

«Angelo», rispose lui, sbrigativo.

«Mi dispiace interrompere la vostra serata, ma per fortuna sono riuscito a tagliare la corda dopo gli antipasti. La serata prometteva di essere lunga e noiosa. E comunque la mia presenza non era essenziale. E voi, che programmi avete?»

«Ci siamo fatti un paio di hamburger e adesso volevamo guardare un…», rispose Sophia, ma Angelo la interruppe.

«In realtà devo andare», disse. «Ho assolutamente bisogno di fare benzina se voglio arrivare a casa».

«Piacere di averti conosciuto. Immagino che ci rivedremo», disse Sam, dopodiché raccolse i suoi libri e lasciò la cucina.

Sophia sentiva che avrebbe dovuto essere contenta che Angelo se ne andasse, anche perché era di nuovo immusonito e i suoi sbalzi d'umore la stavano stancando. Invece, per qualche motivo era dispiaciuta, e neanche lei sapeva il perché. Quando lui era felice, era molto divertente, e anche sexy. Ma quando cambiava umore, lei si sentiva stranamente in colpa, anche se ovviamente non ne aveva motivo.

Angelo se ne andò tenendole il broncio, le mani affondate dentro le tasche, gli occhi bassi. «Ti chiamo più tardi», promise, uscendo dalla porta.

Sophia rimase sola, e cercò qualche programma da vedere in televisione. Se avesse saputo che la serata avrebbe preso quella piega, avrebbe cercato qualcosa di meglio da fare.

Ellen era contenta di essere rientrata prima, anche se le serate in compagnia delle amiche le piacevano molto. Arrivò a casa alle nove passate e il quartiere era tranquillo, come se tutti si fossero già ritirati a letto, nonostante ci fosse ancora un po' di luce. Quando si avvicinò al vialetto di casa notò una scatola davanti alla porta del garage.

Parcheggiò l'auto velocemente e, incuriosita, andò subito ad aprirla. Al suo interno trovò una bottiglia di whisky Crown Royal e due bicchieri, accompagnati da un biglietto. *Se non sei troppo stanca dopo la cena di lavoro, che ne dici di un bicchiere insieme prima di andare a dormire?* In calce al messaggio c'era un numero di telefono.

Ma, tu guarda... pensò Ellen. In effetti, perché no? Non era una cattiva idea, dopotutto. Sempre meglio che impegnarsi con una cena. Un bicchiere insieme significava non più di mezz'ora, una sorta di prova generale. Ma nella sua testa, Ellen sentiva quella vocina che le ricordava quanto avesse paura anche solo dell'idea di stringere un'innocente amicizia con un uomo. Tuttavia, un'altra voce, più indistinta, ma seducente, le suggeriva che sarebbe stato piacevole. Dopotutto che male c'era?

Dopo aver messo l'auto in garage portò la scatola in casa, prese il cellulare dalla borsa e inviò un messaggio a Mark.

È una bella serata. Ti aspetto sul patio di casa mia.

A quel punto iniziò a tremare. *Se la serata finisce male, mi dovrò trasferire*, pensò.

Prese due bicchieri grandi per l'acqua, spolverò con uno strofinaccio i tumbler per il whisky e vi lasciò cadere dei cubetti di ghiaccio, dopodiché li portò fuori su un vassoio. Mentre accendeva una candela sul tavolo del patio sentì il cigolio del cancelletto sul retro del giardino. Quando Mark apparve, i bicchieri erano pronti e la bottiglia sul tavolo.

Lui le rivolse un sorriso che la intimidì. «Buonasera. Bentornata». Dopodiché aprì la bottiglia. «Due dita vanno bene?», domandò, tenendo l'indice e il medio contro il bicchiere.

«Sì, grazie».

«Brindiamo alle sere d'estate perfette», suggerì Mark, avvicinando il bicchiere a quello di Ellen.

Era davvero una serata perfetta e lei si sentiva quasi rilassata.

«Com'è andata la cena?»

«Diversa da come potresti immaginare. L'amica con cui lavoro, che è anche mia socia, conduce un programma di cucina in tv. Perciò, quando usciamo a cena, è più che altro per degustare nuovi piatti. È sempre Marni che decide cosa ordinare. In genere sceglie una selezione di piatti da condividere. Questa sera ho assaggiato un'insalata di barbabietole, frutti di mare assortiti e un tris di paste fredde estive. Era tutto squisito».

«Posso immaginare. Se servissero porzioni più piccole, uscirei a cena ogni sera».

«Sono sicura che apprezzeresti molto il ristorante dove siamo andate».

«Ammetto che sono tentato. Come hai cominciato a interessarti al cibo?»

«Ho cominciato nella cucina di mia madre», raccontò Ellen. «Ero una ragazzina quando per la prima volta mi fecero preparare una cena di famiglia. Tieni conto che ho tantissimi zii, zie e cugini, e abitiamo tutti in questa zona del Nevada.

Ho studiato Scienze dell'educazione, ma poi non ho mai insegnato perché ho subito trovato lavoro nella cucina di un ristorante e lì sono rimasta per diversi anni come sous chef. Ormai però sono quasi vent'anni che lavoro con Marni, cioè da quando lei ha iniziato a cucinare in diretta in un programma del mattino».

Chiacchierarono a lungo, e di tutto. Mark le raccontò che da ragazzo era piuttosto irrequieto e che sognava di fare qualcosa che rappresentasse una sfida. Tentò il test per entrare nel corpo dei vigili del fuoco a ventun anni, il lavoro gli piacque e decise di continuare. In men che non si dica si ritrovò sposato e con un figlio, mentre la sua carriera decollava. «Lo trovavo un lavoro elettrizzante, e in più mi faceva guadagnare bene. Andare in pensione non era fra le mie opzioni, finché un giorno mia moglie non si è ammalata».

Poi chiese a Ellen di parlargli di Ralph e dopo poco si accorsero con sorpresa di avere molto in comune, oltre al fatto di essere stati entrambi sposati. Condividevano l'amore per la famiglia e la passione per la cucina e le escursioni all'aria aperta. Ellen aveva sorelle e nipoti, e Mark un figlio, dei nipotini e un fratello, a sua volta sposato e con figli.

Si versarono altre due dita di whisky a testa, e quando guardarono l'orologio erano già le dieci passate. Nessuno dei due però era ancora stanco o annoiato. Ellen scoprì di apprezzare molto la compagnia di Mark e cominciò a temere la piega che quella piacevole conversazione avrebbe potuto prendere.

«Di solito a quest'ora sono già a letto da un pezzo e immagino anche tu», disse Mark. «Grazie per avermi concesso questa fantastica trasgressione».

«È stato un piacere», rispose lei.

«Ho messo lo sformato nel freezer. Dalla domenica al mercoledì lavoro al supermercato, ma qualsiasi altro giorno mi va bene. Quando vuoi lo posso scongelare e ci vediamo a cena. Se ti va, ovviamente».

«Potrei preparare una Caesar salad con la mia salsina all'aglio», si ritrovò a dire, sorpresa dalle sue stesse parole.

«Ottimo», approvò Mark.

«Che ne dici, facciamo domani sera?», propose lei.

«Con grande piacere».

«Preparerò anche qualche bruschetta».

Mark scoppiò a ridere. «Dobbiamo stare attenti o finiremo per ingrassare. A quanto pare, siamo entrambi dei buongustai».

«Ti va bene alle sette?», domandò Ellen.

«Perfetto».

Evviva, pensò Ellen.

A bordo della monovolume, Bella e Nettie chiacchieravano allegramente, fra risate e pareri sullo spettacolo appena visto, che entrambe avevano trovato a dir poco entusiasmante. Marni invece era silenziosa.

«Chi ti è piaciuto di più, Marni?», le chiese Nettie.

Adèle, senza alcun dubbio, pensò lei. Ma poi disse: «Ho trovato bravissimo Elton John».

«Davvero? Dal modo in cui la fissavi, avrei detto che Adèle era la tua preferita», commentò Bella.

«In effetti ho molto apprezzato anche la sua esibizione. Non trovi che avesse un'aria familiare?»

«No. Perché me lo chiedi?»

«Perché era Tom, Bella. L'uomo dell'appuntamento. Non volevo dirlo, ma non ho resistito. A proposito… mi ha riconosciuta. Mi è parso un po' turbato quando i nostri sguardi si sono incrociati. Immagino che suo figlio non sappia che il padre ha questo talento nascosto».

«Ma dai? Davvero? Non ci credo. Non immaginavo che Adèle fosse così esageratamente alta».

«E dove sarà andato a prendere quelle tette? Erano magnifiche», commentò Nettie.

«Vorrai dire dove sarà *andata*», la corresse Bella. «Immagino che quando è vestita da donna, come stasera, si identifichi completamente nel nostro genere».

«Ti assicuro che quando ci siamo visti per un caffè era un uomo a tutti gli effetti, soprattutto nel modo di parlare di sé e dei suoi successi professionali».

«Allora si comporta come Tootsie», disse Nettie.

«Ti riferisci al film, *Tootsie*?», chiese Marni.

«Esatto. Quando era vestito da donna, si immedesimava al punto che nessuno poteva sospettare che fosse un uomo, a prescindere da cosa avesse sotto i mutandoni. E aggiungo che in generale quello che c'è sotto le mutande non è affare di nessuno».

«Io so solo che i miei mutandoni ormai stentano a contenere il mio pancione. Comunque, credo che quel Tom possa essere contento. Non c'è dubbio che la star della serata è stata Adèle».

«E tu, Bella? Hai passato una bella serata con le tue vecchiette?», domandò Marni alla figlia.

«Ehi, parla per te», protestò Nettie.

«Ma certo. Mi sono molto divertita», rispose Bella. «È stata un'ottima idea prendere un po' di respiro da Jason Musolungo».

Dopo aver accompagnato madre e zia, Bella rientrò a casa. Purtroppo, ora che la serata era finita, si era accorta che l'umore stava già cambiando, e non riusciva a spiegarsi perché. Tutta l'energia positiva che aveva accumulato l'abbandonò di colpo, lasciandola d'un tratto sfinita. Mentre raggiungeva la porta di casa, si rese conto che temeva l'attimo in cui si sarebbe ritrovata a tu per tu con suo marito.

Pensò che forse stava impazzendo, perché Jason era un vero tesoro, un'ottima persona e ultimamente lei gli aveva dato di certo del gran filo da torcere. I suoi improvvisi sbalzi d'umore stavano minando il loro rapporto. Ma al tempo stesso era consapevole che non era colpa sua, ma delle cure che aveva fatto per favorire la fecondazione assistita sommate alla tempesta ormonale causata dalla gravidanza.

Appena entrò in casa, però, tutti quei ragionamenti volarono all'istante fuori dalla finestra. Sul bancone della cucina vide una fila di lattine di birra vuote e un contenitore unto di pizza da asporto. Abbandonate sul pavimento c'erano le scarpe di Jason insieme alle calze, ancora umide di sudore, mentre la maglietta che usava per la palestra, sudata e maleodorante, era abbandonata sullo schienale di una sedia. Su un tavolino la cartella da lavoro aperta, e pile di documenti sparsi in giro ovunque. Jason russava sul divano con la televisione accesa. Immaginò fosse crollato mentre guardava una partita di baseball.

Bella scoppiò in lacrime. Non sapeva nemmeno lei perché. Non era certo una di quelle donne che piangevano perché la casa era in disordine. E poi iniziò a raccogliere l'immondizia sparsa per casa facendo più rumore possibile.

Jason faticosamente si svegliò. «Oh, ciao tesoro. Non ti ho sentita rientrare», disse, tirando su col naso e mettendosi a sedere. «Ti sei divertita con le tue amiche?»

Bella non gli rispose. D'un tratto capì che non erano né gli ormoni né la gravidanza né tutto quel disordine a indispettirla e a farla piangere, ma il fatto che lui si fosse goduto un'enorme pizza e diverse lattine di birra mentre lei era fuori a mangiare una triste insalata.

«Lascia stare, Bella, metto a posto io», disse lui. «Avevo intenzione di fare ordine, ma poi mi sono addormentato. Sono stato in palestra, poi mi sono preso una pizza, qualche birra e... be', lo vedi anche tu. Dev'essere stata quella a mettermi al tappeto».

«Ti ringrazio per il rispetto. La casa era immacolata quando sono uscita», sottolineò con rabbia.

«Ti ho detto che metto a posto io, no?»

«Se fossi a dieta come me da sei mesi, forse saresti più comprensivo».

«Ma... stai piangendo? Ti prego, tesoro, non piangere. Pulisco io, non fare così, dài».

«Non posso farci niente», disse Bella, in lacrime. Lasciò perdere l'immondizia e si soffiò il naso. «È solo che mi sento così poco apprezzata. Comunque, adesso lasciamo stare tutto com'è. Ci penserai domani».

«Veramente domani gioco a golf», disse Jason. «Però ti prometto che rientrerò presto», la rassicurò.

Bella rimase immobile come una statua di cera. «Fammi capire. Mi stai dicendo che io devo restare in mezzo ai *tuoi* piatti sporchi e alla *tua* spazzatura e a tutto questo caos per tutto il giorno, in attesa che tu finisca di giocare la tua partita a golf? Tanto so già come va a finire; tornerai a casa tutto sudato e stanco e vorrai farti una dormita. Ma sì, dai, perché non rimaniamo sommersi dalle scartoffie, tra i calzini puzzolenti e le scarpe buttate sul tappeto fino a domenica. E, tra parentesi, non mi avevi parlato del golf, pensavo che saremmo andati a cercare i mobili per la cameretta del bambino».

«Steve mi ha chiamato stasera. Hanno bisogno di un quarto giocatore. E ammetto di essermi dimenticato dei mobili per la cameretta. Vorrà dire che metterò in ordine stasera e domani tornerò a casa presto».

«Io me ne vado a letto», disse Bella, tirando su col naso. «Non te ne importa un accidenti che io sia grassa come una balena, che faccia fatica a muovermi, che abbia sempre fame e che, per giunta, debba occuparmi di te che ti comporti come un bambino invece di...»

«Ecco. Ci risiamo con le solite storie».

«Di' la verità. Ammettilo che questo bambino in realtà non lo vuoi».

«Non essere ridicola. Non ho forse accettato di partecipare a tutta la terribile trafila necessaria per la fecondazione?»

Bella lo guardò sbigottita. «Secondo te io invece mi sono divertita? Guarda che l'ho fatto per noi due».

«E io? Per chi credi l'abbia fatto, io? Di certo non per me».

«Per caso stai dicendo che adesso non vuoi più il bambino?»

«Certo che lo voglio. Sei incinta, o sbaglio? Però mi chiedo perché ormai tutto debba girare intorno a te e alla tua gravidanza. Non posso più nemmeno gustarmi una pizza e addormentarmi sul divano senza che questo diventi un insulto a te e a questo benedetto bambino».

«Sei davvero uno stronzo, Jason. E un immaturo».

Lui non replicò, e iniziò a raccogliere i documenti che aveva lasciato in giro. Bella invece si ritirò in camera da letto, sbattendo la porta. Quindi si guardò allo specchio, piangendo, e concluse che era tonda come una mongolfiera. Il che la fece piangere ancora di più. Poi udì Jason uscire di casa per andare a buttare la spazzatura nel bidone e d'un tratto si sentì sprofondare nell'autocommiserazione. Si sentiva sempre più grassa, goffa e di un umore pessimo e insopportabile; si guardò ancora allo specchio e notò che i capelli si erano diradati e le ricadevano senza vita sulle spalle. Ormai stava ingrassando anche nei punti più impensabili del corpo. Si spogliò e, una volta rimasta in mutande e reggiseno, prese uno specchio a mano e si guardò dietro le spalle. Vide un sedere enorme e i rotolini di grasso sulla schiena. Singhiozzando sempre più forte, si infilò la camicia da notte e andò a letto tirandosi le coperte sopra la testa.

Pianse fino allo sfinimento, scivolando infine in un sonno profondo. Quando si svegliò erano le otto e mezzo del mattino. Da tempo non le capitava di dormire fino a quell'ora.

Il letto dalla parte di Jason era intatto. Quando non lo vide accanto a sé, Bella si sentì prendere dallo sconforto. «Mi ha lasciata. Dovrò crescere il nostro bambino da sola, e tutto questo a causa di un maledetto contenitore di pizza e qualche lattina di birra vuota», disse a voce alta.

Si precipitò giù dal letto prima che la vescica cedesse e fece appena in tempo a raggiungere il bagno. Subito dopo si chiese se suo marito le avesse almeno lasciato un biglietto. Qualcosa del tipo: *Cara Bella, non sopporto più i tuoi sbalzi d'umore, ma non preoccuparti, ti verserò gli alimenti per il bambino.* Si fece coraggio e aprì la porta della camera da letto, immaginando di trovare il biglietto di Jason sul tavolo.

«Buongiorno, dormigliona», disse lui, spegnendo il computer. «Stavo per venire a verificare che fossi ancora viva».

La casa era impeccabile, non c'era più nulla fuori posto. Bella notò persino le tracce lasciate dall'aspirapolvere sul tappeto e nell'aria aleggiava un vago sentore di detergente per i vetri misto a cera per mobili. Jason era vestito di tutto punto e sbarbato. Indossava un paio di jeans lavati e stirati e una maglia leggera.

«Vai a giocare a golf?»

«No, ho rinunciato. Ho mandato un messaggio a Steve ieri sera».

«Che cosa gli hai detto?»

«Gli ho detto che mi ero dimenticato di averti promesso che oggi saremmo andati a comprare i mobili per la cameretta e che, se non avessi mantenuto la promessa, qualcuno avrebbe dovuto tenere il bambino in braccio fino alla consegna della culla. Lui ha tre bambini, ed è stato comprensivo».

«Pensavo che te ne fossi andato via per sempre. Perché non sei venuto a letto?», domandò Bella.

«Eri sconvolta, e avevi bisogno di sonno. Così ho dormito sul divano per non disturbarti», e si avvicinò per darle un bacio sulla fronte. «Non ho nessuna intenzione di lasciarti, Bella. E hai ragione, sono uno stronzo e un immaturo. E per giunta, pigro».

«Oh, Jason», gli disse, e lo abbracciò.

«Ti porto fuori a pranzo e poi andiamo a comprare i mobili. Che ne dici?»

«Un programma perfetto», approvò. *Sarà meglio che chiami quella psicologa, prima che mi lasci davvero,* pensò lei subito dopo.

7

Fu quando rispose al telefono che i sentimenti di Marni le apparvero improvvisamente chiari. «Ciao, sono io», aveva detto una voce maschile. Non aveva detto il suo nome, non aveva detto «Sono Sam». Soltanto «Sono io». E lei aveva capito chi era, e che la stava chiamando per chiederle un appuntamento. C'era qualcosa di meravigliosamente intimo in tutto ciò.

«Ciao, Sam», rispose in tono di attesa. Marni non sapeva ancora cosa le avrebbe proposto, ma sapeva già che avrebbe accettato. Aveva molta voglia di rivederlo e l'aspettativa le procurava una certa eccitazione.

«Sei molto impegnata oggi?», domandò lui.

«Per niente», rispose, nonostante sapesse che in realtà c'era un elenco di cose da fare ad aspettarla. Però era sabato, tutti i collaboratori ovviamente erano liberi e Bella era uscita con Jason a fare acquisti per il bambino, quindi anche lei poteva permettersi la giornata libera.

«Pensavo di fare visita a una delle fattorie sperimentali per le quali lavoro. Ti andrebbe di venire con me?»

«Con molto piacere», rispose Marni con entusiasmo, anche se non aveva idea che cosa le stesse proponendo.

«Se per te va bene, passo a prenderti tra un'oretta».

«Sì, dovrei farcela. Come ci si veste per una visita a una fattoria sperimentale?»

«Con abiti e scarpe comode, ci sarà un po' da camminare».

«Una distesa infinita di campi coltivati?»

«Non proprio. Immagina qualcosa di simile a un enorme supermercato».

«Ah. Va bene», ribatté lei, scoppiando a ridere. Paragonare una fattoria a un grande negozio toglieva un po' di romanticismo ma, tutto sommato, i grandi supermercati non le dispiacevano; e comunque aveva voglia di trascorrere del tempo insieme a lui.

Indossò pantaloni larghi, felpa con cappuccio e le sue scarpe preferite, un paio di mocassini dalla suola morbidissima, quindi raccolse i capelli e si truccò con più cura del solito.

Sam arrivò puntuale, alla guida di un pickup Ford ultimo modello. Quando salì a bordo, Marni notò con sorpresa che l'abitacolo era perfettamente pulito. Immaginava che gli agricoltori fossero persone che si lasciavano sempre alle spalle una scia di terra, ma non era il suo caso. Persino le mani erano impeccabili. E morbide.

Sam volle subito sapere com'era andata la sua settimana e lei ricambiò con la stessa domanda. «Sono passato da una riunione all'altra», si lamentò lui. «Sembra che la gente che lavora in università adori passare il tempo a fare riunioni. Secondo me, invece, il più delle volte, tutto quello che viene detto dopo i primi dieci minuti è inutile. Speravo che con lezioni e riunioni online le cose sarebbero migliorate, ma mi sbagliavo; anzi, se possibile, sono addirittura peggiorate. Figurati che durante la pandemia la gente aveva così bisogno di compagnia che faceva durare le riunioni online in eterno».

Anche Marni detestava le riunioni, e ormai da tempo si era convinta che spesso erano soltanto un pretesto per sollevare inutili discussioni, mentre lavorando individualmente si potevano prendere decisioni in modo assai più efficace. «Purtroppo in ogni riunione ci sono sempre due persone, qualche volta anche tre, che sentono la necessità di avere l'ultima parola per sentirsi importanti, e tendono a trascinare gli incontri all'infinito. Nel nostro gruppo di lavoro, teniamo un sacco di riunioni; quando si tratta di brainstorming mi piace, e prendo anche molti appunti, ma quando all'ordine del giorno c'è la programmazione, oppure le nuove acquisizioni, devo ammettere che a volte preferirei essere altrove». Dopodiché, senza capirne il motivo, cambiò argomento: «Sam, noi due più o meno dovremmo essere coetanei, giusto? Tu hai mai pensato di andare in pensione?»

«È una domanda che mi rivolgono spesso», disse lui, «il che mi obbliga a pensarci, anche se non vorrei. E la mia risposta è sempre la stessa: perché dovrei? Il mio lavoro mi piace, ho tutto il tempo libero che mi serve. Se non lavorassi, non saprei che fare. E soprattutto, ho ancora molti progetti da portare a termine. Per cui per il momento preferisco rimanere in attività. E tu?»

«Presto avrò un nipotino e per me potrebbero esserci grandi cambiamenti in vista», rispose Marni. E gli parlò di Bella, la sua unica e splendida figlia che presto avrebbe dato alla luce quello che, con molta probabilità, sarebbe stato il suo unico figlio, vista la sua difficoltà a rimanere incinta, e visto anche il lavoro impegnativo che lei e il marito si erano scelti.

Dopodiché cambiarono di nuovo argomento e passarono alle rispettive carriere. Sam raccontò, senza perdere di vista la strada, che dirigeva un gruppo di professori e ricercatori universitari mentre Marni gli parlò del suo show e dello staff di professionisti che collaborava con lei. A un certo punto era convinta che avrebbe svoltato a sinistra per raggiungere le valli dove sorgevano molte fattorie, invece procedette verso ovest, e dopo aver superato il campus dell'Università di Reno e l'aeroporto, proseguì in direzione della Sierra Nevada. Attraversarono una zona molto popolata, dove sorgevano diverse aziende, e infine entrarono in un grande parcheggio davanti a un'area industriale.

Per un istante Marni pensò che davvero volesse portarla in un supermercato.

«Eccoci arrivati», annunciò Sam, parcheggiando l'auto accanto a un edificio enorme quanto l'hangar di un aeroporto. Oltre alla sua c'erano decine di automobili, ma lui aveva un posto riservato. Sulle porte a vetri al centro dell'edificio spiccava la scritta *Visitatori,* Sam però la ignorò e si diresse verso l'ingresso davanti al suo posto auto e aprì la porta con la chiave.

«Dove siamo?», domandò Marni, piuttosto confusa.

«Seguimi e vedrai», rispose Sam, prendendola per mano e conducendola lungo uno stretto corridoio che terminava in una stanzetta piena di sedie che aveva tutta l'aria di essere una sala d'attesa. Su una parete c'era un enorme planisfero suddiviso in zone di diversi colori. «Siamo in un laboratorio idroponico. Sulla cartina sono indicate le regioni arabili del mondo; come vedi le terre emerse sono solo una parte minima del nostro pianeta, e di queste meno della metà possono essere sfruttate per l'agricoltura o per il pascolo. In questo laboratorio, però, riusciamo a produrre più di quanto si potrebbe ricavare da un terreno di otto ettari».

«E questo sarebbe un laboratorio idroponico?», domandò Marni.

«Sì, qui conduciamo continui esperimenti per accrescere la qualità dei raccolti e la loro resa, e al tempo stesso cerchiamo di migliorare il sapore dei prodotti. Il dibattito fra i sostenitori dell'agricoltura tradizionale e quelli che usano il metodo idroponico è molto vivo; ci si chiede se la coltivazione in assenza di terreno fertile possa definirsi tale, e soprattutto se la qualità e il sapore dei prodotti sia adeguato. In realtà, l'agricoltura idroponica, che si realizza su appositi supporti impilabili e utilizza il novantacinque per cento di acqua in meno, non vuole essere sostitutiva della coltivazione classica in terreno ma dovrebbe essere considerata un metodo alternativo in grado di fornire derrate alimentari sostenibili nelle annate peggiori. Ora però basta con le spiegazioni. Vieni, che facciamo un giro. Secondo me ti piacerà».

L'uomo aprì un'altra porta e lei entrò in una specie di enorme serra interamente occupata da ordinate file di scaffalature che in alcuni punti raggiungevano i due metri e mezzo di altezza, sulle quali erano inseriti vassoi estraibili su cui crescevano rigogliose piante verdi di vario genere. Quando Marni si avvicinò, si accorse che si trattava di spinaci e diverse varietà di lattuga e cavolo verza. Vi erano poi vassoi più piccoli dedicati alle erbe aromatiche, come basilico, menta, aneto e rosmarino.

Il capannone sembrava infinito, e la donna vide molti operatori che si avvicendavano nelle corsie perfettamente pulite e ordinate, prendendosi cura delle piante e spostando interi vassoi. Qualcuno lavorava addirittura su piattaforme mobili che permettevano di raggiungere i ripiani più alti degli scaffali.

Senza pensarci, Marni staccò una foglia di spinacio e la assaggiò. «Accidenti, mi spiace», si scusò quando si rese conto del suo gesto. «Non è vietato, vero?»

Sam rise. «Assolutamente no. Anzi, i visitatori sono i benvenuti, se vogliono assaggiare. Dimmi, come ti sembra?»

«Sa di spinacio, ovviamente. Forse il sapore non è ancora molto intenso. È una pianta giovane?»

Sam staccò una piantina dal supporto e mostrò le radici. «È quasi pronta per essere raccolta. Di solito si comincia a raccogliere dai vassoi inferiori e, subito dopo aver raccolto le piante, piantiamo i nuovi semi. La rotazione è continua e quindi la produzione è costante».

Marni notò che alcuni degli operatori indossavano camici bianchi da laboratorio e guanti. «Chi sono le persone che lavorano qui?»

«Ci sono studenti, ricercatori, anche agricoltori a tempo pieno. A sud di Breckenridge abbiamo anche un'azienda agricola tradizionale, di proprietà dell'università, che ci serve per poter valutare tutte le differenze fra i due tipi di produzione. E ovviamente teniamo anche conto del fatto che i prodotti tradizionali sono sottoposti alle intemperie, mentre qui dentro siamo in grado di controllare il clima con un semplice interruttore».

In quel momento una nebbiolina fine avvolse le verdure. «Li vaporizzate proprio come nel reparto frutta e verdura dei supermercati, come se i prodotti avessero bisogno di darsi una rinfrescata», osservò lei. Subito dopo notò che dal soffitto pendevano lunghi cavi con delle lampadine alle estremità che illuminavano alcune zone dell'enorme capannone, mentre in altri punti le luci erano inserite dentro lunghe aste montate su ruote.

«Attenta a non inciampare», la avvertì Sam, sorreggendola per il braccio e aiutandola ad aggirare un carrello elevatore manovrato da un uomo in camice bianco che stava lavorando sui ripiani più alti delle scaffalature.

In fondo a uno dei lunghi corridoi, spiccavano delle piante particolarmente rigogliose punteggiate di frutti rossi e verdi, i cui fusti si arrampicavano fino a quasi sei metri di altezza. Erano pomodori, e Sam le spiegò che maturavano dal basso verso l'alto, e infatti sembrava che fossero stati raccolti fino a circa metà della pianta.

Continuarono la visita, e a un certo punto Marni notò un uomo su una scala munito di un aggeggio che ricordava vagamente una pistola per la verniciatura a spruzzo, ma con il beccuccio più sottile. Guardò Sam con aria interrogativa e lui le spiegò che serviva per l'impollinazione manuale. «Un tempo portavamo qui le api, che è una modalità sicuramente più naturale. Ma poi gli operatori erano costretti a indossare tutta la bardatura, che era pesante e teneva molto caldo; inoltre alcuni di loro soffrivano di allergie e trovavano stressante lavorare in quelle condizioni. Con l'impollinazione manuale, invece, possiamo essere più precisi, anche se è un sistema che richiede molta manodopera, però resta la soluzione migliore per un luogo come questo e ci permette di coltivare una grande varietà di ortaggi».

«Salve, Sam», disse una voce dietro di loro.

«Oh, ciao Arturo. Avvicinati, che voglio presentarti un'amica. Marni McGuire».

«Molto piacere», replicò Arturo. «È la prima volta che visita questo laboratorio? Perché mi sembra di averla già vista».

«Marni è una chef famosa; conduce un programma di cucina, forse l'avrai vista in televisione», spiegò Sam, quindi, rivolgendosi a lei, aggiunse: «Arturo è cresciuto in una delle fattorie della valle centrale, ha studiato Scienze agrarie qui all'università e adesso è professore associato. Da circa un anno conduce esperimenti con gli additivi per i fertilizzanti. È un chimico, e sotto la sua supervisione il pH viene controllato quotidianamente. Ha sviluppato un cocktail molto particolare di macronutrienti».

«Mi piace far sorridere la frutta, per così dire. Il mio obiettivo è ottenere frutti sani e di grandi dimensioni, che siano la rappresentazione del nostro orgoglio nel coltivarli».

«Di quale cocktail si tratta?», chiese Marni, incuriosita.

«Sali di Epsom, fosforo, zinco e altre sostanze che sono alla base della composizione del terreno, e che noi non facciamo altro che diluire nell'acqua», spiegò Arturo. «Ma il mix di ingredienti viene riformulato con una certa frequenza perché cerchiamo sempre di migliorarlo. La mia massima aspirazione è ottenere frutti che invitino a mangiarli. Mia nonna diceva sempre che i buoni prodotti devono soddisfare lo stomaco e allietare lo spirito, nella stessa misura».

«Oh, parole di verità», esclamò Marni, portandosi la mano al cuore.

Sam ringraziò Arturo e riprese a illustrare a Marni l'attività del laboratorio. «Oggi siamo in grado di fornire agli astronauti tutti i nutrienti necessari attraverso un tubo che contiene una pasta insapore, ma la vera sfida è permettere loro di nutrirsi con del cibo vero. Qui stiamo cercando di mettere a punto del cibo sostenibile che sia gustoso, sano e anche bello da vedersi. Vieni con me», le disse.

Mentre continuavano la loro passeggiata lungo le infinite corsie del capannone, Marni faticò a resistere alla tentazione di toccare, annusare e tastare tutto ciò che vedeva. Di tanto in tanto si fermavano vicino ai grandi tavoli su cui alcuni addetti tagliavano i prodotti per assaggiarli. Marni era sorpresa e deliziata dal gusto e dalla qualità di quei frutti. E soprattutto il suo olfatto sensibilissimo e allenato apprezzava gli odori che aleggiavano ovunque in quel luogo, perché erano profumi freschi, vitali, e del tutto privi del tipico tanfo dei concimi tradizionali.

Esplorarono il laboratorio per più di un'ora, incontrando di tanto in tanto qualche collega di Sam, e allora si fermavano per le presentazioni. A Marni non era sfuggito che le persone, appena lo vedevano, sembravano illuminarsi e non nascondevano il piacere di vederlo. Sam sembrava trattare tutti con grande rispetto e considerazione, dai lavoratori più umili all'amministratore delegato. Perché il laboratorio idroponico aveva anche un amministratore delegato, che si occupava degli aspetti commerciali e gestiva le forniture di prodotti a un paio di rivenditori di Reno.

Un settore del capannone era dedicato alla coltivazione di varietà di frutta e verdura più rare – definite antiche – del genere reperibile soltanto nei ristoranti a cinque stelle. «È un progetto speciale», spiegò Sam. «Coltivo le stesse varietà nel mio frutteto, e poi confronto i raccolti. Al momento non ci sono differenze di qualità, ma il mio frutteto subirà i cambiamenti di stagione, queste piante invece no».

Marni guardò l'orologio e non fu sorpresa di vedere che erano già passate tre ore. Quella visita le aveva fatto venire mille curiosità: per esempio, avrebbe voluto sapere dove finiva tutto quel cibo, quanto ne veniva prodotto nell'arco di un anno, qual era il rapporto in termini di produzione fra un laboratorio come quello e un terreno tradizionale, quali erano i costi di illuminazione e irrigazione…

«Hai fame?», domandò Sam.

«Diciamo che non mi tiro mai indietro», rispose lei con una risata, «ma con tutti questi assaggi, non potrei dire di essere affamata. Che cosa avevi in mente?»

«So che penserai che non ho fantasia, ma correrò il rischio: che ne dici di un hamburger? Conosco un posticino lungo il fiume dove sono davvero speciali».

«Per me va benissimo».

Era pomeriggio inoltrato quando arrivarono a destinazione, e il locale era quasi deserto, complice la stagione estiva, che teneva lontani gli studenti universitari. I due riuscirono a trovare un tavolo all'aperto con una piacevole vista sul fiume e sulle residenze eleganti che punteggiavano le sue sponde. Molte persone passeggiavano sul lungofiume, qualcuno era seduto a riposare sulle panchine, altre invece iniziavano ad affollare il ristorante. Ma loro non ci facevano caso. Mentre facevano la loro ordinazione – due hamburger, una birra per Sam e un bicchiere di vino per Marni – e dopo, mentre aspettavano di essere serviti, non smisero mai di chiacchierare.

Marni volle sapere della sua infanzia, e lui le descrisse la piccola comunità agricola dov'era cresciuto, raccolta intorno alla chiesa, il bar, lo spaccio per gli alimentari e la stazione della polizia rurale. C'era soltanto la scuola elementare e, per poter frequentare le medie, i ragazzi dovevano spostarsi col bus in una città vicina. «Ricordo che un anno a Natale chiesi in regalo un set di pesi per allenarmi, e mio padre mi mise in mano un forcone, dicendomi che mi sarei fatto più muscoli raccogliendo il fieno». Raccontò che da piccolo si era preso cura di un gracile vitellino che però da adulto si era trasformato in un toro alquanto aggressivo, da cui discendeva un'intera mandria di bovini. Il padre giurava che ogni volta che doveva liberare il toro per farlo accoppiare si faceva il segno della croce.

Marni gli raccontò di essere cresciuta in una casa di sole donne. «E visto che mia madre e le mie zie in casa facevano il bello e il cattivo tempo, non ho mai sentito mio padre finire una sola frase, fino al giorno in cui sul letto di morte mi disse: "Marni, non lasciarti mettere i piedi in testa da loro". Facile a dirsi ma non a farsi; quelle tre erano un'autentica forza della natura, con la quale ho sempre dovuto fare i conti».

Sam raccontò del suo incidente con la macchina per pressare le balle di fieno, a causa del quale aveva rischiato di perdere una gamba, ma poi per fortuna se l'era cavata con una brutta frattura; Marni allora gli disse di quando aveva rischiato di morire a dodici anni per un'appendicite.

Finalmente arrivarono gli hamburger, e lei esclamò: «Ecco il mio piatto preferito».

«Ma non è un'eresia per una chef rinomata come te considerarlo addirittura il tuo piatto preferito?»

«È perfetto nella sua semplicità. E questo pane brioché ci sta benissimo. È davvero eccezionale».

Tra un boccone e l'altro, la conversazione tornò sulla coltivazione idroponica e Sam le parlò degli articoli che aveva scritto di recente, relativi ai suoi ultimi studi sulle differenze fra le coltivazioni idroponiche e quelle tradizionali.

«Tu quale preferisci?», gli domandò Marni.

«Difficile a dirsi. In un mondo ideale, cioè con un terreno ricco di nutrienti, l'aria pulita e un'alternanza di stagioni dal clima prevedibile, sceglierei una fattoria tradizionale. Purtroppo non viviamo in un mondo ideale, perciò poter contare su una valida alternativa è un bene, perché così tutti possono contare su buone scorte di cibo sano. Il nostro obiettivo è il cibo sostenibile, e non mi riferisco soltanto ad alimenti che ci tengano in vita, ma che possano nutrire anche il nostro spirito, la nostra anima. Mi piace pensare al cibo come a una ricompensa che ci ripaga del duro lavoro, regalandoci gioia. Adoravo guardare mio padre. Ogni mattina, prima di sedersi a tavola, faticava nei campi per almeno tre ore e solo dopo si concedeva un'abbondante colazione a base di carne, uova e fiocchi d'avena. E non dimenticava mai di ringraziare per quel cibo, e non perché fosse un uomo devoto, ma perché si sentiva in armonia con la terra, sentiva che c'era uno scambio con essa, lui dava e in cambio riceveva. Per lui quella era la vita perfetta».

Intanto gli hamburgher erano finiti, e i bicchieri si erano svuotati, ma Marni non voleva che il loro incontro terminasse. «Penso che questi discorsi meriterebbero più attenzione da parte della gente comune. Mi riferisco al cibo sostenibile, e all'importanza di trovare un equilibrio tra il corpo e lo spirito. Secondo me il tuo lavoro contribuisce a salvare il nostro pianeta».

«Ti ringrazio. Hai colto nel segno. Anche se io più che altro vorrei salvare le persone. La terra ha bisogno di essere lasciata in pace, ma non si estinguerà. L'uomo invece sì».

Marni rimase colpita da quella verità.

«Sai, non sono un climatologo», proseguì, «ma noi che ci occupiamo di agricoltura siamo in contatto con la terra, e le mie conoscenze, seppur limitate, mi suggeriscono che il pianeta si rigenererà. Quindi è l'umanità che va salvata».

Una volta usciti dal locale, Sam le chiese: «Hai voglia di fare quattro passi lungo il fiume?»

«Molto volentieri», rispose Marni, offrendogli la mano.

Si concessero una passeggiata lungo l'affollato sentiero che percorreva la sponda del fiume fino a un ponticello, passando numerosi caffè all'aperto, dopodiché Sam suggerì di rientrare. Marni conosceva quei luoghi da una vita, eppure non ne aveva mai apprezzato la bellezza come quel giorno. Perfino i fiori che crescevano lungo l'argine del fiume, così come quelli che rallegravano i balconi e le finestre, non le erano mai sembrati così vividi e colorati.

Sam le parlò ancora delle sua infanzia, dei genitori e di quanto fosse ricca la loro vita alla fattoria, nonostante le ristrettezze economiche. Infine, raggiunsero il pickup e ripartirono alla volta della casa di Marni, a Breckenridge. Durante il tragitto, le accennò ai fratelli maggiori, che avevano acquisito un terreno da poco ma erano già in trattativa con una società per azioni per rivenderlo.

«È stata una bellissima giornata, non voglio che finisca adesso», disse Marni quando si fermarono davanti a casa sua.

Sam le appoggiò una mano sul ginocchio. «Aspetti visite?»

«No, perché?»

«Perché potresti invitarmi a entrare».

Marni si illuminò. «Ottima idea».

Ma un attimo dopo nella sua testa cominciarono a girare mille pensieri. *Che cosa gli offro? La birra era sicuramente finita. Forse un tè? No, Sam non aveva l'aria di gradire il tè. Allora una bibita? O forse avrebbe potuto aprire una bottiglia di vino, ma lui durante il loro spuntino aveva bevuto birra, ed era meglio non fare miscugli, visto che doveva ancora guidare*. Marni cercò di calmarsi. Non c'era bisogno di agitarsi tanto, avrebbero potuto semplicemente sedersi sul patio a conversare ancora un po'. Adorava ascoltare le sue storie.

Aprì la porta di casa e un attimo dopo si ritrovò fra le sue braccia. Sam la strinse a sé, e la guardò intensamente negli occhi. «È troppo presto?», sussurrò.

«No», rispose lei con un filo di voce. In quel momento desiderava soltanto che lui la baciasse. Non chiedeva altro che unire le sue labbra a quelle di lui e lo abbracciò a sua volta, lasciandosi andare a quello che stava per succedere. Sam in qualche modo richiuse la porta e la appoggiò delicatamente contro il battente, senza smettere di stringerla fra le braccia. Bastarono pochi istanti per ricordarle quanto le fosse mancato quel contatto fisico, quanto fosse meravigliosa la sensazione di sentirsi fra le braccia di un uomo. Si baciarono a lungo, timidamente all'inizio, ma poi i baci si fecero sempre più appassionati, finché Marni non si rese conto che lui era pronto per fare l'amore, ed era lo stesso intenso desiderio che provava anche lei, e a cui non aveva la minima intenzione di sottrarsi.

Lo prese per mano e gli fece strada verso la camera da letto. Non fecero in tempo a entrare che subito iniziarono a spogliarsi: Sam le tolse la maglia e lei gli sfilò la camicia, senza smettere di baciarlo. Poi fu la volta di scarpe e pantaloni.

«Sono più di cinque anni che non faccio sesso», gli sussurrò all'orecchio.

«Ho sentito dire che è come andare in bicicletta».

«Sono anni che non vado nemmeno in bicicletta».

Sam le strinse i fianchi fra le mani e la attirò a sé. «Andrà tutto bene».

Lei rispose con un gemito, ammirando il petto villoso di Sam, appena brizzolato. «Sei un contadino senza la classica abbronzatura del contadino», disse, sfiorandogli i muscoli con le dita.

«È raro che mi tolga la camicia quando sono nell'orto, giusto quando si muore di caldo. Ma vedo che anche tu ti tieni alla larga dal sole; la tua pelle è candida come un giglio», replicò lui sciogliendole i capelli. «Che ne dici di infilarci sotto le lenzuola?»

Si stesero sul letto e continuarono a baciarsi rotolandosi fra le coperte. Poi Sam le abbassò gli slip e lei fece altrettanto e finalmente fra i loro corpi non ci fu più alcuna barriera. Marni accolse con mugolii di piacere il tocco delle mani di lui sulla sua pelle nuda; le sue carezze erano lievi, ma sapienti e ardite, e sapevano provocare in lei ondate di intenso desiderio. Sam le spinse una gamba fra le cosce e lei lo accolse, permettendogli di raggiungere il sensibile centro del suo piacere, che lui sfiorò delicatamente. In quel momento Marni si sentì attraversare da un fremito che percorse tutto il suo corpo e le strappò un gemito. «Sì, così. Continua così», sussurrò.

Sam continuò ad accarezzarla, finché Marni pensò di essere sul punto di svenire tanto era forte la sensazione che stava provando. E continuarono a stuzzicarsi a vicenda, a toccarsi ovunque, a baciarsi, a provocarsi con la lingua, costruendo un linguaggio comune fatto di baci, di sospiri, di mugolii di piacere.

Infine lui si inarcò contro di lei, che lo accolse con un'urgenza che non provava da tempo. La penetrò dolcemente, piano piano, finché lei non ne avvertì la pienezza. Era una sensazione bellissima, come di una promessa finalmente compiuta. Sam iniziò a muoversi prima lentamente poi con più forza. Marni seguì il suo ritmo, sostenendosi alle sue spalle e stringendolo forte a sé, finché non sentì crescere un'onda di passione dentro di sé che le strappò un gemito. Il suo corpo si tese al massimo mentre si lasciava inondare dal piacere.

Lui le diede il tempo di godere del suo orgasmo fino in fondo, poi riprese a muoversi dentro di lei. Marni ascoltò il suo respiro farsi sempre più rapido, finché non gli si fermò in gola nel momento esatto in cui anche lui raggiunse il suo piacere. Sam si chinò su di lei e le sfiorò la gola con le labbra emettendo un gemito roco e seducente dopodiché prese a baciarla e ad accarezzarla.

Non sembrava avere fretta di ritrarsi da lei e, mentre continuavano a baciarsi, Marni lo trattenne accarezzandogli la schiena e intrecciando le gambe alle sue. Quando infine lui si girò su un fianco, per un attimo si sentì smarrita, ma lui non l'abbandonò, e le rimase accanto tenendole la mano.

«È stato bello. Molto bello», le sussurrò.

«Inatteso e gradito», rispose Marni, ridendo.

Sdraiato su un fianco, Sam la guardò indugiando sul suo corpo nudo. «Mi stavo chiedendo se d'ora in poi dovremo iniziare a visitare regolarmente il laboratorio idroponico», disse, con un sorriso.

«Credi che sarà complicato vedersi? Con Sophia che lavora per me, intendo».

«Un paio di settimane fa ti avrei detto di sì, ma adesso so che esce con un ragazzo, e quindi è più impegnata che mai. Non credo che dovremmo mentire, o nasconderci, ma non abbiamo certo bisogno del suo permesso per vederci di nuovo».

«Mi sembra tu stia suggerendo che dovremmo essere discreti».

«Sto dicendo che non voglio intromissioni nei miei progetti».

«Hai dei progetti? Voglio conoscerli», disse Marni, mettendosi seduta e coprendosi con il piumone.

«In realtà non sono progetti veri e propri», si corresse lui, mettendosi a sua volta seduto e appoggiandosi con la schiena contro i cuscini. «Vorrei solo avere un po' di tempo per conoscerti meglio, e per stare bene insieme, prima di ritrovarci assediati dalle aspettative altrui».

«E se dovessero scoprirci?»

«Non sto dicendo che dobbiamo vederci in segreto, ma solo che fino a quando non ci sentiremo pronti, potremmo lasciare gli altri fuori dal nostro rapporto. Giusto per un po'».

«Forse è il caso che tu sappia che non ho intenzione di sposarmi mai più», disse Marni.

«Molte persone della nostra età fanno questa scelta, credo. Per quanto mi riguarda non sono in cerca di una moglie».

«Io non cerco niente», continuò lei.

Lui le sorrise. Era terribilmente affascinante. «Ma se incontrassi qualcuno all'altezza, credi che potresti accettare la sua amicizia? Sto parlando di essere semplicemente amici».

Marni ci rifletté su. «Se questo qualcuno mi facesse divertire, credo di sì».

Sam le accarezzò una spalla. «Che cosa ti andrebbe di fare adesso?»

«Credo che un bel gelato sarebbe l'ideale. Aspettami qui, vado a prenderlo».

Ellen sentiva di aver fatto una scelta molto furba. Quando Mark le aveva chiesto dove preferiva consumare la cenetta che lui aveva preparato, aveva subito risposto: «Vediamoci a casa tua. Non ha senso trasportare da me tutto quello che hai preparato». Quella soluzione offriva diversi vantaggi: Mark viveva da solo e andando da lui avrebbe avuto modo di vedere la sua casa e di valutare in che modo la gestiva;

in più, lei aveva ancora del lavoro da fare e non aveva tempo da dedicare alle pulizie in previsione di quell'incontro. Tuttavia, la ragione fondamentale che l'aveva spinta a proporre che la cena si tenesse da lui era che, al momento opportuno, avrebbe potuto tornare a casa, magari inventando una scusa, come un'emicrania o qualcosa del genere, ed era sicuramente più facile congedarsi piuttosto che mettere qualcuno alla porta.

Ellen, però, fu molto sorpresa da ciò che trovò. Innanzitutto, la casa era molto carina, e decisamente accogliente. Si era convinta che lui avesse sostituito i mobili appartenuti alla moglie con una poltrona reclinabile e un tavolo da biliardo; invece, aveva creato un ambiente elegante e confortevole, con un lungo divano angolare color cannella, un poggiapiedi del medesimo colore e dei tavolini di design di legno pregiato. L'arredamento della sala da pranzo, con due credenze gemelle, rispecchiava quello del soggiorno.

«Hai una casa molto bella», si complimentò.

«Merito di mia moglie. I mobili li aveva scelti lei. Io ho solo tinteggiato le pareti negli stessi colori che lei aveva scelto per la casa dove abbiamo vissuto insieme fino a quando se n'è andata», disse Mark.

«Non ti sembra di vivere ancora nella stessa casa?»

«No, ma ho cercato di ricreare la stessa atmosfera, calda e accogliente. Rispetto alla nostra casa questa è molto più piccola, e ha un giardino decisamente diverso, in più ho sostituito alcuni mobili che erano troppo vecchi», le spiegò. «Alla fine ho scelto un tipo di arredamento molto simile a quello che avevamo già, il che mi ha fatto sorgere il dubbio che forse avessi scelto io anche i mobili precedenti», aggiunse con una risata.

La casa era ordinatissima e il profumo che proveniva dalla cucina faceva venire l'acquolina in bocca. Il sensibile naso di Ellen suggerì che Mark avesse usato la giusta quantità di aglio e origano. «Andiamo a mettere in forno il pane?», propose.

«Ottimo. E gustiamoci anche un bicchiere di vino mentre lo sformato si scalda in forno. Con la tua Caesar salad sarà un pasto all'insegna dell'aglio, spero ti piaccia».

«Eccome».

«Vieni, accomodati qui», disse, offrendole una sedia.

Ellen prese un piatto dal tavolo. «Ma è bellissimo. Si direbbe che tu abbia tirato fuori il servizio buono».

«Dopo la morte di Pam, ho regalato un sacco di cose che lei usava abitualmente. È andato quasi tutto a mio figlio e alla moglie, e il resto se lo sono spartito i miei nipoti. Mi ci sono voluti un paio d'anni per separarmi dalle sue cose, ma qui ho ancora molti suoi oggetti, soprattutto utensili di cucina, come pentole, padelle e posate. Le lenzuola, invece, sono tutte nuove». Mark arrossì leggermente e distolse lo sguardo. Ellen si chiese se volesse farle arrivare il messaggio che non si sarebbe ritrovata a dormire fra le lenzuola della moglie defunta, almeno inconsciamente.

Mark intanto prese qualcosa dal frigorifero e lo inserì nel microonde. «Da quanto tempo sei vedova?»

Gli aveva già raccontato buona parte della sua storia, perciò decise di non dilungarsi troppo. «Un paio d'anni, ma per buona parte del nostro matrimonio mio marito non ha fatto altro che entrare e uscire dalle case di cura. Anche tu hai dovuto assistere tua moglie, vero?», domandò, mentre lui estraeva il piatto dal forno a microonde e lo metteva sul tavolo.

«Sì, esatto», confermò lui. «Spero che questa ti piaccia, è una baguette con salsa di polpa di granchio».

Ellen l'assaggiò. Granchio, aglio, formaggio molle, parmigiano e qualcos'altro. «Cipollotto?»

«Ci sei andata vicino. Erba cipollina».

Mentre Mark mescolava l'insalata e portava in tavola lo sformato di verdure, continuarono a raccontarsi dei rispettivi coniugi defunti. Pam era una donna tranquilla e timida mentre Ralph era una persona estremamente socievole, un uomo estroverso e divertente che aveva molti amici. Anche Mark amava la buona compagnia quando era sposato, ma dopo la morte della moglie, temeva di aver perso quella parte di sé.

Durante la cena, la conversazione si spostò sulla vita professionale. Mark aveva amato molto il suo lavoro di vigile del fuoco, e collaborava ancora con un'associazione di volontariato che si occupava delle persone bisognose. Ellen gli parlò dei suoi studi in ambito gastronomico e della sua ventennale amicizia con Marni. «È un po' come essere lo chef personale di qualche personaggio importante, ma senza il personaggio. Con le mie idee contribuisco alla realizzazione del programma *In cucina con Marni,* che ha un indice di gradimento molto alto. La mia è un'attività molto creativa, e molto impegnativa, va detto. Però lo stress di stare davanti alle telecamere grava tutto sulle spalle di Marni, e per fortuna fra noi non ci sono questioni di potere. Sono libera di cucinare quello che voglio senza ricevere pressioni di alcun tipo».

«E ti piace?»

«Certo. Immagino che avrai capito che sono un'introversa. Adoro cucinare per gli altri, ma mi piace frequentare poche persone alla volta. Stare tranquilla in cucina è quello che fa per me, ma non potrei mai lavorare in un grande ristorante, con tutta quella gente che corre di qua e di là; tutto quel gridare e agitarsi non fa per me. Non ambisco ad avere una posizione in un ristorante alla moda dove tutti competono fra di loro, lo trovo un modo di lavorare brutale, che limita enormemente il lato creativo».

«Io trovavo divertente cucinare per i colleghi, in caserma», disse Mark, ridendo. «Mi piacciono le grandi tavolate, e mi piace ricevere complimenti. Vedere che la gente apprezza i miei piatti mi fa stare bene».

Ellen apprezzò molto lo sformato di verdure, e anche i crostini di baguette con polpa di granchio erano squisiti. Continuarono a parlare di cibo, dei loro piatti preferiti per fare colpo sugli ospiti, fecero l'elenco delle pietanze capaci di suscitare applausi a scena aperta e dei piatti veloci e facili da preparare ma d'effetto. Nessuno dei due riceveva più molti ospiti, ma avevano entrambi dei menu stracollaudati con cui non si sbagliava mai.

«Io sto lavorando a un'idea. Conosci lo chef José Andrés?»

«Non personalmente, ma di lui so tutto».

«Allora saprai che viaggia con la sua troupe televisiva in luoghi che sono stati colpiti da disastri naturali e dove la popolazione è in difficoltà, e che cucina per le persone bisognose. Mi piacerebbe dare vita a una fondazione simile, a livello locale».

«Davvero?» Ellen era sinceramente ammirata.

«Non sono ancora pronto per andare in pensione, mi piace mantenermi attivo. Mi sono informato su come ottenere le sovvenzioni e su come gestire un'attività non profit. Sono stato a lungo un membro attivo della fondazione *Amici dei vigili del fuoco*. Ma ci sono ancora molti aspetti su cui mi devo informare meglio. Comunque, se riuscissi nel mio intento, riuscirei a impiegare il mio tempo in modo costruttivo».

A quel punto la sorprese portando in tavola una cheese-cake, che aveva nascosto in frigorifero. «Diciamo che per il momento ho gettato le basi: ho creato la fondazione scrivendo e depositando lo statuto, e mi sono informato sulle altre licenze necessarie. Ho ottenuto quella di operatore nel settore alimentare e ho stilato un elenco delle cucine commerciali in affitto. Avrò bisogno di un furgone climatizzato, che è più difficile da trovare di quanto si pensi. Ma credo di poter contare su un buon numero di volontari che mi potranno dare una mano, quando sarò pronto», disse mentre tagliava la torta e la serviva alla sua ospite.

«Da quanto tempo stai lavorando a questo progetto?», gli chiese lei, gustando il dolce.

«Da un paio d'anni. Ho cominciato a pensarci seriamente un anno dopo la morte di Pam, e poi mi sono rivolto a un avvocato che mi aiuta con le procedure necessarie a questo genere di iniziative. In più mi ha indicato una fondazione che mi ha aiutato a trovare uno sponsor, che si è rivelato una vera manna dal cielo. Abbiamo stabilito che io mi farò carico del lavoro e lo sponsor s'impegnerà a finanziare il progetto. Sono già in contatto con un gruppo di filantropi che si sono dimostrati interessati».

«Da dove comincerai?»

«Inizierò col chiedere un prestito che poi restituirò con il denaro delle sovvenzioni. Il commercialista che mi aiuta è un ex vigile del fuoco e si occuperà della contabilità. La stagione degli incendi è alle porte. E temo che presto si presenterà l'occasione di un nostro intervento».

Ellen rimase in silenzio. Il progetto l'aveva lasciata senza parole. «Siamo già a giugno. Credi che sarai pronto fra un paio di mesi?»

«Per interventi che non richiedono lunghi viaggi credo di sì», rispose Mark.

«Qual è il tuo raggio d'azione?»

«Non lo so ancora, con precisione. Sapremo quali sono le nostre effettive capacità quando cominceremo a muoverci. O quando saremo costretti a rifiutare».

«Qualcosa mi dice che non sei un tipo rinunciatario».

Mark scoppiò a ridere, leggermente imbarazzato. «Hai ragione, soprattutto non quando si tratta di rimboccarsi le maniche».

«Che programmi hai per domani?», gli chiese Ellen.

«Sei ore di lavoro, dopodiché credo che farò un sonnellino. E tu?»

«Pensavo di preparare un bell'arrosto di maiale con i crauti, da gustare con una birra ghiacciata. T'interessa?»

«Sembra buono. Non credo di averlo mai cucinato».

«Dovresti provarlo. Inoltre, carne di maiale e crauti sono piuttosto economici», aggiunse Ellen. «E questo è un altro aspetto da valutare, per il tuo progetto. Hai tenuto d'occhio il prezzo degli alimenti ultimamente? Un conto è cucinare per la gente che ha fame, e un altro è essere in grado di affrontare i costi del cibo durante un periodo di difficoltà».

«Mi sono guardato intorno non soltanto per ottenere sovvenzioni finanziarie, ma anche per ricevere aiuti alimentari», spiegò Mark.

«I primi interventi serviranno soprattutto a farmi conoscere, a dimostrare che sono una persona affidabile. Anche se per questo la mia carriera di vigile del fuoco farà da garante».

«Quale sarà l'obiettivo principale della fondazione?», domandò Ellen, sinceramente curiosa a proposito di tutto ciò in cui consisteva il progetto.

«Il mio obiettivo è quello di riempire un vuoto, voglio portare cibo alla gente che ha bisogno. Non intendo fare le veci della Croce Rossa né del banco alimentare. Però non so se sei al corrente del fatto che, quando c'è stato l'incendio a Paradise, in California, quattordicimila case sono andate distrutte. Molta gente nel giro di un attimo si è ritrovata per strada e senza casa, e ha dovuto dormire in macchina perché i ricoveri nei pressi della città non avevano più posti disponibili. Quelle persone avevano bisogno di un pasto caldo che le aiutasse a trovare la forza di tirare avanti. Ecco, in circostanze simili io saprei come muovermi», disse Mark, annuendo.

Ellen meditò in silenzio su quelle parole. «Grazie della cena, è stato un vero piacere», disse infine, guardando l'orologio.

«Posso ricambiare domani sera? Quando avrai finito di lavorare e avrai fatto il tuo sonnellino?»

«Molto volentieri».

«Lascia che ti dia una mano a sparecchiare», si offrì Ellen.

«Non ti preoccupare, mi arrangerò io, non c'è molto da fare. Posso accompagnarti a casa?»

«Ma... abito qui di fianco».

«Non scherziamo. Voglio vederti entrare in casa sana e salva. E grazie per avermi fatto compagnia, questa sera. È stato un vero piacere».

«È stata una cena fantastica, sei davvero un cuoco eccellente».

«Detto da te è un complimento enorme», ribatté lui e si avvicinò alla porta di ingresso. «Scommetto che di solito a quest'ora sei già a letto».

«Da molte ore», rispose lei con un sorriso, mentre pensava che la tanto temuta serata si era rivelata più piacevole di quanto si sarebbe mai potuta aspettare.

8

Sam era a letto e stava leggendo. Sentì la porta di casa aprirsi e poi richiudersi. Era tardi, di solito si addormentava senza aspettare che Sophia rientrasse, ma quella sera era rimasto sveglio. Le aveva inviato un messaggio verso le nove, chiedendole a che ora sarebbe rientrata. Lei aveva risposto che aveva trascorso la giornata al lago e che sarebbe tornata di lì a breve. Però erano già passate tre ore.

Si alzò dal letto e uscì in corridoio.

«Ciao, papi. Ti ho svegliato?»

«E quella cos'è?», domandò lui, indicando la borsa del ghiaccio che la figlia teneva premuta contro la guancia. Sophia scostò la borsa dal viso e rivelò un livido violaceo.

«Sophia!», esclamò Sam, preoccupato. «Che cosa è successo?»

«Niente di grave. Sono inciampata e sono caduta. Non avresti dovuto aspettarmi sveglio. Era buio e non ho visto una radice che spuntava dal terreno».

«Domani avrai un occhio nero, lo sai, vero? Dove hai preso la borsa del ghiaccio?»

«Ci siamo fermati in una farmacia lungo la strada. Ma, davvero, papi, non è niente. Solo uno stupido incidente».

Sam le guardò le mani, notando subito che non aveva graffi; quindi, nel cadere non aveva portato le mani avanti per proteggersi, e nemmeno sulle ginocchia c'era traccia di escoriazioni. «Con chi eri?»

«Con altra gente, un gruppo di amici. Ma non ho bevuto».

«Lo vedo che non hai bevuto. Non era a questo che pensavo. Eri con amici o eri da sola con un'altra persona?»

Sophia non rispose subito alla domanda. Sam aveva intuito la verità e lei lo sapeva. «C'erano altre sette o otto persone».

«Vuoi che andiamo al pronto soccorso a fare una tac? Potresti avere una commozione cerebrale».

«Ti prego, no. Davvero, papà. Mi sento già abbastanza stupida così, ci manca solo il pronto soccorso».

«Come mai a nessuno dei tuoi amici è venuto in mente di accompagnarti all'ospedale? E chi erano questi amici, poi?»

«Heather e Sean... li hai conosciuti. E poi Jasmine e il suo ragazzo».

«Vorrei capire se c'era anche quel ragazzo con te. Come si chiama? Angelo, se non sbaglio».

«Sì, mi ha riportata a casa lui. E mi ha anche accompagnato a prendere la borsa del ghiaccio».

«Ed è a causa sua che sei in questo stato?»

Sophia fece una smorfia e scosse la testa. «Adesso però vorrei andare a letto, papà. Sono molto stanca».

«Va bene, va bene. Se però dovesse venirti mal di testa o qualche altro disturbo, chiamami».

«Sì, certo».

Sam le diede un bacio sulla fronte e lasciò che si ritirasse nella sua stanza.

Sophia aveva mentito. Sapeva che lui non avrebbe compreso l'accaduto, anche perché lei stessa non aveva capito bene che cosa fosse successo. In realtà non era andata al lago con gli amici perché Angelo aveva voluto andarci da solo con lei. All'inizio si erano divertiti. Avevano fatto una lunga escursione intorno al lago, ridendo e scherzando fra loro. Poi si erano fermati in un luogo appartato, dove avevano pomiciato come due adolescenti. Dopo però avevano discusso, perché lei non voleva spegnere il cellulare, e alla fine Angelo aveva messo il broncio perché lei non aveva ceduto e lui non era riuscito ad averla vinta. Era vero che era caduta sulla sponda del lago, ma non si era trattato di un incidente del tutto casuale. In realtà Angelo si era arrabbiato e l'aveva spinta, anche se poi aveva sostenuto di averlo fatto per scherzo. Quando si era reso conto che Sophia si era fatta male, era scoppiato a piangere e aveva cominciato a darsi dello stupido e a dire che non era degno di stare con lei. E non aveva smesso di autocommiserarsi finché lei non gli aveva giurato che non era successo niente, che non era arrabbiata con lui e, soprattutto, che non avrebbe raccontato a nessuno quanto era accaduto.

Sophia non sapeva come fossero arrivati a quel punto, e così in fretta. Usciva con Angelo da un paio di mesi soltanto, eppure, le sembrava di frequentarlo da anni. Quando era in sua compagnia ormai non si divertiva più. Era giugno, le giornate erano lunghe e calde, il tempo ideale per gli innamorati, eppure Sophia non era felice. In certi momenti Angelo era adorabile e la riempiva di complimenti poi, d'un tratto, s'incupiva e metteva il broncio. Era del tutto imprevedibile.

Non appena lei avvertiva un cambiamento nel suo tono di voce, si sentiva a disagio perché non sapeva che cosa aspettarsi. Poi, magari, non succedeva nulla di male e allora si rimproverava per essersi preoccupata per nulla.

Angelo non faceva che ripeterle: «Mi mollerai, vero?» E lei, invece di dirgli quello che pensava, ovvero che la loro relazione non funzionava, si ritrovava ad arrampicarsi sui vetri pur di convincerlo che non aveva nessuna intenzione di lasciarlo. «Mi ami, vero?», le chiedeva in continuazione. E anche se, in verità, Sophia non sentiva di amarlo, finiva sempre per giurargli che sì, lo amava, ma che lui doveva smetterla di essere così paranoico perché in quel modo rischiava di rovinare tutto.

Il lunedì Sophia si presentò al lavoro con un occhio nero. Cercò in ogni modo di camuffare il livido con il trucco, ma con scarsi risultati. Quando la vide, Ellen rimase senza parole; Marni, invece, sembrò non avere nessuna reazione.

«Ma cosa ti è successo?», domandò Ellen, preoccupata.

«Sabato ero al lago con amici e sono inciampata in una radice che sporgeva dal terreno, così sono caduta e ho sbattuto su una pietra. Ma non mi sono fatta niente. In verità, sembra peggio di quello che è».

«Ci hai messo qualcosa?», le chiese Marni.

«Sì, ho messo del ghiaccio, ma non sembra sia servito a granché».

«Non puoi saperlo. Magari senza il ghiaccio si sarebbe gonfiato ancora di più e diventato ancora più scuro. Non hai pensato di andare al pronto soccorso?»

«È quello che mi ha consigliato papà. Voleva che andassi a fare una tac per essere sicura che fosse tutto a posto. Ma io non ho voluto. Spero soltanto che guarisca in fretta».

«Ma come hai fatto a cadere? Era giorno, no?»

«Camminavo su un sentiero sterrato che circonda tutto il lago. Forse ero distratta, o stavo parlando, non so, fatto sta che sono inciampata in questa radice che sporgeva dal terreno e sono caduta. Purtroppo, cadendo ho battuto la testa su una pietra, qui, all'altezza del sopracciglio».

«Non hai perso conoscenza, vero?», si informò Marni.

«No, no. Ho soltanto preso una brutta botta. Per fortuna non sono andata a sbattere con i denti».

«Mi dispiace tantissimo», disse Ellen. «La prossima volta cerca di stare più attenta. Eri con il tuo ragazzo?»

Sophia non aveva nessuna intenzione di ammettere che era sola con Angelo. «Sì, c'era anche lui, insieme ad altri amici. Mi ha portata subito in farmacia a prendere una borsa del ghiaccio. Era molto dispiaciuto per non essere riuscito a evitarmi la caduta. Ma come avrebbe potuto? Anche perché in alcuni punti il terreno è davvero insidioso».

«Pensi di riuscire a lavorare? Ti fa male la testa? Hai le vertigini?», le chiese Ellen.

«No, sto bene. Posso lavorare senza problemi. Domani il livido sarà sparito. Spero che il vostro fine settimana sia stato migliore del mio».

«Il mio è stato decisamente piacevole. Ieri sono andata a casa di Bella a vedere i nuovi mobili per la cameretta dell'erede al trono. Sono assolutamente emozionata all'idea che stia per arrivare».

«Si sono decisi a trovare un nome per il bambino o il giorno del diploma lo chiameranno ancora "erede al trono"?», domandò Ellen con una risata.

La battuta distolse l'attenzione dall'occhio nero di Sophia.

«Allora, com'è questa cameretta?», domandò ancora Ellen.

«Posso fare di meglio», rispose Marni, prendendo il cellulare. «Ho scattato un po' di foto. Per fortuna Jason ha un camioncino, così sono riusciti a portare a casa i mobili subito, senza aspettare la consegna».

«Che cosa gli hai portato di buono da mangiare? Lo so che non ti presenti mai a mani vuote».

«Ho portato uno stufato. E se lo sono divorato come cuccioli affamati. Io non sono neppure riuscita ad assaggiarlo».

Quel giorno Ellen faceva fatica a concentrarsi e più di una volta perse il filo del discorso, e dovette chiedere a Marni di ripetere quanto aveva appena detto.

«Come mai sei così distratta?», le chiese l'amica. «Sei in pensiero per Sophia?»

«Già, probabilmente è così», rispose, ben sapendo che non era il livido di Sophia a toglierle la concentrazione.

La sera prima, lei e Mark avevano cucinato insieme. Gli aveva insegnato a preparare gli involtini di vitello e lui si era dimostrato un allievo entusiasta. Era la prima volta che si trovava in compagnia di qualcuno così contento di assistere alla preparazione di una delle sue ricette, soprattutto era la prima volta che un uomo le manifestava quel tipo di attenzione. Mark appariva disinvolto e a proprio agio mentre tagliava e disponeva gli ingredienti nei piatti.

Ellen era molto interessata al suo progetto di avviare una fondazione e aveva tante domande su come intendesse organizzare gli aiuti.

Anche lui aveva un milione di domande per Ellen; per il momento, l'unica cosa di cui era certo era che, finché non fosse riuscito ad avviare la sua attività non profit, facendosi conoscere e guadagnandosi la fiducia della gente, avrebbe dovuto andare in giro a chiedere sovvenzioni e prestiti a chiunque. A parte questo, avrebbe voluto chiederle un parere su come cucinare grandi quantità di cibo in spazi relativamente piccoli, e di quanti veicoli avrebbero avuto bisogno per trasportare le provviste. Ellen era ben felice di aiutarlo con le sue risposte e, quando non era in grado di farlo, svolgeva tutte le ricerche necessarie per trovare ciò di cui lui aveva bisogno.

Durante la serata si erano scambiati aneddoti divertenti e avevano condiviso molte risate ed era rimasta con lui fino a mezzanotte, quando di solito alle nove di sera era già a letto. Non avrebbe rivisto Mark per diversi giorni perché lui sarebbe stato impegnato con il suo lavoro part-time al negozio di alimentari.

Mai prima aveva sentito così forte l'esigenza di confidarsi con Marni. Moriva dalla voglia di raccontarle che aveva trovato un nuovo e meraviglioso amico e che, sorpresa, era il suo vicino di casa! Ma decise di tenere il segreto per sé, un po' per scaramanzia un po' per timore, perché non poteva prevedere quanto sarebbe durato, e se si sarebbe trasformato in qualcosa di più di una semplice amicizia fra due persone legate dalla passione della cucina. Tuttavia, l'incontro con quell'uomo stava avendo un certo impatto sulla sua vita, perché le sembrava di essere sempre sulle nuvole, e durante la giornata doveva prendersi più di una pausa per tornare con i piedi per terra.

Era una donna di sessant'anni, ormai vedova da tempo, che d'un tratto aveva la sensazione di essere tornata ragazzina. Una situazione piuttosto imbarazzante. Eppure, non si era mai sentita più in forma e piena di energie.

Era martedì e Marni aveva appena finito di lavorare quando ricevette un messaggio di Sam. Le diceva che, se aveva voglia di avere visite, poteva allontanarsi da casa per un po'. Sophia doveva incontrare alcuni amici per studiare insieme a loro e sarebbe rimasta fuori casa fino alle undici. Marni accettò la proposta con entusiasmo e poco dopo andò ad aprire la porta del garage per fargli parcheggiare l'auto accanto alla sua. Quando arrivò, Sam s'infilò nel garage ed entrò in casa dalla porta che dava sul retro. Non appena lo vide, gli andò incontro, gettandogli le braccia al collo. Si strinsero in un abbraccio appassionato e rimasero così, a baciarsi in corridoio avvinti l'uno all'altra e sopraffatti dal loro ardore, felici di essere di nuovo insieme.

Dopo un po' Sam si mise a ridere, ma continuò a stringere Marni fra le sue braccia.

«È normale che due persone della nostra età si comportino così?», gli domandò Marni.

«Non lo so», rispose lui. «Non ho mai avuto quest'età prima d'ora».

«Sai dov'è andata Sophia, esattamente?»

«Non so, mi ha detto che la sua amica abita dalle parti del campus». E cambiando discorso aggiunse: «Ho messo il pickup in garage. Per caso ci stiamo nascondendo?

«Un po' sì», ammise Marni, ridendo. «Se dovesse arrivare qualcuno mentre siamo… impegnati, penserà che non ci sia nessuno in casa. Una situazione eccitante, non trovi?»

«Adoro le situazioni eccitanti, soprattutto quelle molto eccitanti. Che ne dici ne dici se andiamo in un posto più comodo?», suggerì Sam.

«Seguimi», rispose lei, portandolo in camera da letto.

Nel giro di pochi istanti si ritrovarono nudi, a rotolarsi fra le lenzuola stretti l'uno all'altra, ridendo e sussurrandosi parole all'orecchio. Fecero l'amore a lungo, finché, stremati, si abbandonarono sul letto, ancora avvinti l'una all'altro.

«Hai fame?», gli chiese Marni.

«Metterei volentieri qualcosa sotto i denti», rispose lui. «E tu?»

«Posso preparare qualcosa di veloce. Prima però tienimi qui ancora un minuto».

«Prenditi tutto il tempo che vuoi. Però vorrei chiarire che non sono venuto qui con l'idea di finire a letto. Ti prego di credermi».

«Ma certo. Lo so che sei venuto qui per discutere con me dei massimi sistemi», ironizzò Marni.

«No, sono venuto per il tuo buon cuore e per il tuo senso dell'umorismo. E forse anche per il tuo cibo. Non è colpa mia se sei famosa per i tuoi manicaretti».

E mentre scherzavano fra di loro, inaspettatamente, qualcuno suonò alla porta. Di colpo Marni si alzò a sedere sul letto. «Accidenti. Chi sarà mai? Dov'è il mio cellulare?»

«Lo chiedi a me? Non so nemmeno dove sono finiti i tuoi vestiti».

«Ah, eccolo qui, l'ho trovato», disse Marni mentre prendeva il cellulare dal comodino e attivava l'app di videosorveglianza. Sullo schermo comparve Jason. «Ehi. Che ci fai qui? Bella sta bene?»

«Sì, tutto bene. Scusa il disturbo, Marni. Lo so che avrei dovuto chiamare prima, ma è stata un'idea dell'ultimo momento. Sei impegnata?»

Marni rivolse uno sguardo a Sam, che si era tirato il lenzuolo attorno alla vita. Il suo bel petto villoso le suscitò il desiderio di accarezzarlo, il che era strano perché Marni non si era mai sentita particolarmente attratta dagli uomini pelosi, eppure in quel momento non desiderava altro che accoccolarsi lì.

«Dammi un minuto, mi stavo cambiando. Sarò da te in un attimo», disse parlando al telefono.

«Fai con comodo».

Marni si passò una mano fra i capelli e rivolse a Sam uno sguardo preoccupato. «È il marito di mia figlia. Ho l'aria tanto sconvolta?»

«Sei bellissima. Vuoi che mi nasconda nell'armadio per un po'?»

«No, non credo che si fermerà a lungo. Mia figlia però è appena entrata nel sesto mese di gravidanza e devo andare a sentire se va tutto bene. Puoi aspettarmi qui? Poi ti preparerò qualcosa da mangiare».

«D'accordo. Nel frattempo mi rivesto».

Marni gli accese la televisione e andò nella cabina armadio a recuperare dei vestiti adeguati, quindi passò in bagno per darsi una rinfrescata e mettersi un po' di rossetto. Infine chiuse la porta della camera da letto e andò ad aprire a Jason.

«Che bella sorpresa. A che cosa devo il piacere?», esclamò.

«Vengo dal tribunale di Reno. Sto andando a casa e, visto che passavo da queste parti, ho pensato di passare per vedere se avevi bisogno di una mano a spostare o sollevare qualcosa».

«No, grazie, è tutto a posto. Sei sicuro che vada tutto bene?»

«Credo di sì», rispose Jason cacciandosi le mani in tasca e dondolandosi sui talloni. «Ho chiamato Bella per dirle che stavo tornando a casa e lei mi ha detto che mi aveva preparato una delle sue insalatone. Marni, se metto in bocca l'ennesima foglia di lattuga, giuro che mi esplode lo stomaco».

«Su, entra, oggi sei fortunato. Abbiamo preparato un pollo arrosto alle spezie per il programma e non ho ancora congelato gli avanzi. A meno che tu non abbia voglia qualcosa di più simile a una pizza o altro».

«A dire il vero ultimamente sto facendo di nascosto il pieno di pizza, hamburger, tacos e cibo simile, e muoio dalla voglia di mangiare qualcosa di decente».

«Ti capisco», disse Marni con una risata. «Ti ci vuole qualcosa di appetitoso, calorico e veloce così, quando tornerai a casa, potrai condividere l'insalata di Bella come un bravo maritino solidale. Ma non credi che dovresti parlare con lei di questo problema?»

«No, è meglio che non parli. Ultimamente non faccio che combinare casini. Non ne faccio una giusta. Se sono affettuoso, Bella scoppia a piangere dicendo che non sono sincero e che provo pena per lei perché è diventata grassa; se invece me ne sto sulle mie, piange e dice che la evito sempre perché è grassa. Il fatto è che non è grassa, è solo incinta».

«Credo che la questione non abbia niente a che vedere con l'essere grassa o magra», disse Marni mentre toglieva dal frigorifero la metà di un pollo arrosto, che condì con un filo d'olio d'oliva prima di riscaldarlo a bagnomaria. «Credo che il problema siano gli ormoni impazziti. La fecondazione in vitro non aiuta, da questo punto di vista», continuò, mentre scioglieva una noce di burro in un tegame per saltare gli asparagi insieme alla zucca e alle zucchine tagliate a pezzetti.

«Ieri le ho portato dei fiori e, naturalmente, ho scelto proprio quelli che la fanno starnutire. Hai mai sentito di qualcuno allergico alle margherite? Ha cominciato a stranutire, si è bagnata i pantaloni e ovviamente ha minacciato di lasciarmi».

Marni scoppiò a ridere, poi aprì una bottiglia di birra e la porse a Jason.

«Non trovi assurdo che sia qui a parlare dei miei problemi coniugali con mia suocera?»

«Prometto che terrò la bocca cucita», disse lei mentre disponeva le patate su un piatto che mise nel forno a microonde. «Sono la prima ad ammettere che Bella è un po' viziata. Ma non è colpa sua. È sempre vissuta in mezzo alle donne. In casa nostra era la reginetta». Nel giro di poco Marni era riuscita a disporre con arte su un piatto il mezzo pollo con un contorno di patate e verdure, e lo posò davanti a Jason. Quindi, dopo avergli dato coltello e forchetta, lo esortò a mangiare.

«Sei troppo brava, Marni», disse lui, gustando il piatto. «Ti hanno mai detto che dovresti fare di questo tuo talento una professione?»

«Ci penserò...», rispose lei, con un sorriso. «Hai detto a Bella che tu non hai bisogno di tenere il conto delle calorie?»

«Bella non vuole prendere peso mentre è incinta, e vuole che io l'aiuti. Ma per me è una tortura. Ho provato a dirle che non m'importa se ingrassa. Ma non ha funzionato. Le ho anche detto che ho sempre fame e lei mi ha risposto che lo stesso vale per lei», disse Jason tagliando il pollo. «Le cose vanno un po' meglio soltanto se continuo a dirle che è bellissima mentre mi limito a ingurgitare erba».

Jason mandò giù un paio di bocconi con gli occhi chiusi e un'espressione estasiata, come se fosse sul punto di svenire dal piacere. «È soltanto pollo, però è straordinario».

«Sono il burro e le spezie a fare la differenza; in effetti è una pietanza ricca e gustosa, ma, ahimè, piuttosto calorica».

«Grazie. Avrei dovuto fare un pranzo più sostanzioso, ma avevamo un sacco di lavoro. Siamo nel vivo di un processo».

«Sai, la gravidanza porta sempre un po' di scompiglio in famiglia», disse Marni. «La pubblicità e i film ne danno tutt'altra immagine, ma poi la maggior parte delle donne non si sente affatto speciale né bella quando è incinta. Le donne che aspettano un bambino si sentono perlopiù gonfie, afflitte dalla nausea e con lo stomaco pieno d'aria».

«Posso confermare che Bella lamenta almeno due di quei disturbi».

«E, tuttavia, le donne che non riescono a rimanere incinte si sentono come tradite. È un fatto ancestrale, credo; è il desiderio imperioso di riprodursi. Dio solo sa la fatica che avete fatto per arrivare a questo punto».

«Per quanto mi riguarda non rimpiango un solo istante. Ma talvolta mi chiedo se non sia Bella ad avere dei ripensamenti. Lei è consapevole di essere molto umorale, ma dice di non poterci fare niente. Però, se devo essere onesto, ammetto che se i prossimi quarant'anni dovessero essere così, potrei non farcela».

Marni non poteva dargli torto, ed era sul punto di dirglielo. Poi però decise di tacere. Preferiva parlare direttamente con sua figlia.

«La gravidanza, così come i primi mesi della maternità, è stressante. Io non posso fare altro che consigliarvi di rivolgervi a un professionista che vi possa aiutare ad affrontare i problemi più comuni. Ho già suggerito a Bella di farlo e, visto che sei qui, lo dico anche a te».

«Io sono molto orgoglioso di Bella, sai», disse Jason. «Se non fosse per i problemi che abbiamo ultimamente, trovo che sia incredibilmente coraggiosa. Se penso a tutte le terapie a cui ha dovuto sottoporsi per rimanere incinta, agli sbalzi d'umore, i chili di troppo. È davvero una donna forte».

«Sei molto dolce, Jason».

«Bella è decisamente più forte di me», ammise. «Guarda che cosa mi succede quando mi viene fame», commentò, mentre ripuliva il piatto.

«Ti senti meglio adesso?»

«Molto meglio. Sei la cuoca migliore del mondo, Marni».

«Grazie, Jason, però adesso è meglio che tu vada a casa. Non dimenticare che Bella e l'insalata ti aspettano».

«Non so come tu sia riuscita a cavartela da sola. Eri così giovane, e senza un uomo accanto».

«Però c'erano mia madre e le zie. La verità è che non vedevo l'ora di essere indipendente, però sono passati molti anni prima che potessi farcela soltanto con le mie forze».

«E guardati adesso. Una delle più famose cuoche della tv».

«Jason, devo proprio chiederti di andare adesso; ho molto da fare».

«Oh, scusami. Dovevi dirmelo. Devi lavorare, vero?»

«No, ho solo un tipo affascinantissimo e molto sexy chiuso nell'armadio che sta aspettando che io finisca di intrattenerti», disse, scoppiando a ridere. «Scherzo. A dire il vero sto leggendo un libro molto bello, e sono arrivata al momento clou. Ma se non ti decidi ad andare a casa da tua moglie, non potrò tornare alla mia lettura. Però vieni a trovarmi quando vuoi. È sempre un grande piacere vederti».

Jason le diede un bacio sulla guancia. «Grazie per la cena. Mi hai salvato la vita. Ora mi sento pronto per quell'insalata».

«Ripeto, Jason, se questo è il tuo problema più grosso...»

«Lo so, lo so».

Marni gli raccomandò di guidare con prudenza quindi chiuse la porta a doppia mandata. In quel momento, come se si fossero messi d'accordo, la porta della camera da letto si aprì e Sam comparve di fronte a lei con il suo affascinante sorriso.

«Un bravo ragazzo distrutto per colpa di un'insalata», disse Sam.

«Stavi origliando?»

«Non di proposito, stavo guardando il telegiornale, ma poi la voce di tuo genero mi ha distratto».

Marni tornò in cucina. «Ti piace il salmone?»

«Da pazzi».

«Ti va di assaggiare una nuova ricetta?»

«Con piacere. Ma non voglio darti troppo da fare».

«Scommetto che non dici sul serio», disse lei, cominciando a prendere il cibo dal frigorifero e mettendolo sul banco della cucina: filetti di salmone, aglio, burro, spinaci, capperi e panna. Si voltò e lo vide sorridere. «Ti avverto che non è un piatto dietetico».

Dopo aver rosolato il salmone nell'olio d'oliva insaporito con uno spicchio d'aglio, Marni mise a bollire l'acqua per cucinare il riso. Il piatto che stava preparando poteva essere un secondo oppure un piatto unico, se il salmone veniva accompagnato da una porzione di riso bianco.

«Non ti stanchi mai di cucinare?»

«A volte può capitare di non aver voglia di lavorare, ma ho sempre voglia di cucinare, o di preparare torte. I dessert sono il mio forte. A dire il vero anche il pane. E tu, non ti stanchi mai di fare l'agricoltore?»

«Avere un orto è come avere un bambino. C'è sempre qualcosa da fare, e la terra non va mai abbandonata. I tuoi familiari passano spesso di qua? E sono sempre così affamati?»

«Questo è un po' un luogo di ritrovo, ma non durante l'orario di lavoro. Tutti sanno che sono impegnata dalle nove alle cinque, fatta eccezione per quando mi trovo fuori città. Qualche volta mi capita di andare negli studi televisivi di Reno o alla sede centrale del network, a San Francisco. Non ci vado spesso, ma un salto da quelle parti ogni tanto lo faccio. In genere i miei familiari sanno quando sono impegnata per una riunione o perché sono fuori città. Mia sorella e mio cognato in genere mi avvertono con un colpo di telefono prima di passare a trovarmi. Mio genero, a dire il vero, passa di rado mentre mia figlia la vedo una volta alla settimana. Devo dire che non mi sento mai sola. E poi, come ti ho detto, i miei collaboratori sono qui per buona parte della giornata. Ti dirò che capita abbastanza spesso che non veda l'ora di restare un po' per i fatti miei».

Marni ritirò i filetti di salmone dalla padella, poi aggiunse una noce di burro, un po' di panna e una manciata di spezie. Mentre la salsa si addensava, aprì una bottiglia di pinot grigio freddo e versò il vino in due bicchieri, porgendone uno a Sam. Sparse una generosa dose di vino anche nella salsa alla quale aggiunse subito dopo il salmone, gli spinaci e i capperi. Scolò il riso e compose il piatto. «È soltanto la seconda volta che preparo questa ricetta, ma credo che diventerà uno dei miei piatti preferiti».

«Sento che potrebbe diventare anche il mio piatto preferito».

Marni apparecchiò velocemente la tavola e assaggiò il suo manicaretto. «Mmh», disse, assaggiandolo con gli occhi chiusi.

«Mi piacerebbe essere organizzato come lo sei tu», disse Sam. «Non vedo l'ora di assaggiare questo salmone. Come pensi che dovremmo comportarci se, per dire, suonassero alla porta adesso?»

«Semplice. Andrei ad aprire e direi che siamo amici. A patto di essere vestiti. Ma non credo che riceveremo visite a quest'ora. Si sta facendo tardi, ormai. Serviti pure».

«Sì, ma da quel che ho capito questo luogo è un punto d'incontro», insistette lui.

«Qualche volta a fine giornata prendiamo una tazza di tè, o un bicchiere di vino insieme. Quando mia sorella, mia figlia, Sophia e la mia amica Ellen sono qui, ci rilassiamo, scambiamo quattro chiacchiere e spettegoliamo un po'. È la mia isola felice. Lavoriamo sodo e durante le riprese siamo molto professionali, ma quando stacchiamo ci lasciamo andare».

«Hai idea di quanto ti ammiri Sophia?»

«Posso immaginarlo. Però anche io ammiro lei. È una ragazza molto in gamba, e determinata. Ha le idee molto chiare».

«A dire il vero, ultimamente sono un po' preoccupato per lei», confessò Sam. «È possibile che mi stia comportando da genitore iperprotettivo, ma non credo di sbagliarmi. Sophia ha avuto altri ragazzi prima di questo, ma non ha mai avuto relazioni serie. Con questo ragazzo invece... è come se fosse diversa, ha cambiato umore. Dal primo giorno in cui mi ha parlato di lui, ho avuto l'impressione che non fosse felice. Il vero amore non dovrebbe darti un po' alla testa e renderti sempre allegra?»

«Non saprei».

«Com'era con tuo marito?», domandò Sam.

«Il mio primo marito... eravamo troppo giovani; con il secondo, invece, ci siamo conosciuti nell'ambiente di lavoro. Lui conduceva il telegiornale e a me piaceva. Prima siamo diventati buoni amici, ed eravamo sempre insieme. Mi sembrava il compagno migliore che mi potesse capitare, ma non ricordo di aver mai perso veramente la testa. Eppure, lo amavo. So soltanto che gli sono sempre stata fedele mentre lui no».

«Oh, mi dispiace, Marni».

«È acqua passata e, comunque, posso dire che per qualche anno siamo stati molto bene insieme. Quanto a Sophia, se si dovesse confidare con me… proverò a indagare e a cercare di capire quali sono i suoi sentimenti. Ho anch'io una figlia e so come farmi dire la verità».

Sam sorrise. «Mi faresti un grande piacere, voglio che sia felice e in buone mani».

«Ti capisco, credimi».

«Dimmi, cosa posso fare per ricambiare il favore?»

Marni alzò il sopracciglio e accennò un sorriso. «Assaggia il mio salmone».

Sam ubbidì. Assaporò il pesce e manifestò il suo apprezzamento con una serie di versi eloquenti. «Sai davvero fare magie con il cibo».

«Grazie», rispose lei, appoggiandosi soddisfatta allo schienale della sedia.

Le amiche di Sophia frequentavano ancora l'università e si sarebbero laureate nel giro di un anno, in primavera. Avevano già scelto il piano di studi per l'anno accademico e sapevano che cosa le attendeva. Ed erano determinate a laurearsi a pieni voti. Sophia si era laureata con lode e la sua domanda per accedere al master in Comunicazione era subito stata accolta. Clarissa si stava specializzando in Didattica per la disabilità, mentre Lia stava per laurearsi in Lingua inglese e sperava di riuscire a entrare alla facoltà di Legge.

Le tre amiche si erano incontrate per studiare ma poi lo studio era rimasto soltanto un'intenzione. A causa dei vari impegni, era passato molto tempo dall'ultima volta che si erano viste e si erano ritrovate con lo stesso entusiasmo degli innamorati rimasti separati troppo a lungo. Le ragazze si erano riunite nell'appartamento di Lia, un bilocale piccolo ma elegante che condivideva con un'altra ragazza. Quella sera la coinquilina era uscita, così avevano ordinato una pizza, e tra un boccone e un sorso di vino bianco si erano aggiornate sulle ultime novità.

Nel giro di pochi minuti si erano già scambiate i pettegolezzi più recenti sui professori e gli amici comuni, ridendo come pazze. Si lamentarono a lungo della mole di libri che dovevano ancora studiare, criticando le inarrivabili aspettative di alcuni professori. E poi arrivò il momento degli aggiornamenti sulle rispettive vite sentimentali. Clarissa le infornò che lei e Brad, il ragazzo che frequentava da un paio d'anni ormai, stavano pensando di fidanzarsi ufficialmente. Lia raccontò che il nuovo tipo con cui usciva era davvero in gamba e sentiva che si stava innamorando. Sophia parlò alle amiche di Angelo, definendolo dolce e premuroso, ma lunatico.

«Lunatico? In che senso», domandò Lia.

«Nel senso che è imprevedibile. Non credo che reggeremo a lungo insieme», spiegò Sophia. «A volte sembra che stia filando tutto liscio e poi, all'improvviso, lui si arrabbia per qualcosa. E se la prende con se stesso per essersi arrabbiato, e così comincia tutta la trafila per fare la pace. È impegnativo».

«Non è una bella cosa. In pratica ci stai dicendo che ha un caratteraccio», osservò Clarissa.

«È un musone, qualche volta quando vedo il suo numero sul cellulare mi viene voglia di non rispondergli. Perché è capace di prosciugarmi tutte le energie».

«Gli prepari qualche manicaretto?», chiese Lia.

Sophia scoppiò a ridere. «Io non preparo manicaretti a nessuno. Però una volta gli ho preparato un hamburger».

«Com'è possibile che tu non abbia ancora imparato a cucinare, visto che lavori gomito a gomito con Marni? Dicono che la strada più veloce per arrivare al cuore di un uomo passi per il suo stomaco».

«Faccio parte del suo gruppo di collaboratori, è vero, ma più che altro lavo, pelo e taglio verdure. Leggo la ricetta e metto i vari ingredienti dentro ciotole e piattini. A essere sincera, non presto nemmeno troppa attenzione a come Marni cucina i vari piatti. Ultimamente, però, ho partecipato all'allestimento del set. A quanto pare, ogni ricetta deve avere un contesto speciale e il mio compito consiste nel preparare la scenografia. Sono più una decoratrice d'interni che una cuoca», spiegò, dandosi importanza. «Marni è soddisfatta del mio lavoro. E io sto imparando molti trucchi del mestiere anche dall'operatore video. È un tipo in gamba. Ha promesso di farmi assistere al montaggio delle puntate che andranno in onda la prossima stagione».

Fra una chiacchiera e l'altra si fecero le nove di sera e Lia suggerì di fare una puntatina al *The Library*, il bar del campus frequentato dagli amici dell'università. «Solo un bicchiere di vino perché devo rientrare a casa presto», disse Sophia. «Domani devo lavorare e ho lezione».

Appena entrate nel locale, si ritrovarono circondate dai vecchi amici e furono subito invitate a unirsi a un gruppo di ragazze che avevano avvicinato i tavoli per stare in compagnia. L'accoglienza così calorosa le lusingò. Ordinarono da bere e la serata proseguì in un clima amichevole e allegro. Ben presto si sentì di nuovo a casa e si rese conto di quanto le fosse mancato passare del tempo con le altre studentesse.

«Hai detto che segui un master, giusto?», domandò una voce alle sue spalle. Sophia si voltò e i suoi occhi incontrarono quelli di un giovane che aveva posato la mano sulla spalla di Lia. «Letteratura? Scrittura creativa? Cinema? Qual è il tuo indirizzo?»

«Diciamo che per il momento mi sto specializzando nel taglio delle verdure per la conduttrice di un programma tv, ma in futuro mi piacerebbe una carriera in ambito televisivo».

«Se hai un debole per le notizie non dovresti frequentare giornalismo, allora?»

«Non necessariamente. Ho già seguito un corso di giornalismo durante il biennio. Adesso ho una mezza idea di presentare una tesi sulla letteratura sudamericana, ma è ancora presto per decidere». Sophia chiacchierò ancora un po' con quel ragazzo di letteratura, poi passarono al football e per finire all'hockey. Un paio di amiche scorsero Sophia fra la folla e andarono a salutarla, facendole promettere di farsi viva più spesso e lei si ripromise di mantenere la promessa: non aveva più intenzione di rinunciare a quelle amicizie così preziose e divertenti. Frequentava Angelo da qualche mese e ormai aveva capito che non era un tipo cordiale, e non era interessato a conoscere i suoi amici, nemmeno quelli più stretti.

D'un tratto Sophia sentì una mano sulla spalla.

«Complimenti. Mi piace molto come studiate, in questa università», la apostrofò Angelo, senza nemmeno salutarla.

Sophia sollevò lo sguardo. «Mi hai seguita?», domandò, incredula.

«Figurati. Ogni tanto passo di qui, per una birra».

Arrivò una cameriera e lasciò un bicchiere di vino davanti a Sophia. «Ma, io non l'ho ordinato», disse lei.

«Non so chi l'abbia ordinato, ma qualcuno l'ha pagato», rispose la cameriera e se ne andò.

«Direi che qualcuno sta cercando di rimorchiarti. Magari quel tizio laggiù», disse Angelo, indicando il ragazzo con il quale aveva chiacchierato poco prima.

«Ma quello è il ragazzo di Lia. Stavamo parlando dei nostri studi. Quindi non sei passato di qui per caso. Mi hai seguita».

«Che cosa vorresti insinuare? Che non posso frequentare il bar del campus perché non faccio parte del vostro giro di studentelli fighetti?»

«Sto soltanto dicendo che non ti ho mai visto qui prima. Io e te ci siamo conosciuti a Breckenridge, un luogo meno frequentato dagli studenti».

«Per caso mi stai dicendo che tu puoi frequentare un bar per gente che va all'università e io no?», la provocò Angelo. Quindi bevve un lungo sorso di birra e poi sbatté la bottiglia sul tavolo con tale veemenza che il vetro andò in frantumi.

Alcune delle ragazze sedute al tavolo gridarono spaventate, e spinsero indietro la sedia di scatto per evitare di sporcarsi con la birra.

Subito un cameriere, che era anche un buttafuori, si avvicinò al tavolo. «Qualche problema, amico?», chiese, rivolgendosi ad Angelo.

«Nessun problema; e fatti i fatti tuoi», rispose lui.

«Va tutto bene», intervenne Sophia, «stavo andando via».

«*Stavamo* andando», la corresse Angelo, alzandosi dal tavolo e prendendo la ragazza per un braccio.

Il cameriere posò lo strofinaccio e si avvicinò a Sophia. «Non sei costretta ad andare con lui. Ti trovo un passaggio sicuro, se vuoi andare a casa».

In quel momento Sophia per la prima volta si rese chiaramente conto di voler mettere più distanza possibile fra sé e Angelo. E per sempre.

«Stai attento a come parli. È la mia ragazza», urlò Angelo avventandosi sul buttafuori. Ma prima che potesse rendersi conto di quanto stesse accadendo, si ritrovò per terra, al centro della pozza di birra che lui stesso aveva creato.

Clarissa, Lia e il suo ragazzo circondarono Sophia. «Voglio andare a casa», disse agli amici.

«Ti accompagniamo noi, tranquilla. Vogliamo essere certi che arrivi a casa sana e salva».

«Vi ringrazio. Prima però voglio chiamare mio padre, per accertarmi che sia a casa». Quindi, abbassando lo sguardo su Angelo, aggiunse: «E tu vedi di starmi alla larga. E non sto scherzando».

Lia salì in auto con Sophia, mentre il ragazzo di lei le seguiva con la sua macchina.

«Ma che cosa è successo esattamente?», le chiese Lia quando furono sole.

«Non lo so nemmeno io. Era incavolato. Ha detto che era lì per caso e in pratica mi ha rimproverato perché non ero a studiare. Ho paura che mi abbia seguita. Davvero non capisco che problemi abbia. Un momento è dolce e adorabile e l'attimo dopo è arrabbiato e aggressivo».

«Non mi sembra molto normale», commentò Lia.

«Hai visto come si è scagliato contro quel buttafuori che è il doppio di lui?»

Lia scoppiò a ridere. «Sarebbe stato un bell'incontro».

«Sai che se si fossero picchiati, mi sarei sentita in colpa?»

«Sophia, dai retta a me, è meglio che racconti a tuo padre quanto è accaduto».

«Mi sento male al solo pensiero. Finirà che non metterò più il naso fuori di casa».

«Potrebbe essere una soluzione. Almeno per un po'».

9

Da qualche giorno Marni aveva notato che le sue collaboratrici erano molto silenziose. Ellen era sempre stata una persona riservata ma ultimamente era così taciturna che la metteva a disagio. Sophia, invece, che aveva un carattere solare ed era sempre pronta alla risata, sembrava essersi ritirata in se stessa e si esprimeva soltanto a monosillabi. Sam e Marni ormai si sentivano tutti i giorni, così lei approfittò di una loro telefonata per chiedergli che cosa stesse succedendo.

«Con me non si è confidata», la informò Sam, «e quando le ho chiesto come andassero le cose al lavoro e in università, si è limitata a rispondere che quando ha visto l'elenco di libri che dovrà leggere per il suo corso le è venuta l'ansia. So che sta studiando dizione, immagino per riuscire a cancellare ogni traccia del suo accento e avere più possibilità di lavorare in televisione in futuro. Comunque, anche se non mi dice niente, ho qualche sospetto. Penso che il suo malumore dipenda dal ragazzo con cui usciva negli ultimi tempi. D'un tratto è sparito, e lei non ne ha più parlato».

«In effetti, se si fossero lasciati, potrebbe essere una spiegazione del suo cambiamento d'umore».

«Se le cose stanno così, devo ammettere che non sono per niente dispiaciuto. Non posso dire che ci fosse qualcosa di male in lui, in mia presenza si è comportato normalmente; eppure, aveva qualcosa che non mi convinceva, anche se non saprei dirti che cosa».

«Se hai avuto questa sensazione, è probabile che avessi ragione. Diversamente da noi, voi uomini tendete a diffidare del vostro intuito. Hai notato se Sophia esce con le amiche?»

«No, dopo l'ultima volta che si sono viste per studiare insieme non è più uscita, e quella sera era addirittura rientrata prima del previsto. Però ho notato che legge molto. E di questo non posso certo lamentarmi, in fondo è esattamente quello che dovrebbe fare una studentessa».

«Uno di questi giorni, se si presenta l'occasione, proverò a indagare. Però se dovesse farmi qualche confidenza e mi chiedesse di non dirti niente, ti dico subito che manterrò la promessa», lo avvisò Marni.

«Nessun problema. Te ne sarò comunque grato», la rassicurò lui. «Anche perché, se Sophia si confidasse con te, so già che sapresti darle dei buoni consigli. Avevo già pensato di chiederti questo favore, ma ho rinunciato perché non volevo fare la figura del padre iperprotettivo. In momenti come questi, mi rendo conto che Sophia avrebbe tanto bisogno di sua madre. Selena era una persona saggia e paziente».

«Credo che nessuno dirà mai altrettanto di me».

«Non sono d'accordo. Tua figlia è una donna in gamba ed equilibrata, e l'hai cresciuta tu, senza l'aiuto di nessuno».

Marni non riuscì a trattenere una risata. Sua figlia era così equilibrata che si era dovuta rivolgere a una psicologa, che vedeva una volta alla settimana. Se non altro, adesso sembrava stare meglio. In realtà Marni temeva che gli sbalzi ormonali della figlia fossero la spia di problemi più seri, che si sarebbero manifestati dopo la nascita del bambino. Problemi, come la depressione post partum, che Marni preferiva non nominare per timore di poterli scatenare.

Dopo le figlie, lei e Sam passarono a parlare di lavoro, e infine del meteo. Ormai era estate e sulle vette che circondavano la loro piccola città anche le ultime tracce di neve si erano sciolte; il clima era perfetto, le piogge moderate, i raccolti abbondanti e i giardini rigogliosi.

«Ultimamente sto trascorrendo molto più tempo del solito in giardino», disse Marni.

«Che ne dici se domani sera sgattaiolassi fuori casa e venissi da te per un paio d'ore?», propose Sam.

«Non ti capita mai di sentirti in colpa per come stiamo ingannando tutti quanti?», gli chiese Marni. «Nessuno sospetta che ci stiamo frequentando».

«La verità? No, non mi sento per niente in colpa», rispose Sam con sicurezza.

«Meglio così. Neppure io. Invece mi sento decisamente ringiovanita e piena di energia, e questo mi piace molto».

Marni non ricordava l'ultima volta che si era sentita così bene. Di certo non quando stava con Rick, che da subito aveva preso il controllo della sua vita, e nemmeno quando stava con Jeff, che all'inizio le era parso l'uomo ideale, ma poi l'aveva ferita profondamente.

Non voleva parlare di amore con Sam, anche se il sentimento che provava per lui era molto forte e profondo, perché per lei l'amore era sempre stato un veleno, e dopo gli errori precedenti non aveva più intenzione di farsi travolgere da un'emozione di cui non si fidava e che non era neanche in grado di comprendere fino in fondo.

Tuttavia, non poteva negare l'eccitazione che provava ogni volta che apriva la porta del garage per fargli parcheggiare il pickup e nascondere così la loro relazione agli occhi del mondo. Eccitazione che cresceva non appena Sam entrava in casa e la stringeva fra le braccia, baciandola appassionatamente e facendole dimenticare tutte le sue preoccupazioni. Ormai non riuscivano più a stare vicini senza toccarsi, e sembrava proprio che fossero fatti l'uno per l'altra. Per Marni non era importante sapere se lui l'amasse o meno, perché era già terribilmente gratificata dal sentirsi così desiderata.

«Credi che questa follia mi passerà prima o poi?», domandò Marni.

«Se non ti passa, mi farai morire prima del tempo», rispose Sam con una risata. «Ti ho mai detto che i miei genitori hanno superato gli ottanta e godono di ottima salute? Non hanno mai avuto niente di serio, quindi mi aspetto di avere ancora molti anni felici davanti a me. A meno che questa magnifica follia non mi uccida prima».

Marni scoppiò a ridere. «Prima o poi ci scopriranno».

«Siamo maggiorenni, no?», ribatté Sam.

«Vero».

«E siamo single e indipendenti da un bel po' di tempo».

«Ma siamo anche genitori».

«Non mi avevi detto che tua figlia vorrebbe vederti uscire con qualcuno?»

«Uscire con qualcuno, sì... ma se sapesse che cosa facciamo io e te credo che rimarrebbe sconvolta».

Sam scoppiò di nuovo a ridere.

Le conversazioni, la naturalezza dei loro corpi nudi, la passione, le risate, il tempo trascorso in compagnia di un uomo in gamba: erano quelli i doni che la vita aveva deciso di offrirle ancora una volta. Prima che lui andasse via, forse avrebbero bevuto un bicchiere insieme, forse avrebbero anche mangiato qualcosa. E al momento di tornare a casa, Sam si sarebbe fermato sulla soglia e l'avrebbe stretta a lungo per rinviare il momento di separarsi da lei.

Per Sophia era stata una settimana difficile. Dalla sera in cui aveva visto le amiche nel bar del campus, non si era più rasserenata. La lite con Angelo l'aveva sconvolta, ed era stato un vero sollievo trovare il padre ad accoglierla, al suo rientro a casa. Gli aveva detto di essere esausta e si era subito ritirata nella sua camera dove, però, non era riuscita a prendere sonno. Il giorno dopo aveva trovato una scusa e non si era presentata né all'università né al lavoro.

In un primo momento aveva temuto che Angelo la chiamasse, o che addirittura si presentasse davanti alla porta di casa, perciò aveva messo l'auto in garage, aveva verificato che tutte le porte fossero chiuse e poi si era rintanata in camera sua, terrorizzata. Il padre le aveva telefonato un paio di volte, e sentire la sua voce l'aveva in parte rassicurata.

Nonostante la paura, o forse grazie a quella, Sophia quel giorno aveva preso una decisione su cui non intendeva ritornare: non avrebbe più risposto a nessuna chiamata di Angelo; anzi, a scanso di equivoci, non avrebbe risposto a nessuna chiamata partita da numeri sconosciuti. Lia le aveva telefonato per verificare che stesse bene, e le due amiche avevano parlato a lungo della rabbia di Angelo e della sua mancanza di autocontrollo.

«Non riesco proprio a capire come possa rivolgermi frasi dolcissime e un attimo dopo accusarmi di aver detto cose orribili, tipo che non è all'altezza di frequentare il bar del campus perché non è andato all'università».

«C'è un unico modo per non rischiare di ritrovarsi nuovamente in situazioni del genere: devi stargli alla larga», l'aveva consigliata l'amica. «Quel ragazzo è una mina vagante».

Sophia lo aveva già deciso. Con Angelo aveva chiuso, e non le interessava capire perché si comportasse in quel modo. Si era resa conto di avere paura di lui, e nella migliore delle ipotesi i suoi repentini cambiamenti d'umore la rendevano nervosa. Quel ragazzo, poi, era capace di farla sentire in colpa, e lei detestava quella sensazione.

Un paio di giorni dopo il litigio al bar, Sophia aveva iniziato a sentirsi meglio, anche perché lui non si era più fatto vivo. Rientrata al lavoro, però, si era trovata in una situazione imbarazzante perché aveva motivato la sua assenza con un problema intestinale, ma quando Marni l'aveva vista al lavoro, le aveva detto di trovarla in gran forma.

«Ho avuto una terribile emicrania. Ma adesso sto bene», aveva cercato di giustificarsi, e Marni era rimasta giustamente perplessa, e le aveva ricordato che aveva parlato di un problema di stomaco.

«Forse l'emicrania mi ha messo in subbuglio anche lo stomaco», aveva cercato di rimediare Sophia, sempre più in difficoltà.

«Sì, ho sentito dire che qualche volta succede», aveva replicato l'altra, poco convinta.

Trascorsa una settimana, la ragazza ritrovò il buonumore; si sentiva serena e piena di energie e si immerse nel lavoro e nello studio. Era iniziato il semestre estivo e doveva seguire un solo corso, che si teneva tre volte alla settimana e prevedeva la lettura di un libro e la stesura in gruppo di un saggio critico.

Erano molti i libri che doveva leggere prima dell'inizio del semestre autunnale, ma la lettura l'appassionava da sempre e non le pesava. Le sue giornate avevano ripreso a scorrere in modo sereno, anche se ogni volta che sentiva suonare il cellulare, anche solo per un messaggio, le balzava il cuore in gola, e rimaneva in ansia fino a quando non verificava che non era Angelo.

Chissà per quanto tempo ancora il suo istinto avrebbe reagito così, si chiedeva di tanto in tanto. Per fortuna loro due non avevano amici comuni, a parte un paio di ragazze che Sophia conosceva di vista, e dopo l'incidente al bar, non aveva più sentito parlare di lui. Sembrava che fosse sparito nel nulla.

Ormai quell'esperienza era soltanto un brutto e lontano ricordo, eppure ogni tanto il pensiero che lui potesse rifarsi vivo le attraversava la mente come una minaccia e le lasciava dentro un senso di inquietudine.

Per fortuna era stata invitata da Clarissa a festeggiare da lei il Quattro di luglio. Era una grigliata nella casa al lago dei suoi genitori; sarebbero stati circa una ventina, compresa Lia, e Sophia aveva accettato con entusiasmo, felice di potersi distrarre un po' passando del tempo con i suoi amici.

«Non preoccuparti per me», le disse il padre, il giorno della grigliata. «Vedrò degli amici, ma non farò tardi. Tu vai, divertiti e chiamami se hai bisogno che ti venga a prendere».

Sophia era al settimo cielo. Era bello prepararsi per una festa, scegliere i vestiti giusti per farsi ammirare, e sentirsi finalmente libera dal timore di correre dei rischi. Indossò i pantaloncini più corti che aveva, infilandoli sopra il costume da bagno, si truccò, si sciolse i lunghi capelli neri e si spalmò la protezione solare. Completò il look con un paio di sandali alla schiava e si sentì molto carina.

«Non hai invitato Angelo, vero?», domandò appena giunta a casa di Clarissa, porgendole un grande cesto di frutta e verdure dell'orto del padre.

«Ma figurati», la rassicurò l'amica. «Non dirmi che ti ha di nuovo importunata».

«No, no. Non l'ho più sentito», rispose Sophia.

«Bene, sembra che finalmente abbia colto il messaggio».

Sophia trascorse una bellissima giornata. Grigliarono la carne, e anche le verdure che aveva portato lei, e che la mamma di Clarissa apprezzò molto. Bevve un paio di birre, aiutò in cucina e si godette, seppur con molta cautela, le attenzioni di alcuni ragazzi molti simpatici. Fecero il bagno in piscina, presero il sole, mangiarono e brindarono e Sophia ebbe la sensazione che nella sua vita fosse tornato tutto normale. Però, prima di tornare a casa, sentì ancora il bisogno di telefonare al padre per accertarsi di trovarlo in casa al suo ritorno.

«Ciao, papi. Ti ho svegliato?»

«Non ancora; ma se richiami fra un quarto d'ora è probabile che mi sveglierai», rispose lui, ridendo.

Sophia partì, diretta verso casa, con la sicura delle portiere abbassata. Arrivata a destinazione, parcheggiò l'auto in garage, entrò in casa dalla porta della cucina e trovò suo padre addormentato sul divano, con il televisore acceso. Gli diede un bacio e andò a letto; era piacevolmente stanca e si addormentò subito, pensando che nel suo mondo tutto era tornato perfetto. Le preoccupazioni dei giorni passati sembravano essersi dissolte come neve al sole.

Ma la sua ritrovata serenità durò soltanto fino al pomeriggio successivo.

Il giorno seguente era un lunedì ma era ancora un giorno festivo, quindi Sophia non doveva recarsi né al lavoro né all'università; ma poiché si era già concessa un fine settimana di festeggiamenti, decise di restare a casa per portarsi avanti con le letture. Era determinata a conseguire ottimi voti perché suo padre, oltre a essere un docente, era anche il direttore di un dipartimento e lei sapeva, senza che ci fosse bisogno di ricordarglielo, che non era il caso di farlo sfigurare. Lui non era tipo da metterle pressione, ma Sophia era una perfezionista e faceva di tutto per renderlo orgoglioso di lei.

Era già a buon punto con la lettura dei drammi di Arthur Miller e quindi stava pensando di concedersi un po' di svago con qualche pagina del romanzo *Christy* di Catherine Marshall, anche se non figurava nell'elenco dei testi previsti dal programma. Era una calda giornata di sole e se ne stava rannicchiata sul divano, con un leggero scialle a coprirle le gambe nude, quando sentì suonare alla porta.

Istintivamente s'irrigidì, in preda all'ansia. Allungò la mano verso il cellulare, al quale era collegato il sistema di videosorveglianza, e non appena lo accese sentì il cuore balzarle in gola. Davanti alla porta di casa c'era Angelo, con un grande mazzo di fiori. Sophia rimase immobile, respirando appena, mentre il campanello suonava di nuovo.

Decise di non aprire. Non voleva avere nulla a che fare con lui, di certo non era prudente stare da sola con quel ragazzo. Non aveva alcuna intenzione di farsi coinvolgere in una discussione, o anche soltanto in un battibecco, e non aveva voglia di affrontare la sua rabbia insensata. Dopo quello che le parve un tempo interminabile, tornò a dare un'occhiata allo schermo del cellulare. Davanti alla porta non c'era più nessuno. Temendo che Angelo fosse ancora fuori di casa e potesse vederla, decise di aspettare prima di andare a sbirciare dalla finestra per vedere se il suo furgoncino fosse ancora parcheggiato lì vicino.

Sophia abbassò lo sguardo sul romanzo che aveva in grembo. Addio serenità, addio *Christy*. Chiuse gli occhi e li sentì riempirsi di lacrime. Provava un grande di senso di frustrazione, ma non capiva il perché di quella reazione. Angelo la rendeva nervosa; era come un cane addormentato che era meglio ignorare poiché era impossibile prevedere la sua reazione. Pensò alla scenata che le aveva fatto quella sera, e riconobbe che per fortuna non si era spinto oltre, e non le aveva messo le mani addosso. E ripensò anche alla gita al lago, quando le aveva dato una spinta e lei era caduta; in fondo era stata una spintarella, niente di serio, e se non si fosse trovata in un punto difficile, sarebbe sicuramente rimasta in piedi. È vero che al bar lui aveva rotto la bottiglia di birra, ma si era trattato di un incidente, come aveva detto lui. E comunque dopo quel fatto, l'aveva lasciata in pace. Ma allora perché tutta quella paura? Chiuse gli occhi e prese dei respiri profondi.

«Immaginavo che fossi qui», disse d'un tratto una voce alle sue spalle, che interruppe il silenzio della casa.

Angelo! Era lì. In piedi, di fianco al divano, lo sguardo fisso su di lei. Sophia si alzò a sedere, con il cuore in gola, e si strinse nello scialle.

«Perché non hai risposto al campanello?», le chiese, come se fosse la domanda più normale del mondo.

«Perché non volevo rispondere. Non aspettavo nessuno, e ho pensato che avessero suonato per consegnare un pacco. Come sei riuscito a entrare?»

Angelo indicò con lo sguardo in direzione del cortile. «Dal garage. Piccola, dobbiamo parlare», e dopo aver posato un gigantesco mazzo di fiori sul tavolino si accomodò sul divano. Sophia ritrasse i piedi nudi per evitare ogni contatto.

«Non credo che ci sia niente da dire, Angelo. Ti sei appena introdotto in casa senza essere invitato».

«No, piccola, non è così. Ero preoccupato per te. Sapevo che eri in casa. Così ho fatto il giro e ho trovato la porta aperta».

«Ma prima hai dovuto scavalcare un cancello e un muro alti due metri e mezzo».

«Anche il cancello era aperto. Comunque, sono venuto soltanto per parlarti. Le ultime settimane sono state orribili. Ho pensato che, forse, potremmo trovare un modo per andare d'accordo. Eravamo così felici insieme. Lo so, ho incasinato tutto. Ma non l'ho fatto apposta. Sono venuto soltanto per sapere se stai bene».

«Sto benissimo. Adesso puoi andartene», replicò Sophia in tono brusco. E si alzò dal divano.

«Stai dicendo che non vuoi nemmeno parlarmi?»

«No. Perché non ho niente da dire», rispose con decisione, anche se la sua voce ebbe un tremito. «Non ho più intenzione di sopportare la tua rabbia, e detesto i tuoi capricci. E sappi che non sono l'unica a pensarla così. Persino il buttafuori del bar si è offerto di cercarmi un passaggio perché voleva essere sicuro che arrivassi a casa sana e salva. No, non voglio parlare con te».

«Ma puoi almeno ascoltarmi per un secondo?»

«Dimmi quello che mi devi dire e poi vai via. Non mi sento più al sicuro quando sono con te».

«Piccola, perché dici così? Lo sai che in questo modo mi ferisci. Non permetterei a nessuno di farti del male. Da quando ti conosco vivo solo per prendermi cura di te. Lo so che devo imparare a controllare la rabbia. Mia madre me lo ripete in continuazione. Non ho mai conosciuto mio padre, ma mia madre dice che ho preso questo brutto carattere da lui. Voglio solo dirti che stare lontano da te è insopportabile. Ti prometto che non mi lascerò più trascinare dalla rabbia. Piccola, mi devi credere. Prova a immaginare quanto è difficile per me lottare contro il fantasma di mio padre, per cercare di essere un uomo migliore di lui».

Sophia sentì un nodo serrarle la gola. Deglutì e lo guardò dritto negli occhi, senza dire una parola.

«Dimmi almeno che mi perdoni».

«Certo», disse lei con un filo di voce.

«Dimmi che possiamo riprovarci di nuovo».

Sophia fece di no con la testa. «Angelo, ti auguro ogni bene; sono sicura che se riuscirai a controllarti le cose per te andranno molto meglio, ma fra noi non potrà mai funzionare. Mi dispiace, ma è finita».

«Così mi spezzi il cuore», disse lui guardandola con aria smarrita. «Speravo che potessimo rimanere almeno amici. Perché no?»

Sophia rimase in silenzio per un lungo istante. Poi disse: «Va bene. Restiamo amici. Ma devi imparare a controllare la rabbia».

«Te lo giuro, piccola. E venerdì sera ti porto a cena in un bellissimo posto».

«No, Angelo. Ho detto che possiamo restare amici, nel senso che se ci incontriamo per strada possiamo salutarci e magari scambiare qualche parola. Nient'altro. E di sicuro non usciremo più insieme. Ci abbiamo provato e non ha funzionato».

«Per me funzionava», ribatté lui in tono cupo. «Non possiamo vederci almeno per una birra, una volta ogni tanto?»

«Non lo so. Ricordati che lavoro e frequento l'università e ho montagne di impegni. Te l'ho già spiegato: il mio lavoro e gli studi vengono prima di qualunque cosa. Sono molto importanti per me. Dicevi di aver capito».

Lui rimase seduto sul divano in silenzio, i gomiti sulle ginocchia, lo sguardo fisso sul pavimento, con un'espressione profondamente avvilita. Naturalmente, vedendolo in quello stato, Sophia si sentì in colpa, ma seguì il suo istinto, e non cedette.

«Va bene, ho capito», disse Angelo. «Posso almeno chiamarti, qualche volta?»

Per un attimo Sophia fu sul punto di accettare, ma si fermò giusto in tempo. «Se chiami quando sono a lezione o al lavoro, sai già che dovrai lasciare un messaggio. Quando registriamo la puntata, tutti i cellulari devono rimanere spenti. E durante le lezioni i telefoni sono vietati».

«Sì, certo», disse lui, con il tono di chi non è convinto di ciò che ha sentito. Ma si alzò dal divano e tornò verso il punto da cui era entrato.

«No, per favore esci dalla porta d'ingresso. Ti accompagno».

Sophia gli indicò la strada ma cercò di tenersi a distanza; temeva che se si fosse girato all'improvviso e l'avesse abbracciata, non avrebbe capito più niente. E anche se Angelo aveva tutta l'aria di non volersene andare, alla fine riuscì a metterlo alla porta.

«Ciao. Stammi bene». Sophia lo salutò e con un gesto deciso accostò il battente e si chiuse dentro con il chiavistello. Un attimo dopo andò in garage e uscì nel cortile sul retro per controllare i due cancelli della casa. Erano entrambi chiusi a chiave, quindi non era possibile che Angelo li avesse trovati aperti e che li avesse chiusi lui, perché non aveva le chiavi. Il che significava che per entrare aveva scavalcato il muro di cinta.

Sophia tornò in casa, chiuse la porta del garage, controllò tutte le altre porte, e le finestre, e gettò i fiori nella spazzatura.

Il laboratorio idroponico richiedeva cure costanti, perciò anche quella mattina Sam era andato a verificare che tutto fosse a posto, nonostante fosse un giorno di festa. Aveva risposto ad alcune e-mail, verificato la sua agenda, dopodiché aveva trascorso un paio d'ore con Marni. Rientrato a casa, l'aveva trovata immersa nel silenzio. Pensò di preparare uno spuntino, ma quando aprì il frigorifero lo trovò semivuoto; Sophia doveva essersi dimenticata di fare la spesa. Passò quindi nella dispensa, e subito notò un grande mazzo di fiori freschi gettato nel cestino della spazzatura.

Incuriosito, prese il cesto e lo portò fino in camera della figlia.

«Entra pure», lo invitò Sophia.

Sam aprì la porta e le mostrò i fiori. «Capisco che non sono affari miei, ma come mai sono qui dentro?»

Sophia sorrise, per nascondere l'imbarazzo. «Avevo detto ad Angelo che le cose fra di noi non funzionavano e che era finita, ma non deve aver colto il messaggio».

«Capisco. Spero che adesso vi siate chiariti», disse suo padre con aria preoccupata.

«Sì. Direi proprio di sì».

Sam rimase in silenzio per un lungo istante. Poi le disse: «Sophia, se vuoi parlare, io ci sono».

«Va tutto bene, papi. Non ti preoccupare».

Jason era innamorato di Bella da sempre. Erano sposati ormai da cinque anni, dopo due di fidanzamento. Si era innamorato di lei perché oltre a essere molto in gamba, era anche divertente, generosa, equilibrata, sincera e, probabilmente, la donna più sexy che avesse mai conosciuto. Una persona affidabile, serena, che non conosceva sbalzi d'umore e che raramente si lasciava prendere dall'emotività.

Finché non si era sottoposta alle cure per la fecondazione artificiale ed era rimasta incinta.

I medici li avevano avvertiti che le cure ormonali avrebbero potuto avere su Bella effetti destabilizzanti, ma Jason non si sarebbe mai aspettato che il suo matrimonio si trasformasse in un incubo. Ogni sera, quando rientrava a casa dopo il lavoro, non sapeva di che umore l'avrebbe trovata. Poteva essere dolce e affettuosa oppure tutto il contrario, poteva ridere delle sue caviglie gonfie e, un attimo dopo, scoppiare in lacrime perché era grassa, per il prurito ai capezzoli o per le emorroidi. Aveva preso più chili del previsto e quindi si era messa a dieta e mangiava quasi esclusivamente verdura, costringendo Jason a fare altrettanto. Con il risultato che stava ingrassando anche lui perché, per evitare i morsi della fame, ogni sera si fermava da qualche parte a mangiare una pizza o un paio di enormi hamburger. In più, aveva smesso anche di fare movimento, perché ogni volta che vedeva gli amici per fare due tiri a pallacanestro, o per giocare a golf, o bowling, Bella metteva il broncio.

Quando Jason pensava al loro futuro, si incupiva. E la vita insieme era sempre più simile a una tortura. Mentre prima non vedeva l'ora di tornare a casa, adesso quello era il momento più difficile della giornata. E pensare che proprio in quel periodo avrebbe avuto bisogno di rilassarsi, almeno a casa, visto che al lavoro si stava occupando di un caso molto delicato che era fonte di grande stress.

Quella sera, quando rientrò, trovò Bella distesa sul divano, con i piedi gonfi sollevati su un cuscino. «Come ti senti?», le chiese, dopo averle dato un bacio sulla fronte.

«Gonfia, come sempre. Aspettavo una tua telefonata».

«Scusa, hai ragione. Stavo per chiamarti, ma proprio in quel momento ho ricevuto una telefonata di lavoro che è durata più del previsto. Se hai bisogno di qualcosa posso andare a fare un po' di spesa».

«Sei gentile. Ma oggi non ho voglia di stare a casa. Perché non usciamo e andiamo a mangiare un boccone al *Friday's*? Mi andrebbe un bel petto di pollo alla griglia con contorno di verdure, e tu potresti ordinare quello che vuoi. A fare la spesa ci andrò domani, non c'è fretta».

Un punto a mio favore, pensò Jason, e tirò un sospiro di sollievo. Per una volta sembrava che non ci fossero scenate in vista. «Mi sembra un'ottima idea». Abbassò lo sguardo sulle gambe gonfie di Bella e per qualche ragione si sentì in colpa. «Mi dispiace per le tue caviglie. Vorrei poter fare qualcosa».

«Non possiamo farci niente. Presto torneranno normali. La mia amica Stacy mi ha detto che dopo il parto ci si sgonfia come un palloncino punto da uno spillo».

Quell'immagine lo fece sorridere. «Quando vuoi, sono pronto».

Con una certa fatica Bella si alzò e si preparò per uscire.

Durante il tragitto verso il locale, raccontò a Jason della sua noiosa giornata. Date le sue condizioni, in ufficio evitavano di assegnarle incarichi troppo impegnativi e così finiva sempre per occuparsi dei lavori più noiosi, come gestire le pratiche che si accumulavano sulla scrivania del procuratore distrettuale, emettere ordinanze, svolgere ricerche, raccogliere le deposizioni dei testimoni, esaminare le prove.

Dopodiché chiese al marito della sua giornata.

«Sai che non posso parlarti del caso che sto seguendo, visto che lavori con il procuratore distrettuale, anche se in una contea diversa».

«Sarò muta come una tomba».

«Sto seguendo un caso complesso. Una donna ha accusato il marito di violenza domestica, chiedendo la custodia della figlia e un aumento degli alimenti per poterla mantenerla. L'imputato non soltanto si dichiara innocente, ma sostiene che la donna si sia procurata i lividi da sola. Dice che non sarebbe la prima volta. Sostiene che l'ex moglie sarebbe una narcisista patologica e una pericolosa manipolatrice. Ci sono prove a favore dell'imputato, ma c'è di mezzo una bambina di sei anni, intelligente e timida. Detesto l'idea di portarla a testimoniare, ma temo che dovrò farlo».

«Io le rivolgerei una sola domanda. Le chiederei dove preferisce dormire la sera, se a casa della mamma o in quella del papà. Oppure dalla nonna, o dalla zia Jane, o da un'amichetta. In base alla sua risposta potresti capire chi ha ragione e chi ha torto e come sarebbe giusto procedere», suggerì Bella.

Discussero il caso ancora per un po' e Jason ebbe modo di ricordarsi una delle tante ragioni per cui amava la moglie. Bella aveva una mente brillante ed era dotata di grande intuito. Quegli scambi di idee erano da sempre il sale del loro matrimonio, e li faceva sentire profondamente uniti. Jason adorava il suo modo di ragionare.

Quando raggiunsero il ristorante, erano entrambi di ottimo umore. Come sempre il locale era molto affollato, ma riuscirono a trovare un tavolo in un angolo tranquillo. Jason cominciò a consultare il menu.

«Buonasera signori. Come andiamo stasera?», li salutò la cameriera con aria gioviale, posando sul tavolo due tovaglioli di carta.

«Molto bene, grazie. E lei, tutto bene?», rispose Jason.

«Alla grande. Volete ordinare qualcosa da bere, per cominciare?»

«Sì, grazie. Per me una birra leggera; una marca qualsiasi», disse Jason.

«E lei, signora?», chiese la cameriera, rivolgendosi a Bella.

«Acqua, grazie».

«Direi che siamo pronti per ordinare, sempre che mia moglie non voglia dare un'altra occhiata al menu».

«Tu sai già che cosa prendere?», gli chiese Bella.

«Prenderò quello che prendi tu».

«Oh, che gentile. Ecco un uomo che ha le idee chiare», disse la cameriera sfoderando un sorriso accattivante. «Signora?»

«Petto di pollo alla griglia e verdure al vapore; qualsiasi verdura abbiate. E magari un'insalatina con condimento a parte».

«Lo stesso per lei?», chiese la ragazza, rivolgendosi a Jason.

«Sì, va benissimo. Senza insalata, però. E potremmo avere del pane, per favore?»

«Ma certo. Vado a prendervi da bere. Sarò di ritorno fra un attimo».

Una personalità decisamente frizzante… e che sorriso, pensò Jason, guardando la donna allontanarsi con passo sicuro. Ma quando si voltò verso Bella, si accorse che la moglie era visibilmente contrariata.

«Tutto bene?», le chiese.

«Sì, sì. Tutto bene». Ma non sembrava convinta.

Jason decise saggiamente di non replicare. Qualche minuto dopo la cameriera tornò con due bicchieri d'acqua e la birra. «Ho pensato di portare un bicchiere d'acqua anche per lei», disse a Jason. «Mi chiamo Tiffany e mi occupo dei clienti di questo settore del ristorante; se, mentre aspettate, desiderate qualcos'altro, non esitate a chiamarmi».

«Grazie, Tiffany. Se può portarmi del pane... senza fretta», disse Jason.

«Oh, ma certo. Vado subito a prenderlo. Ha fatto bene a ricordarmelo, l'avevo dimenticato».

La ragazza si voltò e sparì dalla parte opposta della sala. Jason non poté fare a meno di guardarla mentre si allontanava con passo veloce. Non appena riportò la sua attenzione su Bella, vide subito che si era rabbuiata.

«Che succede? Stava andando tutto bene fino a un attimo fa. Ti prego, adesso non mettere il muso».

«Se vuoi possiamo ordinare qualcos'altro, così potrai guardarla sculettare ancora un po'».

Era vero, gli era caduto lo sguardo sul sedere della ragazza, ma non l'avrebbe ammesso nemmeno sotto tortura. «Non l'ho affatto guardata come dici tu».

«Come no».

«Dài, Bella. Non essere ridicola».

E mentre pronunciava quelle parole, come per magia, apparve sul tavolo un cestino di pane. «Scusate, ho dimenticato il burro. Vado subito a prenderlo».

«Faccia pure con comodo».

Tiffany rivolse a Jason un sorriso malizioso e si allontanò. Lui tenne gli occhi fissi su Bella, fingendo indifferenza.

«Ti faccio notare che è piuttosto ovvio che ti stai sforzando di non guardarla».

«Io ho occhi soltanto per te, amore mio».

«Ultimamente non so se bastano due occhi per guardarmi tutta».

«Per me sei ogni giorno più bella», replicò Jason. Notò che lei sembrava essersi addolcita ed ebbe la sensazione di aver detto la cosa giusta. E ricordò a se stesso che la vera Bella non era affatto così spigolosa. *È la gravidanza, sono gli ormoni,* ripeté nella mente.

In quel momento Tiffany si ripresentò al loro tavolo. «Ecco il burro. Posso portarvi qualcos'altro?»

«Siamo a posto così, grazie», rispose Jason.

«La cena sarà pronta fra un attimo. Mi chiami, se ha bisogno di me», disse lei con un sorriso. Jason sentì una vampata di calore salirgli alle guance. Guardò Bella e la vide sorridere ironicamente. Decise di concentrarsi su una fetta di pane, che spalmò di burro, per non rischiare di farsi di nuovo distrarre dal lato B di Tiffany.

«Sta flirtando con te».

«Anche se fosse, sappiamo entrambi che sarebbe solo una perdita di tempo», disse Jason, chiedendosi come avrebbe fatto ad arrivare alla fine del pasto senza mai alzare gli occhi dal piatto.

Quando finalmente arrivarono le ordinazioni, gli parve di aver aspettato un'eternità, anche se erano trascorsi soltanto pochi minuti. «Ecco i vostri piatti. Posso portarvi altro?»

«Io sono a posto. Bella, tu desideri altro?», domandò Jason.

«Sì, vorrei un contorno di patatine fritte e un po' di salsa ranch».

«Nel piatto ha già la salsa ranch. Ne vuole dell'altra?», chiese Tiffany.

«Sì, grazie».

«Gliela porto subito».

Durante la cena, la tensione fra loro si allentò. I piatti che avevano ordinato erano molto appetitosi e probabilmente contribuirono a rilassarli. Jason iniziava ad apprezzare le pietanze leggere preferite da Bella negli ultimi tempi e pensò che avrebbe dovuto smetterla di abbuffarsi di pizza a metà giornata e riprendere a fare un po' di esercizio fisico.

Bevve l'ultimo sorso di birra e ne avrebbe volentieri ordinata un'altra, ma decise di rinunciare per non contrariare sua moglie.

«Posso portarle un'altra birra?», chiese Tiffany, comparendo dal nulla.

«No, grazie, sono a posto così».

«E lei, desidera altro?», domandò, rivolta alla moglie.

Tiffany stava scherzando con il fuoco. Bella era una moglie incinta, ma era anche un'avvocata di talento. In quel momento, e in quel contesto, poteva anche apparire una donna mite e indifesa, ma in realtà era tutto il contrario. «No, grazie».

In quell'istante Jason decise che era giunto il momento di riprendere in mano la sua vita. Per prima cosa, avrebbero ricominciato a tenere in casa qualche bevanda alcolica, così se la sera avesse avuto voglia di bere qualcosa non sarebbe stato costretto a uscire di casa. Dopo una lunga giornata di lavoro, preferiva di gran lunga godersi un drink in compagnia di Bella che vagare da solo per i bar. Apprezzava il fatto che la moglie avesse rinunciato a bere alcolici, ma non era il caso di imporre anche a lui certe restrizioni; e comunque era meglio tenersi alla larga dalle molte Tiffany in circolazione. Inoltre, si ripromise di tornare in palestra: un po' di esercizio fisico lo avrebbe aiutato a rimettersi in forma, a tenere sotto controllo lo stress e a dormire meglio. Pensò che quelle decisioni, anche se prese in silenzio fra sé e sé, avrebbero cambiato le cose.

Arrivò il conto, infilato in una custodia di pelle, e Jason mise mano al portafogli e alla carta di credito. In un primo momento non notò nulla di strano. Poi guardò la cifra, alzò lo sguardo su Tiffany, lo riportò sullo scontrino e infilò la carta di credito nella custodia.

Bella guardò Jason con aria interrogativa. Lui però non disse nulla. «Passami il conto». Il tono di Bella era perentorio.

«Lascia, me ne occupo io», rispose lui, ma subito pensò: *Pessima mossa, avvocato Jason.* Era chiaro che, con quella frase, aveva lasciato intendere che volesse nascondere qualcosa.

Bella gli strappò di mano lo scontrino e lo osservò. «Complimenti. E tutto questo sotto il mio naso», esclamò sconcertata.

Tiffany aveva stupidamente scarabocchiato il suo numero di telefono sul conto. E ora la ragazza avrebbe ricevuto la lezione che si meritava.

In altri tempi Bella si sarebbe fatta una risata, e avrebbe chiuso la faccenda con una battuta del tipo: «Glielo dici tu di andare a caccia altrove o glielo dico io?» Ma ora era al sesto mese di gravidanza, aveva le caviglie gonfie e gli ormoni fuori controllo. Così si alzò dal tavolo e andò decisa verso la responsabile del personale di sala. Jason rimase a guardarla, impotente. Bella chiese di parlare con il direttore del ristorante. Nel giro di pochi secondi arrivò un uomo a cui Bella rivolse un bel discorsetto da procuratrice, sventolandogli lo scontrino sotto il naso, con quel suo tono basso e serio che non ammetteva repliche. Jason assistette a uno scambio veloce di battute fra i due dopodiché Bella tornò al tavolo, afferrò la borsa e disse: «La cena è offerta dalla casa. Niente mancia».

Jason la seguì fuori dal ristorante con passo lento, senza osare rivolgere uno sguardo a Tiffany, non perché temesse quello che avrebbe letto negli occhi della ragazza, ma per paura della reazione di Bella. Entrati in auto, rimasero entrambi in silenzio, nel buio dell'abitacolo. Jason aspettò a mettere in moto, era troppo agitato.

«Non credi che avresti potuto agire prima che le cose andassero troppo oltre?», disse Bella.

«E come?»

«Per esempio avresti potuto dire: "Sono sposato, questa è mia moglie, e non sono interessato a flirtare"».

«Non stavo flirtando. E non lo stava facendo nemmeno lei. Era semplicemente cordiale e allegra».

«Ha scritto il suo numero di cellulare sul conto».

«Lo avrei gettato nel cestino».

«Senza dire niente?»

«E perché avrei dovuto dire qualcosa? Di certo non l'avrei chiamata».

«Perché non si fa», gridò Bella.

«Non voglio essere un bigotto che si scandalizza per queste cose. Credi che quella ragazza abbia ancora un lavoro, adesso?»

«Non è affar mio. Se verrà licenziata perché fa la scema con i clienti sposati forse imparerà la lezione, e la prossima volta sarà più professionale. Ma tu avresti potuto fermarla subito, rimetterla al suo posto».

«Oppure io e te avremmo potuto fare finta di niente e riderci su una volta usciti dal ristorante».

«Non hai pensato neanche per un attimo, vero, a come mi sono sentita *io*?»

«Ho pensato che essendo una donna adulta che di lavoro manda in galera criminali incalliti, non avresti dato peso a una simile sciocchezza, ma ci avresti riso sopra. Questo è quello che avrei fatto *io* se un cameriere giovane e carino si fosse messo a flirtare con te».

«Ti ricordo che una volta hai preso per il bavero un barman, minacciando di farlo finire in mezzo a una strada, solo perché mi guardava con troppa insistenza».

Jason se n'era quasi scordato. «Era molto tempo fa, ero giovane e impulsivo», si giustificò.

«O forse eri semplicemente più innamorato».

«Non è vero. Ti amo molto di più adesso, ho soltanto imparato a comportarmi. Se penso a quella sera, mi vergogno di me. Il comportamento di quel barman era stato deplorevole, ma era pur sempre un barman, mentre io ero, e sono, un avvocato. Avrei dovuto dimostrare maggior autocontrollo», disse, deglutendo.

«E stasera invece? Niente autocontrollo?» Ed era più una frecciatina che una domanda.

«Per qualche minuto è stato divertente, lo ammetto, finché tu non hai iniziato a ingelosirti per niente. Era soltanto un'ingenua ragazza che s'illudeva di potermi sedurre».

«Mi dispiace di averti rovinato il divertimento», disse Bella dopo un attimo di silenzio.

«E a me invece dispiace che quella che flirtava con me non fossi tu», concluse lui, avviando il motore.

10

Sophia non sentiva Angelo da giorni, e iniziava a ritrovare il buonumore e a sentirsi più sicura e fiduciosa. Ma poi lui le inviò un messaggio.

Ciao piccola. Ti va una birra, venerdì sera? Ho un nuovo lavoro. Non vedo l'ora di raccontarti tutto.

Sophia rispose che non poteva perché aveva impegni familiari, ma si congratulò con lui. Dopo avergli inviato il messaggio, trattenne il fiato e, quando vide che non aveva replicato con la consueta rabbia, tirò un sospiro di sollievo.

Un paio di giorni dopo, Angelo si fece di nuovo vivo con un altro messaggio, e le chiese quando fosse libera per una birra insieme.

Sophia non gli rispose, ma cominciò ad agitarsi, pensando a quanto era accaduto al bar del campus l'ultima volta che si erano visti.

Meno di ventiquattr'ore dopo arrivò un altro messaggio.

Allora, mi vuoi dire quando sei libera per uscire con me?

Sophia rispose che fra il lavoro, lo studio e la famiglia non aveva tempo per uscire, e aggiunse che lo avrebbe cercato lei se si fosse liberata. A quel punto, però, il suo umore subì un tracollo. Non c'era bisogno di essere un'indovina per sapere che i suoi continui rifiuti lo avrebbero mandato su tutte le furie.

Era al lavoro, a casa di Marni, impegnata con le scenografie del programma, ma si sentiva distratta e insolitamente inquieta. Marni stava lavorando in cucina, Ellen invece era con lei e notò subito che c'era qualcosa di strano. «Sophia, mi sembri preoccupata. Ti va di parlarne?»

«Grazie, Ellen, ma si tratta di una faccenda che devo risolvere da sola».

«Qualche volta parlare aiuta a chiarire le idee».

«Ho un problema con un ragazzo, ma non voglio seccarvi con questa vicenda».

«Tesoro, mi dispiace. Purtroppo non sono la persona adatta a dare consigli sulle questioni di cuore. Non ho molta esperienza in questo genere di cose».

«Non è una questione di cuore. Non più», precisò Sophia. «Sono uscita con un tipo un paio di volte e adesso lui si comporta come se fossi di sua proprietà. Non so come togliermelo di torno».

«Ti sta molestando?»

«In realtà è colpa mia», ammise Sophia, abbassando lo sguardo. «Mi ha chiesto se potevamo restare amici e io ho accettato, ma la sua idea di amicizia è molto diversa dalla mia. Vuole che usciamo insieme a bere una birra, e insiste anche se ho già rifiutato diverse volte. Non so più come farglielo capire. Ma al tempo stesso non voglio farlo arrabbiare».

Ellen la prese per mano e la portò lontano dallo sguardo di Marni. «Che cosa succede quando si arrabbia?», le chiese.

«Mi fa il broncio».

«E tu perché devi restare a guardare mentre ti tiene il broncio? Non puoi ignorarlo?», domandò Ellen, accennando un sorriso.

Sophia si guardò le mani. «Un paio di settimane fa gli ho detto che non potevo uscire perché dovevo studiare con le mie amiche. Poi, quando abbiamo finito di studiare, siamo andate al bar del campus a bere qualcosa. E lui era lì. Ed era così furioso che ha spaccato una bottiglia di birra contro un tavolino; uno dei barman voleva sbatterlo fuori dal locale. Non ricordo nemmeno che cosa gli ho detto per farlo arrabbiare così. Non ero lì con un altro ragazzo, ero lì con le mie amiche. Gli ho detto di non farsi più vedere e me ne sono andata via. Dopo una settimana, si è presentato a casa mia con un mazzo di fiori. Voleva fare la pace, diceva che era stato tutto un equivoco e che dovevamo provare a rimetterci insieme».

«Lo sai, vero, che non avresti dovuto farlo entrare?»

«Ma infatti non l'ho fatto entrare. Quando ha suonato non gli ho aperto, e allora lui si è intrufolato in casa entrando dalla porta del garage».

«Che cosa...?» Ellen era sconcertata.

«Ero seduta sul divano a leggere e all'improvviso me lo sono trovato davanti. Ha detto che la porta era aperta. Può darsi che fosse aperta, ma i cancelli del giardino erano chiusi a chiave. Ho controllato quando se n'è andato e sono sicura: erano chiusi. Deve aver scavalcato il muro di cinta».

«Sophia, a questo punto non credo affatto che il vostro incontro al bar sia stato casuale. Credo, invece, che questo tizio sia uno stalker. E non credo nemmeno che tu abbia fatto qualcosa per farlo arrabbiare, per come ti conosco posso dire che non è nella tua natura. Non è colpa tua se lui perde il controllo. Hai parlato di questa faccenda con tuo padre?»

«No. Non voglio che pensi che non sono in grado di cavarmela da sola», spiegò Sophia.

«Non si tratta di questo; tu sei perfettamente in grado di cavartela. Questo giovanotto invece no. Non è una bella situazione quella in cui ti trovi, ma non è certo per colpa tua».

«Non so che cosa fare».

«Hai paura di lui, vero?»

«Sì, eppure non posso dire che mi abbia fatto del male. Non nel vero senso della parola».

«E quell'occhio nero? Non è che, per caso, lui c'entra in qualche modo?»

Sophia si strinse nelle spalle.

«È così? Ho indovinato?», insisté Ellen.

«Quel giorno era arrabbiato perché al lago c'era molta gente, mentre lui sperava che saremmo stati soli. Mi ha dato una piccola spinta, per invitarmi a camminare più veloce, ma il sentiero era impervio, così ho perso l'equilibrio e sono inciampata in una radice sporgente. È andata così, Ellen. Giuro».

«Ma saresti inciampata se lui non ti avesse dato quella spinta?»

Sophia non sapeva che cosa rispondere e rimase in silenzio, mordendosi le labbra.

«Da quello che hai raccontato, penso che sia stato lui a farti cadere. Ascoltami bene, adesso ti dico che cosa devi fare. Dai retta a una donna matura: per prima cosa non devi assolutamente chiamarlo. La prossima volta che lo farà lui, rispondi e digli con fermezza che non vuoi più vederlo, nemmeno come amico. Digli che deve cancellare il tuo numero. Quel ragazzo è un violento. Nessuno deve permettersi di entrare in casa tua senza essere stato invitato. Una relazione con un tipo del genere non potrebbe mai funzionare. Digli addio e mettici una pietra sopra. Sii educata, ma irremovibile».

«E se mi dice che vuole soltanto parlare?»

«Gli dirai di no. Non c'è più niente di cui dovete parlare, hai deciso così e basta. Sophia, questo tipo ti ha già dimostrato di che pasta è fatto e, credimi, non cambierà. Se lo rivedrai, le cose potranno soltanto peggiorare».

«È successo anche a te?»

«No, non a me direttamente. Ma mia sorella ha avuto problemi simili con un tizio con cui usciva. All'epoca aveva trent'anni ed era divorziata, e non si può dire che fosse alla sua prima esperienza con gli uomini. Nemmeno il suo primo marito era un modello di perfezione, eppure dopo di lui si è innamorata perdutamente di un uomo che la terrorizzava. Che io sappia, non le ha mai messo le mani addosso, almeno questo è quanto sostiene lei; pare che la sua fosse più una forma di violenza psicologica e verbale. La perseguitava, letteralmente. Parcheggiava fuori casa sua per controllare i suoi movimenti, si presentava nei ristoranti dove lei vedeva le amiche, e poi la tempestava di chiamate, piangeva e minacciava di togliersi la vita se non si fossero rimessi insieme. Purtroppo la polizia non poteva intervenire perché le sue non erano minacce precise.

«Devi darmi retta, Sophia, se questo ragazzo ti fa stare male, se non ti senti tranquilla, devi fare di tutto per allontanarlo. Devi confidarti con tuo padre. Hai bisogno di protezione, in questo momento».

«Ma non voglio farlo preoccupare».

«È impossibile non preoccuparsi, in una situazione del genere. Ho visto con i miei occhi quanto possono diventare pericolose certe situazioni».

«Tua sorella come ne è uscita?»

«Ci sono voluti tempo e molta pazienza. Sembrava che non sarebbe riuscita a venirne fuori mai più. Vennero coinvolti persino i miei fratelli. Ci volle un anno intero prima che riuscisse a sbarazzarsi di lui, dopodiché per un altro anno continuò a guardarsi intorno ogni volta che usciva di casa».

«Ma che cosa aveva fatto per attirare le attenzioni di un uomo così orribile?»

«Niente. Ed è proprio questo il punto, non aveva fatto niente, così come sono certa che non hai fatto niente tu. Faceva tutto lui. E immagino che con il tizio che hai conosciuto tu accada la stessa cosa».

Sophia ebbe la sensazione di essersi tolta un enorme peso dal cuore. «L'ho conosciuto in un locale; lui mi ha offerto da bere e poi mi dato un passaggio a casa perché io avevo un po' esagerato con i drink. So che non avrei dovuto, e non è una cosa che mi capita abitualmente. Durante il tragitto, mentre ero sul suo furgoncino, mi sono addormentata e quando ho riaperto gli occhi lui ha detto che ci teneva a farmi arrivare a casa sana e salva».

Ellen aggrottò la fronte, sempre più preoccupata. «Non credo ci sia da fidarsi. Tesoro, adesso è molto importante che tu ti renda conto dei rischi che corri, perché devi essere determinata a non dargli più la possibilità di avvicinarsi a te. Non devi più trovarti da sola con lui. D'ora in poi, se ne avrai bisogno, verrò io a prenderti e ti riporterò a casa dopo il lavoro, sono disposta ad accompagnarti anche all'università, se serve. E promettimi che ne parlerai con tuo padre stasera stessa».

«Ci proverò», si limitò a rispondere Sophia, perché non aveva davvero idea di come affrontare il discorso con il padre. «Ti prego, Ellen, promettimi che non ne farai parola con Marni».

«Sophia, Marni è tua amica, è dalla tua parte».

«Ma mi vergogno di essermi cacciata in questa situazione. Mi sembra che sia colpa mia».

«No, no. *Non* è colpa tua. Adesso ti ci vorrà molta forza per uscire da questo ginepraio perché, a quanto pare, il giovanotto non è tipo da accettare un no come risposta. Questo però non è il momento di temere il giudizio delle persone amiche. Siamo qui per aiutarti».

Ellen era molto preoccupata per Sophia. Il suo racconto aveva fatto riaffiorare ricordi molto dolorosi. Ormai erano trascorsi più di vent'anni, eppure il ricordo di quell'esperienza la turbava ancora profondamente. Quell'uomo non era solo inquietante, era decisamente pericoloso, anche se non aveva mai commesso atti che si potessero definire dei reati. Era un manipolatore, che non oltrepassava mai i limiti ma terrorizzava la sorella solo con le minacce. La pedinava, la chiamava a tutte le ore del giorno e della notte sussurrando al telefono frasi allusive del tipo: *So dove sei stata l'altra sera*, oppure: *So che sei rientrata molto tardi*. A volte se lo ritrovava al cinema, seduto qualche fila dietro di lei. Ma quando infine la sorella aveva fatto installare nel telefono un dispositivo per registrare le chiamate, lui aveva smesso di chiamarla, così lei non ebbe mai le prove delle sue continue molestie. Ovviamente si era rivolta alla polizia, ma non era riuscita a ottenere nemmeno un ordine restrittivo temporaneo perché tecnicamente quello che lui faceva non era perseguibile. Sembrava che quell'uomo ricavasse un sadico piacere nello spaventarla, senza tuttavia sentire mai la necessità di concretizzare le sue minacce.

Ellen ricordava quanto era stato difficile trovare aiuto, al punto che una volta, esasperata, aveva provocato un agente di polizia con questa frase: «Mi sta dicendo che per riuscire a ottenere l'intervento delle forze dell'ordine, quell'uomo dovrebbe uccidere mia sorella?»

A quel punto il poliziotto aveva accettato di parlare con lo stalker, con l'unico risultato che, in seguito, la situazione era persino peggiorata.

All'epoca l'espressione *gaslighting,* il termine con cui comunemente si definivano le varie forme di abuso emotivo, non era ancora diffusa, mentre di recente quel tipo di comportamento molesto era diventato argomento di talk show televisivi e di podcast.

Come Ellen aveva imparato a spese della sorella, dietro quasi tutti i casi di abuso, c'era sempre una lotta di potere, c'era sempre la volontà di una persona di acquisire e mantenere il controllo sull'altra. Se quanto era accaduto alla sorella fosse successo di nuovo, avrebbe saputo affrontare la situazione in modo completamente diverso.

Mentre faceva ritorno a casa, sentì il desiderio di condividere con Mark ciò che era accaduto a Sophia. Aveva scoperto che il suo vicino di casa era la persona più gentile e sensibile che avesse mai conosciuto, e che amava in modo particolare i bambini e gli animali. Se non fosse stato così impegnato a mettere in piedi la sua fondazione, avrebbe sicuramente adottato un cane. Purtroppo Mark era fuori città per alcuni giorni; era andato a trovare il figlio a Las Vegas, e benché lei avesse il suo numero di cellulare, non avrebbe mai osato disturbarlo mentre faceva visita alla sua famiglia.

Da più di un mese avevano preso l'abitudine di cenare insieme almeno tre volte alla settimana. Cucinare era sicuramente un interesse che avevano in comune, ma non era il solo, e gli argomenti di conversazione fra loro sembravano non esaurirsi mai. Marni le chiedeva spesso notizie della sua amicizia con il vicino di casa, ma Ellen non era ancora riuscita a dirle che ormai si frequentavano regolarmente.

Pensare a Marni le fece tornare in mente Sophia. Aveva deciso che le avrebbe dato tre giorni di tempo per raccontarle quello che stava vivendo, e se non lo avesse fatto ci avrebbe pensato lei. Le donne dovevano smetterla di voler affrontare quel genere di situazioni da sole.

Ancora una volta si rese conto di quanto desiderasse parlare con Mark. Da quando avevano deciso di frequentarsi, aveva sempre cercato di non avere grandi aspettative, e invece in quel momento non desiderava altro che averlo vicino. In quelle settimane, lui le aveva sfiorato una spalla e le aveva posato una mano sulla schiena o sul braccio per guidarla, niente di più. Ma le loro conversazioni erano state di una profondità e di una sincerità uniche.

Giunta a casa, Ellen vide un camper con rimorchio parcheggiato sulla strada. Sentì il cuore balzarle in gola. Poteva essere soltanto il food-truck di Mark, anche se non si aspettava di vederlo lì. Il veicolo ostruiva l'accesso al vialetto di casa, così Ellen parcheggiò l'auto dietro al camper. Si guardò intorno, notò la portiera aperta e, avvicinandosi, lo chiamò: «Mark?»

Lui le comparve davanti all'improvviso, sporgendosi dall'abitacolo, il volto illuminato da un sorriso. «Che te ne pare?»

Ellen rimase sorpresa ed emozionata. «È quello che penso io?»

«Quasi. C'è ancora parecchio lavoro da fare. Devo installare un frigorifero nel rimorchio e aggiungere delle scaffalature. Ma quando tutto sarà pronto, ho calcolato che, con una struttura di questo tipo, saremo in grado di sfamare milleduecento persone al giorno. Avrò bisogno di uno spazio in più per gli alimenti a base di carne, ma ho i miei agganci nel corpo dei vigili del fuoco e non potresti mai credere che cosa si può fare avendo a disposizione un parcheggio e una tenda». D'un tratto Mark smise di parlare e la guardò, aggrottando la fronte. «Ellen… va tutto bene?»

«Oh, Mark…», riuscì solo a dire, e poi scoppiò in lacrime.

Lui scese dal camper e la invitò a rifugiarsi fra le sue braccia.

E lei si lasciò andare; si appoggiò al suo petto e si sciolse in un pianto dirotto.

«Però adesso devi almeno dirmi perché stai piangendo, altrimenti come faccio ad aiutarti?», disse lui con un sorriso.

Ma lei continuò a singhiozzare, incapace di smettere.

«Queste lacrime significano che ti sono mancato?», le chiese scostandole con delicatezza i capelli dal viso.

La donna si staccò leggermente da lui, per guardarlo negli occhi. «Avevo bisogno di parlarti e… solo quando ti ho visto mi sono resa conto di quanto aspettassi il tuo ritorno».

«Avevi il mio numero. Finora l'hai utilizzato solo per questioni pratiche, ma in realtà puoi chiamarmi anche per altri motivi, per esempio quando hai un problema».

«Ma potresti essere impegnato e io detesto l'idea di disturbarti. Pensavo fossi andato a trovare tuo figlio».

«Sì, sono andato da mio figlio, per farmi aiutare ad allestire questo camper-cucina. Mi ha dato una mano a mettere a punto gli ultimi dettagli del progetto. Adesso però dimmi perché sei così triste».

«È stata una giornata lunga», rispose Ellen.

«Che ne dici di raccontarmi tutto davanti a un bicchiere di vino?»

«Molto volentieri. Casa mia?»

«Benissimo. Più tardi ci occuperemo di parcheggiare meglio. E per quanto adori tenerti stretta, direi che adesso è meglio entrare in casa, così potrai parlare liberamente».

«Hai ragione. Mi sono letteralmente buttata fra le tue braccia».

Mark fece una risatina. «Già, ed è stato bellissimo». La prese per mano, imboccò il vialetto e aggiunse: «Devi avere avuto davvero una giornataccia. Sono stato via solo pochi giorni, però è bello essere di nuovo qui».

Entrati in casa, andarono subito in cucina. «Credi che il camper e il rimorchio siano al sicuro sulla strada?», domandò Ellen.

«Credo di sì. Siamo in un quartiere tranquillo. Dopo cena li sposto nel mio vialetto, uno accanto all'altro, e li chiudo a chiave», disse Mark, sedendosi, mentre Ellen stappava una bottiglia di chardonnay freddo di frigorifero. «Mi sto rendendo conto che sei diventata uno splendido motivo per tornare a casa. Ottima scelta», concluse, indicando il vino.

«Hai fame?»

«No, grazie. Ho mangiato sul camper. Mia nuora mi aveva preparato un cestino pieno di cose buone. È tutta un'altra esperienza viaggiare con una cucina e un bagno al seguito. Se vuoi fare una pausa, devi soltanto trovare una piazzola e accostare. Fra un po' uniremo le nostre menti per decidere che cosa fare per cena, però adesso siediti qui e raccontami tutto», e indicò la sedia accanto alla sua.

Ellen fu felice di obbedire. «Ricordi Sophia, la ragazza di cui ti ho parlato? È una stagista e fa parte del gruppo di collaboratori di Marni. Frequenta ancora l'università, ma in futuro spera di lavorare per la televisione».

«Ti riferisci alla ragazza argentina?»

«Proprio lei. Oggi mi ha confidato di avere un problema con un ragazzo. Ci è uscita soltanto un paio di volte, ma lui è già diventato estremamente possessivo. Qualcosa del genere accadde anche a una delle mie sorelle. È passato tanto tempo, ma la ricordo ancora come un'esperienza terribile».

«In che senso "possessivo"?»

«Secondo Sophia, dopo averlo frequentato per un breve periodo lui ha iniziato a comportarsi come se lei gli appartenesse. Da quel che ho capito si è dimostrato fin da subito un maniaco del controllo con la tendenza a dare ordini. Si aspetta che lei sia sempre a sua disposizione, che risponda a tutte le sue chiamate, qualsiasi cosa stia facendo. E se non risponde, dà fuori di matto. Insomma, un incubo».

«Dicevi che tua sorella ha vissuto un'esperienza simile?»

«Sì, moltiplicata per dieci. A un certo punto un ragazzo che aveva appena conosciuto era diventato ossessivo, finché non ha iniziato letteralmente a terrorizzarla. Non l'ha mai picchiata, ma c'era qualcosa di molto inquietante nel suo modo di perseguitarla».

«Ma non è successo a te, vero?»

«No, non è successo a me, ma in un certo senso è come se avessi vissuto l'esperienza sulla mia pelle perché ero sempre in ansia per mia sorella. Alla fine, lei ha dovuto lasciare la città, ed è andata a vivere da amici per un paio d'anni. E mia sorella non era una ragazza giovane e ingenua; all'epoca era divorziata e aveva due bambini piccoli. E soprattutto non era stata lei a dargli corda, semplicemente quel tipo l'aveva presa di mira e si era fissato con lei».

«Sophia è così giovane. Come le hai consigliato di comportarsi?»

«Ho cercato di spiegarle, come meglio ho potuto, che quel ragazzo la sta manipolando, le ho suggerito di dirgli con fermezza che non è più interessata a uscire con lui e di parlarne con Marni. E con suo padre. Sono soltanto lui e lei in famiglia. Le ho anche detto che, se non lo farà lei, lo farò io. Non può affrontare da sola quel pazzo che la sta perseguitando».

«Forse è soltanto un ragazzo molto stupido e infatuato».

«Di sicuro. Ma penso che Sophia debba toglierselo di torno ugualmente», disse Ellen risoluta.

«Hai detto di avere avuto una giornata di lavoro molto pesante. Se aggiungi anche la storia di Sophia, mi sembra normale che i tuoi nervi abbiano ceduto».

«In realtà non è proprio così. O meglio: sono sicuramente preoccupata per lei, ma non è questo che mi ha fatto piangere. Quando ti ho visto mi sono sentita sopraffatta dall'emozione di vederti, e mi sono resa conto che mi sei mancato molto, anche se sei stato via solo per pochi giorni. E questo è un problema, Mark. Perché nonostante io e Marni siamo legate da un'amicizia ultraventennale, l'unica persona con cui volevo parlare di questa brutta storia eri tu. E adesso ho paura. Non voglio diventare dipendente da te. Non sarebbe un bene per nessuno dei due».

«E perché no?», chiese lui, aggrottando la fronte.

Stupita, Ellen accennò una risata. «...disse l'uomo che perse la moglie malata alla donna che perse il marito malato... Perché tutti e due siamo provati da anni e anni trascorsi ad assistere i nostri partner».

«Secondo me c'è un altro modo di guardare alla situazione. Per esempio, io direi che forse tutti e due meritiamo un po' di felicità. Ci hai mai pensato?», domandò Mark, ridendo suo malgrado. «Una volta Susan mi confessò che aveva sempre immaginato che sarei morto prima di lei. Mi disse persino che aveva già pronto il mio elogio funebre. E il fatto di doversene andare prima di me la infastidiva parecchio».

«Cosa? Davvero disse una cosa del genere?»

Mark annuì, ridendo. «Era in una delle sue giornate buone, ma ormai si stava avvicinando alla fine. Mi rivelò di essere molto arrabbiata. Dopotutto, si era sempre presa cura di sé. Si svegliava all'alba per fare lunghe camminate, meditava, mangiava pasti sani e variati, prendeva le vitamine... E io, invece? Io non facevo altro che buttarmi dentro edifici in fiamme. E aggiunse che un altro motivo per essere triste era che il mio elogio funebre per lei non sarebbe stato all'altezza. Ammise che forse io cucinavo meglio, ma quanto a scrivere ero decisamente negato». Mark si asciugò gli occhi, commosso dal ricordo di quei momenti.

«Come ha potuto dirti certe cose?», chiese Ellen.

«Ha potuto perché Susan era una delle donne più ironiche che abbia mai conosciuto. E aveva ragione. Io avevo rischiato la vita tante volte mentre lei conduceva un'esistenza tranquilla, equilibrata. Non era giusto. Ma non puoi ingannare la morte. Né la salute. Susan era di salute cagionevole, come la madre e la sorella, qualcosa di genetico. Nella mia famiglia, invece, siamo sempre stati tutti piuttosto sani e robusti, e molti hanno vissuto più a lungo di quanto meritassero. Qualche volta la longevità è solo questione di fortuna».

«Mi dispiace. Anche i membri della mia famiglia hanno sempre goduto di buona salute e sono vissuti a lungo. Mentre mio marito ha avuto un ictus quand'era poco più che cinquantenne».

«Qualche volta la vita è solo un terno al lotto. Cerchi di fare del tuo meglio, ma non puoi mai sapere che cosa ti attende. Povera Susan. Ha vissuto una vita all'insegna della moderazione e del salutismo, eppure...», concluse Mark, stringendosi nelle spalle.

Per un attimo cadde il silenzio. Mark sorseggiò il vino e strinse la mano di Ellen nella sua. «Direi che è arrivato il momento di pensare alla cena. Io ho del manzo salato e del pane di segale in freezer che si scongelerà in un attimo, e dei fantastici crauti in scatola».

«Reuben sandwich!», esclamò lei battendo le mani. «Il formaggio svizzero e la senape li metto io. Per fare le cose per bene ci vorrebbe una bella insalata di patate».

«Mi sa che dovremo fare senza».

Ellen cambiò discorso. «Dimmi, com'è stato l'elogio funebre?»

Mark abbassò lo sguardo. «Piuttosto penoso. La mia parte, intendo. Devo avere ancora il video, da qualche parte. Ma non ho intenzione di fartelo vedere».

E, d'un tratto, scoppiarono e ridere e si abbracciarono.

Arrivò il mese di agosto. L'estate stava per finire, ma faceva ancora caldo, e sulle cime delle montagne non c'era traccia di neve. Marni trascorreva sempre più tempo al laboratorio idroponico e stava pensando a una puntata del suo show dedicata ai prodotti biologici coltivati con questa tecnica nel capannone di Sam. Al momento erano impegnati con le puntate che sarebbero andate in onda nel mese di dicembre, perché le riprese erano sempre in anticipo rispetto al calendario, e stavano lavorando ai menù da proporre durante le festività natalizie.

In tutto questo, Marni ed Ellen dovevano anche partecipare a una decina di dimostrazioni gastronomiche dal vivo che richiedevano un attento lavoro di ricerca sugli ingredienti di stagione disponibili. E come se la loro vita professionale non fosse già traboccante di impegni, avevano anche deciso di realizzare un certo numero di video brevi da caricare sui social per farsi conoscere da un pubblico più vasto. Duravano non più di cinque o sei minuti e mostravano la preparazione della ricetta in tutti i passaggi principali, compreso l'assaggio finale, ma con un montaggio veloce e accattivante curato da Kevin, il regista del programma.

Marni aveva un debole per i piatti di pesce e dunque inclusero anche un video in cui lei dimostrava come preparare due diverse zuppe di pesce: il *cioppino*, la tipica specialità di pesce italoamericana, e il *gumbo*, la zuppa di pesce della Louisiana. Grazie poi alla frutta e alla verdura idroponica messe a disposizione da Sam, programmarono anche alcuni video con idee per i picnic e i barbecue primaverili ed estivi.

Come conseguenza del nuovo interesse di Marni per l'agricoltura idroponica, lei e Sam avevano cominciato a uscire allo scoperto. Ovviamente la scusa era il cibo. Sam passava regolarmente a casa di lei per aiutarla con l'orto, che, infatti, grazie all'amorevole pollice verde del professor Garner, era a dir poco lussureggiante. A farne le spese, però, era stato l'orto di Sam, che versava in un stato di semi abbandono. Ormai il padre di Sophia era diventato una presenza fissa in casa di Marni e nella sua cucina, e ogni volta che arrivava le portava in omaggio un po' di frutta e verdura idroponica.

Nettie passava da casa di Marni ogni settimana per fare scorte di cibo, in base ai piatti che la sorella preparava per i suoi video e per le riprese del programma. Le sue visite erano ormai diventate la piacevole routine con cui dava inizio al suo weekend.

«È una vera fortuna avere un talento della cucina come sorella», commentò Nettie mentre Marni ed Ellen le riempivano una borsa con una golosa selezione di manicaretti. «Questo cibo mi salva la vita. Finalmente Marvin pensa di avere fatto un affare a sposarmi».

Anche Bella, sempre più grossa per la gravidanza, andava a trovare la madre più spesso. Un giorno annunciò che l'erede al trono sarebbe stato un bel maschietto. «Un maschio», commentò Marni. «Per noi è un'autentica novità. Non ne so niente di maschi. Vengo da una famiglia di sole donne e ho cresciuto una figlia femmina».

«Troveremo il modo. Nettie ha cresciuto due figli maschi. E Jason ha due fratelli».

«Meno male. Io non saprei nemmeno da che parte cominciare».

Da quando Sam le aveva portato gli asparagi bianchi, Marni aveva preso l'abitudine di sgattaiolare via fra una pausa e l'altra dal lavoro per trascorrere un po' di tempo con lui. Le sembrava di essere tornata una ragazzina. A dire il vero non ricordava di essersi mai sentita così su di giri nemmeno ai tempi della scuola. Lei e Sam non si erano ancora detti ti amo, ma entrambi avevano ammesso che non si sarebbero mai aspettati di vivere emozioni così intense a cinquant'anni suonati. E quando non si rincorrevano fra le lenzuola, passavano il tempo a ridere come due liceali.

«Presto dovremo dire la verità», disse Sam. «Anche perché Sophia è quasi sempre a casa ed è sempre più difficile non farsi sorprendere. Ultimamente segue soltanto tre lezioni a settimana, ma si sta dedicando molto alla lettura dei testi, così in autunno avrà meno lavoro da fare e potrà dedicarsi ai suoi impegni più facilmente».

«Ha ancora problemi con quel ragazzo?»

«Credo che sia una questione chiusa», rispose Sam. «Le ho chiesto se le stesse dando ancora fastidio e lei mi ha risposto che è meno pressante. A quanto pare, le invia ancora qualche messaggio e la chiama di tanto in tanto, ma lei ha capito che deve essere ferma nel dirgli di no. Se soltanto si presentasse a casa quando ci sono anch'io, gli farei capire bene come stanno le cose una volta per tutte».

«Non ti facevo così bellicoso».

«E infatti non lo sono, ma negli anni ho perfezionato il "ringhio del professore". Ti assicuro che ci sono studenti che se la fanno sotto quando mi sentono».

«Mi piacerebbe molto vederti in azione», replicò Marni, ironica. «A me più che un cane ringhioso sembri un gattino».

Un pomeriggio di metà agosto, Marni ricevette una telefonata da Tom.

«Verresti a prendere un caffè?», propose. «Mi piacerebbe avere una seconda chance».

«Mi spiace davvero, Tom, ma proprio non posso», gli rispose lei, stupita dalla sua richiesta. «È davvero una questione di impegni. Il mio rifiuto non ha niente a che vedere con il fatto che non abbiamo molto in comune».

«Vorrei almeno avere l'occasione di spiegarti».

«Non è necessario, e non vorrei che tu pensassi che... non c'entra niente il tuo... Accidenti, Tom, non so come dirlo. Senti, ho una scadenza di lavoro piuttosto impegnativa e siamo molto presi dalla preparazione delle puntate autunnali e natalizie. E presto dovremo pensare anche all'edizione estiva dello show, per cui, fra paste ripiene e carni arrosto, non so più da che parte voltarmi. Non ho proprio tempo. E poi presto diventerò nonna e, mi piaccia o no, non posso prevedere quando il piccolo deciderà di farsi conoscere».

«Marni, è soltanto un hobby», disse Tom, riferendosi, evidentemente, all'esibizione della famosa sera.

«Devo ammettere che sei stato una vera sorpresa. Hai davvero un grande talento, Tom. Un giorno o l'altro mi dirai come fai a essere così credibile. Il trucco era pazzesco».

«Grazie, ma... vorrei davvero avere l'occasione di spiegarmi».

«Tom, credimi, non è necessario. E poi in questo momento esco con una persona. Inoltre, non vorrei sembrarti ripetitiva, ma questo per me è davvero il periodo dell'anno più impegnativo a lavoro. Quindi mi spiace ma non posso. Magari dopo la nascita del bambino. E se anche dovessimo vederci, sarebbe soltanto per un caffè».

«Sono amareggiato. Temo che tutto dipenda dal fatto che mi hai visto travestito da donna».

«No, ti sbagli. Anzi, credo che se ci vedessimo ti chiederei sicuramente qualche consiglio su come truccarmi».

«Potrei passare a trovarti dopo il lavoro, uno di questi giorni».

«Tom, no. Mi spiace, ma davvero non posso».

Quando finalmente si salutarono e Marni mise in tasca il cellulare, si accorse che Ellen e Sophia la guardavano con aria interrogativa. «Esci con una persona?», chiese Ellen, con uno strano scintillio negli occhi.

«Ho detto così per dire, per essere gentile», rispose.

Sam dovette assentarsi per alcuni giorni. Doveva partecipare a un convegno che si teneva a Boulder, in Colorado.

Il suo intervento riguardava la sostenibilità dell'agricoltura idroponica nell'ambito di una sperimentazione annuale, e i conseguenti effetti sull'economia locale. In pratica avrebbe parlato delle ripercussioni positive sull'ecosistema qualora i consumatori si fossero abituati a cibarsi di alimenti a chilometro zero.

«Vuoi che venga con te e ti faccia da assistente?», propose Sophia.

«Sei troppo brava per farmi da assistente. Che cosa farai mentre io sarò via?», domandò Sam alla figlia.

«Lavorerò e continuerò con la lettura dei testi per l'università. E guarderò qualche film a casa».

«Perché non inviti qui un paio di amiche e li guardate insieme?»

«Potrebbe essere un'idea», concesse Sophia. Peccato che le sue amiche, oltre a essere impegnate con studio e lavoro, avevano anche un fidanzato. Lia e Clarissa le avevano persino chiesto se voleva conoscere un amico dei loro ragazzi, ma lei non si sentiva pronta. Non voleva correre il rischio di vivere un'altra esperienza come quella appena passata.

Per fortuna Ellen le aveva dato i consigli giusti. Non rispondere alle chiamate di Angelo e rifiutare i suoi inviti con un deciso "no, grazie" sembrava aver sortito gli effetti desiderati. Ormai era trascorsa più di una settimana dall'ultima volta che lo aveva sentito. Ed era probabile che avesse trovato una ragazza più disponibile di lei.

La telefonata fra Marni e Tom le era stata di grande aiuto. Lei gli aveva detto chiaro e tondo che era troppo presa dal lavoro per uscire con lui, e che comunque aveva altre priorità, compreso il suo boyfriend immaginario, particolare, quest'ultimo, che aveva molto divertito Sophia. Marni era sempre così determinata e padrona di sé. Le sarebbe piaciuto diventare una donna forte come lei.

Tuttavia, non appena si trovò per la prima volta sola in casa dopo molto tempo, si sentì prendere dal panico. «Speravo che saresti uscita con le amiche», le disse il padre al telefono, quando seppe che era lì da sola.

«Avevano altro da fare per cui stasera ho deciso di stare a casa. Mi guarderò un paio di film», lo rassicurò Sophia.

Provò in effetti a guardare un film, ma era tesa come una corda di violino e ogni rumore la faceva saltare. La serata trascorse lentissima. Verso le dieci andò nella sua stanza a prendere un cuscino e la sua coperta preferita e li portò in soggiorno, quindi si rannicchiò sul divano e alzò il volume della televisione. Aveva già controllato che tutte le porte e le finestre fossero chiuse, e ripeté a sé stessa che non era un problema se non fosse riuscita a seguire la trama del film, nessuno l'avrebbe interrogata. Alle undici guardò l'ora sul cellulare, poi di nuovo a mezzanotte, a mezzanotte e venti, all'una e all'una e quaranta. Passò la notte a rigirarsi sul divano.

Quando sentì gli uccellini cinguettare, l'orologio disse che erano le cinque e un quarto del mattino. La notte era alle spalle. Si stiracchiò, felice che il giorno stesse per iniziare, ma quando si guardò intorno si accorse che la tenda dalla porta scorrevole si muoveva, sospinta dalla brezza mattutina.

Si voltò di scatto. Lui era lì. Seduto sulla poltrona del padre. E la guardava.

Sophia sentì una morsa serrarle lo stomaco. Il cuore iniziò a battere a mille. Si alzò a sedere e istintivamente si coprì con la sua copertina. «Che ci fai qui?»

«Ti stavo guardando dormire», rispose Angelo, accavallando le gambe e mettendosi comodo contro lo schienale della poltrona.

«Sei entrato in casa mia come un ladro, te ne rendi conto?»

«No, piccola, non mi sarei mai permesso. Perché mai dovrei fare una cosa del genere alla persona che amo? Mi hai chiamato e io sono corso da te. Sei tu che mi ha fatto entrare. Ti ho tenuta fra le mie braccia fino a quando non ti sei addormentata».

«No, non è vero. Devi essere pazzo per dire una cosa del genere».

«Piccola, secondo me sei tu quella che dà i numeri», ribatté lui sarcastico, e subito dopo le mostrò l'elenco delle chiamate sullo schermo del cellulare. «Guarda qui. Vedi quante volte mi hai telefonato?» Poi aprì la app dei messaggi. «Leggi. Non sei tu quella che mi scrive: *Sono sola, ho paura, ti prego di venire qui a farmi compagnia?* E poi ho trovato la porta scorrevole aperta, un'altra leggerezza delle tue. Chiunque poteva entrare e tagliarti la gola».

«Non è vero, io non ti ho mai chiamato. E non ti ho mandato nessun messaggio. Sei un bugiardo. Non sono stata io a farti entrare. Vattene! Esci subito di qui o chiamo la polizia».

Angelo si protese verso di lei. «Vuoi che rimanga qui e aspetti insieme a te che arrivi la polizia?», le disse con uno strano ghigno sul viso. «Perché no? Così potrò far vedere il mio cellulare con le tue chiamate agli agenti. Lo vedi che sei una bellissima piccola pazza? Avresti dovuto accettare la mia offerta di prendermi cura di te, di proteggerti. Adesso non puoi più scegliere. È evidente che sei troppo fuori di testa per trovare un uomo che voglia stare con te». Angelo continuò a blaterare che insieme erano stati felici, e che tutto era meraviglioso finché lei non aveva cominciato a comportarsi in modo strano. Le disse che avrebbe dovuto farsi furbo e lasciarla da sola perché era solo una piccola pazza e non meritava tutto quello che lui aveva da offrirle.

Sophia era letteralmente sconvolta dalle cose totalmente inventate che Angelo andava dicendo. La realtà era che non avevano fatto altro che discutere e litigare praticamente da subito. E Sophia aveva vissuto ogni secondo della loro relazione nel timore di contrariarlo, di vederlo dare in escandescenze, e aveva sempre avuto la sensazione di camminare sulla lama di un rasoio.

D'un tratto sentì di non poterlo sopportare un secondo di più. «Sparisci!», gli gridò con tutto il fiato che aveva in corpo, e afferrò il suo cellulare come se fosse la sua unica àncora di salvezza, stringendolo forte al petto mentre scoppiava in un pianto dirotto.

Passarono diversi minuti prima che avesse la sensazione di sentire in lontananza il rumore del cancello che si richiudeva, ma non si fidò e si rannicchiò sul divano, sotto la sua coperta e rimase lì, immobile. Era terrorizzata al punto che non aveva nemmeno la forza di alzarsi e di andare a controllare se fosse veramente uscito, né di rifugiarsi nella sua stanza.

11

Quel mercoledì mattina Marni si svegliò a fatica. La sera prima era rimasta al telefono con Sam fino a mezzanotte inoltrata; lui era uscito a cena con alcuni colleghi presenti al convegno di Boulder e l'aveva chiamata soltanto dopo le dieci. «Siamo troppo vecchi per fare le ore piccole», si era lamentata.

«Vediamo se hai il coraggio di chiudermi il telefono in faccia», l'aveva sfidata lui, divertito. E così, invece di dormire, avevano chiacchierato fino a notte fonda. E visto che la mattina la sveglia aveva suonato alle sei, si era trascinata fuori dal letto senza quasi aver riposato, e tutt'altro che pronta ad affrontare la lunga giornata che l'attendeva.

Ebbe giusto il tempo di farsi la doccia, vestirsi e bere il caffè, prima che l'amica suonasse il campanello.

«Buongiorno. Ho visto che il cibo che ho ordinato ieri è già stato consegnato, pesce compreso, mentre non vedo Sophia», esordì Ellen.

«Non è ancora arrivata. Il che è strano, visto che, se non sbaglio, oggi non dovrebbe avere lezione all'università», osservò l'altra.

«Infatti. Provo a chiamarla. Mi pare avesse detto che il padre doveva assentarsi per un paio di giorni». Ellen compose il suo numero un paio di volte, ma non ebbe risposta.

«Magari ha approfittato della sua assenza per fare tardi con gli amici», ipotizzò Marni, leggermente inquieta.

«Mi sembra improbabile. Sophia non è mai arrivata in ritardo, se non di un paio di minuti», osservò Ellen. «In più non mi pare che ultimamente stia uscendo spesso con le amiche. Se continua a non rispondere, vado a casa sua. Giorni fa mi aveva confidato di avere qualche problema con un ragazzo con cui usciva. Lui insisteva perché continuassero a vedersi, ma lei non voleva più saperne».

«Speriamo solo che non sia un tipo pericoloso», si augurò Marni, che dopo le parole dell'amica iniziava a essere decisamente preoccupata. «Secondo me è meglio se andiamo subito da lei».

«Dici che dovremmo avvertire suo padre?», domandò Ellen.

«Vediamo se è a casa, prima di metterlo in allarme. Per il momento preferisco pensare che stia ancora dormendo perché ieri sera ha esagerato con l'alcol».

«Magari non ha sentito la sveglia e noi stiamo esagerando. Capita, no?»

In realtà, anche se non osavano dirlo, tutt'e due avevano un brutto presentimento. Salirono sulla macchina di Marni e partirono quasi sgommando. Breckenridge era una piccola cittadina e dieci minuti dopo erano già davanti a casa di Sophia. Si precipitarono alla porta e iniziarono a suonare il campanello e a battere i pugni contro il battente. Da dentro però non arrivò nessuna risposta.

Ellen si avvicinò a una finestra e provò a guardare all'interno schermando il viso con le mani.

«Vedi niente?», domandò Marni, che intanto continuava a suonare con insistenza il campanello.

«Niente. Per caso hai una chiave?»

«Ovviamente no», rispose l'altra mentre sollevava lo zerbino sperando di trovarne una di scorta. Non c'era. Provò a spostare un vaso di fiori, ma non trovò niente neanche lì. Poi ebbe una sorta di illuminazione, e girò il pomello. La porta era aperta.

«Sophia!», gridò, rimanendo sulla soglia.

Non ci fu risposta. Le due amiche decisero di entrare, con molta cautela. La casa era immersa nel buio e nel silenzio. Muovendosi con circospezione, come fossero due ladre, perlustrarono la casa. D'un tratto sentirono un lamento provenire dal divano e subito si avvicinarono.

«Sophia», esclamarono sollevando la coperta che la nascondeva alla vista. «Sei ferita?»

«Si è… si è… infilato in casa», balbettò lei, senza riuscire a muoversi. «Era… era seduto proprio lì», disse, guardando verso la poltrona del padre. «È andato via? Mi sentivo… paralizzata, non riuscivo a muovermi. Potrebbe essere ancora qui. Non ho avuto il coraggio di andare a vedere».

«Io invece non ho affatto paura», dichiarò Marni, furiosa. E si diresse con passo deciso verso la cucina, dove accese tutte le luci e aprì mobili e cassetti finché non trovò ciò che stava cercando. Quindi tornò in soggiorno brandendo un mattarello.

«Marni, che cosa vuoi fare?», le chiese Ellen, allarmata.

«Voglio prendere a randellate chiunque non abbia il diritto di trovarsi qui. Sophia, tesoro, riesci a dirci chi è entrato in casa tua? È il ragazzo con cui non vuoi più uscire?»

Sophia annuì, tirando su con il naso. «Angelo. Si è inventato che sono stata io a chiamarlo e a dirgli di venire qui, ma non è vero. Giuro che non è vero».

«Hai chiamato la polizia?»

«No, avevo paura che fosse ancora in casa».

«Ti ha minacciata?»

Sophia scosse la testa. «Mi ha detto… ha detto che mi amava, e che avevo lasciato la porta aperta, e che ho rischiato di farmi tagliare la gola da qualche malintenzionato», e poi ricominciò a piangere. «Non so come sia entrato, non so da quanto tempo fosse qui».

Ellen aprì le persiane e la luce del sole inondò il soggiorno, dopodiché chiamò la polizia. Marni, nel frattempo, andò a perlustrare la casa, aprendo con prudenza una porta alla volta ed entrando in ogni camera pronta a colpire gli eventuali intrusi con il mattarello. Mentre si spostava da una stanza all'altra, colse alcune frasi della telefonata di Ellen alla centrale di polizia. «Sì, la ragazza conosce l'intruso. Sì, possiamo fornire il suo nome. Sì, la ragazza è pronta a denunciare. L'ho trovata nascosta sotto una coperta, paralizzata dalla paura. Temeva che l'intruso fosse ancora in casa e che potesse farle del male. No, non so se ha subìto violenza».

«In casa non c'è», le rassicurò Marni, tornando in soggiorno da Sophia ed Ellen. «Purtroppo».

«Non mi ha… violentata», sussurrò Sophia.

Era talmente spaventata che aveva persino paura di andare in bagno da sola. E per convincerla a darsi una rinfrescata, Ellen le promise di fare la guardia fuori dalla porta.

Quando si fu un po' ripresa, domandò: «Era davvero necessario chiamare la polizia? In realtà lui non ha fatto niente, mi ha soltanto spaventata».

«Certo che è necessario. Ti ha spaventata a morte, ecco che ha fatto. Ed è già molto grave», rispose Marni. «Potrebbe riprovarci di nuovo, o fare di peggio. Devi subito denunciare il fatto, e andare fino in fondo. È importante che la polizia possa tenere una traccia di quanto è accaduto. Mentre aspettiamo, vai a preparare le tue cose. È meglio se ti trasferisci subito a casa mia».

«Va bene. Magari fino a quando papà non torna», concordò Sophia.

«Anche di più, se necessario. La mia casa è sicura come il caveau di una banca».

«È vero, hai un sistema di allarme incredibile».

«E non solo quello. Vedrai, da me sarai al sicuro. Adesso chiama tuo padre e raccontagli quello che è successo. E mi raccomando: digli subito che vieni a stare da me, così sarà più tranquillo», suggerì Marni, quindi ripiegò la coperta e la riportò nella stanza di Sophia insieme al cuscino. Lei la seguì, e iniziò a preparare la valigia.

La polizia arrivò molto prima del previsto, e raccolse il racconto dettagliato di quanto era successo. Durante la deposizione, gli agenti vollero sapere come aveva conosciuto Angelo, e Sophia raccontò loro della notte in cui si erano conosciuti, di come si era ritrovata nella sua macchina a fine serata e di come lui si era offerto galantemente di accompagnarla a casa.

«Ha mai pensato che potrebbe averle messo qualcosa nel vino a sua insaputa? Che potrebbe averla drogata?», domandò uno degli agenti.

Sophia lo guardò sconcertata. «No, non mi è mai venuto in mente. Anche perché intorno a me c'erano altre persone».

«In un locale affollato è facile che nessuno ci abbia fatto caso. Parliamo di stanotte. Come mai il ragazzo sostiene che è stata lei a chiamarlo? Dov'era il suo cellulare mentre dormiva?»

«Sul tavolo».

«Può farmi vedere l'elenco delle chiamate?»

Sophia cercò il numero di Angelo sul cellulare e trovò una chiamata e un messaggio in uscita. «Ma io non l'ho mai chiamato!», esclamò lei.

«Come si sblocca il suo telefono? Con il riconoscimento facciale?» Lei annuì. «Potrebbe averlo avvicinato al suo viso mentre dormiva, e poi può essersi auto inviato il messaggio, e anche la chiamata. Lei stava dormendo e non si è accorta di niente».

«Non ci posso credere», commentò, furiosa e spaventata al tempo stesso.

«Credo che sia una buona idea trasferirsi temporaneamente a casa di un'amica. Se vuole darci il nome e l'indirizzo del ragazzo, possiamo provare a fare quattro chiacchiere con lui e a intimargli di tenersi alla larga. Introdursi in casa d'altri nel cuore della notte è un reato. In ogni caso le consiglio di recarsi al nostro comando per chiedere che venga emesso un ordine restrittivo temporaneo nei suoi confronti. Spetterà poi al giudice convalidarlo, ma in un caso come questo è più che comprensibile che lei si senta minacciata. Quando lui saprà che è stata coinvolta la polizia, è probabile che decida di lasciarla in pace».

Mentre ascoltava il colloquio fra Sophia e l'agente, a Marni successe qualcosa di strano. D'un tratto si sentì catapultata emotivamente nel suo passato, e quando udì Sophia riferire che Angelo attribuiva a lei tutti i loro problemi di coppia, le sembrò di rivivere le liti fra lei e Rick, e di tornare indietro, al suo breve ma burrascoso matrimonio, quando viveva in punta di piedi, attenta a evitare atteggiamenti e parole che potessero irritarlo.

Era convinta di essersi lasciata quel periodo alle spalle, di averlo dimenticato e superato, e invece era ancora tutto lì, nascosto dentro di lei. Aveva seppellito quei ricordi senza mai parlarne con nessuno. Per anni si era sentita ammirata per la dignitosa forza con cui aveva superato la perdita del marito. La verità era che grazie alla morte di Rick si era finalmente sentita libera. Negare il suo passato le aveva assicurato una certa serenità; non ripensare mai a quell'orribile esperienza le aveva dato l'illusione di non averla mai vissuta.

Ma adesso, mentre sentiva Sophia affermare: *Non capivo il suo comportamento*, e l'agente replicare: *Questa persona la manipolava, cercava di indurla a sentirsi in colpa*, la realtà dei fatti la colpì con estrema durezza, come non le era mai successo prima. E realizzò che quel segreto tanto a lungo custodito doveva vedere la luce, per il bene di Sophia e di altre ragazze come lei.

«Siamo usciti insieme soltanto per tre o quattro settimane», spiegò Sophia, continuando a rispondere alle domande degli agenti. «Ma io mi ero già accorta fin dall'inizio che lui tendeva ad arrabbiarsi per un nonnulla e così ho deciso di chiudere».

«La fine del rapporto ha aumentato la rabbia nei suoi confronti?»

«Sì, e anche in quel caso diceva che era colpa mia. Continuava a ripetere che eravamo felici fino a quando io non ho cominciato a farlo arrabbiare. Ma non è così. Sinceramente, non saprei dire che cosa facevo di così grave».

«Mentre uscivate insieme, è mai capitato che la minacciasse in qualche modo?»

«Non lo so, non mi ricordo. So soltanto che sembrava sempre in cerca di un pretesto per litigare. Era perennemente insoddisfatto. Stanotte, poi, non è stata la prima volta che entrava di nascosto in casa mia. L'aveva già fatto un paio di settimane fa, e in quell'occasione aveva detto che aveva trovato la porta aperta e che era preoccupato per me. Ma io sono arcisicura che ieri le porte erano tutte chiuse. Ero qui da sola, mio padre non c'era, e le ho controllate più volte».

«Posso immaginare», disse l'agente.

Di nuovo Marni ripensò ai primi tempi del suo matrimonio con Rick. Il ricordo era così vivido che ebbe la sensazione di essere entrata in una macchina del tempo. *Andava tutto così bene finché tu non mi hai fatto incazzare aprendo la tua bocca di merda.* Oppure: *Mi sembra di vedere che hai tutto quello che vuoi, o per caso stai insinuando che ti faccio mancare qualcosa? Perché stai sempre a lamentarti?* Ricorda la prima volta che Rick le aveva dato uno schiaffo come se fosse stato il giorno prima. Dopo quell'episodio, i momenti di violenza non avevano fatto che crescere. La prima reazione di Marni era stata la vergogna; si vergognava perché gli aveva permesso di arrivare a tanto. Era stata anche sul punto di lasciarlo, ma poi lui era stato richiamato in servizio e dislocato e lei aveva ripreso a respirare. Inoltre, scoprì di essere incinta. Quando era morto, in cuor suo ringraziò il cielo per avere liberato lei e Bella da quel pericolo. Ma dentro di sé non smetteva di sentirsi in colpa e incredibilmente stupida per aver fatto una pessima scelta, per sé e per la sua bambina. Per questo non aveva mai detto a nessuno quanto fosse stato spaventoso il suo matrimonio.

«Vorrei trasferirmi a casa di Marni McGuire, la mia datrice di lavoro, sempre se lei è d'accordo».

Le parole di Sophia la strapparono ai suoi pensieri. «Ma certo che sono d'accordo. Nessun problema», intervenne.

«La mia residenza è dotata di un sistema d'allarme molto sofisticato, con telecamere di sorveglianza e un servizio di pronto intervento in funzione sette giorni su sette», precisò, rivolta ai poliziotti.

«Sarebbe utile fornire una fotografia del ragazzo agli addetti che vigilano sulla sua abitazione», consigliò un agente, «in modo che possano tenerlo lontano, in caso si presentasse da lei».

«Sophia, tu hai una foto, vero?», domandò Marni.

«Credo di sì. Dovrei averne una nel cellulare», rispose la ragazza. «Ma Marni... sei sicura?»

«Sicurissima. Parlerò io stessa con tuo padre. Non è il caso di correre rischi inutili. Agente, dopo che avrete parlato con questo ragazzo, potreste chiamare Sophia e informarla su qual è stata la sua reazione?»

Il poliziotto tornò a rivolgersi a Sophia: «Appena lo avremo contattato, la chiamerò personalmente. Nel frattempo, esca sempre in gruppo, non corra rischi, e ci chiami subito se ci sono problemi. Mi raccomando, non abbassi mai la guardia. E valuti se rivolgersi a uno psicologo».

«Ma perché dovrei rivolgermi a uno psicologo? Dopo tutto, non mi ha neppure sfiorata. Mi ha solo voluto spaventare», osservò Sophia.

L'agente prese un lungo respiro. «Purtroppo i casi come il suo sono molto frequenti. Lei dice che non l'ha sfiorata, per il momento. Però questo soggetto ha manifestato verso di lei un atteggiamento manipolatorio, di controllo, e quindi ci sono tutti i presupposti perché lei debba stare in guardia. Non voglio spaventarla, e le assicuro che vorrei sbagliarmi, ma ho il forte sospetto che la vostra relazione fosse sul punto di diventare violenta, una di quelle da cui diventa difficile liberarsi. Temo che fosse soltanto una questione di tempo. Da un certo punto di vista, è un bene che stanotte quel ragazzo si sia introdotto in casa sua, perché in questo modo noi siamo stati contattati e siamo venuti a conoscenza della situazione». L'agente consegnò a Sophia un biglietto con il suo contatto personale. «Se si sente in pericolo chiami subito il numero di emergenza. Se, invece, è preoccupata per qualcosa e vuole parlarne, questo è il mio numero di cellulare. Le risponderò, o la richiamerò quando sono in servizio».

Marni ascoltò Sophia parlare con gli agenti per quasi un'ora. E quando i due poliziotti si congedarono, la aiutò a fare i bagagli.

Una volta arrivate a casa, la accompagnò nella sua stanza. «Non hai ancora chiamato tuo padre. Adesso sistemati con calma, ma appena hai finito, chiamalo e raccontagli tutto per bene», suggerì Marni. «Più tardi lo sentirò anch'io, per tranquillizzarlo e per verificare che abbia capito che qui sei al sicuro. Nel frattempo, avviserò le guardie all'ingresso. Gli uomini non sono armati, ma stanno sempre all'erta. Sanno di dover lasciar passare sempre alcune persone, come voi, i miei famigliari e i fornitori abituali, ma per il resto non può avvicinarsi nessuno. Il sistema d'allarme è direttamente collegato a un istituto di vigilanza che, in caso di bisogno, contatterà subito la polizia».

«È mai entrato in funzione?», domandò Sophia.

«Soltanto per errore, quasi sempre perché ho aperto la porta senza ricordarmi di disattivarlo. Ha un suono assordante, ma è sempre meglio che trovarsi di fronte a un uomo che si è introdotto in casa mentre dormivi».

«Non so se riuscirò mai a superare quello spavento».

«Sappi che capisco bene come ti senti in questo momento».

Comprensibilmente, quel giorno nessuna delle tre riuscì a concentrarsi molto sul lavoro. Marni avvertì la sorella di quanto era accaduto, e dopo la loro telefonata, Marvin, il marito di Nettie, si presentò a casa sua con un borsone, intenzionato a passare la notte con loro. Marni non lo aveva chiesto, ma l'offerta del cognato le fece piacere, così lo sistemò in una delle stanze degli ospiti.

«Marvin, ti ringrazio davvero molto. Però sappi che qui dentro siamo perfettamente al sicuro», lo rassicurò.

«D'accordo. Ma preferisco sapere che non siete sole, almeno per questi primi giorni», replicò lui.

La donna non provò nemmeno a nascondere la propria gratitudine. Marvin era un vigile del fuoco ed era certa che non avrebbe avuto problemi a rimettere il ragazzo al suo posto, nel caso avesse avuto l'ardire di presentarsi da loro.

Erano le otto di sera quando poté finalmente chiudere la porta della sua camera e telefonare a Sam. «Immagino che Sophia ti abbia già raccontato tutto dello spavento che si è presa».

«Sì. Ero già pronto a salire sul primo aereo, ma mi ha detto che è lì con te e si sente al sicuro. Raccontami bene che cosa è successo».

«Stamattina non si è presentata al lavoro, ed Ellen e io ci siamo subito preoccupate. Così siamo andate a casa tua e l'abbiamo trovata rannicchiata sul divano, paralizzata dalla paura. A quanto pare, questo tizio, Angelo, nella notte si era introdotto in casa. La polizia non ha trovato segni evidenti di effrazione, e quindi hanno ipotizzato che abbia forzato la serratura della porta scorrevole».

«Domani sarò a casa e mi occuperò di tutto. Non puoi neanche immaginare quanto ti sia grato per esserti presa cura della mia bambina».

«Era il minimo che potessi fare», replicò Marni. «Posso darti un consiglio?»

«Ma certo. Ti ascolto».

«Credo che dovresti provvedere a rendere più sicura la tua abitazione. Posso consigliarti un'ottima azienda. Io ho fatto installare da loro il sistema d'allarme che ho a casa».

«Scusa la domanda, ma... che cosa ti ha spinto a rendere la tua casa un luogo inespugnabile?»

«Quando ho pensato questa casa, ho voluto che un'intera zona venisse concepita come set televisivo per il mio programma. Doveva essere la mia abitazione, ma anche il mio luogo di lavoro, dato che all'epoca gli ascolti dello show erano in crescita, quindi la mia prima preoccupazione è stata quella di proteggere tutto quello che avevo fatto tanta fatica a costruire. La casa è tutt'oggi intestata alla mia società, il che è stata una fortuna perché questo mi ha tutelata durante gli accordi per il divorzio. Non so se ho risposto alla tua domanda, comunque sappi che la mia casa è una specie di bunker, con un sistema di sicurezza d'avanguardia che posso attivare da un'applicazione sul cellulare. Ti assicuro che qui Sophia sarà al sicuro. Anzi, estendo l'invito anche a te, almeno finché non avrai dotato la tua casa di un sistema altrettanto sicuro».

«Temo che stare da te potrebbe essere una mossa un po' azzardata», rispose Sam. «In ogni caso, appena rientrato, passerò di lì per vedere Sophia. Voglio accertarmi che stia bene. Quel tipo non le ha fatto del male, vero?»

«No, l'ha soltanto terrorizzata. Gli è bastato usare un tono pacato e le parole giuste. Si è fatto trovare seduto in soggiorno, e le ha ripetuto che erano sempre stati felici insieme e che lei stava commettendo un gigantesco errore nel respingerlo, e che non poteva aspettarsi che lui si ritirasse in buon ordine se, nel frattempo, lei continuava a chiamarlo. Ma, credimi, Sam: Sophia non l'ha mai chiamato».

«Pazzesco. Sinceramente, non so proprio come muovermi. Pensi che debba presentarmi anch'io dalla polizia? O prima è meglio se passo da questo tizio per convincerlo a stare alla larga da mia figlia?»

«Sophia è maggiorenne e non so se la polizia è tenuta a parlare con te. L'agente che l'ha interrogata è stato molto gentile, comprensivo. Anche lui è un padre e ha detto che bisogna essere prudenti con un... con un tizio che parla e si comporta in questo modo; non so neppure se definirlo un uomo o un ragazzo. Ha ventiquattro anni ma, a quanto pare, non è molto maturo. Sophia mi ha fatto vedere una sua fotografia».

«Io l'ho conosciuto e in effetti ho pensato che fosse più giovane di Sophia. E non sono riuscito a capire perché lei lo trovasse tanto attraente».

«Immaturo ma diabolico; pensa che voleva convincerla che era stata lei a chiamarlo, che lo aveva pregato di andare da lei; è arrivato al punto di mostrarle l'elenco delle chiamate sul cellulare, dove effettivamente risultava una chiamata in entrata da Sophia. In realtà, quando si è introdotto in casa, ha trovato il suo cellulare sul tavolo e ha fatto partire la chiamata mentre lei dormiva. Il tutto per confonderla. Questo è *gaslighting* all'ennesima potenza».

«Ma tu come hai fatto a capire tutto questo?», chiese Sam, alquanto impressionato dalla sua competenza in materia.

«Non lo so, forse ho visto troppe serie tv? Comunque sia, voglio trovare uno psicologo per Sophia, o magari un gruppo di sostegno, dove le insegnino a riconoscere le molestie sessuali e a difendersi».

«Ma non si è trattato di molestie sessuali, almeno così mi ha detto», obiettò Sam.

«Tutto ciò che lei ha descritto rientra nel quadro di un comportamento predatorio; quel tipo la manipolava, la controllava, ed è evidente che ha problemi a rispettare i confini personali. Chissà che cosa sarebbe accaduto se si fosse lasciata condizionare. Per fortuna, ha capito quasi subito che in lui c'era qualcosa che non andava».

«Non avrebbe mai dovuto uscire con un tizio del genere», disse Sam.

«Calma, Sam. Sophia è una gran bella ragazza, ed è anche molto in gamba, è normale che lui ne fosse attratto. Può darsi che l'abbia vista per caso al campus e poi si sia fissato su di lei. È molto importante capire che quando succedono queste cose non è mai colpa della vittima. Mai». Il tono di Marni era molto deciso. «Ti consiglio di approfondire l'argomento. Non ho ancora capito che cosa sia successo esattamente, se si tratti di violenza, stalking, molestia sessuale, ma so che sarebbe importante stabilirlo, magari con l'aiuto di un professionista».

«Sinceramente, non saprei a chi rivolgermi», ammise Sam.

«Non si preoccupi, professor Garner. Io ho molte conoscenze».

Sam non riuscì a trattenere una risata. «Il tuo aiuto è davvero prezioso, Marni. Non voglio caricarti sulle spalle i miei problemi familiari, però sono molto contento che tu sia disposta a darmi una mano».

«Per prima cosa, parlerò con Bella. Il fatto che mia figlia sia l'assistente del procuratore distrettuale ci sarà utile. In più, è molto in gamba». *Ed è anche la persona che più di tutte ha il diritto di conoscere la mia storia,* pensò, concludendo la telefonata.

Ellen aveva inviato un messaggio a Mark per avvertirlo che avrebbe fatto tardi, ma sarebbe arrivata con la cena già pronta. Quando gli disse che era rientrata, lui non si fece attendere.
«Non hai già mangiato, vero?», gli domandò lei, appena lo vide.

«No. Non ancora. Che cosa hai preparato di buono?»

«Un *cioppino*. È una tipica ricetta sudamericana ma di origine italiana. Marni e io l'abbiamo sperimentata già un paio di volte e penso che sia uno dei nostri piatti migliori. Marni lo proporrà in una delle prossime puntate. Purtroppo non credo sia una ricetta adatta al tuo food truck: pesce e frutti di mare non sono una buona idea per molte ragioni, ma soprattutto perché non sono facili da conservare». Prese l'insalata dal frigorifero e tolse una baguette dal forno. Mark aspirò il profumo della zuppa di pesce e si chinò sulla pentola fumante per studiarne il contenuto.

«Dài, vai a sederti, così mangiamo», lo sollecitò Ellen, pronta a mettere in tavola due generose porzioni.

«Sembra squisita. Chissà perché non ho mai pensato di prepararla in caserma».

«Non a tutti piacciono i frutti di mare, c'è chi li adora e chi li detesta, e c'è anche chi è allergico».

Mark aveva letteralmente l'acquolina in bocca. Non vedeva l'ora di assaggiarla. Appena Ellen gli mise il piatto davanti, prese un pezzo di pane e lo intinse nel brodetto della zuppa. Dopodiché gustò il piatto lentamente, commentando ogni boccone e manifestando con versi eloquenti il suo apprezzamento. «Aneto e finocchietto, ottima combinazione… Le vongole si sono aperte bene… Mi sembra di essere in paradiso… Adoro l'aglio… Che pesce è questo? Halibut?»

«Sì, halibut», confermò Ellen.

«E il salmone… la consistenza della polpa è perfetta».

«Abbiamo pensato di aggiungere qualche granchio, anche se non tutte le varianti della ricetta lo prevedono. Ma preferiamo usare solo la polpa, senza il carapace. È decisamente più comodo, soprattutto al momento di gustare il piatto. Personalmente, adoro il sapore del granchio nelle zuppe».

«Anch'io», concordò Mark.

Ellen era ancora molto turbata da quanto era successo a Sophia, e non si sentiva nello stato d'animo giusto per condividere quella triste vicenda con Mark. In quel momento aveva solo voglia di un po' di leggerezza, così lasciò che la conversazione indugiasse sulla loro comune passione per la cucina e per le ricette; quindi passarono a parlare dei loro prossimi impegni di lavoro ed Ellen raccontò degli ultimi video che avevano realizzato. «Scegliamo quasi sempre piatti facili da preparare, eseguiamo la ricetta davanti alla telecamera, e poi in fase di montaggio vengono eliminati tutti i tempi morti e si lascia solo un riassunto dei passaggi più importanti».

«Come procedete di preciso?», domandò Mark.

«La telecamera inquadra le ciotole che contengono cipolle, aglio, verdure, e spezie, tutto già pesato e tagliato. Vengono riprese soltanto le fasi in cui gli ingredienti vengono mischiati fra loro e poi cucinati. Durante il montaggio, gran parte della cottura viene eliminata. E la voce fuori campo di Marni descrive i vari passaggi. Ultimamente stiamo selezionando le puntate migliori delle stagioni passate per sintetizzarle in questi video e renderle disponibili su YouTube e su altre piattaforme. Marni ha un seguito incredibile sui social, e i suoi fan aumentano a vista d'occhio».

Mark si servì una seconda porzione di *cioppino* e intanto rispose alle molte domande di Ellen sul suo food truck. Il progetto ormai era a buon punto, mancava soltanto l'ispezione finale per valutarne la sicurezza. Si era rivolto a un ex collega per farsi aiutare nella ricerca delle sovvenzioni; in questo modo avrebbe potuto contare su un capitale più consistente, che gli avrebbe permesso di avviare l'iniziativa con maggior tranquillità. «Oggi ho comprato un grosso congelatore, uno di quelli che si aprono dall'alto. Non so perché non ci avevo pensato prima. Per essere in grado di poter intervenire quando serve, è meglio avere tutto pronto e surgelato; sto pensando alla carne e al pane, ma anche a teglie di lasagne al forno».

«Ti ho fatto una selezione di ricette facili da preparare», disse Ellen, «tutti piatti che si conservano a lungo. Non avevo pensato di congelarle, ma in effetti sarebbe una soluzione molto pratica. Il tuo progetto mi ha letteralmente catturata, pensa che continua a tornarmi in mente anche mentre sono impegnata a fare altro».

«Apprezzo i tuoi suggerimenti più di quanto tu possa immaginare», disse Mark. «Anche perché qui intorno presto sarà la stagione degli incendi».

«Davvero? Quando?» Ellen era sorpresa. Non aveva mai pensato che esistesse una *stagione degli incendi.*

«Il mese prossimo entreremo nel periodo a più alto rischio. Viviamo in una zona sensibile. La California e il Nevada sono due Stati con vasti territori boschivi, scatenare un incendio è un attimo, basta che un albero venga colpito da un fulmine, o che le braci di un falò continuino a bruciare incustodite», spiegò Mark.

«Potresti già intervenire, in caso di necessità?»

«Voglio prima procedere con un ultimo controllo di sicurezza su tutta l'attrezzatura, e ci vorrà ancora una settimana. Nel frattempo, mi porterò avanti preparando un bel po' di porzioni di cibo. Ho preso contatto con i gestori di alcuni negozi di alimentari e ho chiesto loro un piccolo aiuto, un sostegno per le prime spese. Quando otterrò quei fondi, sarò pronto a partire».

«Quando pensi di metterti ai fornelli? Posso darti una mano? Sono molto brava, sai, e sono anche veloce», lo stuzzicò Ellen con un sorriso.

«Mi piacerebbe molto, ma mi sono ripromesso di non approfittare di te. Ho qualche amico disponibile ad aiutarmi nel tempo libero, e ci sono anche un paio di organizzazioni locali interessate a sostenere questo progetto, quindi penso che potrò contare su un buon numero di collaboratori».

«Hai già scelto il nome?»

«Pronto Intervento Alimentare. Che ne dici? Troppo banale?»

«Tutt'altro, è perfetto».

Finirono di lavare i piatti insieme, si versarono due dita di cognac Courvoisier e passarono in soggiorno. Quando si accomodarono sul divano, l'umore di Ellen era migliorato abbastanza da condividere con lui ciò che era successo a Sophia. Così, approfittò di quel momento di intima tranquillità per raccontargli tutto quello che lei e Marni avevano fatto quella mattina.

Ellen si rese conto che nonostante la forte amicizia che la legava a Marni, e l'affetto che provava per le sue sorelle, non aveva mai provato nulla di simile a quel che avvertiva dentro di sé quando era in compagnia di Mark. Nemmeno con Ralph. Aveva voluto molto bene a suo marito e il loro era stato un matrimonio pieno d'amore e di divertimento, almeno finché lui non si era ammalato, ma i sentimenti che provava per Mark si stavano rapidamente trasformando in qualcosa di più forte e profondo. Il suo proposito di mantenere il rapporto sul piano dell'amicizia iniziava a vacillare. Sempre più spesso, ormai, non vedeva l'ora di vederlo alla fine delle sue giornate, e quando erano lontani, il suo pensiero era costantemente rivolto a lui.

Mark le prese la mano e dopo averla rassicurata circa le scelte che avevano fatto per Sophia, le raccontò di alcuni degli incendi più devastanti che si erano verificati in quell'area nel corso degli ultimi dieci anni. Ellen aveva sempre vissuto lì e, naturalmente, era consapevole degli incendi che periodicamente divampavano lungo i fianchi delle colline, e che si annunciavano con alte colonne di fumo nero e denso che scurivano il cielo e soffocavano la vallata. Più di una volta aveva temuto per le sorti degli sfortunati che abitavano nei pressi del fronte delle fiamme, mentre osservava i tramonti infuocati al di là delle montagne, ma per sua fortuna, non le era mai successo di essere minacciata da uno di quegli incendi.

D'un tratto Ellen si voltò verso Mark e prima che potesse rendersene conto si ritrovò fra le sue braccia, e lui la stava baciando. Scoprire di provare ancora, dopo tutti quegli anni, un'irresistibile attrazione per un uomo, fu una sorpresa davvero inaspettata. Ma Ellen era una persona molto razionale, e lo fermò. «Pensi che ce ne pentiremo?»

«Ne dubito», rispose lui prontamente accarezzandole la guancia con il dorso della mano. «Ellen, fra due, dieci o vent'anni, quando ripenserò a questo periodo della mia vita, l'unica cosa che ricorderò è l'amore che ho provato».

«Amore?»

«Sì, amore. Non immaginavo di poter incontrare una donna come te, una persona con la quale avere infiniti argomenti di cui parlare, e dalla quale tornare ogni giorno. Se tutto questo non è amore, che cos'è?»

«E se uno di noi due morisse?»

«Abbiamo due possibilità. In quel momento, possiamo ricordare di aver provato ancora una volta la sensazione di calore e di speranza che regala l'amore ricambiato, oppure ricordare di non avere provato niente. Dipende da te. Non voglio che tu ti senta in trappola. Quando ripenserai a questi mesi, o anni, che cosa vuoi ricordare? Un grande vuoto o un sentimento di felicità? E comunque, sappi che non sono in cerca di un'infermiera per la mia vecchiaia».

«Non intendevo dire questo, anche perché tu mi sembri davvero in gran forma. Semplicemente, ho paura. Anzi, a dire il vero, sono terrorizzata».

Mark sorrise. «Possiamo ignorare tutto ciò che ci fa paura e seguire l'istinto, oppure analizzare la questione razionalmente e predisporre un piano B nel caso in cui le possibili eventualità di presentassero. Possiamo anche decidere che non vogliamo correre rischi e chiuderla qui, però, ti prego, non scegliere questa opzione, sarebbe troppo triste. Oppure... oppure possiamo decidere di andare a fare un'escursione sabato prossimo».

«Un'escursione?»

«Certo. Adoro il trekking. In queste zone ci sono dei bellissimi sentieri di montagna, o anche intorno al lago. Ti piace camminare?»

«Mi piaceva, ma devo ammettere che, con il passare del tempo, le mie passeggiate sono diventate sempre più brevi», rispose Ellen.

«Preparo un bel picnic, lo infilo nello zaino e partiamo presto. Che ne dici? Intorno alle sei potrebbe andarti bene?»

Ellen sorrise. L'idea non le dispiaceva affatto. Pensò al sole, alla brezza estiva, alle chiacchiere, alle soste per riposarsi, e magari per darsi qualche bacio. E dopo aver preso un bel respiro per darsi coraggio, rispose: «Sì, penso proprio di sì».

Quando Sam rientrò dalla conferenza, andò direttamente a casa di Marni. Voleva prima di tutto accertarsi che la figlia stesse bene, e gli bastò vederla per capire che il peggio era passato; era ancora un po' scossa, ma del tutto determinata a tenere Angelo fuori dalla sua vita.

Insieme, si recarono dall'agente Bowen, il poliziotto che era intervenuto dopo l'intrusione. Sophia fece le presentazioni, il poliziotto strinse la mano a Sam e salutò lei con un sorriso. «Sono contento di vedere che sta bene».

«È così, mi sento decisamente meglio. Mi dica, lo avete trovato? Gli avete parlato?»

«Sì, io e il mio collega abbiamo avuto una conversazione piuttosto franca con questo Angelo. Gli ho intimato di stare lontano da lei, e di non provare mai più ad avvicinarsi a casa sua. L'ho anche informato che lei aveva il diritto di richiedere un'ordinanza restrittiva nei suoi confronti e, nel caso, io l'avrei approvata. Il giovane si è molto scusato, ma ha insistito nel dire che non aveva fatto niente di male, e soprattutto che era stata lei a invitarlo a casa sua».

«Ma non è vero!»

L'agente Bowen proseguì: «Gli ho detto chiaramente che la sua versione dei fatti non era attendibile e che, se avesse provato a infastidirla ancora, avrei preso in considerazione un mandato d'arresto per molestie. Alla fine ha promesso che non cercherà più di avvicinarla. Lo abbiamo anche informato che eravamo al corrente dei suoi trascorsi. Immagino che lei non lo sappia, ma abbiamo scoperto che il ragazzo ha dei precedenti».

«Che genere di precedenti?», chiese Sam.

«Guida in stato di ebbrezza, un paio di risse e qualche episodio di vandalismo e violenza domestica. Viveva con la madre e la sorella, ed entrambe lo avevano denunciato per episodi di violenza, ma poi è andato via di casa e hanno preferito ritirare la denuncia. Comunque, signorina, le consiglio di stare molto attenta e, se questa persona dovesse crearle ulteriori problemi, non esiti a chiamarmi».

I reati gravi non erano certo all'ordine del giorno nella piccola e tranquilla cittadina di Breckenridge, e la piccola stazione di polizia si occupava per lo più di reati minori. Eppure, era bastato che una ragazza come Sophia frequentasse per poche settimane un balordo come quell'Angelo, per costringere un tranquillo cittadino come Sam a ribaltare la sua casa per renderla un posto sicuro dove sua figlia potesse sentirsi protetta.

E così, dopo aver lasciato la stazione di polizia, Sam contattò immediatamente l'azienda che gli aveva suggerito Marni per farsi installare in casa un sistema d'allarme d'avanguardia.

Quella sera Marni lo invitò a fermarsi da lei fino a quando la loro casa non fosse a posto, ma Sam declinò l'invito. «Ho paura che non riuscirei a resistere alla tentazione di infilarmi di nascosto in camera tua. E se ci dovessero scoprire, sarebbe davvero troppo imbarazzante».

«Ma hai pensato che potresti ritrovarti Angelo in casa nel cuore della notte?»

«Sì. E, credimi, non aspetto altro».

Nonostante il padre fosse rientrato, Sophia decise di rimanere lì finché il nuovo impianto di sicurezza non fosse in funzione. Sam andava da loro tutte le sere e durante il giorno la chiamava diverse volte per verificare che stesse bene. Una volta installato il sistema d'allarme, i cancelli del giardino furono dotati di nuovi chiavistelli e tutte le password dei dispositivi elettronici di Sophia e Sam furono cambiate.

«Marni, anche se la mia casa adesso è sicura, non è che posso stare qui da te ancora per qualche giorno?», le chiese la ragazza quando arrivò il momento di rientrare a casa.

«Ma certo, tesoro. Mi sembra di capire che non ti senti ancora pronta. È così?»

«È così. Se penso a quanto mi è accaduto mi vengono ancora i brividi».

«Per me puoi fermarti quanto vuoi, e naturalmente tuo padre può venire a trovarti quando vuole. Non devi preoccuparti di nulla. Per me ospitarti è solo un piacere».

12

L'inquietante vicenda che aveva coinvolto Sophia aveva destato un certo allarme in chiunque le volesse bene, ma non c'erano dubbi che la persona più colpita da quanto era accaduto fu Marni. L'episodio l'aveva scossa al punto che qualche giorno dopo l'intrusione di Angelo chiamò l'università per parlare con la responsabile del master a cui era iscritta Sophia, che era anche la tutor a cui Marni ogni mese inviava una relazione grazie alla quale la ragazza poteva ottenere i crediti per il lavoro che svolgeva durante il suo stage.

Marni aveva intuito che Sophia aveva bisogno di confrontarsi con altre donne che avevano vissuto la sua stessa esperienza e così si era rivolta alla docente per sapere se per caso conoscesse il nome di un terapeuta o di un'associazione che organizzasse gruppi di sostegno per studentesse vittime di violenza, molestie sessuali o stalking. La donna le indicò un gruppo di giovani donne che si riuniva tutti i martedì sera, e Marni provò a proporre a Sophia di frequentarlo, ma lei si dimostrò poco interessata.

«Non so se sono pronta a parlarne», le rispose.

«Potresti andare solo per ascoltare le altre», suggerì Marni. «Il primo passo è sempre prendere coscienza che non siamo sole. In più, potrebbe aiutarti a capire che hai subìto una vera e propria aggressione, anche se Angelo non ti ha picchiata. E un'aggressione, qualunque essa sia, è un trauma che va curato, così, una volta guarita, ti ritroverai più forte di prima».

Sophia infine accettò di unirsi al gruppo, grazie al sostegno e all'incoraggiamento di Marni e del padre, che si misero d'accordo per accompagnarla agli incontri settimanali e riportarla a casa.

Settembre ormai era alle porte e i corsi del nuovo semestre stavano per iniziare. Per il momento, Sophia aveva soltanto un paio di lezioni alla settimana, ma i motivi per recarsi al campus non mancavano, e quando doveva spostarsi era sempre tesa come una corda di violino. Angelo non si era più fatto vivo, per fortuna, ma quando era fuori casa, non smetteva mai di guardarsi intorno per accertarsi che lui non la seguisse.

Marni si era identificata in Sophia e in quello che stava vivendo, e cercava di esserle utile e di sostenerla in ogni modo possibile. Agli inizi della carriera, aveva conosciuto una produttrice televisiva che ammirava molto; si chiamava Erika, aveva una ventina d'anni più di lei, e l'aveva aiutata a muovere i primi passi nella conduzione del suo programma di cucina. Ricordava ancora il suo motto: *Se non riesci a trovare una soluzione, accendi un faro sul problema.*

La persona che più di chiunque altro avrebbe potuto esserle d'aiuto in quel momento era Tom, pensò Marni. Dopo il loro primo, e ultimo appuntamento, aveva conservato il suo numero di telefono, così decise di chiamarlo per invitarlo a prendere un caffè. Tom accettò subito, forse con troppo entusiasmo, e per un attimo Marni si chiese se non avesse commesso un imperdonabile errore, anche se ormai non poteva più tornare indietro. Tra una chiacchiera e un sorso di caffè, il loro incontro durò più di un'ora.

Rientrata a casa, rifletté su ciò che si erano detti, e intanto organizzò una cenetta con le ragazze, che erano le persone che la facevano sentire meglio e sulle quali poteva sempre contare. Prima chiamò Nettie e Bella, poi parlò con Ellen e Sophia, e fissò la cena per il sabato successivo, cioè quando tutte loro sarebbero state libere. «Mi occupo di tutto io. Voi dovete solo venire qui», le avvisò.

Decise di preparare tortini alla polpa di granchio, patate fritte condite, asparagi al burro, insalata di pomodori e cetrioli, e come dessert brownies con gelato alla crema e noci. Il tutto accompagnato da bevande a scelta, anche se Marni aveva messo in tavola una bottiglia di sauvignon ghiacciato. Una bella cenetta era quel che ci voleva per creare l'atmosfera giusta e mettere tutte di buonumore.

«Che cosa festeggiamo?», domandò Nettie appena arrivata.

«Niente, avevo soltanto voglia di trascorrere una serata fra amiche», rispose Marni. «Non vorrei sembrare troppo sentimentale, ma quando vi ho intorno, mi sento amata e piena di energia».

«E come mai hai bisogno di sentirti piena di energia?»

La domanda rimase senza risposta perché stavano arrivando anche le altre ed era tempo di mettersi a tavola.

«Direi che possiamo iniziare. Come aperitivo vi propongo canapè e un calice di bianco, oppure un drink. Una rivisitazione delle uova alla diavola, con cetriolo e caviale».

Bella chiese un sidro frizzante, Sophia e Nettie scelsero il vino mentre Marni ed Ellen si preparano un Martini. Per prima cosa tutte vollero sapere da Sophia come stava, e ancora una volta le offrirono il loro sostegno. Dopo l'aperitivo, la cuoca iniziò a servire le pietanze. Qualcuna si offrì di aiutarla ma lei rifiutò. «Stasera faccio tutto io. Lasciatevi cocccolare».

Quando tutti i manicaretti che aveva preparato furono in tavola, accolti da esclamazioni eloquenti e sguardi ammirati, Marni prese un profondo respiro e attirò su di sé l'attenzione delle amiche. «C'è una ragione particolare se stasera vi ho riunite tutte qui. Ho deciso di raccontarvi la mia storia. Tutte voi siete a conoscenza, chi più chi meno, di qualche episodio del mio passato, ma credo che nessuna di voi conosca la mia vera storia fino in fondo. Ed è venuto il momento di raccontarla».

«Mamma, per caso stai per scrivere un'autobiografia?», chiese Bella, incuriosita.

«No, tesoro. Ma tu e Nettie fate parte della mia famiglia, e tutte voi siete per me molto importanti, perciò è importante che sappiate tutto di me. Sono cresciuta in una famiglia un po' strana, ma circondata dall'amore...»

«Mamma, dovevi iniziare con "C'era una volta una famiglia un po' strana"», la interruppe Bella, per prenderla bonariamente in giro.

«Ti prego, Bella, lasciami parlare. All'epoca mia sorella era troppo piccola perché mi potessi confidare con lei. Avevo due zie, una mamma e un papà, ero piuttosto sicura di me e mi sentivo protetta. Poi un giorno conobbi Rick, tuo padre», precisò, rivolta a Bella.

«Lo so, vi siete conosciuti al liceo».

«Sì, alla fine del mio terzo anno. Uscimmo insieme un paio di volte. Era il classico "ragazzo più popolare del liceo" e questo significava che aveva anche un certo potere, anche se all'epoca non me ne rendevo conto. Ballava da dio, nelle partite di football era sempre il migliore in campo, e alla batteria era uno schianto. Aveva quel carisma naturale che fa impazzire le ragazzine, e ovviamente il fatto di piacere al ragazzo più figo della scuola mi faceva sentire importante».

«Come mai ci racconti tutto questo, mamma? Sappiamo già che non si è trattato di una relazione tutta rose e fiori», disse Bella.

Marni rimase in silenzio per un lungo istante. Quando finalmente riprese il discorso, guardò la figlia dritta negli occhi. «La prima volta che mi mise le mani addosso fu dopo il ballo di fine anno». Sconcertate, tutte iniziarono a commentare, ma Marni sollevò la mano chiedendo di lasciarla proseguire. «Era ormai un anno che uscivamo insieme quando, per sbaglio, gli rovesciai addosso la mia lattina di Coca; lui mi diede un ceffone così forte che mi fece cadere dalla sedia, poi iniziò a sbraitare, accusandomi di avergli rovinato lo smoking che aveva preso a noleggio. Un'amica mi aiutò a rialzarmi, e mi portò del ghiaccio da mettere sulla guancia. Lui neppure si scusò, e si limitò a farfugliare qualche assurda giustificazione. Disse di aver reagito d'impulso, che si era trattato di uno sfogo perché gli avevo rovinato il vestito. Ripeté più volte che non l'aveva fatto apposta, che colpirmi gli era venuto istintivo. Continuò a trovare scuse di ogni genere mentre io mi tenevo la borsa del ghiaccio sull'occhio. Spuntò subito un brutto livido e così, mentre mi accompagnava a casa, ci inventammo una storia da rifilare ai miei genitori. Avremmo detto che, mentre ballavamo, mi aveva dato inavvertitamente una gomitata. Mi fece giurare di non contraddirlo. Io accettai di raccontare quella bugia per proteggerlo, e i miei genitori mi credettero senza problemi, perché a loro Rick piaceva».

Ci fu un attimo di silenzio.

«Mi avevi detto che non ti aveva mai picchiata», la interruppe Bella.

«Sapevo che non mi avevi raccontato tutto», commentò Nettie.

«Lo so. Non ho mai detto niente a nessuno perché mi vergognavo. Lui ripeteva come un disco rotto che era tutta colpa mia, che lui non era quel tipo d'uomo, che non era mai stato così. Ma non era affatto vero. Una volta sua sorella mi disse che era stato espulso dalla scuola materna perché malmenava gli altri bambini e li prendeva a morsi. Io però non ci badai, pensai che in fondo all'epoca era soltanto un bambino, che la sua prepotenza infantile non aveva nulla a che vedere con l'uomo che frequentavo. Cercavo di convincere me stessa, giustificandolo in tutti i modi. Invece, quel primo schiaffo, quell'occhio nero, furono soltanto la punta dell'iceberg. Mi ci sono voluti anni e anni, trascorsi ad analizzare la nostra relazione, per capire davvero che cosa mi era successo. Finito il liceo, lui decise di premiare il mio spirito di sopportazione e di risolvere ogni problema sposandomi. Lì per lì non capii che stava semplicemente portando a termine il suo progetto su di me. Ormai era riuscito ad avere il controllo assoluto».

Marni proseguì raccontando alcuni episodi della relazione con il primo marito; quel genere di violenza psicologica ormai era riconosciuta e aveva un nome, si trattava di *ga-*

slighting, ma all'epoca le cose stavano diversamente. Rick giocava sporco, la umiliava, attribuiva a lei tutte le colpe delle loro difficoltà. Trovava sempre delle giustificazioni per il suo comportamento violento, dicendole che la responsabile era lei, e che lui era soltanto una vittima. Le teneva il broncio, non le rivolgeva la parola per giorni. Per Marni era un sollievo quando usciva di casa sbattendo la porta, di giorno ma anche nel cuore della notte, perché significava che non si sarebbe fatto vedere per un po' e lei poteva respirare.

«Quello che ho capito, rimuginando a lungo sul mio passato, è che la rabbia era sempre stata un suo problema, e che esercitare il controllo sugli altri era il suo unico scopo. Ovviamente avrei dovuto troncare la relazione ai primi segnali di pericolo, che si erano manifestati ben prima di quello schiaffo, ma lui mi teneva in pugno con le sue minacce. Mi diceva che mi avrebbe uccisa, o che si sarebbe tolto la vita, o che avrebbe ucciso entrambi. E io gli credevo. Mi accusava di cose completamente inventate solo per dimostrare che ero io a creare i problemi che affliggevano la nostra coppia. Ricordo ancora le sue parole: *Te ne stavi lì, con quel top di pizzo nero che a me piace tanto, e mentre io cercavo di decidere insieme a te dove avremmo trascorso il giorno del Ringraziamento, tu mi hai mancato di rispetto e allora abbiamo cominciato a litigare finché non mi hai portato all'esasperazione…* Di fronte a questi discorsi, nella mia testa succedevano due cose: prendevo nota che gli piaceva il mio top di pizzo nero e che dovevo stare attenta a non mancargli di rispetto. Ovviamente io non avevo fatto nulla, era soltanto il suo modo di manipolarmi, di convincermi che il problema ero io, e non lui. Quella volta la lite era nata da un pretesto banale: lui voleva andare dai suoi, io volevo stare con la mia famiglia, ma quando non eravamo d'accordo, per lui era sempre colpa mia. Non potevo mai spuntarla. Eppure, io ci provavo a far funzionare le cose fra di noi, non potete immaginare quanto ci provavo. Ero sempre in cerca di una soluzione. Ma la soluzione non c'era mai.

«Finché un giorno l'Esercito lo richiamò in servizio come riservista e venne dislocato lontano da casa per alcuni mesi; io ovviamente tirai un sospiro di sollievo, ma commisi l'errore di abbassare la guardia. E così mi ritrovai incinta e più in trappola che mai. Disperata, decisi di lasciarlo, ma una sera, dopo essersi ubriacato al bar con gli amici, Rick si schiantò contro un albero, e io rimasi con una bambina di pochi mesi e un marito violento morto in un incidente stradale».

Nessuna delle ragazze era più riuscita a toccare un boccone. Sophia la guardava con aria smarrita, profondamente turbata.

«C'è un motivo per cui vi ho raccontando tutto questo», proseguì Marni. «È importante che le donne parlino, che condividano le loro esperienze, che imparino a dire la verità senza paura. Se all'epoca qualcuna mi avesse confidato che aveva vissuto un'esperienza simile alla mia, forse le cose sarebbero andate diversamente, forse mi sarei risparmiata tanto dolore e tanta angoscia. Dobbiamo trovare la forza di guardare in faccia la realtà ed essere sincere, e per fare questo dobbiamo poter contare le une sulle altre. Da allora tanta acqua è passata sotto i ponti, e ho capito che la mia esperienza non è qualcosa che capita soltanto a poche sfortunate; al contrario, è molto più frequente di quanto si creda, e questo è davvero preoccupante, oltreché inaccettabile». Marni fece una pausa e rivolse un sorriso a ognuna delle donne sedute intorno a lei.

«Il resto della storia lo conoscete. Ho cresciuto Bella in una famiglia composta da mia madre, mia sorella e due zie;

mi sono costruita una carriera partendo da zero, iniziando a distribuire campioni di cibo nei supermercati e nei negozi di alimentari. Ma quello che mi è successo mi ha reso più forte, mi ha dato fiducia in me stessa e mi ha dato consapevolezza del mio coraggio. Non credo che sarei diventata la persona che sono, se Rick non fosse morto».

«Non ti chiedi mai se fra te e Rick le cose si sarebbero potute sistemare? Se esisteva una possibilità di salvare il vostro matrimonio?», domandò Ellen.

Marni tirò un sospiro profondo. «Ho un ricordo molto chiaro di come, ogni volta che pensavo che le cose stessero andando meglio fra di noi, all'improvviso cominciavamo a litigare e io venivo sopraffatta dal terrore. Credo sia stata Maya Angelou a dire: "Quando qualcuno ti fa vedere il suo vero volto, credigli subito". Quando Rick mi rivelò il suo vero volto, avrei dovuto capire che da quella relazione non sarebbe nato nulla di buono. Dopo la sua morte, pensai solo a gettarmi quell'orribile esperienza alle spalle, facendo finta che non fosse mai esistita. Ero così giovane. Mi dicevo che dovevo proteggere te, Bella. Non volevo mentirti, ma essere sincera avrebbe significato doverti dire che tuo padre non era una brava persona».

«Me lo sentivo», si limitò a dire Bella. «Anche se non conoscevo tutti i dettagli, mi era chiaro che il tuo non era stato un matrimonio felice. Mi dispiace tanto, mamma, per tutto quello che hai passato».

«Grazie, tesoro, le tue parole significano molto per me. Ma veniamo a oggi. Oggi è un'altra storia».

«Stai parlando di me?», domandò Sophia.

«Sì. Anche. Se tu avessi saputo fin dall'inizio che anch'io in passato ero stata vittima di un uomo violento, forse ti saresti subito rivolta a me in cerca di aiuto, o almeno mi avresti chiesto un consiglio. Noi donne tendiamo a tenerci tutto dentro perché pensiamo che nessuno ci capirebbe. E rimanendo zitte, proteggiamo questi uomini violenti e impediamo che vengano perseguiti dalla legge».

«In effetti, io non potrei mai trascinare nessuno in tribunale», ammise Sophia in un sussurro.

«Lo capisco. Ma quando stiamo zitte, ostacoliamo la legge e permettiamo che uomini violenti facciano del male ad altre donne. Non si accontentano mai di colpirne soltanto una, è come se avessero una missione da compiere. Il modo migliore per fermare questa follia è puntare il dito contro di loro, smascherarli, e se vogliamo che questo avvenga, noi dobbiamo fare in modo che le altre donne si sentano al sicuro nel momento in cui decidono di dire la verità. Per questo motivo, ho deciso di metterci la faccia. Racconterò la mia storia pubblicamente e mi impegnerò ad aprire una sorta di casa d'accoglienza, dove le vittime di uomini violenti possano trovare rifugio con i loro bambini. In pratica, investirò una somma di denaro per costruire una casa bella grande che accolga chiunque abbia bisogno di sentirsi al sicuro. Mi sto già guardando in giro».

«Ma dove troverai il tempo per un simile progetto?», domandò Ellen, preoccupata.

«Ho già il sostegno di una fondazione. Loro si occuperanno di trovare i finanziatori, io invece mi sono impegnata a trovare le persone giuste a cui affidare la gestione della casa. Ma da subito mi è sembrato un progetto benedetto dal cielo».

«È un'idea fantastica, mamma. Non riesco a pensare a un modo migliore d'investire il tuo denaro. Voglio aiutarti anch'io», disse Bella.

«E puoi contare su di me a occhi chiusi», intervenne Nettie. «Dovresti essere orgogliosa di te stessa, Marni. Purtroppo, mentre tu affrontavi tutto questo io ero soltanto una ragazzina, e non ho potuto aiutarti, e neppure ascoltare le tue confidenze. E nemmeno la mamma è stata di grande aiuto, per nessuna delle due».

«Bisogna capirla, era rimasta vedova, con due sorelle a carico e due figlie piccole da crescere da sola; poi, una alla volta, anche le zie se ne sono andate e da allora abbiamo tirato avanti come potevamo. Ho sempre pensato che la nostra fosse una famiglia alquanto strana, un po' strampalata, ma nel tempo mi sono resa conto che esistono migliaia di famiglie come la nostra, e ci sono migliaia di donne che non sanno a chi rivolgersi per cercare aiuto. Non posso tornare indietro e cambiare le cose, ma se riuscissi ad aiutare almeno qualcuna di queste donne, credo che basterebbe a fare comunque la differenza».

«Il tuo aiuto ha fatto la differenza per me, Marni», disse Sophia. «Non so che cosa avrei fatto senza di te».

«Era davvero il minimo che potessi fare, tesoro. Ma adesso basta con le cose tristi e ditemi: come sono questi tortini alla polpa di granchio?»

La conversazione si fece più leggera, e le prelibatezze offerte da Marni velocemente sparirono dai piatti. Non mancarono un'infinità di domande sulla casa di accoglienza e arrivarono anche molte idee nuove, unite a un grande entusiasmo e alla generale disponibilità a dare una mano per il bene dell'iniziativa. Le chiacchiere proseguirono ben oltre il dessert, finché la stanchezza ebbe il sopravvento e le ragazze non furono più in grado di trattenere gli sbadigli.

Sparecchiarono rapidamente la tavola, Nettie e Marni andarono in cucina a lavare i piatti e Sophia pulì il bancone e spazzò il pavimento.

Nettie mise qualche avanzo in un contenitore per Marvin, e prima di uscire abbracciò la sorella con grande affetto. «Sono così orgogliosa di te, Marni», disse. «Hai sempre trovato il modo di cavartela, di trarre il meglio anche dalle situazioni peggiori. È una grande dote, lo sai vero? Marvin e io ti daremo sicuramente una mano. Mi è venuta un'idea e, se serve, chiederò aiuto ai suoi colleghi: i vigili del fuoco non mollano mai, e la loro tenacia potrebbe tornare utile».

«Grazie, Nettie. Ti farò sicuramente sapere come potrai aiutarmi».

Era già molto tardi quando Marni sentì bussare alla porta della sua camera da letto. Era al telefono con Sam e dovette chiudere la conversazione, promettendo di richiamarlo subito dopo. Quando aprì si trovò davanti Sophia in pigiama e con le guance rigate di lacrime. «Sophia. Che succede?»

«Niente. Volevo soltanto ringraziarti. Per la cena, per la tua amicizia… per tutto. Sei l'amica migliore che abbia mai avuto».

«Be', lo stesso vale per me», rispose Marni.

«Mi dispiace di darti tutto questo disturbo. Vorrei tanto assomigliare di più a Bella. Vorrei essere forte, saggia e coraggiosa come lei».

La donna asciugò le lacrime dal volto di Sophia. «Nessuna di noi viene al mondo con queste qualità, tesoro. Sono le battaglie che portiamo avanti ogni giorno a renderci più forti. E io sono davvero felice di poterti ospitare qui mentre cerchi la tua forza».

«Non credo che potrei farcela senza di te».

«Io credo di sì, invece, ma mi fa comunque piacere poterti offrire un sostegno in questo momento. Credo che anche tu mi stia aiutando ad avere più coraggio. È grazie a te se ho trovato la forza di dare voce al segreto che mi portavo dentro da tutto questo tempo. Grazie ancora».

«Il tuo progetto è davvero una cosa importante. So che stai facendo tutto questo per me, ma aiuterai anche tante altre donne. E io mi sarei sentita così persa se tu non ti fossi offerta di proteggermi».

«Dobbiamo aiutarci fra di noi», disse Marni. «E un giorno tu farai lo stesso per un'altra donna. Ne sono certa».

Domenica mattina, cielo terso e luminoso, Ellen e Mark si affacciarono alla porta di casa alle sei precise con una tazza di caffè in mano. «Bellissima giornata», disse lui ad alta voce. «Andiamo con il mio furgone, ho già preparato gli zaini, le borracce con l'acqua e uno spuntino».

Era da tempo che Ellen desiderava concedersi una lunga passeggiata, ma il pensiero di avventurarsi da sola nella natura l'aveva sempre fatta desistere. Si era innamorata della vallata di Breckenridge nell'istante in cui l'aveva vista. La cittadina, incontaminata e curatissima, era incastonata fra due catene montuose che offrivano agli amanti del trekking una quantità di sentieri e parchi naturali. Aveva lasciato a Mark il compito di scegliere il percorso e non ne rimase delusa. Il sentiero prescelto non si inerpicava direttamente verso la cima della collina, ma si snodava sinuosamente lungo i suoi fianchi, fino a raggiungere un piccolo parco.

Era una perfetta giornata di settembre, il cielo era azzurro e senza nuvole, e le previsioni dicevano che il tempo avrebbe tenuto, e si sarebbe mantenuto soleggiato ma fresco.

«Com'è andata la cena con le tue amiche?», le chiese Mark durante il tragitto.

Ellen gli descrisse per filo e per segno che cosa avevano mangiato e riferì qualcuna delle loro chiacchiere, evitando di proposito la delicata storia personale che Marni aveva raccontato. Dopodiché gli chiese come stessero procedendo i preparativi per la sua cucina mobile. Lui rispose che era pronta e infatti, dopo la loro passeggiata, aveva in programma di trascorrere il resto della giornata a cucinare e congelare porzioni di cibo. «Posso darti una mano?», propose Ellen.

«Non voglio chiederti troppo», rispose Mark. «Il fine settimana è fatto per riposare».

«Non preoccuparti. Se mi stanco, farò una pausa». Avrebbe voluto confessare che preferiva passare la giornata ai fornelli piuttosto che scarpinare, ma poi, quando l'aria fresca le entrò nei polmoni, si sentì rinascere, e non vide l'ora di iniziare la passeggiata.

Davanti a loro, un gruppo di una ventina di escursionisti avanzava lentamente lungo il sentiero, che era stretto e costringeva a procedere in fila indiana, limitando la conversazione alle brevi soste per bere o per riposare. L'aria era frizzante e pulita. Ancora un mese e poi il paesaggio sarebbe totalmente cambiato: i dolci pendii delle colline si sarebbero vestiti dei caldi colori dell'autunno e le prime nevicate avrebbero spolverato le cime di bianco. Quell'anno la stagione sciistica forse sarebbe iniziata anche prima del solito.

Durante una pausa, Mark parlò a Ellen di suo figlio; aveva intenzione di venire con tutta la famiglia a trascorrere il Ringraziamento dal padre, e ne avrebbe approfittato per fare qualche bella sciata. «Sanno che per me non è un problema cucinare per tante persone. A proposito, tu hai già qualche programma?», le chiese.

«Di solito trascorro il giorno del Ringraziamento con mia sorella e la sua famiglia, da loro c'è sempre un sacco di gente».

«Se vi va di unirvi a noi, siete i benvenuti».

«Grazie», rispose lei, ma pensò che sarebbe stata una cattiva idea coinvolgere le rispettive famiglie. Meglio evitare che un'amicizia così piacevole si trasformasse in qualcosa di più complicato.

L'escursione durò quattro ore. Durante il tragitto di ritorno, si fermarono a pranzare in un piccolo ristorante lungo la strada, poi, nel pomeriggio, si misero insieme ai fornelli. Mark aveva fatto scorta di tutto, per cui non dovettero fare altro che cucinare le varie pietanze, dividerle in porzioni e metterle nel congelatore. Prepararono venti polpettoni di carne, altrettanti tortini di patate, qualche timballo di mais e di fagiolini. Le scorte prevedevano anche pane, salse di ogni genere e condimenti vari.

«Da come ti sei organizzato, sembra che debba capitare una catastrofe naturale da un momento all'altro», osservò Ellen.

«Purtroppo, siamo entrati in un periodo dell'anno delicato, da un momento all'altro potrebbe arrivare la notizia che è divampato un incendio. I boschi sono secchi e asciutti come legna da ardere», spiegò Mark.

«Dovremo continuare a cucinare domani sera», suggerì Ellen. «Sai qual è una pietanza che si conserva a lungo ed è facile da congelare? La pasta al forno al ragù».

«Ma domani tu lavorerai tutto il giorno», obiettò Mark. «Non voglio dare l'impressione che ti sto sfruttando».

«Credimi, per me è un vero piacere darti una mano. E spero che lo sia anche per te. Anzi, per dirla tutta, mi piacerebbe molto condividere questo progetto, e venire con te quando ti sposti con il food truck. Sempre se sei convinto che due mani in più possano esserti d'aiuto».

«Ne sarei davvero felice. Ma il tuo lavoro è già così impegnativo, dove troveresti il tempo?»

«Parlerò con Marni, le chiederò se è fattibile che io prenda qualche giorno di permesso, di tanto in tanto. Certo, non posso piantarla in asso proprio ora, con il nipotino in arrivo, ma credo di potermi concedere qualche piccola pausa».

«Ci sarà molto da fare. Ho già messo insieme un gruppo di volontari», la informò Mark.

Ellen sentì un brivido di eccitazione correrle lungo la schiena. «È tutto così elettrizzante. Non voglio perdermelo per niente al mondo».

Mark le sorrise. «E io per niente al mondo voglio perdermi l'occasione di vivere questa avventura insieme a te. Qualsiasi cosa tu possa o riesca a fare, te ne sarò grato», continuò, quindi la tirò a sé e la baciò a lungo.

«Perché questo bacio?», domandò lei, quando riuscì a riprendere fiato.

«Perché le persone generose vanno premiate».

Ellen sorrise. «Lo terrò presente».

13

Da qualche tempo Sophia frequentava il gruppo di sostegno del martedì. All'inizio era un po' intimidita, anche un po' spaventata, ma poi aveva iniziato a sentirsi a suo agio e, attraverso le testimonianze delle donne del gruppo, era entrata nel complesso mondo della violenza domestica. Ascoltando le altre, aveva scoperto che colpiva donne di ogni età e di ogni ceto sociale, e si manifestava in molte forme, sia fra coppie eterosessuali sia fra coppie di persone dello stesso sesso. Nel gruppo c'erano un paio di adolescenti e alcune donne sulla cinquantina, con figli già grandi, donne che vivevano nel terrore costante di venire uccise dal partner, e altre totalmente annientate dagli abusi psicologici di compagni che le prevaricavano e le manipolavano. E quasi tutte avevano paura di trovarsi da sole, proprio come lei.

Dopo il potenziamento dell'impianto di sicurezza della sua casa, Sophia aveva trascorso ancora qualche giorno da

Marni e poi era tornata alla sua vita e alle sue abitudini. Eppure, anche quando era a casa con il padre, era sempre in tensione e angosciata dall'idea di trovarsi davanti Angelo all'improvviso. Non riusciva a capire perché avesse tanta paura di lui, visto che non le aveva fatto del male fisico. Concluse che l'idea di avere ancora a che fare con lui la terrorizzava perché ormai sapeva che era un tipo pericoloso che cercava in tutti i modi di farle credere di averla in pugno.

Grazie alle sedute di psicoterapia e agli incontri con il gruppo di sostegno, Sophia aveva imparato e capito molte cose che prima non poteva neanche immaginare, e questa nuova consapevolezza aveva suscitato in lei un interesse che non andava più nella direzione di un futuro in televisione. Non solo adesso ascoltava podcast e leggeva libri sulla dipendenza affettiva, sulla violenza domestica, sulle relazioni tossiche e sulla psicologia delle persone violente, ma aveva anche iniziato a guardare al mondo da una prospettiva completamente diversa.

«Sei molto silenziosa, stamattina. A che cosa pensi?», le chiese Marni, che stava lavorando accanto a lei.

Sophia stava tagliando gli ingredienti per le ricette, come indicava la lista dei compiti da svolgere di quel giorno, ma era completamene assorta nei suoi pensieri. «Ho un sacco di idee che mi passano per la testa», rispose, smettendo di tagliare dei cubetti di formaggio.

«A guardarti, però, non si direbbe che la cosa ti renda felice», osservò Marni.

«Già. Sono tutte idee che implicano un grande cambiamento, e io non sono molto brava ad affrontare i cambiamenti. A parte questo, non riesco a togliermi dalla mente la tua idea di una casa d'accoglienza per le donne».

«Davvero? E come mai?»

«Perché vorrei far parte del tuo progetto», disse di getto, anche se quella in realtà era la conclusione del suo discorso.

«Dimmi qualcosa di più», la incoraggiò Marni.

«D'accordo». Sophia posò il coltello. «Non riesco a concentrarmi se sono impegnata a fare altro. Come forse avrai intuito, gli incontri con la psicologa e con il gruppo di sostegno mi hanno suscitato un grande interesse verso la psicoterapia, il counseling, e i lavori socialmente utili. Negli ultimi tempi ho imparato tantissime cose nuove e, anche se tutto questo è nato da un'esperienza dolorosa, ho capito che voglio continuare su questa strada. Sento di aver bisogno di un cambiamento. Non ne ho ancora parlato con mio padre, e so che dovrei farlo, ma ho paura che...»

«Che disapprovi? Che gli venga un accidente?», chiese Marni.

Sophia annuì. «È vero che ho una laurea triennale in Scienza della comunicazione, ma vorrei provare a cambiare indirizzo di studi; vorrei andare nella direzione della psicologia e della salute mentale».

Marni smise di lavorare e si asciugò le mani. «Capisco che il trauma che hai vissuto ti abbia spinta a ripensare le tue scelte, ma tieni conto che la tua ferita è ancora fresca. Sono sicura che presto riuscirai a superare quanto è successo, e potrai andare avanti con la tua vita e i tuoi progetti professionali pur continuando a coltivare il tuo interesse per la psicologia, se l'argomento ti appassiona così tanto».

«No, Marni. Ho capito che voglio proprio cambiare indirizzo di studi, e orientarmi verso la psicologia e i servizi sociali. Voglio un cambiamento radicale», affermò con convinzione. «Anche se so che papà andrà su tutte le furie».

«Calma, Sophia. Pensaci bene prima di stravolgere la tua carriera universitaria», suggerì Marni. «Forse sarebbe meglio che tu parlassi con qualcuno prima di decidere, e non mi riferisco soltanto a tuo padre, ma anche alla counselor del gruppo di sostegno, alla tua psicologa, e alla responsabile del master; credo sia importante confrontarsi con qualcuno che già esercita la professione nel settore di tuo interesse».

«Non aspetto altro. Comunque, anche se non avrò più bisogno dei crediti come stagista, vorrei continuare a lavorare per te. Desidero davvero aiutarti a realizzare il progetto della casa d'accoglienza. Credo che avrei molto da imparare da un'esperienza di quel tipo».

«Sono curiosa: che cosa ti ha indotto, veramente, a cambiare idea?»

«Sono state le testimonianze delle altre donne», rivelò Sophia. «Ascoltando i racconti del gruppo di sostegno, mi sono resa conto che le loro esperienze sono simili ma, al contempo, uniche. Ognuna di loro ha vissuto situazioni diverse: alcune si erano appena messe insieme a un tipo pericoloso, altre erano invischiate in una relazione tossica da anni, altre ancora sono ormai vicine alla guarigione dopo avere sofferto molto. La donna che guida il gruppo è stata a sua volta vittima di maltrattamenti da parte dell'ex marito, e una volta uscita da quella terribile esperienza, ha ripreso gli studi ed è diventata assistente sociale, con tanto di laurea magistrale. Adesso lavora all'università e insegna. È una persona dai modi gentili ed è davvero molto in gamba».

«Hai ancora paura di Angelo?», domandò Marni.

«Forse avrò per sempre paura di Angelo. E se non di lui, dell'idea di qualcuno come lui. Vorrei tornare a credere che l'uomo giusto è quello capace di proteggerti. Ma forse non sarà più possibile».

Marni sorrise mestamente. Lei aveva amato due uomini nella sua vita ed entrambi l'avevano delusa. «Penso che credere alle fiabe purtroppo renda ancora più difficile trovare l'uomo giusto. Se ogni donna si sforzasse di diventare la propria supereroina, forse saremmo tutte più al sicuro».

«È quello che sostiene anche la nostra counselor, il problema è che non ci spiega mai che cosa fare per diventare così forti».

«Si comincia con il guardarsi dentro e con l'essere molto oneste con se stesse. A parte questo, però, credo sia molto importante che tu parli con tuo padre e gli spieghi come ti senti. In effetti, questo potrebbe essere il momento buono per prenderti una pausa dall'università: il nuovo semestre è appena iniziato e non rischierai di rimanere indietro. I crediti che hai acquisito fin qui non te li porta via nessuno».

«Ti confesso che mi sento a disagio anche solo a sollevare la questione. Papà mi ha sempre insegnato a essere determinata e costante, a scegliere un progetto e poi a portarlo fino in fondo».

«E sicuramente questo è un buon consiglio, ma capita spesso che gli studenti cambino corso di studi, alcuni persino più di una volta. Quando siamo così giovani non possiamo sapere che cosa riuscirà a motivarci per tutta la vita».

«E tu? A te è capitato di cambiare indirizzo?»

Marni la guardò divertita. «Sophia cara, veramente io non sono mai andata all'università. Come madre single, mi sono dovuta rimboccare le maniche da subito. Se volevo riuscire nella vita, potevo contare soltanto su me stessa. E ogni volta che si apriva uno spiraglio, ogni volta che intravvedevo un'opportunità, dovevo farmi sotto».

«Immagino che per "farsi sotto", come dici tu, ci sia voluta molta forza e anche molto coraggio», osservò Sophia.

«In effetti è così. Ho cercato di compensare la mancanza di istruzione con la determinazione e la tenacia», confermò Marni con un sorriso. «E a quanto pare ha funzionato».

«Sapessi quanto ti ammiro. Allora, che ne dici?», domandò Sophia, riprendendo il suo discorso. «Posso continuare a lavorare con te? Mi permetterai di darti una mano con la casa d'accoglienza?»

«Sophia, tesoro, non credo che potrò più fare a meno di te, né qui in cucina né altrove. E ovviamente sarò felice di darti dei consigli, se lo vorrai. Però, per il momento, secondo me dovresti continuare con il tuo percorso di studi, almeno fino a quando non avrai parlato con un referente all'università. Se vorrai difendere i diritti delle donne, lo potrai fare in qualsiasi ambito tu decida di lavorare. Anzi, potresti persino essere più efficace lavorando come giornalista televisiva».

Il lavoro di Ellen non concerneva soltanto l'elaborazione delle ricette e la loro preparazione; si occupava anche di diversi altri aspetti che riguardavano la produzione, per esempio doveva impostare la scaletta del programma, fare gli ordini del cibo necessario a realizzare i piatti, tenere d'occhio il bilancio e far quadrare i conti. Dati i suoi molteplici incarichi, non si separava mai dal cellulare, e quel giorno il telefono le vibrò in tasca mentre stava finendo un pasticcio di carne.

Erano trascorsi alcuni giorni dalla cena a casa di Marni, quando la sua più cara amica aveva rivelato il suo doloroso passato e aveva condiviso con tutte loro il suo progetto di realizzare una casa d'accoglienza per donne maltrattate e per i loro bambini. Il cellulare continuava a vibrare.

Ora non posso rispondere, pensò. Probabilmente era un fornitore che chiedeva ragguagli su un ordine, e in quel momento non aveva tempo. Oppure poteva essere l'ufficio produzione, che magari voleva informazioni su scaletta e date del programma. Ellen finì la pietanza, la sistemò su un piatto da portata e scattò una fotografia, e solo a quel punto diede un'occhiata al cellulare per vedere chi l'avesse chiamata.

Era Mark, che le aveva lasciato un vocale. Ellen uscì velocemente sul patio per ascoltarlo. «Ci siamo, è scoppiato un piccolo incendio a nord di Quincy. I vigili del fuoco sono già sul posto e stanno arrivando altri soccorsi. Mi preparo, nel caso dovessero evacuare la zona. Il posto non è lontano, un'ora e mezza d'auto da qui. Devo tenermi pronto a partire domani mattina. Cercherò una zona sicura dove potermi fermare con il camper. Ti richiamo presto».

La voce di Mark lasciava trasparire una grande eccitazione, che contagiò anche lei. Non aveva ancora parlato alla sua socia di quel progetto, non riuscendo a prevedere la sua possibile reazione, ma a quel punto non poteva più temporeggiare.

Quando rientrò in cucina, si trovò a faccia a faccia con Marni ed ebbe un piccolo sussulto. «Va tutto bene?», le chiese l'amica, notando la sua reazione.

«Sì, sì… cioè, quasi tutto bene. C'è una cosa di cui avrei voluto parlarti già da tempo e temo di aver rinviato troppo a lungo questa conversazione. Possiamo andare nel tuo ufficio?»

«Certo, andiamo».

Ellen sedette davanti alla scrivania di Marni. «È successa una cosa. Non so se ricordi quel Mark di cui ti avevo parlato e della sua idea di una cucina mobile. Sta lavorando a questo progetto da circa un anno e negli ultimi tempi è diventata un'iniziativa ben più grande di quanto mi aspettassi. L'idea è di offrire un servizio di soccorso alimentare e relativa distribuzione di pasti alle vittime di incendi e di altre calamità naturali, nel nord della California e del Nevada. Una volta ottenuti tutti i permessi e dopo aver sottoposto il camper all'ultimo controllo, è passato alla preparazione dei pasti in modo da essere pronto per la prima emergenza. E nell'ultima settimana io gli ho dato una mano. Abbiamo cucinato e congelato una quantità esagerata di monoporzioni».

«Ellen... sono senza parole». Marni era sinceramente ammirata. «Mi avevi accennato a quest'iniziativa, ma in effetti non eri mai entrata nei dettagli. Pensavo che si trattasse di un progetto che avrebbe preso corpo più in là nel tempo».

«Mi spiace, Marni. Avrei dovuto tenerti aggiornata. Comunque... Mark mi ha appena lasciato un messaggio; sembra che sia scoppiato un incendio e che si stia preparando a partire insieme a un gruppo di volontari, ex colleghi di quando prestava servizio come vigile del fuoco. Quell'uomo ha agganci dappertutto».

«Be', meglio così, no?»

«Sì, in effetti è così. Il punto è che voglio dare anch'io una mano», spiegò Ellen. «Se e quando le autorità decideranno di evacuare le famiglie dalle loro case, Mark partirà con il suo camper e si sistemerà in un punto sicuro per iniziare a distribuire il cibo. Ha tutto l'equipaggiamento necessario e io... voglio andare con lui».

Marni non riuscì a nascondere la sorpresa. Guardò l'amica a bocca aperta per un lungo istante, poi le domandò: «Quando? E per quanto tempo?»

«Domani mattina. Non so per quanto tempo starò via. Nel messaggio Mark ha parlato di un incendio di dimensioni ridotte, per il momento, ma non mi ha detto altro. Potrei raggiungerlo con la mia auto, così da essere autonoma, e poter tornare nel giro di un paio di giorni, se l'incendio dovesse estendersi. Pensi di potertela cavare senza di me? Ti prego, dimmi che è così», la sollecitò Ellen, accennando un sorriso. «Erano anni che non provavo un simile entusiasmo».

«Ma certo, Ellen. Devi assolutamente andare. Non so per quanto tempo potrò cavarmela senza di te, ma per il momento mi arrangerò. Però sai meglio di me che talvolta questi incendi…»

«Lo so, possono durare giorni e giorni», la interruppe Ellen. «Può accadere che vadano peggiorando e che un numero sempre più grande di famiglie sia costretto a lasciare la propria casa… Lo so. Sarebbe un problema per te se, dopo che ho finito tutto ciò che ho da fare per oggi, andassi a casa?»

«Non ti preoccupare, vai pure. Prima però mi devi raccontare tutto di Mark e di questo progetto. Sei stata molto misteriosa a questo proposito».

«Ci siamo visti qualche volta, e abbiamo trascorso un po' di tempo insieme. Ma di questo ti avevo parlato, sono sicura».

«Sì, però non sei mai entrata nei dettagli. So anche che una volta avete cenato insieme, più o meno un mesetto fa, o sbaglio?»

«No, non sbagli. E, visto che siamo vicini di casa, ci siamo rivisti altre volte, e abbiamo mangiato insieme, alternandoci ai fornelli».

«Perché non mi hai mai detto niente?»

«Perché non mi sembrava nulla di così importante».

«Be', diciamo che in poco tempo, cioè da quando ti ha accompagnato a cambiare la batteria dell'auto, avete cenato insieme molte volte e lui ti ha coinvolta nel suo progetto. Non vorrei dire, ma mi sembrano cose tutt'altro che trascurabili. Sento che mancano un po' di tessere per completare questo puzzle».

«Non vorrei che tu pensassi che sono impazzita».

«E perché mai dovrei pensarlo?»

«Perché in effetti lo sono». Ellen scoppiò a ridere. «La verità è che siamo diventati davvero buoni amici. E ultimamente abbiamo cenato insieme quasi ogni sera, a parte un brevissimo periodo in cui è andato fuori città per sistemare il food truck e fare visita al figlio che vive a Las Vegas. E così, tra una cena e l'altra, mi sono fatta coinvolgere anche nel progetto della cucina mobile. E con grande piacere, a essere sincera».

«Credo che quello che state facendo sia fantastico. Non capisco, perché diavolo dovrei pensare che tu sia pazza?»

Ellen la guardò con aria complice. «Sai, lui mi piace davvero», confessò con un filo di voce.

«Ellen! Ma è meraviglioso», esclamò Marni. «Da quel che mi dici, questo Mark sembra davvero un'ottima persona».

«Lo è, ne sono convinta. È gentile e generoso, ed è anche un buongustaio».

«Questo è un altro punto a suo favore», disse Marni, con una risata.

«Credimi, non ho nessuna intenzione di rendermi ridicola. Non sono in cerca di una storia d'amore. Lo sai, il mio unico amore è stato piuttosto complicato. E per Mark è stato lo stesso. Nessuno dei due vuole rivivere quel tipo di esperienza».

«Ellen, abbiamo già parlato di questo. Tu hai già fatto tutto il necessario per assicurarti una vecchiaia tranquilla: hai stipulato un'assicurazione per le cure e l'assistenza sanitaria, hai una sorella che ti può aiutare, e sei pronta ad affrontare qualsiasi cosa capiti. Non stai cercando un uomo che si prenda cura di te nel caso dovessi ammalarti, giusto?»

«Sì, hai ragione», concordò Ellen.

«E da quel che ho capito, Mark ha la sua famiglia, un figlio, dei nipoti. Non dovrete farvi carico l'uno dell'altra in caso di malattia. Avete parlato di questo?», s'informò Marni.

«Vorrei parlargliene, ma non so come affrontare il discorso».

«Per esempio con una domanda del tipo: "Mark, dove ci porterà tutto questo?"»

«Avevo pensato di cominciare il discorso con: "Visto che non siamo più giovanissimi..."», replicò Ellen. «E soprattutto non vorrei farmi coinvolgere ancora di più, prima di aver affrontato questo argomento. E se lui invece stesse solo cercando un bastone per la sua vecchiaia? Io non ho nessuna intenzione di essere un bastone».

«La verità è che a vent'anni non è follia pensare di avere altri quarant'anni davanti a sé. Come minimo. Ma a sessant'anni è tutta un'altra storia. Credo che avere qualche scrupolo sia una semplice questione di buonsenso. Scusa se te lo chiedo, ma... siete già stati a letto?»

«Certo che no», ribatté Ellen. «Prima che qualcuno mi veda nuda, deve come minimo mettermi nel suo testamento».

Marni scoppiò a ridere. Ellen era assolutamente inconsapevole della sua naturale bellezza. Era alta, snella, aveva una pelle da far invidia a una trentenne, labbra rosee e ben disegnate, le ciglia ancora folte, e il suo viso era illuminato da un sorriso candido e luminoso. Non molte sessantenni potevano vantare una tale forma fisica. «Ellen, sei terribilmente all'antica».

«Ma scusa, perché tu andresti mai a letto con un uomo che conosci soltanto da pochi mesi?»

«Se mi piacesse davvero e lo considerassi la persona giusta per me… sì, penso di sì. Hai pensato a dove dormirai, se raggiungerai Mark sul luogo dell'incendio?»

«In effetti non ci ho pensato», rispose Ellen, rendendosi conto in quel preciso istante che, presa dall'entusiasmo, non aveva tenuto conto di alcuni dettagli pratici. «Il suo camper può alloggiare fino a otto persone. Sarà come essere in campeggio».

«Se programmate di trascorrere la notte fuori casa insieme, forse prima dovreste parlarne. Sarebbe meglio capire che cosa lui si aspetta da te e soprattutto che cosa vuoi tu, o *non* vuoi».

«Che cosa intendi dire? Io non ho mai parlato di queste cose».

«Nemmeno con Ralph?»

«Diciamo che con Ralph era sempre lui a decidere. E a me andava bene così». E solo in quel momento Ellen si rese conto che non aveva mai preso una decisione in autonomia, nemmeno prima di incontrare Ralph. «E per qualche anno siamo stati molto felici», concluse, senza aggiungere altro.

«Hai rimpianti?», domandò Marni.

«Nient'affatto. Ralph era una brava persona. Si è ammalato quand'era ancora giovane, ma gli anni che abbiamo passato insieme sono stati sereni. Era forte e pieno di vita, e per me è stato veramente terribile vederlo ridotto l'ombra di se stesso. Sarebbe una tortura dover rivivere quell'esperienza con un altro uomo».

«Se non vuoi correre rischi allora forse ti conviene evitare di trasformare quest'amicizia in qualcosa di più profondo. Ma se invece vi attendessero trent'anni da vivere insieme e in salute? Ci hai pensato? Allora sì che avresti dei rimpianti. Pensa che spreco».

«Hai ragione, Marni. Proverò ad affrontare il discorso, sempre che trovi il coraggio».

«Immagina di affrontare il discorso non tanto per te, ma per lui. Se guarderai alla cosa da questa prospettiva, sono certa che parlargli sarà più facile», suggerì l'amica.

«Probabilmente hai ragione», convenne Ellen.

Nel pomeriggio Marni sentì Sam al telefono. Lui le disse che avrebbe accompagnato Sophia all'incontro con il gruppo di sostegno e che sarebbe tornato a prenderla dopo due ore. «Non ho molto tempo, ma ti va se ci teniamo compagnia per un'oretta?»

«Sì. Sì. Sì», rispose Marni, quasi gridando.

Conclusa la telefonata, corse in camera da letto, si ravviò i capelli con qualche colpo di spazzola e rinfrescò il trucco.

Era da una settimana che non passavano un po' di tempo da soli e, prima ancora, si erano dovuti accontentare di qualche minuto strappato al lavoro di entrambi, di pochi baci e abbracci furtivi, e di qualsiasi gesto affettuoso che riuscivano a rubare per resistere alla lontananza forzata. Le telefonate erano diventate sempre più lunghe e intime, e nessuno dei due voleva mai chiudere per primo.

Quando Sam arrivò da lei, Marni aprì il garage per permettergli di parcheggiare senza dare nell'occhio, e non appena entrò in casa si ritrovarono subito avvinghiati l'uno all'altra come due adolescenti, affamati di baci appassionati e di parole dolci.

«Non possiamo continuare così. Prima o poi ci faremo scoprire», disse Marni.

«Voglio correre il rischio. Adoro il tuo sapore».

Marni sentì un rumore strano dietro la schiena. Si girò e vide con la coda dell'occhio un mazzo di fiori avvolto nel cellophane.

«C'era un ambulante all'angolo della strada e dato che mi presento sempre a mani vuote, ho pensato che regalarti dei fiori fosse il minimo che potessi fare», spiegò Sam.

«Che carino. Grazie», disse Marni. «Che belle rose».

«So che non sono i tuoi fiori preferiti, ma c'erano solo questi».

«Sai come si dice, no? Basta il pensiero», replicò Marni. «Hai fame?»

«Soltanto di te», rispose Sam, e riprese a baciarla, sempre più appassionato.

Qualche istante dopo, il rumore della porta d'ingresso che si apriva li costrinse a separarsi di colpo.

«Mamma, mamma, sei sola?»

Accadeva di rado che Bella si presentasse senza preavviso. Ma era altrettanto raro che Marni non informasse Bella dei suoi impegni. Allontanò Sam da sé e si sistemò la maglietta sgualcita. «Sono qui», gridò dalla cucina.

Bella entrò, preceduta dal suo pancione. «Oh. Scusa, mamma. Non sapevo che avessi compagnia. In effetti, avrei dovuto avvisarti».

«Ma figurati, figlia mia. Conosci Sam? È il padre di Sophia. È lui che ha piantato gli asparagi nell'orto. È venuto a dare un'occhiata al suo lavoro».

«Sì, mi ricordo», disse Bella.

«Va tutto bene, tesoro?», s'informò Marni.

«Sì, tutto a posto. Ho appena fatto una visita di controllo, e visto che passavo da queste parti, eccomi qui. Ho qualche fitta, le chiamano contrazioni di Braxton Hicks», spiegò rivolta alla madre. «Credevo fossero le prime doglie, invece no, la dottoressa mi ha spiegato che è una specie di prova generale. Scusatemi se mi sono presentata qui all'improvviso».

«Non scherzare. Hai fatto benissimo a passare. Siediti, raccontami esattamente com'è andata», la sollecitò Marni.

«Che bei fiori», esclamò Bella, cercando di cambiare discorso.

«Bella? Che cosa ti è successo?»

«Ma niente di grave, mamma. Stavo raccogliendo la deposizione di un testimone e all'improvviso ho cominciato ad avere queste strane contrazioni, che sono diventate sempre più forti, così ho telefonato alla ginecologa, che mi ha detto di passare da lei per una visita. Speravo che fosse cominciato il travaglio, invece non è così. E adesso ho paura che non riconoscerò le contrazioni vere quando sarà il momento».

«Tranquilla, le riconoscerai eccome, fidati», la rassicurò sua madre. «Sono sensazioni inconfondibili».

«Comunque, se anche dovessi partorire con qualche giorno di anticipo, a questo punto non correrei alcun rischio. Solo che la dottoressa preferisce, se possibile, che il bambino nasca a termine».

«Sono d'accordo. E ti consiglio di dormire il più possibile, finché puoi», consigliò Marni alla figlia. «Vuoi portare via qualcosa per cena, così tu e Jason non dovete pensarci? Oggi ho preparato un piatto a base di pollo marinato in una vinaigrette con senape e sciroppo d'acero. L'ho messo in freezer due ore fa».

«Grazie, mamma. Sei fantastica».

«Sei una brava cuoca come tua madre?», le chiese Sam.

«No, neanche lontanamente. E poi, è molto difficile battere la mamma. Che oltretutto, riesce anche a non prendere un etto. Mi sono sempre chiesta qual è il suo segreto».

«In questo momento direi che hai un'ottima scusa per mettere su peso», osservò Marni. «Purtroppo il mio segreto è che raramente riesco a sedermi e a fare un pasto completo. Spilucco qua e là tutto il giorno, così non mi viene mai un grande appetito. Bella, sei sicura di sentirti bene, adesso?»

«Sì, mamma. Non preoccuparti. Sto bene. Quando sono arrivata allo studio medico, le contrazioni erano già passate. Sam, Sophia è rientrata a casa, vero?»

Prima che lui potesse rispondere, due trilli di campanello annunciarono l'arrivo di qualcuno. «Posso entrare?», chiese l'inconfondibile voce da speaker televisivo di Jeff. «C'è qualcuno. Bella? Marni?»

Marni non riuscì a trattenere una smorfia di disappunto.

Jeff attraversò il corridoio e si presentò in cucina. «Disturbo?»

Chissà perché le persone che, palesemente, disturbavano ponevano sempre quella domanda, si chiese Marni. «Che sorpresa», disse, con una punta di sarcasmo.

«Mi dispiace, avrei dovuto chiamare».

«Già. La prossima volta magari fai almeno uno squillo, giusto per farmi sapere che stai passando», suggerì Marni, con un tono forse un po' troppo perentorio.

«Bella, tesoro mio, ma guardati. Sei un fiore. Ormai manca meno di un mese, vero?», disse Jeff, baciandola su tutt'e due le guance. «Come ti senti?»

«Come se dovessi esplodere da un momento all'altro».

«Sappi che sei decisamente meravigliosa. Non ti ho mai vista così radiosa».

Inaspettatamente, qualcuno bussò alla porta di servizio. E subito udirono la voce di Nettie che diceva: «Ciao a tutti. Per caso state facendo una festa senza di me?»

«Così pare…», disse Marni alzando gli occhi al cielo, sconfortata. Ma in realtà avrebbe voluto rispondere: *Più che altro volevo fare un po' di sesso con il mio uomo senza avervi tutti in casa.*

«Ma guarda che bella compagnia», esclamò Nettie. «Io e Marvin stiamo andando a Reno a una cena organizzata dall'università, così ho pensato di passare di qua per restituirti i tuoi piatti di portata. So che ti agiti quando non ti restituiamo le tue stoviglie», spiegò. E rivolta a Sam, lo salutò con una grande sorriso. «Professor Garner, vero?»

«Sì. E lei è la professoressa Carlisle, immagino», disse Sam, tendendole la mano. «Molto lieto di conoscerla».

«Il piacere è tutto mio», replicò Nettie.

Per celebrare l'inaspettata riunione, decisero di stappare una bottiglia. Fortunatamente per Marni, nessuno dei presenti poteva trattenersi a lungo; ma quello che più di tutti aveva il tempo contato era proprio Sam, che nel giro di un'ora doveva andare a prendere Sophia. Quando arrivò anche Marvin, che si era attardato per parcheggiare l'auto, versarono il vino – Bella per ovvie ragioni optò per un'acqua tonica con una fettina di lime – e iniziarono a chiacchierare fra loro. Nettie, Marvin e Jeff non si vedevano da qualche tempo e approfittarono dell'incontro per aggiornarsi sulle proprie vite. Argomento preferito della conversazione fu il nuovo bambino in arrivo, che non aveva ancora un nome perché Bella e Jason non erano riusciti a mettersi d'accordo. Qualcuno chiese come stessero andando le riprese del programma e se, con l'arrivo del nipotino, Marni si sarebbe concessa una pausa dal lavoro.

Naturalmente insieme al vino non mancò qualche sfizioso stuzzichino che si materializzò come per magia sul bancone della cucina, e tra un pettegolezzo e l'altro e qualche risata un'ora volò via. Sam fu il primo a doversi congedare. «Ho gradito molto la festicciola ma ora devo proprio lasciarvi», si scusò. «Devo andare a prendere mia figlia. Spero di rivedervi presto».

A eccezione di Jeff, tutti i presenti conoscevano Sophia e dissero a Sam di portarle i loro saluti.

Subito dopo Sam, anche Bella prese la strada di casa. Non senza aver preso la cena che Marni aveva già impacchettato per lei. Abbracciò tutti, Jeff compreso, e si congedò.

Gli ultimi ad andarsene furono Nettie e Marvin, e, a quel punto, Marni si ritrovò da sola con Jeff.

«Ti va se mi fermo per un altro bicchiere di vino, o preferisci che vada?»

«Non so nemmeno perché sei qui. Pensavo di averti già detto che devi avvisare prima di presentarti», replicò Marni con un tono piuttosto brusco.

«Ho voluto, di proposito, sfidare le tue regole perché speravo di poter scambiare quattro chiacchiere con te», le disse con un sorriso. «Ho buone notizie».

Marni versò altro vino nei bicchieri. «Dimmi, ti ascolto».

«Ho trovato un nuovo investitore per il ristorante».

«Congratulazioni. E come hai fatto?», domandò incuriosita, sollevando il bicchiere per brindare.

«Ho cercato a destra e a manca e alla fine sono entrato in contatto con un aspirante ristoratore che stava cercando un'attività per investire il capitale che ha accumulato lavorando nel settore dei microchip. Non aveva intenzione di mettere l'intera somma in un locale, dato che ha anche altri interessi, ma adora il cibo e gli piacciono i ristoranti di nicchia. Insomma, per farla breve, i microchip l'hanno reso ricco e si diverte a scommettere su altri settori. Pensa che ha investito anche in un'auto da corsa, in cavalli di razza, e proprietà per le vacanze. Grazie a lui riuscirò a risollevarmi. La famiglia basca che gestisce il locale è felice di poter finalmente contare su un ottimo investitore. E ora che non abbiamo più l'acqua alla gola possiamo tirare tutti un sospiro di sollievo. Io non rischio più di perdere il ristorante, e lui mangia gratis ogni volta che ne ha voglia, e così siamo tutti contenti».

«Questa sì che è una bella notizia. Detesto chiederlo, ma a questo punto è d'obbligo...»

«Gretchen è stata liquidata», la anticipò Jeff. «L'investitore le ha offerto una discreta somma di denaro e lei ha accettato. Quindi adesso l'unico intestatario del contratto sono io».

«Bene. Probabilmente è la cosa migliore».

«Gretchen mi ha proposto una riconciliazione», aggiunse Jeff, con un risata.

«Non dirmi che le hai dato un'altra possibilità?»

«Certo che no. Hai presente il vecchio adagio: errare è umano ma perseverare è diabolico?»

D'un tratto, però, Marni lo vide rabbuiarsi e le parve che fosse sul punto di piangere.

«È incredibile, vero, che sia così difficile rinunciare a una persona che non fa per te?»

Marni non osò infierire, ma avrebbe avuto voglia di ricordargli il modo disonesto in cui si era comportata Gretchen, di ribadire che lo aveva usato, ingannato, derubato. E, infine, respinto e abbandonato. Ma alla fine il suo buonsenso ebbe la meglio. Anche perché Jeff conosceva i fatti molto bene.

14

La prima volta che Sophia aveva messo piede nella sala degli incontri del gruppo di sostegno, e aveva visto quelle sedie disposte in cerchio, oltre a essere spaventata, si era sentita come un pesce fuor d'acqua. E l'unica cosa che aveva desiderato in quel momento era essere come tutti gli altri.

Poco dopo aveva scoperto che in effetti lo era.

Quel giorno le partecipanti riempirono la sala alla spicciolata. Era curioso il fatto che ciascuna avesse un proprio posto, e tutte tornassero a sedersi sulla stessa sedia, settimana dopo settimana. Erano donne di ogni età, all'apparenza diversissime, eppure, le loro storie erano spaventosamente simili. Alcune di loro affermavano di considerarsi piuttosto forti e sicure di sé e, nonostante ciò, erano rimaste per anni con un compagno che non le rispettava e, anzi, le umiliava.

Louise, per esempio, aveva appena divorziato da un uomo violento che la picchiava. Era tornata single da meno di un anno e stava cercando di rimettere insieme la sua vita. Aveva trent'anni, era madre di tre bambini dai quattro agli undici anni ed era una studentessa lavoratrice. Lavorava come donna delle pulizie, di giorno nelle case e di notte negli uffici, così da poter frequentare anche la scuola e studiare. Aveva sempre l'aria molto stanca e senza l'aiuto della madre, che l'aveva accolta a casa sua, non sarebbe mai riuscita a cavarsela.

Poi c'era Mary, che aveva diciannove anni e aveva appena chiuso la relazione con il suo compagno. Avevano un bambino di quattordici mesi e non erano sposati, il che, data la situazione, era un bene; tuttavia, questo significava che fra loro non c'era nessun tipo di accordo che potesse tutelarla. Inoltre, lui era un alcolizzato e non sapeva se avrebbe mai potuto contare su di lui per crescere suo figlio. Aveva il cuore in gola ogni volta che gli affidava il bambino anche solo per qualche ora. Aveva trovato rifugio presso la sorella, ma il fatto che fossero in tanti in casa dava luogo a continue tensioni, e le due non facevano che litigare.

Claire, invece, aveva l'aria di una donna che non ti aspetteresti mai di trovare in quel gruppo: aveva superato la quarantina, era istruita, aveva un bel lavoro, non aveva problemi di denaro, era una persona distinta e sembrava sicura di sé. Era sempre ben vestita e aveva un taglio di capelli molto chic. Aveva appena divorziato, dopo vent'anni di matrimonio, ed era distrutta. Frequentava il gruppo per cercare di capire che cosa fosse andato storto nella sua relazione. Non parlava molto e quando interveniva lo faceva a bassa voce, esprimendo pensieri ben articolati.

Infine, c'erano Stevie, una moglie maltrattata, uscita da poco da un matrimonio terribile e Pat, sulla sessantina, il cui lungo matrimonio era stato segnato da continui abusi verbali e psicologici. Il gruppo era composto da altre tre donne che

Sophia aveva visto soltanto un paio di volte, e quindi non conosceva bene le loro storie.

A condurre le sedute del gruppo c'era Laura. A Sophia sembrava una donna straordinaria. Aveva raccontato la sua storia, rivelando i particolari di un matrimonio infelice che era stato il motivo per cui, a un certo punto, aveva deciso di riprendere gli studi, laurearsi e svolgere una professione che le permettesse di aiutare altre donne che come lei erano state vittime di abusi.

«Stasera vorrei affrontare con voi due questioni molto importanti. Vorrei chiedere, ovviamente a quelle di voi che si sentono pronte a parlarne, quali sono stati gli aspetti che, inizialmente, vi hanno attratto nell'uomo che poi ha finito per farvi del male, o per deludervi. E se, potendo tornare indietro, un tipo così vi attirerebbe ancora. Se lo incontraste oggi, per la prima volta, vorreste ancora uscire con lui, sulla base di ciò che avete imparato nel corso dei nostri incontri?»

«Io probabilmente lo farei», rispose Louise di getto. «Lui era bellissimo, e quando non era violento, era un uomo meraviglioso. Sarei rimasta ad ascoltarlo per ore. Era molto sexy. La prima volta che mi mise le mani addosso fu un vero shock. Non me lo aspettavo assolutamente. Fu come se di colpo fosse diventato un'altra persona. Però poi mi pregò in ginocchio di perdonarlo, di dargli un'altra possibilità e così io cedetti. Per un po' fu dolce e gentile, pieno di attenzioni e di complimenti, finché non diventò di nuovo violento. La nostra relazione continuò così, un loop infinito di violenza e momenti in cui mi diceva in lacrime quanto gli dispiaceva. Io ero completamente disorientata, non capivo più niente».

«Bisogna troncare la relazione al primo segnale di pericolo», commentò una delle altre donne.

«Se ripenso al mio matrimonio, adesso capisco che ho sopportato di tutto solo per tentare in ogni modo di tenere la famiglia unita», intervenne Pat. «Sono così pentita di non essermene andata la prima volta che mi ha tradita. Dovevo lasciarlo tanti anni fa, ma ero una casalinga e non avevo uno stipendio su cui contare. Allora ho aspettato, e aspettato ancora, finché, alla fine, è stato lui a lasciare me. E per una donna più giovane. Mi sono lasciata maltrattare per niente... se solo avessi potuto prevedere che alla fine sarei rimasta con un pugno di mosche in mano, magari avrei agito diversamente».

«Ma veniamo a oggi», intervenne Laura. «Pensate che vi sentireste ancora attratte da un uomo di quel tipo?»

«Difficile rispondere, anche se posso dirti che ormai non ho più una grande opinione degli uomini, in generale. Quindi non mi sento attratta da nessuno».

Qualcuna sorrise, altre continuarono a raccontare le rispettive esperienze.

Sophia aveva sempre pensato che la sua situazione fosse diversa da quella delle altre, ma quando quel pomeriggio per la prima volta riuscì a trovare la forza per raccontare di sé, si rese conto che la sua storia con Angelo suonava, né più né meno, come una delle tante che aveva appena ascoltato. E quando descrisse la notte in cui, aprendo gli occhi, se l'era trovato davanti, capì dalla reazione delle altre che ciò che aveva vissuto era stato terribile, esattamente come ciò che avevano passato loro.

«Il mio ex è arrivato al punto di nascondersi nell'armadio della camera da letto mentre io ero fuori», raccontò Louise. «Uno dei vicini l'ha visto entrare in casa e mi ha avvisata. Così ho chiamato la polizia, che l'ha arrestato. Dico solo che lui ha poi ammesso che voleva uccidermi mentre dormivo».

Nella sala si levò un mormorio di sconcerto. «Alcuni giorni fa mi ha chiamato e mi ha lasciato un messaggio, voleva che scrivessi una lettera al giudice, implorando clemenza per lui. Voleva che dichiarassi che lo avevo perdonato e che non avevo più paura di lui».

«Spero che tu non lo abbia fatto», disse una delle donne.

Louise fece di no con la testa, poi la abbassò con aria triste.

«Louise, dobbiamo imparare a distinguere fra i maltrattamenti e le situazioni in cui rischiamo davvero la vita. Lui ha *minacciato di ucciderti*. La prima cosa che devi fare adesso è pensare se esiste un luogo dove puoi rifugiarti con i tuoi figli, un luogo dove lui non possa trovarvi. Penso sia meglio che tu ti rivolga agli assistenti sociali, chiedendo che ti trovino un posto presso una casa rifugio. Hai per caso dei parenti che vivono in un'altra città e che potrebbero ospitarti? Parenti che il tuo ex non conosce, ovviamente. Possiedi qualcosa per difenderti, uno di quei portachiavi dotati d'allarme, per esempio, o una mazza da baseball, o altro? Hai chiesto un'ordinanza restrittiva nei suoi confronti? Potrebbe non bastare per tenerlo lontano, ma garantirebbe un inasprimento della pena qualora dovesse provare ad avvicinarsi ugualmente».

Le donne del gruppo cominciarono a fare proposte, alcune suggerirono a Louise di procurarsi un'arma, altre di iscriversi a un corso di autodifesa. La mente di Sophia però era altrove. *Possibile che lei non avesse pensato a come difendersi?*

«Volevo scrivere quella lettera per il giudice», rivelò lei. «Ho pensato che se lo avessi accontentato, facendogli quel favore, magari avrebbe smesso di perseguitarmi. Perché in qualche modo avrebbe dovuto dimostrarmi un po' di gratitudine».

«E così saresti definitivamente finita in trappola», disse una di loro.

«Per sempre», aggiunse un'altra.

«Non è detto, però», replicò Louise. «L'unica certezza che ho sempre avuto è che, se non faccio quello che mi chiede, tornerà a essere violento. Se invece posso tenerlo buono per un po'...»

«Non c'è niente che tu possa fare per cambiarlo», disse Pat. «L'unica cosa che puoi fare è proteggere te stessa. Se vuoi, posso ospitarti a casa mia per un po'. Almeno fino a quando non avrai trovato una soluzione migliore».

Il gruppo espresse il proprio sostegno a Louise ma cercò al tempo stesso di fare un'analisi della situazione. Emerse un certo timore e in molte condivisero i momenti peggiori vissuti all'interno di relazioni basate sulla violenza. Nonostante Sophia avesse cominciato a frequentare il gruppo da poco, le sembrava di avere ascoltato quelle storie già centinaia di volte. *Se non ti posso avere io, non ti avrà nessun altro. Non uscirai viva da questa storia. Mi ucciderò. Prima di finire in prigione, ammazzerò te e me. È sempre colpa tua, mi porti all'esasperazione. Sarebbe andato tutto bene se soltanto tu...*

«Io non ho alle spalle una storia di violenza domestica», disse Claire. «Avevo un collega, però, che si era messo in testa che eravamo fatti l'uno per l'altra. Non l'ho mai incoraggiato in nessun modo, lo giuro. Ma lui era un pazzo e io mi sono ritrovata con uno stalker alle costole per anni. Una volta mi sorprese da sola in un parcheggio e mi rapì. Mi portò a casa sua dove mi tenne legata per un paio di giorni. Grazie al cielo, la polizia mi trovò. Finì in prigione per diversi mesi, ma quando uscì riprese a tormentarmi».

«Ma è terribile», commentò qualcuna.

«E come va adesso?», chiese un'altra.

«Sono scappata. È da un po' che non mi tormenta più, ma soltanto perché non sa dove mi trovo, almeno credo. Ho lasciato la mia famiglia, il lavoro. Un agente di polizia controlla regolarmente ogni suo spostamento e mi tiene informata. Lui vive ancora lì, nella città che io ho dovuto lasciare. Mi sto abituando all'idea di non poter più tornare a casa. Perché quello è un pazzo e l'unica cosa che posso fare, per non finire di nuovo sotto il suo controllo, è stargli lontana. Si è fissato su di me. Non ho idea di che cosa l'abbia spinto a farlo. Forse assomiglio alla moglie che ha perso o a un'ex fidanzata. Non saprei. Ho letto un sacco di libri sull'argomento, casi di soggetti paranoici che si fissano su qualcosa o qualcuno in particolare, senza motivo apparente, e ho scoperto che, a meno che non siano loro a cercare aiuto per farsi curare, le vittime non possono fare quasi niente per difendersi. Vi prego, non parlate di questa cosa non nessuno», disse Claire, visibilmente scossa. «Nemmeno un commento di sfuggita. Non si può mai sapere con chi si sta parlando, e può succedere di far arrivare le informazioni alla persona sbagliata».

«Certo che non ne faremo parola. Mai», risposero quasi in coro le altre.

«Tra l'altro, ho scoperto che il mio non è un caso così raro come pensavo», osservò Claire. «Di solito è un partner o un membro della famiglia a essere violento, o a manifestare manie di controllo, qualche volta però può succedere che uno di questi pazzi si fissi su una donna e si convinca che lei sia la sua...»

Ha appena descritto Angelo, pensò Sophia.

«Nel frattempo, se qualcuna di voi ha bisogno di aiuto per superare lo stress post-traumatico, chiedete consiglio a Laura», suggerì Claire, «vi darà i nominativi di un paio di terapeuti cui potete rivolgervi. Purtroppo, a me capita ancora di avere degli incubi, di svegliarmi di colpo nel cuore della notte con i sudori freddi, spaventata. Ora le cose vanno un po' meglio, ma la strada verso la guarigione è lunga e faticosa».

«Tutto questo è così ingiusto», commentò una delle donne di cui Sophia non sapeva il nome.

«Voglio ricordare a tutte voi, ancora una volta, che non è colpa vostra», ribadì Laura. «Qualsiasi cosa abbiate fatto, nulla può giustificare un atto di violenza nei vostri confronti. Sono tante le misure che si possono prendere, ma la prima cosa da fare è sottrarsi alla minaccia e trovare un rifugio sicuro».

Quando ascoltava le storie condivise dalle altre donne del gruppo, Sophia era sempre in tensione, ma quel pomeriggio i racconti che aveva sentito le sembrarono ancora più cupi, e le ricordarono la sensazione provata quando si era svegliata e aveva trovato Angelo seduto nella poltrona del padre. Rendersi conto che forse, mentre la guardava dormire, stava pensando di ucciderla, e che quindi aveva rischiato la vita, era una sensazione terribile.

Si aspettava che frequentare il gruppo di sostegno l'avrebbe aiutata a sentirsi più forte, ma avere la consapevolezza di quanto fosse diffuso il problema della violenza sulle donne purtroppo l'aveva resa ancora più insicura e spaventata.

Quando ne aveva parlato con la sua terapeuta, lei aveva cercato di rassicurarla. «Con il passare del tempo ti sentirai più forte. Per il momento è importante che tu capisca che non sei sola, che non sei pazza e che non è colpa tua. Lavoreremo insieme affinché tu impari a ritrovare fiducia in te stessa e a proteggerti».

«Io voglio imparare a non avere paura», disse una delle donne presenti.

«La paura è importante perché è un segnale che ci dice di stare all'erta», intervenne Laura. «Ma lavoreremo insieme per trovare dentro di noi anche la fiducia nella forza che tutte noi abbiamo».

Alla fine dell'incontro si abbracciarono tra loro e si fecero coraggio a vicenda, scambiandosi parole di conforto. Con sua grande sorpresa, Sophia ebbe la sensazione che la tensione accumulata durante la sessione si fosse sciolta in un attimo, e si sentì stranamente confortata dalla consapevolezza di affrontare quel doloroso percorso insieme ad altre donne.

Una volta uscite dalla sala degli incontri, il gruppo si disperse rapidamente. Uscita in strada, Sophia si guardò intorno e, non vedendo l'auto del padre, gli inviò un messaggio, avvertendolo che l'incontro era finito e che lo aspettava al solito posto. Era strano che non fosse ancora arrivato, in genere era sempre molto puntuale. Davanti a lei il campus brulicava di studenti che si spostavano da un edificio all'altro e la sua attenzione fu attirata da una coppietta di giovani che passeggiavano tenendosi per mano, gli occhi negli occhi. *Sembrano così felici e spensierati,* pensò Sophia, e d'istinto si augurò che la loro felicità non venisse mai turbata.

D'un tratto, lo vide.

Era piuttosto distante, ma non ebbe alcun dubbio: era lui, appoggiato al cofano della sua auto.

E la stava fissando.

Per essere lì, doveva averla seguita. E probabilmente lo faceva già da qualche tempo.

Sophia si ritrovò di colpo paralizzata dalla paura. Faceva quasi fatica a respirare e si guardò intorno, alla ricerca disperata di suo padre. Angelo, invece, era molto calmo. Le parve perfino di vederlo sorridere ma, data la distanza che li separava, pensò che potesse essere uno scherzo della sua immaginazione. Poi lui accennò un breve saluto con la mano e a quel punto un ricordo che avrebbe voluto cancellare per sempre si affacciò alla sua mente: *Angelo seduto di fronte a lei che la guardava dormire.*

In quel momento Sam accostò accanto al marciapiede e Sophia corse da lui. In un attimo salì a bordo, richiuse la portiera e mise la sicura. «È lui», disse, agitatissima.

«Chi? Dove?», chiese suo padre, confuso e allarmato al tempo stesso.

«Angelo. Laggiù, appoggiato alla sua auto. Lo vedi?»

Mentre Sam si voltava nella direzione indicata, Angelo, con molta calma, entrò in auto. E, sotto lo sguardo minaccioso di Sam, avviò il motore e partì. Ma prima di allontanarsi, guidò fino a loro, li affiancò e, solo dopo averli guardati se ne andò via.

«Ti ha rivolto la parola?», le domandò il padre.

Sophia fece di no con la testa. «Mi fissava e basta».

«Chiaro, si è mantenuto a distanza. Non capisco se questo sia un bene o un male. Sicuramente voleva farti capire che è ancora nei paraggi», osservò. «Che tu sappia, ha qualche motivo per girare da queste parti?»

Sua figlia scosse la testa. «No. Penso di no. Credi che mi stia seguendo?»

«Tu che idea ti sei fatta?»

«Non so. Probabilmente è così». La voce di Sophia tremava.

«Andiamo a mangiare qualcosa, e vediamo se ci segue».

«Preferirei andare a casa».

«Invece andremo in un posto pieno di gente e ben illuminato. Ceneremo, terremo gli occhi aperti e poi torneremo a casa. E cercheremo anche di prendere la strada più lunga, così sarà più facile capire se ti sta seguendo. Non avere paura. Sono sicuro che non oserà avvicinarsi, vedendo che non sei sola».

«Ma io non ho molta fame».

«Nemmeno io. Ma dobbiamo andare avanti con la nostra vita. Se dovesse avvicinarsi, o mostrarsi minaccioso, andremo dalla polizia e lo denunceremo. Comunque sia, questa situazione non può andare avanti in eterno. Quando si renderà conto che non è più lui a condurre il gioco, ti lascerà in pace».

Sophia sperava che il padre avesse ragione, ma non era affatto sicura che fosse così.

Sam parcheggiò e insieme raggiunsero un piccolo ristorante ai margini del campus. Entrati nel locale, chiese un tavolo vicino alla finestra; quindi, ordinò una birra per sé e un bicchiere di vino per Sophia. Il cameriere chiese a Sophia la carta d'identità e lui, scherzando, gli chiese se volesse vedere anche la sua.

Sam cercò di chiacchierare con la figlia, ma lei sembrava troppo turbata per prestargli attenzione, e solo dopo qualche sorso di vino iniziò a rilassarsi. Allora le raccontò della sua giornata, si informò di com'era andata la sua, e poi ordinarono la cena. Nonostante avesse pochissimo appetito, lei si sforzò comunque di mangiare gli spaghetti alla carbonara che il cameriere le aveva portato.

«Com'è andato l'incontro?», domandò Sam.

Sophia si strinse nelle spalle. «L'obiettivo è quello di darci coraggio, ma... *Papi*, voglio andare a casa».

«Va bene, ma prima almeno finiamo di cenare».

«No, intendevo la mia vera casa, in Argentina. Voglio andarmene da questo posto».

Sam posò la forchetta. «Ci hai pensato bene? E i tuoi studi?»

«Non riesco a concentrarmi, in questo periodo. Sono mesi che non penso più all'università. Forse potrei riprendere gli studi in Argentina. O forse ho bisogno di un periodo di riposo. Qui non ho pace. Mi capisci, *papi*? Non riesco a chiudere occhio la notte, non faccio che rigirarmi nel letto in preda all'angoscia e alla paura, continuo a immaginare che ci sia qualcuno nella mia camera che mi guarda dormire».

«E pensi che scappare sia la giusta soluzione?»

«Sì, almeno per il momento. Per un po' potrei trasferirmi da zia Avida».

«E lì ti sentiresti al sicuro?»

«Alcune donne del gruppo che frequento hanno raccontato degli incubi che hanno la notte e delle crisi d'ansia. È qualcosa che accade di frequente a chi ha vissuto esperienze con uomini violenti. Ho conosciuto donne, e persino ragazze giovani, vittime di maltrattamenti, o perseguitate da stalker, e dovresti vedere come sono tutte spaventate e indifese. Io mi sento esattamente come loro. Voglio scappare via. Senza dire a nessuno dove sono diretta. Angelo non ha un soldo, a quanto pare non riesce nemmeno a tenersi un lavoro, sono sicura che non ha risparmi da parte, e non potrebbe permettersi il biglietto aereo. Le donne che frequentano il gruppo hanno tutte un chiodo fisso: *trovare un rifugio sicuro*. È come se fossero tutte prigioniere. Almeno io ho un posto dove andare. *Papi,* davvero: credo che la cosa migliore per me, in questo momento, sia tornare a casa. Almeno per un po'».

«Da sola?»

«Non mi fa paura l'idea di andare in Argentina da sola. Quello che mi fa paura, invece, è l'idea di restare qui», disse, con gli occhi pieni di lacrime. «Chiedo soltanto di poter tornare a dormire tranquilla».

«Sophia...»

«Non voglio sembrarti debole, papà. O ingrata. Ma non mi vengono in mente idee migliori».

Sam allungò la mano sul tavolo per prendere quella della figlia. «Su, finisci di mangiare. Poi andiamo a casa e chiamiamo zia Avida. Se vuoi andare in Argentina, però, devi avere un piano, decidere come organizzarti con gli studi. Per quanto tempo pensi di fermarti lì? Vuoi che venga con te, almeno fino a quando non ti sarai sistemata?»

«Non mi sento di chiederti di venire con me».

«Anch'io voglio dormire sonni tranquilli, figlia mia», le disse Sam, sorridendo. «Ho promesso a tua madre che mi sarei sempre preso cura di te».

Marni aveva ascoltato con grande interesse tutti i particolari del progetto della cucina mobile e aveva detto a Ellen che poteva prendersi i giorni di ferie che le servivano. Quella notte, alle quattro del mattino, e ancora prima di ricevere il messaggio di Mark che la avvertiva che era pronto a partire, Ellen venne svegliata dal rumore dei motori e dal vociare dei volontari che partecipavano al primo intervento. Balzò giù dal letto come una ragazzina in partenza per la gita scolastica, passò in bagno, s'infilò i jeans, gli stivali e una giacca, si pettinò, e trovò anche il tempo di truccarsi guance e labbra. I vestiti li aveva comprati per l'occasione ma non c'era bisogno che gli altri lo sapessero. La borsa da viaggio era già pronta, doveva soltanto metterci le ultime cose.

Quando uscì, rimase sorpresa nel vedere così tante persone e così tanti mezzi. I rimorchi refrigerati erano parcheggiati lungo la strada, in attesa di venire agganciati ai veicoli.

«Ellen». Mark le andò incontro, con un taccuino rilegato in pelle fra le mani, e le sfiorò una guancia con un bacio.

«Mi avevi parlato di qualche volontario», disse lei, dopo averlo salutato.

«Sì, ma alla fine tutti volevano partecipare a questa prima spedizione. Forza, andiamo», disse, prendendola per mano e portandola con sé verso il punto dov'erano riuniti gli altri. «Ragazzi, vi presento Ellen. Ellen ti presento Eugene, Bob e Dale. Lui è Mike con sua moglie Maxi e i loro figli, Tim e Shawnee».

«Piacere di conoscerti, Ellen», disse Maxi. «Noi non andiamo con loro. Abbiamo puntato la sveglia solo per vederli partire, poi torniamo a casa e ci rimettiamo a letto. È una cosa davvero pazzesca. Un po' t'invidio, sai, dev'essere un'esperienza davvero unica. Per fortuna questi uomini hanno parecchio tempo libero, così Mark potrà sempre riempire il camper con un bel numero di volontari».

«A quanto pare sono l'unica donna di questa spedizione», constatò Ellen.

Mark si avvicinò e sottrasse Ellen a Maxi e ai suoi bambini. «Ellen, ti presento Paul Manfield e Bob Duncan; ci sono due Bob, per cui uno è Bob Grande e l'altro è Bob Piccolo, sono certo che detestano i loro soprannomi, ma non posso farci niente. E questi sono Art, Julio e Ed. Dov'è finito Phil? Ah, eccolo. Phil e io siamo stati colleghi per trent'anni».

«Non immaginavo che fossi riuscito a coinvolgere così tante persone», disse Ellen. «Non vi sarò d'intralcio?»

«Assolutamente no. Tu sei fondamentale».

«Senti, ho pensato che io posso seguirvi e dormire nella mia auto, così nel camper avrete più spazio», propose Ellen, ma Mark non rispose. Era troppo preso dalla partenza che, a dispetto dell'orario e della quiete pubblica, fu annunciata con un lungo colpo di clacson.

«Okay, direi che siamo pronti. Ellen, tu vieni con me, viaggerai sul mio camper; se per qualsiasi motivo dovessi aver bisogno di tornare a casa prima del tempo, potrai sempre farti dare un passaggio da uno degli altri volontari. Vai a prendere la tua roba e chiudi casa, ti aspetto a bordo. Mi aiuterai con l'organizzazione e con le telefonate. Ci hanno riservato un posto presso il parcheggio di una chiesa dove verranno accolte le famiglie evacuate. Avremo molto spazio a disposizione e, con un po' di fortuna, anche acqua corrente».

«Sei sicuro?», chiese Ellen.

«Io sì e tu? Mi sembrava di aver capito che fossi entusiasta all'idea».

«Lo ero. Anzi, lo sono. Vado a prendere le mie cose».

«Dovrai metterci a disposizione il vialetto di casa. Non partiamo con tutta questa carovana», disse Mark.

«Accomodatevi pure», replicò, mentre correva verso casa.

Dopo essersi accertata di avere spento le luci e chiuso tutte le porte, Ellen rimase per un istante sulla veranda a osservare il gruppo di uomini. Immaginò fossero tutti vigili del fuoco, alcuni ancora in attività, altri già in pensione. Qualcuno stava controllando che i rimorchi fossero stati opportunamente agganciati.

Prima che potesse scendere i gradini della veranda, Mark si avvicinò, le prese di mano la borsa da viaggio e andò a caricarla sul suo camper, che era in testa alla carovana.

«Siediti vicino a me, sarai il mio copilota», le disse con un sorriso.

«Sei sicuro?»

Mark la guardò dritto negli occhi. «Ti prego, smetti di chiedermi se sono sicuro. Ti voglio al mio fianco».

C'era qualcosa nella determinazione con la quale aveva pronunciato quella frase che la emozionò. «Va bene», disse, e sorrise felice.

«Il luogo dell'incendio non è lontano. Siamo fortunati, la nostra prima missione non richiederà un viaggio troppo lungo. Sarà una specie di prova generale. Se ci accorgeremo di avere dimenticato qualcosa di fondamentale, potremo sempre mandare qualcuno a recuperarlo. Sicuramente ci sarà bisogno di noi, ci sono famiglie che hanno perso la casa, altre sono state evacuate. Per fortuna sembra che l'incendio non sia molto esteso e che sia sul punto di essere domato».

Ellen occupò il posto del passeggero nella cabina di guida e subito si sentì dominata da una sensazione potente, di grande forza. Era da tempo che non si sentiva così importante, così indispensabile.

Mark si mise al volante, allacciò la cintura di sicurezza e avviò il motore. «Si parte».

Seduti l'uno di fianco all'altra, i due chiacchierarono ininterrottamente per tutto il viaggio, come accadeva sempre quand'erano insieme. Mark era orgoglioso di suo figlio e dei suoi due nipoti e non vedeva l'ora che Ellen li conoscesse. Poi volle sapere com'era diventata chef.

«Ma ti ho già raccontato tutta la storia», protestò lei.

«E tu raccontamela di nuovo».

Il walkie-talkie iniziò a crepitare.

«È spento?», chiese Ellen.

Mark armeggiò con i tasti. «Sì, è spento. Raccontami».

«Be', mi è sempre piaciuto cucinare, ho imparato da bambina, da mia madre. Volevo lavorare nella cucina di un ristorante, ma la mia prima esperienza fu disastrosa. Troppa pressione. Tuttavia, non persi la passione e tenni gli occhi ben aperti per trovare qualsiasi lavoro in questo settore che mi permettesse di imparare e di guadagnare qualcosa. E contemporaneamente iniziai a frequentare una serie infinita di corsi di perfezionamento. Alla fine, dopo anni che mi giostravo tra studio e lavoro, sono riuscita a prendere una laurea in Scienze della nutrizione, anche se, devo ammetterlo, non mi ha aperto molte porte. Non avevo mai pensato ai programmi di cucina, ma poi ho conosciuto Marni. Non ero interessata ad apparire davanti alle telecamere, ma lei cercava semplicemente qualcuno che le desse una mano con la cucina. Fu una benedizione: finalmente avevo l'occasione di ideare ricette e di realizzarle senza avere tutta l'attenzione su di me. Quando ho incontrato Marni avevo quarant'anni, ne sono passati venti, e ora io e lei siamo una vera squadra».

«Sono contento che Marni ti abbia dato la possibilità di partecipare a questo progetto».

«A dire il vero, il suo entusiasmo mi ha sorpreso. Anche lei ha un progetto importante, sai? Dopo la brutta esperienza di Sophia, con quello stalker che la perseguita, si è messa in testa di aprire una casa d'accoglienza, per le donne che scappano di casa con i figli per sfuggire ai compagni violenti. Sembra molto determinata».

«Hai presente il detto: *Se pensi di non ricevere abbastanza, prova a dare un po' di più*? Quello che diamo ci viene sempre restituito decuplicato», commentò lui.

«Tu hai messo tutta la tua vita al servizio degli altri».

«In verità mi sembra di aver cominciato soltanto adesso», disse lui con una risata. Poi si fece silenzioso, e indicò davanti a sé. «Vedi laggiù? È lì che dobbiamo andare». Ellen vide una densa colonna di fumo. «Il vento soffia verso nord, nord-ovest. La chiesa episcopale di St. Elsworth si trova a sud-ovest della linea di fuoco. È lì che ci accamperemo», spiegò.

«Quella colonna di fumo è un brutto segno?»

«Ho visto di peggio. Ma anche se presto l'incendio verrà domato, bisognerà comunque soccorrere le famiglie che sono state evacuate, e provvedere ai pasti, almeno fino a quando non si saranno organizzate trovando alloggio presso amici o familiari. Non immaginavo di arrivare così presto, ma ci siamo quasi».

«E una volta finita la stagione degli incendi?»

«Non ci sono soltanto le vittime di incendi. Ci sono anche altre situazioni critiche, come le inondazioni, o i terremoti. Ho saputo di questo incendio un po' per caso, mentre monitoravo le emergenze via radio, ma in futuro mi piacerebbe collaborare direttamente con la Croce Rossa e le altre istituzioni che si occupano di portare soccorso». Mark allungò la mano e afferrò quella di Ellen. «Sarà una giornata lunga e faticosa. Mi raccomando, dimmi subito se ti senti stanca e hai bisogno di una pausa».

«Sono molto più tosta di quanto sembro», disse lei, lanciando un'occhiata alle sue spalle. «Come mai nessuno è salito con noi?»

«Immagino che non volessero disturbarci. Dale mi ha chiesto che tipo di rapporto c'era fra di noi, e io gli ho risposto che eravamo vicini di casa e ottimi amici, che tu eri entusiasta all'idea della cucina mobile e volevi dare una mano. Nessuna allusione. Ma credo che fra i miei amici ci sia chi spera che io trovi compagnia. Succede quando all'improvviso ti ritrovi solo, tutti vogliono accasarti».

«A me non è successo», disse Ellen.

«Tranquilla. Con me sei al sicuro», ribatté Mark con una risata.

«Ti sei davvero impegnato molto per organizzare tutto questo».

«Stai parlando della cucina mobile, o del fatto di rimanere solo con te?», chiese lui, con un sorriso allusivo.

«Entrambe le cose».

«È vero. Mi sono impegnato molto».

«Ci sarebbe una cosa di cui vorrei parlarti. Accidenti... non è così facile, però». Ed Ellen si sentì avvampare per l'imbarazzo.

«Sputa il rospo, dai. Siamo soltanto io e te, su un camper, in viaggio verso la prima di tante avventure. Che cosa devi dirmi?»

«Credo che ci sia una cosa che va chiarita, prima che ci lasciamo ulteriormente... *coinvolgere*».

«Cioè? Su, parla... Non ho ancora imparato a leggere nel pensiero».

«Ascolta, Mark: siamo reduci tutti e due da storie un po' complicate. Non so come la pensi tu riguardo alla possibilità che possa accadere di nuovo ma... io ho pensieri molto ambivalenti in merito».

«Posso immaginarlo. Perciò voglio subito rassicurarti. Sappi che sono stato molto previdente: ho stipulato un'assicurazione che mi garantisce cure e assistenza nel caso non dovessi più essere autosufficiente. Non volevo essere di peso a nessuno, tantomeno a mio figlio, che ha già la sua famiglia. Lui mi ha assicurato che, nel caso fosse necessario, provvederà a mettermi nelle mani giuste. Quindi, non corri il rischio di doverti prendere cura di un vecchio malato. E, comunque, io non sto cercando un'infermiera».

«Che cosa stai cercando, allora?»

«Qualcosa di speciale. A essere sincero, non stavo cercando niente. Mi sforzavo di essere contento da solo. Ci sono degli aspetti della vita da single che mi piacciono. Se mi sveglio nel cuore della notte e non riesco a riprendere sonno posso accendere la tv, il computer o mettermi a leggere».

«Pensa che a volte io mi metto a cucinare», disse Ellen con una risata.

«La cosa non mi sorprende. Però, anche se probabilmente sarebbe meglio che me ne stessi da solo per non rompere le scatole a nessuno, con il tempo ho capito che non mi dispiacerebbe avere al mio fianco una persona speciale. Per esempio, una persona come te».

«Abbiamo cenato insieme quasi tutte le sere per mesi».

«Appunto. E non vedo nessun motivo per smettere di farlo. Se trovassimo altre occasioni per vederci, oltre alle cene, io ne sarei felice. Ma, ti ripeto, non devi preoccuparti, non sto cercando un bastone per la mia vecchiaia».

«Nemmeno io», disse Ellen. «Anch'io ho un'assicurazione e una famiglia, come sai. Mia sorella e i suoi figli si prenderanno cura di zia Ellen. Quindi, su questo siamo d'accordo?»

«Direi di sì. Adesso possiamo rilassarci e goderci la vita, non trovi?»

«Devo sembrarti terribilmente egoista. In pratica non riesco a lasciarmi andare solo perché un giorno potresti avere bisogno del mio aiuto».

«No, Ellen. Non mi sembri egoista. Hai semplicemente vissuto un'esperienza dolorosa e non vuoi ripeterla. E, comunque, tu mi sottovaluti. Non so se ti sei accorta che sono piuttosto in forma, potrei vivere più a lungo di te, sai?»

«Te lo auguro di tutto cuore».

«Ti ricordi quando ti ho raccontato del fatto che Susan avesse già scritto il mio necrologio? Nel corso degli anni sembra che lo avesse rimaneggiato più volte. Una volta mi disse che aveva previsto la mia morte fin dal primo giorno del nostro matrimonio. Era il suo modo di esorcizzare i pericoli del mio mestiere», spiegò Mark, ridendo di gusto. «Tutto sommato, con tutto l'amore che avevo per mia moglie, sono piuttosto felice che quel discorso sia rimasto chiuso in un cassetto».

«Ti assicuro che io non ho nessuna intenzione di scriverne uno».

«D'accordo. Vorrà dire che quando sentirò che si sta avvicinando la fine, provvederò da solo», disse Mark con un sorriso.

«Va bene. L'importante è essere sinceri fra di noi. Tutta questa situazione mi mette un po' a disagio».

«A me no. Mi piace l'idea di stare a vedere come andranno le cose. In fin dei conti, stare con me non richiede un grande impegno».

«Sicuro?», disse una voce maschile proveniente dal walkie-talkie. «Secondo me invece crei più problemi di quanti ne risolvi».

«Dale? Stavi ascoltando? Vergognati».

«Di' a Ellen che non deve preoccuparsi, ci prenderemo noi cura di te», li rassicurò Dale, con una sonora risata.

Mark spense il walkie-talkie. «Mi dispiace, è stato un incidente».

Ellen lo guardò con aria severa. «Non scenderò più da questo camper».

15

Seduta in cucina, Marni iniziò la sua giornata sfogliando un libro di ricette davanti a una tazza di caffè, una ciotola di frutta fresca e un quaderno per prendere appunti. Ellen era via con Mark, e non sapeva per quanti giorni ancora avrebbe dovuto fare a meno della sua collaborazione.

D'un tratto sentì la porta di servizio che si apriva alle sue spalle e immaginò che fosse Sophia.

«Buongiorno», la sentì salutare. Ma quando sollevò lo sguardo, vide che insieme a lei c'era anche Sam. Avevano entrambi un'espressione preoccupata e lei capì che qualcosa non andava.

«Buongiorno a voi. Non mi aspettavo di vedervi arrivare insieme».

«Dobbiamo parlarti», disse Sam, mentre Sophia chiudeva la porta dietro di sé. «Scusa se non ti abbiamo avvertita, ma è successo tutto molto rapidamente; avevo intenzione di chiamarti ieri sera, ma poi si è fatto troppo tardi e non volevo disturbarti. Porto Sophia in Argentina, dalla famiglia di sua madre».

«Per una vacanza?», domandò Marni, sperando che Sam le rispondesse di sì.

«Diciamo che sarà una vacanza piuttosto lunga. Ho intenzione di prendere un periodo di aspettativa per motivi familiari. Mi auguro che in università siano comprensivi e mi vengano incontro. Partiremo insieme e mi fermerò lì il tempo necessario ad aiutare Sophia a sistemarsi. In Argentina ha molte zie che saranno felici di ospitarla per un po'».

«Per quanto tempo starete via?», domandò Marni, con un filo di voce.

«Non lo so, Marni», rispose Sophia. «L'altro ieri, mentre aspettavo papà, dopo l'incontro con il gruppo di sostegno, ho visto Angelo al campus. Era appoggiato alla sua auto, sembrava che mi stesse tenendo d'occhio e questo fatto mi ha molto scossa. Ho capito che non ha intenzione di lasciarmi perdere. La cosa migliore che posso fare, in questo momento, è trovare un posto dove mi sento al sicuro. Così ho deciso di tornare a casa».

«Tesoro, non sai quanto mi dispiace; per te, per quello che stai vivendo, e anche per me, perché senza il tuo aiuto prezioso qui sarà tutto più difficile».

«Per il momento non abbiamo idea di quanto ci fermeremo», spiegò Sam. «Potrebbe trattarsi di qualche settimana come di un periodo più lungo. Dipenderà dal tempo che ci vorrà perché Sophia torni serena».

«Ma se quel ragazzo dovesse seguirla anche in Argentina?»

«È molto improbabile», disse Sam. «Angelo non ha grandi disponibilità economiche, non ha un lavoro fisso. Abbiamo parlato con l'agente di polizia che si è occupato del caso e anche lui ritiene che, senza denaro e senza contatti, non abbia molte possibilità di cavarsela in un Paese straniero».

«Ricordo che una volta mi ha detto di non avere il passaporto, e non credo che nel frattempo se ne sia procurato uno», aggiunse Sophia. «Marni, mi dispiace moltissimo di partire così, di punto in bianco, senza nessun preavviso».

«Non preoccuparti, cara, ti capisco. Ci sono stati momenti nella mia vita in cui anch'io avrei voluto fuggire da qualche parte, o avere una casa dove poter tornare».

«Sono consapevole che sto scappando e spero tanto di non deluderti per questo», disse Sophia.

«Nella tua situazione, sono sicura che mi comporterei come te».

«Non mi aspetto che tu mi tenga il posto di lavoro».

«Non credo riuscirò a sostituirti tanto facilmente. Parti tranquilla. Quando ti sentirai pronta a tornare, faremo il punto della situazione».

«Voglio essere sincera, Marni. In questo momento sento che potrei anche decidere di non tornare più. Se mi sentissi più al sicuro in Argentina, con la mia famiglia, potrei anche stare lì per sempre».

«La cosa più importante è che tu stia bene, non preoccuparti per me, io mi arrangerò, come ho sempre fatto».

«Grazie, Marni. Sei davvero molto gentile».

«Ti farai sentire?»

«Ma certo. Ho già cambiato la scheda del mio cellulare, così potrò rimanere in contatto con tutti gli amici senza problemi. Ora andrei a prendere le cose che ho lasciato sulla mia scrivania e nell'armadietto».

«Ma certo, vai pure».

Quando Sophia uscì dalla cucina, Marni guardò Sam incredula. «Lasciami almeno dire che è un brutto colpo».

«Mi dispiace, Marni. Volevo spiegarti la situazione al telefono, ma mi è sembrato più giusto che lo facesse Sophia, di persona. A quanto pare quel delinquente la sta seguendo ovunque, e lei è terrorizzata. Non sono mai stato così furioso. Se lo incontrassi per strada, penso che per lui non finirebbe tanto bene, e io mi metterei nei guai. Detesto dover scappare con lei in Argentina, ma è pur vero che non vede la sua famiglia da diversi anni, e questo riavvicinamento non potrà che farle bene. Devo fare tutto il possibile per tenerla al sicuro».

«Quanto pensi di fermarti laggiù?»

«Non lo so. Ma è probabile che non si tratti di un soggiorno breve. Intendo svolgere delle ricerche per conto dell'università, e scrivere qualche pubblicazione. Ti chiamerò il più possibile, a meno che tu non mi chieda di non farlo».

«E perché dovrei? Certo che mi devi chiamare. E sappi che anch'io non desidero altro che Sophia sia al sicuro», lo rassicurò Marni.

«Avrei preferito che si sentisse al sicuro qui con me, ma non posso starle sempre addosso. Persino accompagnarla ovunque non è bastato a tenere quel maniaco lontano da lei. Voglio che si senta libera di godersi la vita; l'incidente che le è capitato l'ha davvero sconvolta», disse Sam con una nota di tristezza nella voce.

«Sei un buon padre», lo consolò Marni. «Non so cos'altro potresti fare per proteggerla. Quando partirete?»

«Stasera. Arriveremo in Argentina domani mattina. Ti chiamerò non appena atterreremo».

«Mi raccomando. Voglio sapere tutto di dove siete e di quello che fate. Così vi sentirò più vicini».

«Lo farò. E ti manderò anche delle fotografie».

«Non credo tu possa immaginare quanto mi mancherai».

«Anche tu mi mancherai moltissimo, Marni. Non so ancora che cosa ci riserverà il futuro. Al momento è anche possibile che, se dovessimo tornare dall'Argentina, potremmo decidere di trasferirci in un altro Stato», disse Sam.

«Certo, lo capisco. Ma noi ci terremo in contatto comunque».

Sophia tornò in cucina con uno scatolone colmo di oggetti personali. «Non sai quanto mi dispiace doverti lasciare, Marni», disse con le lacrime agli occhi.

«Anche tu mi mancherai molto, tesoro. Ti prego, fatti sentire. Mandami messaggi, e-mail, telefonami. Anche se siamo lontane, cerchiamo di non perderci».

«Non succederà. Saluta Ellen e Bella e Nettie da parte mia. Mi mancheranno molto le nostre riunioni. E se anche loro vogliono tenersi in contatto con me, ne sarò molto felice».

«Certo, glielo dirò sicuramente».

Sophia posò lo scatolone e abbracciò Marni. «Sei stata come una madre».

«Vedrai che quando sarai con le tue zie, scoprirai di avere tante mamme. E scommetto che saranno anche più severe di me», disse Marni, accarezzandole la guancia.

«Vado a caricare questo sull'auto», disse Sophia.

Sam aspettò che fosse uscita, poi prese Marni fra le braccia e la baciò con passione. «Mi sto innamorando di te, e lasciarti è una vera agonia», le sussurrò a fior di labbra.

«Stai facendo la cosa giusta, Sam. Abbi cura di te e, mi raccomando, fatti sentire».

«Ti sei lasciata sfuggire l'occasione di dirmi che anche tu ti stai innamorando».

«C'è bisogno di dirlo? Immagino che tu lo sappia già».

Una volta giunti nella zona dell'incendio, Ellen e Mark trovarono facilmente il parcheggio davanti alla chiesa dove avrebbero stabilito la loro base. Per prima cosa parcheggiarono i veicoli sul lato opposto all'area riservata ai soccorsi, mentre i rimorchi refrigerati furono allineati nel punto più lontano rispetto alla chiesa. Mark spense il motore del camper e slacciò la cintura di sicurezza. Ellen non si mosse.

«Non puoi stare rinchiusa qui tutto il giorno», le disse Mark. «Ricordati che sono tutti vigili del fuoco; butteranno giù la portiera, ti trascineranno fuori e saranno implacabili nel prenderti in giro».

«Sono mortificata. Quella radio è rimasta accesa. Hanno sentito tutto quello che abbiamo detto».

«Ma che problema c'è? Non abbiamo detto niente di sconveniente, e neanche di troppo personale».

«Non è vero, quello che abbiamo detto era molto personale. Abbiamo parlato delle nostre famiglie, dei nostri matrimoni, persino dei tempi del liceo».

«Dài, Ellen, stai tranquilla», disse lui con una risata. «Ora però diamoci da fare. Non possiamo permetterci di perdere tempo con queste sciocchezze», e un attimo dopo era già sceso dal camper.

Per alcuni minuti rimase seduta nella cabina a osservare tutti quegli uomini prestanti che si davano da fare nel grande parcheggio per allestire la base operativa. Con un ampio telone impermeabile, realizzarono una tettoia che offriva riparo dal sole, anche se la colonna di fumo che si alzava dall'incendio aveva già oscurato il cielo. *Chissà perché i pompieri sono tutti così belli?*, si chiese. Non era la prima volta che si poneva quella domanda. *Sarà un requisito essenziale per essere arruolati nel corpo?*

Finalmente si decise a scendere dal camper per dare una mano. La prima persona che incrociò fu Eugene. «Ciao Ellen, sono contento che tu abbia deciso di unirti a noi. A proposito: fai bene a non voler fare la crocerossina. E comunque, non preoccuparti per Mark: se inizia a perdere colpi, ci prenderemo noi cura di lui».

Ellen commentò con un verso incomprensibile, Eugene con una risata, dopodiché si misero al lavoro.

Era come se l'attività del gruppo si svolgesse rispettando un preciso rituale. Dopo aver sistemato i mezzi, e il tendone, fu la volta dei tavoli pieghevoli, che Mark aveva chiesto in prestito alla chiesa, e che servivano per organizzare la distribuzione dei pasti. Durante l'allestimento dello spazio, il parroco e la sua assistente vennero ad accogliere i volontari e a presentarsi. Mark prese Ellen per mano e si avvicinò. Era il reverendo Peter Hollis, mentre l'assistente si presentò come Jan Stanton.

«Il vostro intervento è una benedizione dal cielo», affermò, colpito dalla loro efficienza. «In città sono state allestite altre strutture di emergenza, ma a parte la tenda della Croce Rossa e il rifugio dove abbiamo sistemato le brandine forniteci dalla Protezione Civile, non siamo affatto preparati ad affrontare la situazione».

«Per noi è la prima uscita, per cui contiamo sul vostro feedback», disse Mark. «Sicuramente dovremo fare degli aggiustamenti e migliorare alcuni aspetti. Cominceremo distribuendo sandwich, frutta e biscotti, poi nel tardo pomeriggio arriveranno anche i pasti caldi. Siete sicuri che possiamo allacciarci alla vostra rete elettrica? Nel caso, posso farvi un assegno per pagare il consumo».

«Abbiamo un generatore che è a vostra disposizione. Potremmo avere bisogno di un piccolo contributo per il gas, ma siamo pronti a darvi una mano nella distribuzione dei pasti».

«Non vedo nessuno, però», osservò Mark, guardandosi in giro.

«Un gruppo di sfollati si è accampato dentro la chiesa, ma quando si diffonderà la notizia che qui si distribuisce cibo, vi sorprenderà il numero di persone che arriveranno. Per fortuna i danni alle case sono limitati, ma sono comunque numerose le famiglie che hanno dovuto lasciare le loro abitazioni per via del fumo, e per il rischio di essere toccati dall'incendio. Molti sono dovuti fuggire perché la loro casa si trova proprio sulla linea del fuoco. I più comunque non vedono l'ora di tornare a casa per quantificare i danni. Nella zona dell'incendio si trovano anche ranch e fattorie, e i proprietari si stanno dando da fare per mettere in salvo il bestiame».

«Spero che anche loro stiano ricevendo aiuti», intervenne Ellen.

«Da diverse contee sono arrivate squadre di soccorritori con i camion, ma non sempre si tratta di aiuti coordinati, più che altro sono persone di buona volontà che cercano di dare una mano. Vi avviso: dovrete essere pronti a spostarvi molto rapidamente se dovesse cambiare il vento, o se l'incendio dovesse iniziare a propagarsi in un'altra direzione».

«Siamo pronti», garantì Mark.

Ellen provò un moto d'orgoglio nel sentirlo così sicuro di sé. Sembrava che avesse tutto sotto controllo.

Notò che i tavoli erano stati disposti in modo tale da lasciare ai volontari lo spazio per muoversi, ed erano equamente distribuiti fra lo spazio davanti alla chiesa e quello sul retro, dov'erano parcheggiati i camper. Qualcuno stava portando una pila di tovaglie di tela cerata per coprirli. Gli uomini cominciarono a tirare fuori dai furgoni grandi contenitori di plastica che contenevano filoni di pane, fette di tacchino e salame, maionese, senape, burro d'arachidi e gelatina. Vide una grande quantità di lattuga, pomodori, sedano, carote e mele, e pensò che era venuto per lei il momento di mettersi in azione. Si diresse con passo deciso verso la zona dove si preparava il cibo e si igienizzò le mani. «Qui ci penso io», disse ai volontari, quindi s'infilò i guanti.

Adesso era nel suo regno. Tirò fuori i condimenti e tutto l'occorrente e cominciò a preparare i sandwich, avvolgendoli a uno a uno nella carta stagnola e riponendoli in un contenitore.

Dopo alcuni minuti, uno degli uomini la raggiunse al tavolo da lavoro e cominciò ad avvolgere i sandwich nella carta, a mano a mano che lei li preparava. «Mani igienizzate e guanti, prego», lo sollecitò. Di lì a poco un altro si aggregò a loro e cominciò a togliere le mele dai sacchetti e a riunirle in una grande ciotola, poi ne arrivò un altro con un grande contenitore di biscotti. «Aspettate, prima devo assaggiarne uno per accertarmi che siano buoni», disse sorridendo.

«Soltanto uno, mi raccomando. Non sono per noi», lo ammonì Ellen, ma subito si rese conto che le scorte di cibo erano destinate anche ai volontari, che non potevano certo morire di fame.

Mentre lavorava, vide due donne uscire dalla chiesa guidando una fila di bambini, che si avvicinarono timidamente ai tavoli. «Ciao», li salutò, in tono allegro. «Volete qualcosa da mangiare? Non abbiamo la colazione, ma vi possiamo offrire un pranzo anticipato? Che ne dite?»

«Sarebbe una buona idea», disse una delle donne.

«Quanto le dobbiamo?», chiese l'altra.

«Niente, è tutto gratis. Non ve l'hanno detto?»

«No, non lo sapevamo. Chi ha organizzato tutto questo?», chiese la prima.

«Un gruppo di vigili del fuoco, alcuni sono ancora in servizio, altri in pensione, e hanno portato anche i loro amici. Vedete quell'uomo laggiù, che trasporta il bidone della spazzatura? Si chiama Mark. È una sua iniziativa. Ha riunito un gruppo di amici perché voleva rendersi utile nelle situazioni d'emergenza come questa», disse con orgoglio. Mark depositò il bidone a un'estremità del tavolo, quindi prese dalla tasca un sacco di plastica e lo inserì nel contenitore. Aveva pensato proprio a tutto. Ellen richiamò la sua attenzione con un cenno della mano e lui ricambiò.

«Abbiamo sandwich di pane integrale con tacchino, formaggio e lattuga, panini al burro d'arachidi e marmellata, bastoncini di carote e sedano, patatine, mele, biscotti».

Ellen si consultò con le due donne, poi fecero accomodare i bambini e servirono loro il pranzo. Il furgone di Dale era carico di acqua in bottiglia, che lui stava scaricando, una cassa alla volta. Il parcheggio intanto cominciò ad affollarsi d'auto e di furgoni di sfollati. Mark s'affrettava ad andare incontro ai nuovi arrivati, scambiava qualche battuta, dopodiché indicava loro dove andare a prendere qualcosa da mangiare. Il luogo si riempì velocemente di gente e i sandwich sparirono alla velocità della luce.

Ellen notò che Mark, con l'aiuto di altri volontari, aveva scaricato dal suo camper la cucina da campo e capì che si stava già organizzando per la distribuzione del pasto serale. Non le aveva detto che cosa avesse in mente di preparare ma lei sapeva che poteva contare su carne rossa, petti di tacchino e di pollo, polpettoni, lasagne e pasta al forno.

Le persone continuarono ad arrivare; c'era chi si dirigeva verso la chiesa in cerca di un posto dove dormire e chi, invece, era lì soltanto per fare una pausa e ricevere un pasto caldo. Ellen accoglieva i nuovi arrivati, s'informava da dove venissero e sulle condizioni delle loro case. Fra gli sfollati, c'era chi aspettava di avere notizie sui danni subiti, e chi era in attesa di sapere se avesse ancora una casa, prima di trasferirsi presso amici o parenti. Arrivò anche un furgoncino con una squadra di vigili del fuoco affamati che si avventarono sul cibo come lupi. Dissero che speravano di domare l'incendio entro le successive ventiquattro ore. Ma le fiamme seguitarono a divampare per tutto il pomeriggio.

Il profumo della carne arrosto iniziò a diffondersi nell'aria, mentre Ellen osservava Mark fare la spola fra il camper e la cucina da campo, sorvegliando la cottura dei cibi. Lei e gli altri volontari, intanto, iniziarono a preparare i tavoli per il pasto successivo, che prevedeva tacchino e insalata di patate e fagiolini. Ellen aiutava un po' Mark e un po' Bob, e rimase colpita dalla quantità di cibo che erano riusciti a preparare, e di come fosse cucinato a regola d'arte.

Verso le cinque del pomeriggio il numero delle bocche da sfamare era raddoppiato. L'atmosfera non poteva essere leggera, ma almeno le persone avevano modo di distrarsi scambiando quattro chiacchiere. Molti parlavano al cellulare, o inviavano messaggi, per rassicurare amici e parenti. C'erano persone di tutte le età, compresi molti bambini e anziani. E c'era anche qualche animale domestico, che gli sfollati avevano portato con sé.

«La prossima volta dovrò ricordarmi di comprare anche delle crocchette per cani e gatti», disse Mark.

Arrivarono alcuni proprietari di ranch che avevano aiutato i vicini a radunare il bestiame, seguiti da un altro camion di vigili del fuoco venuti a sfamarsi; un gruppo di pompieri volontari piantò una tenda sul prato di fianco alla chiesa per trascorrervi la notte e poter riprendere le operazioni di soccorso alle prime luci dell'alba. Dopo aver mangiato, la gente tendeva a sostare davanti alla chiesa, per chiacchierare e condividere le ultime notizie. A un certo punto comparve un uomo sulla cinquantina, portava sulle spalle un pesante zaino e aveva con sé un sacco a pelo. Era chiaro che non era uno del posto. Ellen rivolse uno sguardo a Mark. «Lascialo fare. Siamo qui per dar da mangiare agli affamati, no?» In quel momento Ellen sentì che non avrebbe potuto amarlo più di così.

Quando tutti ebbero mangiato, riordinarono e riposero nei contenitori il cibo avanzato, esclusi i biscotti, che rimasero a disposizione. Ellen era sfinita, e chiese a Mark se era un buon momento per fare una doccia.

«Certo, fai pure».

«C'è acqua a sufficienza?»

«A otto chilometri da qui c'è una piazzola di sosta per i camper, più tardi ho intenzione di andare a fare rifornimento, così domani avremo scorte in abbondanza anche per le operazioni di pulizia. Ricordati solo che non è acqua potabile. Meglio non correre rischi. Ho detto a un paio dei nostri che possono venire a fare la doccia sul camper, quindi ricorda di chiudere la porta della camera da letto mentre ti vesti».

Dopo essersi lavata, Ellen indossò una morbida tuta. Aveva seguito il consiglio di Mark, e si era chiusa nella piccola camera da letto mentre gli altri utilizzavano il bagno. Tuttavia, commise il fatale errore di stendersi sul letto. Pensava di riposarsi un po' mentre chiunque stesse usando la doccia finiva di lavarsi, ma quello fu il suo ultimo pensiero coerente, perché nel giro di qualche istante crollò addormentata.

Quando si svegliò il camper era immerso nel buio. Il rumore dell'acqua corrente le suggerì che il bagno era ancora occupato. Dopo qualche secondo si accorse di essere rannicchiata sotto una coperta calda e morbida; rifletté sul da farsi e decise di restare dov'era. Lei e Mark non avevano preso accordi su dove avrebbero dormito, ma dava per scontato che a lei sarebbe spettata la cuccetta sopra la cabina di guida.

Il camper era stato attrezzato per essere soprattutto una grande cucina mobile, quindi non c'era un divano né un soggiorno, o un letto estraibile. Quel letto matrimoniale era la sistemazione più comoda per dormire, ed Ellen pensò che, dopo aver lavorato tutta la giornata, spettasse di diritto a Mark.

Nel bagno l'acqua smise di scorrere. Ellen sentì dei movimenti e guardò l'orologio: erano le dieci. Non sapeva a che ora fosse salita sul camper per fare la doccia, ma non doveva essere passato molto tempo da allora. Mark aprì la porta piano piano ed Ellen si mise seduta sul letto.

«Vado subito a dormire nella cuccetta», disse.

«Non essere sciocca, questo è un letto grande. Possiamo condividerlo, se non ti dispiace».

«Tu hai bisogno di riposare. Domani sarà un'altra giornata faticosa».

«E allora facciamoci una bella dormita», propose Mark, gettandosi sul letto e rimanendo supino al suo fianco. «Sdraiati. Prima sei crollata, eri esausta. Abbiamo entrambi bisogno di un buon sonno ristoratore».

Titubante, si allungò accanto a lui. «Sei stato tu a coprirmi?»

«Quassù sulle montagne fa freddo di notte».

«Sono così orgogliosa di te per quello che hai fatto oggi».

«Grazie, sei un tesoro. E io sono orgoglioso di tutti noi. Hai ragione, domani sarà un'altra giornata di duro lavoro, e dopodomani ti annuncio che ci sarà un piccolo cambiamento. Cinque vigili del fuoco dovranno rientrare, e al loro posto arriveranno altri volontari. Un collega ha parlato con un membro della squadra che sta cercando di domare l'incendio e, a quanto pare, ci vorranno ancora un paio di giorni prima che le persone evacuate possano tornare alle loro abitazioni. A piccoli gruppi, naturalmente».

«Per vedere se hanno ancora una casa?»

«O per valutare i danni», rispose Mark. «E poi c'è la questione degli animali domestici, degli amici, dei vicini di casa. Grazie al cielo esistono i cellulari, così questa gente ha potuto tenersi in contatto con i familiari. Presto il luogo pullulerà di periti delle assicurazioni. Ma temo che non tutti abbiano una copertura».

«Cosa facciamo se finiamo le scorte di cibo?»

«Non succederà», la rassicurò Mark. «Ma andremo al supermercato più vicino e faremo scorte, se proprio dovesse accadere».

«Dovrei chiamare Marni. Vorrà sapere come sta andando qui».

«Fai bene a chiamarla».

«Lo farò domattina», disse Ellen, rotolando su un fianco. Subito Mark si strinse a lei, e l'abbracciò. «Mi piace stare così, credo che dormirò come un bambino, ma devo avvisarti, potrei russare».

«Potrei russare anch'io», rispose lei felice.

Mark in effetti russava, ma il suo era un russare leggero, sommesso, che Ellen trovò rilassante e al quale si affezionò subito. Nel sonno lui la tenne stretta a sé tutta la notte. *Si ricorderà che sono io?*, si chiese. *O penserà di essere a letto con la moglie che non c'è più?*

Lei si svegliò diverse volte, ma non perché era agitata, e non si alzò mai dal letto. Scoprì che dormire stretta fra le sue braccia le sembrava la cosa più naturale del mondo e riposò magnificamente. All'alba sentì le mani di lui che la accarezzavano e accolse con piacere la sensazione meravigliosa di quel tocco leggero. Non immaginava che sarebbe stato così, soprattutto perché non si era mai concessa di immaginarlo.

Mark le baciò la nuca e, mentre era ancora fra le sue braccia, si girò verso di lui, lasciandosi sfiorare le labbra da un bacio. Lui allora la strinse a sé e la baciò con più passione. «Ti ho svegliata io perché russavo?», le sussurrò all'orecchio.

«No, mi hai svegliata con le tue carezze».

«Ti ha dato fastidio?»

«No, mi è piaciuto molto».

Quindi lentamente, e quasi timoroso, Mark insinuò le mani sotto la sua maglietta, e poi sotto i pantaloni, facendola fremere di desiderio. La sfiorò con delicatezza ed Ellen lo strinse forte a sé. Esplorarono l'uno il corpo dell'altra senza smettere di baciarsi, sempre più voracemente.

«Va tutto bene?», domandò lui.

«Benissimo».

Incoraggiato da quella risposta, Mark si spostò sopra di lei e iniziò a spogliarsi, cercando al tempo stesso di sfilarle i pantaloni della tuta. L'operazione fu alquanto goffa, ma alla fine si ritrovarono nudi e stretti l'uno all'altra. Mark fece scivolare la mano fra le sue gambe, e lei si abbandonò a un piacere dimenticato.

Una girandola di pensieri affollò la mente di Ellen. Era passato così tanto tempo dall'ultima volta che aveva vissuto quelle sensazioni e non era più certa di quello che doveva fare, né di quello che sarebbe piaciuto a Mark. Una parte di lei era ancora terrorizzata e avrebbe voluto scappare via, ma l'altra desiderava quella vicinanza più di ogni altra cosa al mondo. Finalmente ogni incertezza cadde e si ritrovarono a rotolare sul letto, uniti in un corpo solo.

«Che meraviglia», disse in un sussurro.

«È bellissimo», rispose lui.

Fecero l'amore con grande passione e poi, soddisfatti, si abbandonarono sul letto, l'uno accanto all'altra, tenendosi per mano. Ansimavano entrambi, di stanchezza e di felicità. Ellen appoggiò la testa sul suo petto e scivolò lentamente nel sonno, mentre sentiva Mark sollevare la coperta sopra i loro corpi infreddoliti.

«Grazie», mormorò Ellen.

«Il piacere è tutto mio», rispose Mark, con un sorriso ammiccante.

Marni parlò con Sam. Lui e Sophia era atterrati sani e salvi in Argentina. La famiglia della madre di Sophia aveva dato loro il benvenuto con una grande cena alla quale avevano partecipato familiari provenienti da ogni parte del Paese. Non avevano ancora dei progetti chiari, ma Sam promise di tenerla aggiornata su tutto.

Marni ricevette notizie anche da Ellen. In vent'anni d'amicizia non le aveva mai sentito una voce così squillante. Emozionata e piena di entusiasmo, l'amica le riferì nei dettagli il lavoro che stavano portando avanti, le raccontò delle persone che aveva incontrato e la aggiornò sull'incendio. Ormai conosceva tutti i volontari del gruppo che, tra una pausa e l'altra, le avevano parlato del loro lavoro e delle loro famiglie. Era una situazione così stimolante, che aveva deciso di collaborare con Mark per tutto il fine settimana e per i primi giorni di quella successiva.

Trascorso qualche giorno senza Sam, Sophia ed Ellen, Marni cominciò a sentirsi sola. Bella la chiamava tutti i giorni, ma era da una settimana che non si vedevano, e, intanto, la data del parto si avvicinava sempre di più. Marni invitò Nettie da lei per un bicchiere di vino dopo il lavoro, ma la sorella dovette declinare perché era impegnata con una conferenza.

D'un tratto ebbe la sensazione che la sua vita si fosse svuotata. Cominciò a desiderare un cane, con il quale almeno avrebbe potuto fare qualche passeggiata. Chiamò Bella e la invitò a cena con il marito. I due, però, avevano altri programmi. Jason in quei giorni voleva approfittare di ogni serata libera per uscire, perché ogni sera poteva essere l'ultima prima che cominciasse la loro vita da genitori.

Marni decise allora di andare a fare una passeggiata per risollevarsi il morale e prendere un po' d'aria. Ma non andò molto lontano perché, mentre stava percorrendo il viale che conduceva al cancello di ingresso, notò un furgoncino azzurro parcheggiato all'interno della sua proprietà. Appoggiato alla fiancata c'era un bel giovane latino-americano. E non ci volle molto fiuto per intuire chi fosse.

«Angelo, vero?» Un'affermazione, più che una domanda. «Come sei entrato qui dentro?», lo aggredì, prima ancora che lui potesse rispondere. «Non sei autorizzato a stare qui».

Angelo si staccò dalla fiancata, sembrava nervoso. «Ho detto alle guardie che ero qui per occuparmi del giardino, ma in realtà sono qui per Sophia. Mi ha telefonato, chiedendomi di venire a prenderla», sostenne.

Marni lo guardò con un sorriso sprezzante. «Non è vero, e tu lo sai. Sophia è tutelata da un ordine restrittivo, e per te è vietato avvicinarla. Inoltre, lei adesso è altrove, circondata da persone che la terranno al sicuro. Non so quali siano le leggi fuori dagli Stati Uniti, ma non mi sorprenderei se ti rinchiudessero per molestie e gettassero via la chiave».

«Tutte balle. È stata Sophia a chiamarmi e a dirmi di venire».

«Stammi a sentire, ragazzo, ti consiglio di tornare alla realtà. Adesso chiamo la polizia. Ti avverto, stai rischiando grosso a fermarti qui».

Angelo attraversò il viale con aria ostile, avvicinandosi a Marni. Lei rimase impassibile. Quel ragazzino non poteva farle paura.

«Come osi darmi del bugiardo», le gridò in faccia.

Marni aveva sentito dire che quando in un bosco si incontrava un orso, bisognava gonfiare il petto e ringhiare forte con fare minaccioso. Non si doveva mai voltare le spalle alla bestia e correre via; la giusta reazione era mostrarsi aggressivi e pericolosi. Fu esattamente quello che fece: gonfiò il petto e gli gridò: «Oso eccome: sei un bugiardo». Poi, però, per qualche motivo si voltò, ripercorse il viale in senso contrario ed entrò in casa passando dal garage. Quindi si richiuse la porta alle spalle e la sprangò dall'interno. Proprio in quel momento sopraggiunsero le guardie di sicurezza, che subito intimarono ad Angelo di allontanarsi, indicandogli animatamente l'uscita. Marni notò con apprensione che le due guardie non erano particolarmente robuste. E ovviamente non portavano la pistola. Angelo comunque risalì sul suo furgoncino e se ne andò.

A quel punto Marni iniziò a tremare. Il ragazzo non era alto, ma aveva spalle larghe e muscolose. Ed era comunque più alto di lei, più giovane, e decisamente più violento. Non c'era dubbio che avrebbe potuto facilmente farle del male.

Marni chiamò la guardiola all'entrata della proprietà e diede una strigliata senza precedenti alle guardie che avevano lasciato entrare Angelo senza il suo permesso, nonostante li avesse avvertiti che quel ragazzo non doveva in nessun modo avvicinarsi, e avesse perfino dato loro una sua foto. Ordinò senza tanti giri di parole di non permettergli mai più di avvicinarsi e diede disposizioni affinché chiamassero subito la polizia qualora lo avessero visto ancora nei paraggi.

Dopodiché fu lei a chiamare il comando e a lasciare un messaggio per l'agente Bowen. Una ventina di minuti dopo lui la richiamò.

«Buongiorno agente, ho chiamato per il caso di Sophia Garner, la ragazza che lavora con me come stagista. Volevo avvisarla che il giovane stalker che la minacciava è venuto a cercarla di nuovo, a casa mia. Si è introdotto nella mia proprietà sostenendo ancora una volta che lei lo aveva chiamato. Gli ho detto che adesso si trova in un luogo sicuro e alla fine se n'è andato, ma era visibilmente furioso».

«Ha fatto bene a informarmi. Ha minacciato anche lei?»

«Sì, mi ha scaricato addosso tutta la sua rabbia, ma io non mi sono lasciata intimidire. Alla fine non è successo niente di grave, ma ho pensato che fosse opportuno informarla».

«Grazie. Forse è venuto il momento di scambiare altre quattro chiacchiere con lui».

«È impossibile che la ragazza lo abbia chiamato», aggiunse Marni.

«È sicura che non sia stata lei?», domandò l'agente.

«Non posso esserne certa al cento per cento, non sento Sophia da alcuni giorni, ma direi che basta pensare che è per colpa sua che ha lasciato il Paese e si è rifugiata in Argentina. Mi sembra alquanto improbabile che l'abbia chiamato. Direi che Angelo mentiva, come ha sempre fatto».

«Lei è al sicuro in casa? Ha chiuso bene tutte le porte?»

Marni sorrise, sentendosi in una botte di ferro: il sistema di sicurezza era attivato, telecamere comprese. «Non riuscirà a entrare in nessun modo. E ho allertato le guardie, non gli permetteranno più di avvicinarsi».

«D'accordo. Adesso con lui me la vedo io. Grazie per aver chiamato».

«Che cosa pensa di fare? Dopotutto questo ragazzo non ha infranto nessuna legge. E non c'è un ordine restrittivo che gli impedisca di avvicinarsi a me e alla mia casa. Come pensate di fermarlo?»

«Non lo so ancora, per il momento ci limiteremo a interrogarlo per cercare di capire che cosa ha in mente. Dopo anni di esperienza, alle prese con pregiudicati di ogni genere, impariamo a fare le domande giuste e a leggere fra le righe delle risposte che riceviamo».

«Le dispiace tenermi informata?»

«La chiamerò non appena lo avrò rintracciato. Nel frattempo, lei tenga le porte ben chiuse».

«Certo, non si preoccupi».

Quella sera, per combattere la noia, Marni decise di andare a trovare sua sorella. Nettie e Marvin avevano invitato alcuni amici per una partita a carte. Non si fermò a lungo, giusto il tempo di vincere venti dollari e sentirsi accusare di aver barato. Il giorno dopo, nel pomeriggio, andò a trovare Bella, che era letteralmente sul punto di esplodere. La trovò sdraiata sul divano con i piedi sollevati, come sempre afflitta dal gonfiore alle caviglie. Fortunatamente Marni le aveva preparato una cena a basso contenuto di sodio: bistecca con grani di pepe e riso.

L'agente Bowen la chiamò mentre era sulla strada di casa. «Volevo soltanto informarla che Angelo ha negato di essere venuto a casa sua».

«Che razza di delinquente », esclamò Marni, indignata.

«Non ci sono dubbi che mente», convenne l'agente Bowen. «La guardia che sorveglia la sua proprietà ha confermato che Angelo si trovava lì e che ha dovuto intimargli di allontanarsi. Mi raccomando, non apra a nessuno».

Quella sera Marni riuscì a parlare brevemente con Sam, giusto il tempo di dirgli che Angelo era venuto a cercare Sophia e che lei aveva avvisato l'agente Bowen. Una successiva telefonata del solerte poliziotto aveva confermato che Angelo non sapeva della partenza di Sophia e che non era in possesso di passaporto, non c'era dunque pericolo che cercasse di raggiungerla.

«Ti sei messa il cuore in pace?», le chiese Sam.

«Sono più tranquilla per lei», disse Marni. «Per quanto riguarda me, invece, quel bulletto non mi spaventa affatto. Ho a che fare con tipi del genere da quando lui non era ancora nato».

E lasciò che la telefonata si concludesse senza riuscire a dirgli che voleva che tornasse presto a casa da lei.

16

Non era così raro che Marni fosse sola, in genere quasi ogni giorno trascorreva alcune ore per conto suo. Ma era decisamente una novità che non vedesse nessuno per molti giorni di seguito. Anche perché le era sempre piaciuto invitare a casa gli amici e mettere a loro disposizione la sua grande cucina per ritrovarsi e passare del tempo insieme. E lei ovviamente era sempre pronta a cucinare per loro.

Ellen l'aveva chiamata informandola che l'intervento di soccorso alle vittime dell'incendio stava procedendo a gonfie vele e che sarebbe tornata nel giro di un paio di giorni. Nettie era impegnata all'università. Bella le telefonava di continuo per tenerla al corrente di ogni minima fitta e dolorino strano. Non aveva ancora finito il suo caffè del mattino, ma aveva già capito che sarebbe stata una di quelle giornate in cui la sua mente non smetteva un secondo di rimuginare. Ultimamente faceva molti brutti sogni, in particolare sognava Rick, e riviveva in modo molto realistico i maltrattamenti subiti.

In alcuni momenti le sembrava addirittura di provare la stessa tensione che l'assaliva da giovane, quando lo aspettava a casa e temeva che tornasse ubriaco e violento.

Quella notte non aveva dormito bene. Si era svegliata con il cuore in gola dopo aver sognato della volta che lui, con uno schiaffo, l'aveva scaraventata per terra. L'aveva colpita in pieno viso e con una tale forza che la guancia si era gonfiata ed era uscito un enorme livido nero. «La gravidanza ti rende maldestra», le aveva detto la madre. «A me sembra che qualcuno ti abbia dato un pugno in faccia», era stato il commento di zia Dahlia.

Marni cercò di rilassarsi facendo quello che faceva sempre quand'era di quell'umore. Aprì il freezer e prese una torta alle carote del diametro di trenta centimetri.

«Se mi tocchi ancora chiamo la polizia», gli aveva detto.

«Vediamo se sarai ancora viva per andare ad aprire la porta», l'aveva minacciata lui.

Tornò al freezer e prese anche una torta gialla, più piccola, e la mise sul bancone a scongelare, vicino all'altra.

Da un pensile prese lo zucchero a velo, una confezione di mini marshmallow e una di colorante alimentare. Mise i marshmallow in una ciotola, la scaldò nel microonde per trenta secondi, diede una mescolata e la scaldò ancora per altri trenta secondi, poi mescolò fino a quando non ottenne una crema morbida.

Rick fingeva sempre di colpirla per sbaglio. Era come se, accecato dall'ira, non riuscisse più a controllarsi. Un caso esemplare di totale incapacità di dominare la rabbia. A volte capitava che si gettasse ai suoi piedi e le chiedesse scusa, dopo averla picchiata, ma era un evento raro. Il più delle volte usciva di casa, o se ne andava a dormire, o continuava a tenerle il broncio. Una volta era così alterato che lei si nascose dentro un armadio, pregando che venisse colto da un malore.

Per fortuna ogni tanto l'Esercito richiamava i riservisti per le esercitazioni, e allora lui partiva, a volte per giorni, altre per settimane, altre ancora per mesi, e lei aveva il tempo di riprendersi, di tirare il fiato.

Marni aggiunse il colorante per alimenti azzurro a metà della crema di marshmallow e amalgamò con una spatola di legno. Ne ricavò una glassa che stese sulla torta in uno strato sottile ma uniforme, evitando di lasciare grumi o piccole bolle. Con l'altra metà della crema preparò una glassa bianca, che usò per decorare la torta più piccola.

Quando era tornata a vivere con la madre e le zie, dopo la morte di Rick, il legame tra lei e Nettie si fece sempre più stretto. Marni ricordava quegli anni come il periodo più sereno e ricco d'amore della sua vita. La casa non era mai vuota, c'era sempre una babysitter o qualcuno con cui parlare. Di tanto in tanto, la madre e le zie frequentavano qualche uomo, ma facevano molta attenzione a non permettere che s'insinuassero nella vita familiare. Tutte si davano da fare per prendersi cura di Bella e per gestire la casa. Marni adorava preparare la cena, ma dopo erano le altre che riordinavano piatti e cucina. Nettie era bravissima a scuola, e il merito era anche suo, che l'aiutava e la incoraggiava a studiare, al punto che in seguito contribuì largamente a pagarle gli studi universitari. Avevano i loro programmi preferiti, che guardavano riunendosi tutte insieme davanti al televisore, oppure qualche volta passavano la serata giocando a carte. Mentre viveva in quella casa ebbe persino un paio di relazioni, ma dopo Rick l'idea di avere un rapporto stabile non l'aveva mai più sfiorata.

Zia Dahlia fu la prima a morire, seguita pochi anni dopo da zia Ruth. Celeste, la madre, visse fino a ottantacinque anni e chiuse serenamente gli occhi nella casa di riposo dove viveva da un paio d'anni.

Marni prese un paio di altre basi dal freezer, quindi preparò della glassa alla crema. Non sapeva ancora che cosa ne avrebbe fatto, ma dedicarsi alla pasticceria l'aiutava a concentrarsi meglio sui propri pensieri. Distribuì la glassa in varie ciotole e aggiunse in ciascuna un colore diverso, poi prese un sac à poche e un set di beccucci di varie dimensioni.

La storia con Jeff nacque mentre viveva ancora con la madre e le zie. All'epoca lavoravano entrambi per la televisione, e Bella frequentava già il liceo. Marni trovò in Jeff un uomo dolce, affidabile e serio.

Naturalmente si sbagliava, o forse l'incontro con Gretchen la seduttrice l'aveva cambiato, e in un attimo si ritrovò accanto un uomo capace di tradire e abbandonare senza provare neppure un minimo senso di colpa.

Marni diede un'occhiata all'orologio e rimase sorpresa nel vedere che il tempo era volato. Aveva preparato una torta a quattro piani in tre colori diversi: azzurro, bianco e giallo. L'aveva decorata disegnando sulla superficie stelle filanti, minuscole impronte di mani, palloncini, pois e fiocchetti. Era una torta enorme e bellissima.

Rimase per qualche istante a riflettere su che cosa l'avesse spinta a creare un dolce così grande. Non erano stati soltanto i ricordi legati a Rick, a sua madre o alle zie. Era qualcosa di più profondo. Era la consapevolezza dei cambiamenti radicali che aveva vissuto nella sua esistenza e che avevano cambiato il suo destino. Era passata dalla vita con Rick a quella con la madre e le zie, e da lì aveva mosso i primi passi verso una carriera completamente nuova, mentre si occupava della figlia Bella potendo contare sullo straordinario aiuto delle altre donne della famiglia. Poi era arrivato Jeff, e la relazione con lui si era accompagnata a un periodo di grande crescita professionale. Forse Jeff non aveva avuto tutti i torti quando si era attribuito i meriti del suo successo, tuttavia, una donna non si sarebbe mai comportata come aveva fatto lui. Una donna si sarebbe limitata a essere orgogliosa del marito e a vantarsi di lui con le amiche, annoiandole a morte.

Tuttavia, c'era stato un altro evento che aveva sparigliato le carte della sua vita, più della presenza di Jeff. Ed era stata l'amicizia con Ellen. Quando, vent'anni prima, era entrata nella sua vita, quel cambiamento le aveva fatto davvero spiccare il volo. Ellen non era soltanto una cuoca eccellente, ma anche un'incredibile stratega. La sua influenza sullo show era innegabile, e lo testimoniavano i numeri. Nei primi cinque anni di messa in onda del programma i dati di ascolto erano dapprima raddoppiati, poi triplicati, e da lì in poi avevano registrato una crescita costante. Marni era passata così da un'anonima cucina allestita in un piccolo studio televisivo alla sua cucina personalizzata, creata appositamente per il suo programma direttamente a casa sua, e a quel punto gli indici di ascolto erano letteralmente schizzati alle stelle. Dopodiché, senza quasi rendersene conto, i diritti del programma furono acquistati dalle reti televisive di tutto il mondo; e da ultimo *In cucina con Marni* aveva conquistato anche i social.

Nella sua vita tutti i cambiamenti importanti erano stati piuttosto impegnativi, talvolta anche dolorosi, ma alla fine i risultati l'avevano sempre premiata. Ed ecco che ora era di nuovo davanti a un bivio. Stava perdendo la sua migliore amica, che stava per aprire un nuovo capitolo della sua vita. Sophia era partita. C'era un bambino in arrivo. E l'uomo che desiderava avere al suo fianco si trovava dall'altra parte del continente.

D'un tratto sentì suonare alla porta e andò ad aprire. Non si era nemmeno accorta di avere le guance rigate dalle lacrime finché Ellen, entrando in cucina, non la guardò con aria stupita: era più sorpresa di vedere lei in quelle condizioni che di trovare un'enorme torta colorata al centro del bancone.

«Che cosa è successo?», chiese Ellen, preoccupata.

«Che ci fai qui?», replicò la padrona di casa.

«Sono appena tornata dalla mia avventura; il tempo di fare una doccia e di cambiarmi e sono venuta subito qui. Ma...» Ellen sfiorò il secondo piano della torta. «Santo cielo, Marni. A giudicare dalle dimensioni di questo dolce, devi essere sconvolta».

«No, no, sto bene», la rassicurò l'amica, asciugandosi le lacrime.

«Ti conosco da una vita e so per certo che soltanto due situazioni possono indurti a creare una torta di questo genere: o ti è stata commissionata per un evento particolare, o sei sconvolta per qualche motivo».

Marni si mise a sedere su uno degli sgabelli che circondavano il bancone. «Come fai a conoscermi così bene?»

Ellen sedette di fronte a lei. «Ma che domanda è? Perché siamo amiche da un sacco di tempo. Che succede? Perché sei in questo stato?»

«La mia vita è a una svolta, una svolta importante. E io non sono brava ad affrontare i cambiamenti».

«Tu gestisci i cambiamenti meglio di chiunque al mondo. Insisto, di che cosa si tratta?»

Marni trasse un sospiro. «Sophia è partita. E so che sto perdendo anche te per via di questo progetto della cucina mobile. Dovrò assumere nuovo personale, e io detesto assumere le persone, perché sembra esistere una regola universale secondo la quale i primi tre tentativi vanno sempre a vuoto. Presto Bella partorirà, e ovviamente sono molto emozionata; ma se Bella pensasse che non sono una buona nonna? E se davvero non fossi una buona nonna? Continuo a lavorare più di quaranta ore alla settimana, e senza di te e Sophia…», s'interruppe per tirare su con il naso, «senza di voi non so come fare. E poi, non ti ho detto che mi sono segretamente innamorata di qualcuno che… anche lui è partito».

«Ti riferisci a Sam, vero?»

«Cosa? Come fai a saperlo?», le chiese, incredula del fatto che l'amica l'avesse scoperta con tanta facilità.

«Sai, a volte serve avere solo un minimo di spirito di osservazione. Il modo in cui lo guardavi, o pronunciavi il suo nome, o la gioia con cui ogni volta andavi a visitare il laboratorio idroponico. E poi Sophia mi aveva raccontato che sentiva il padre bisbigliare al telefono con qualcuno nel cuore della notte, che lo sentiva sussurrare frasi molto dolci, e che sperava tanto che dall'altra parte ci fossi tu».

«Pazzesco. E noi che pensavamo di essere super discreti».

«Diciamo che, ufficialmente, non siete stati ancora scoperti. Se vuoi tenere la cosa nascosta, posso coprirti. Ma credo che avrebbe più senso rendere tutto ufficiale. Anche se forse ci vorrà ancora un po' di tempo. Ma per fortuna esiste il telefono».

«Per il momento è ospite della famiglia della madre di Sophia, e riusciamo a scambiarci soltanto brevi telefonate, ma è sempre meglio di niente».

«E comunque sappi che non ti abbandonerò per la cucina mobile, anche se spero di poter partecipare agli interventi, in caso di bisogno. È un'esperienza davvero elettrizzante», continuò Ellen con un gran sorriso. «Mi dà grande soddisfazione. È come un sogno che si avvera; lavori tutta la vita e sogni di concludere la tua carriera in bellezza. Mi piace l'idea di restituire qualcosa, la considero una forma di risarcimento. Non saprei come altro definire quello che sto vivendo. E tu farai lo stesso con la tua casa d'accoglienza».

Marni si strinse nelle spalle. «Sono in contatto con un agente immobiliare davvero in gamba, che ha capito cosa sto cercando e ogni settimana mi propone qualche opzione, ma non ho ancora trovato quel che cerco. Comunque, sono convinta più che mai del mio progetto. Vorrei aiutare con tutta me stessa le donne che devono proteggersi dai compagni violenti, ma, detesto ammetterlo, purtroppo non è il mio mestiere. Il mio mestiere è questo». E indicò l'enorme torta sul bancone.

«Lo so, e va bene così. Non possiamo essere tutte impegnate nel sociale. Ma dare il nostro piccolo contributo ci fa sentire bene, giusto? Per quanto mi riguarda, non devi preoccuparti: non ti mollo, Marni. Mi piacerebbe partecipare insieme a Mark a qualche intervento ogni tanto, ma resterò a lavorare con te».

«Ci hai pensato bene?»

«Sì, ci ho pensato. Voglio molto bene a Mark e mi piace il suo progetto; e mi piace entrare in contatto con le persone che aiutiamo. Anche se qualche volta ti spezza il cuore vedere che le famiglie a cui stai portando il tuo aiuto hanno perso tutto quello che avevano. Non voglio rinunciare a tutto questo, ma non sono pronta a rinunciare al nostro show, Marni. Stiamo andando troppo forte. Anzi, pensavo di coinvolgere anche te nel progetto. Ho pensato che potresti dedicare un segmento della trasmissione ai volontari che portano il cibo alle vittime di grandi disastri, come gli incendi o gli uragani».

«Dici davvero?»

«Certo. E poi avrai bisogno di me, una volta che avrai il tuo nipotino», aggiunse Ellen. «Vedrai, saremo due nonne fantastiche. Dovremo sostenerci a vicenda perché il piccolo richiederà parecchie attenzioni. Direi che a giudicare dalle dimensioni della torta oggi hai rimuginato parecchio», concluse con un sorriso divertito.

«Mi sentivo sola», confermò Marni.

«Ed eri preoccupata. Pensavo che avessimo superato la fase in cui ognuna si teneva le preoccupazioni per sé. Non mi dirai che le cose sono così cambiate da arrivare al punto di non confidarci più i problemi, vero?»

Qualcuno bussò alla porta del garage.

«Ciao!»

«Nettie?», domandò Marni.

«Proprio io», rispose la sorella, entrando in casa. «Dal momento che mi hai chiamata per ben due volte, invitandomi a passare da te per un bicchiere di vino, ho pensato che fosse meglio verificare di persona che andasse tutto bene. Oh, caspita!», esclamò appena vide la torta gigante. «Dovevi proprio essere sconvolta per preparare un dolce del genere».

«Oddio anche tu!»

«Sono tua sorella Marni, so che dai il meglio di te quando sei alle prese con un grande problema da risolvere. Ti ricordi ai tempi del divorzio?»

«Certo».

Quando lei e Jeff si erano separati, Marni si era messa ai fornelli e aveva cucinato senza sosta per giorni interi. Muoversi nella sua cucina era diventato quasi impossibile poiché ogni centimetro di spazio era occupato da torte enormi ed elaborate, ma non soltanto: c'erano anche raffinati piatti a base di carne, prelibati contorni di verdure, stufati, polpettoni, primi piatti, e poi salse, sughi e intingoli vari. Aveva distribuito in giro la maggior parte di ciò che aveva preparato, ma aveva anche noleggiato un freezer da sistemare nel garage che aveva riempito con quei manicaretti. I vicini di casa, gli amici e i familiari avevano gustato il meglio della sua cucina dell'epoca, dal manzo alla Stroganoff alla pasta con sugo di salsiccia, dal pollo alla diavola, alla vellutata di broccoli, passando per gli scampi al cognac.

«Pensi che nessuno avesse notato che eri in tensione?», domandò Nettie. «Questo è il tuo modo di affrontare le difficoltà. Ti metti ai fornelli e noi spettatori godiamo di tutti i benefici delle tue paturnie».

«Allora siete fortunati che non mi piaccia sferruzzare quando ho bisogno di tenere le mani occupate», ribatté Marni. «Vi sarete fatti delle gran risate alle mie spalle, immagino. E pensare che io non avevo la minima idea che fosse evidente a tutti».

«Già. Che ne dici, adesso, di offrirci un bicchiere di vino mentre ci racconti che cosa sta succedendo?»

Marni prese una bottiglia dalla cantinetta, la stappò e riempì i bicchieri di Ellen e Nettie. Di nuovo, spiegò che si accingeva a entrare in una nuova fase della sua vita, il che le procurava molta ansia. «Tutto sta cambiando un'altra volta. Il bambino di Bella sta per nascere, Sophia è partita».

«E si è portata via il suo adorabile papà», aggiunse Ellen.

«Ah. Quindi il papà di Sophia ha una parte in tutto questo?», commentò Nettie, sorpresa.

«Già. Una parte piuttosto importante», confermò Ellen, allusiva.

«Ehi, volete smetterla vuoi due di divertirvi alle mie spalle?»

Marni riprese il discorso, raccontando a Nettie del nuovo progetto che coinvolgeva Ellen e della necessità di assumere nuovi collaboratori. Infine, ammise che Sam le mancava. Gli voleva molto bene e, per quanto avessero cercato di tenere la relazione nascosta, era diventato un amico importante. Non disse però che, mentre preparava quella torta a più piani, aveva ritrovato ricordi che coinvolgevano molte altre persone del suo passato.

Di nuovo, qualcuno bussò alla porta di servizio e poi entrò.

«Mamma?», chiamò Bella.

«Che bello averti qui», esclamò Marni. «Vieni tesoro, siamo in cucina».

«Avrei bisogno di un piccolo aiuto», gridò Bella.

Le tre donne posarono i bicchieri e la raggiunsero in garage. La sua auto era carica di roba. «Sono andata a fare compere».

«Questo lo vediamo», commentò Nettie.

«Ormai sono alla terza festa per l'arrivo del bambino. La settimana scorsa sono andata a quella degli amici e dei colleghi. Era una festa di sole coppie. È stata molto carina, ma ho ricevuto in regalo molti doppioni, e invece di restituirli, ho pensato di portarli qui, così potremo preparare una cameretta per quando ti porterò il bambino. In realtà non sono tutti doppioni, alcune cose le ho comprate io. Il dottore dice che devo muovermi così ne ho approfittato per fare un bel giro nei negozi».

Quando Bella era ancora al settimo mese di gravidanza, anche Marni aveva organizzato una festicciola in onore del nascituro. Aveva invitato una ventina di persone e, naturalmente, aveva cucinato per tutti. E, prima di lei, ci avevano pensato anche le ex compagne di università.

«Vediamo, che cosa c'è qui». Nettie era molto curiosa.

«Una culla da viaggio, una sdraietta, un seggiolone, un paio di copertine, alcuni pupazzetti morbidi, una giostrina da appendere sopra il lettino, un seggiolino per l'auto. Portiamo tutto in casa, forza».

«Che bottino fantastico», esclamò Marni. «Anch'io ho comprato qualcosa negli ultimi mesi, soprattutto copertine, pagliaccetti e articoli vari, come biberon, pannolini e salviette», disse mentre toglieva dal bagagliaio il seggiolino per l'auto.

«Non immaginavo che servisse roba così ingombrante», osservò Bella. «Pensavo che il pupo sarebbe venuto al mondo direttamente con la borsa dei pannolini in mano e che ce la saremmo cavata così. Ho ordinato un lettino, comunque. Dovrebbe arrivare in un paio di giorni».

«Che cosa dici, Marni, portiamo tutto nella stanza degli ospiti?», chiese Nettie.

«No, portiamo tutto in soggiorno, così posso fare un elenco delle cose che abbiamo. Troverò lo spazio adatto in un secondo momento», decise Marni.

Nel giro di un attimo la casa divenne una specie di showroom di accessori per neonati. Marni offrì un succo di frutta a Bella, mentre lei ammirava la mega torta. «Facciamo qualche foto, sembra fatta apposta per Henry. A proposito, questo è l'ultimo nome a cui abbiamo pensato, dopo ore e ore di estenuanti discussioni. Spero che non ci siano ripensamenti dell'ultimo momento perché ormai direi che io sono pronta. Se la prossima settimana non succederà niente, mi indurranno il parto. Mamma, prestissimo diventerai nonna», aggiunse rivolgendosi alla madre con un sorriso smagliante.

Era passato un po' di tempo dall'ultima volta che le amiche si erano riunite a casa sua, e avevano molti argomenti su cui aggiornarsi. In quel momento, era tutto come prima, a eccezione del caos assoluto che regnava un po' ovunque. In altre circostanze, Marni avrebbe preparato anche degli stuzzichini, ma visto lo stato in cui versava la cucina, letteralmente sommersa da ciotole, pentole e utensili sporchi, non era il caso di avventurarsi a preparare altro cibo. E così continuarono a chiacchierare sorseggiando il vino. Ma proprio mentre erano sul punto di condividere l'ultimo pettegolezzo, ancora una volta qualcuno entrò dalla porta di servizio.

«Per caso c'è una festa qui?»

Era Jeff.

«Non so perché sia qui», disse Marni rivolta alle altre.

L'ex marito le raggiunse in soggiorno.

«Nessuna festa. È una semplice riunione fra amiche», replicò la sua ex moglie.

Jeff le salutò con un sorriso, e quando vide Bella il suo viso si fece d'un tratto dolcissimo. «Oh, Bella. Ma guardati. Direi che ormai da un momento all'altro ci siamo. Come stai, tesoro? Sei pronta?»

«Direi di sì».

Jeff si sedette vicino a lei e le prese la mano. «Sei incantevole, hai il viso luminoso come ogni donna che sta per diventare madre».

«Secondo me sono gli effetti dei bruciori di stomaco», ribatté Bella, scoppiando a ridere.

«Vuoi che ti porti un po' di gelato? Sono sicuro che nel freezer di Marni lo trovo».

«No, grazie, sto bene così».

Jeff scambiò qualche parola con tutte le altre, senza mai lasciare la mano di Bella. Disse a Ellen che aveva un bel colorito e le chiese se avesse preso il sole facendo giardinaggio. Ellen rispose di no, ma che aveva trascorso molto tempo all'aria aperta nel fine settimana. Quindi si complimentò con Nettie, che secondo lui era in splendida forma. Infine, rivolto a Marni, esclamò: «Accidenti, che torta! Ti ci sarà voluto tutto il giorno per prepararla».

«Esatto», confermò lei, con una punta di acidità. «Che cosa ti porta da questa parti, Jeff?»

«Sono venuto a darmi un po' di arie», ammise, gonfiando il petto. «Ancora un paio di settimane e il ristorante si rimetterà definitivamente in carreggiata. Fra poco più di un mese dovremmo finalmente andare in attivo. Non posso assumermi tutti i meriti del cambio di rotta, ma posso affermare con orgoglio di essere stato uno degli artefici di questo primo risultato positivo. Abbiamo provato a cambiare gli orari e la cosa ha funzionato. Inoltre, abbiamo ampliato il menù da asporto, rendendolo più vario, il che ha dato un impulso notevole ai ricavi. Posso dirmi davvero soddisfatto».

A quel punto Jeff tornò a rivolgere la sua attenzione a Bella e le chiese che programmi avesse dopo la nascita del bambino. S'informò sulla sua salute, si lasciò incuriosire dagli accessori per neonato sparsi un po' ovunque, e dopo un po' l'attenzione di Bella era tutta per lui.

Jeff aveva avuto un ruolo importante nell'aiutare Bella a vivere con serenità gli anni dell'adolescenza e dell'università, e lei gli era molto affezionata. Marni sapeva che aveva sofferto molto per il loro divorzio, e anche se ormai niente la legava al suo ex marito, se non una cauta amicizia, era davvero felice che le cose tra lui e Bella si fossero appianate.

«Tieni presente anche me, sei avrai bisogno di un baby-sitter», disse a un tratto Jeff a Bella.

«Davvero avresti il tempo di farlo?», chiese lei incredula.

«Lo troverò», rispose lui. «Lo so che non sono stato un patrigno eccelso, ma sono pronto a imparare tutto e in fretta pur di aiutarti!»

La conversazione continuò piacevolmente, interrotta di tanto in tanto, da qualche risata. Marni riempì di nuovo i bicchieri, per prolungare la meravigliosa sensazione di sentirsi di nuovo circondata dalle persone a lei più care. Era quella la parte migliore della sua vita: avere intorno a sé, nel suo nido, le persone a cui voleva più bene. Marni si sorprese a pensare che apprezzava la solitudine, ma soltanto per brevi periodi, e soprattutto se era lei a decidere quando ritirarsi dal mondo. E, cosa ancora più importante, che le amiche erano fate che comparivano come per magia nel momento esatto in cui lei iniziava a sentirsi sola.

D'un tratto Marni notò che Bella si stava massaggiando il pancione e che il suo viso, solitamente fresco e rosato, mostrava un insolito pallore.

«Bella, tesoro, tutto bene?», le domandò.

«Non mi sento benissimo. Non vorrei che il succo di frutta fosse scaduto».

«Tesoro, non tengo certo roba andata a male nella mia cucina. Posso portarti qualcos'altro?», chiese Marni.

«No, grazie, adesso mi passa», disse Bella, alzandosi dal divano. Ma vacillò e, mentre istintivamente cercava di proteggersi la pancia, si lasciò sfuggire un gemito. E di colpo, un fiotto di una sostanza liquida e trasparente iniziò a scorrerle lungo le gambe formando una pozza ai suoi piedi. Bella emise un altro gemito, e si piegò in avanti.

Jeff balzò in piedi, aiutandola a sedersi nuovamente sul divano.

«Oh, santo cielo. Pensate sia arrivato il momento?», domandò Bella, guardandosi intorno smarrita. Poi emise un altro lamento, e si abbracciò la pancia.

Tutti gli occhi erano fissi su di lei. Nessuno osava parlare.

«Devo andare a casa a cambiarmi», disse, trattenendo a stento un altro gemito. Con la rottura delle acque, Marni non ebbe bisogno di altri indizi per capire che era iniziato il travaglio. Bella porse la mano a Jeff, cercando di rialzarsi in piedi, ma non ne ebbe la forza e si lasciò ricadere pesantemente sul divano. Il suo respiro si fece affannato, e si afferrò la pancia come se stesse cercando di non farsela scappare via. Un attimo dopo provò di nuovo, a fatica, ad alzarsi. Quando ci riuscì, si voltò e vide una larga macchia sul cuscino. «Oh, mamma, scusami».

Marni, agitata per la situazione, si avvicinò alla figlia. «Il cuscino è l'ultimo dei miei pensieri. Ti prego, adesso siediti e concentrati sulla frequenza delle contrazioni».

«La prima non è ancora passata del tutto. Oddio, adesso ne arriva un'altra», disse Bella, e si adagiò su un fianco. «Il dolore non passa, qualcuno mi accompagni all'ospedale».

«Asseconda le contrazioni, prova a rilassarti, concentrati sulla respirazione», le disse Marni, mentre chiamava un'ambulanza. «Se riesci, chiama Jason e digli di raggiungerci all'ospedale», indicò, rivolta a Bella. «Buongiorno. Sono Marni McGuire. Mia figlia è entrata in travaglio, è al suo primo figlio, si sono rotte le acque, ci sono tracce di sangue, le contrazioni sono dolorose e costanti. È urgente», spiegò all'operatore all'altro capo del telefono. Dopodiché rispose: «No, non riesco a guardare l'orologio e valutare i tempi delle contrazioni».

Bella emise un lungo lamento, afferrandosi la pancia.

«Riesce a sentire come si sta lamentando?», insisté Marni. «Abbiamo bisogno dell'intervento di infermieri e di un'ambulanza. E subito, per favore».

«Stia in linea, signora McGuire, nel caso, le darò istruzioni su come procedere. I veicoli d'emergenza sono già per strada», rispose l'operatore.

«Ottimo. L'ho messa in vivavoce. Bella, sei riuscita ad avvertire Jason? Jeff, riesci a verificare che l'ambulanza abbia libero accesso alla casa?»

«Vado ad avvertire le guardie al cancello», esclamò Jeff.

«È ancora in linea, signora McGuire?»

«Sì, ci sono».

«Per favore, può chiedere alla paziente di valutare l'intensità delle contrazioni, su una scala da uno a dieci?»

Mentre Marni era al telefono con l'operatore del pronto soccorso, sua figlia riuscì a chiamare Jason dicendogli di raggiungerla al più presto all'ospedale, dove lei sarebbe arrivata con l'ambulanza.

D'un tratto però Bella iniziò a gridare: «No, no, sta nascendo, lo sento, sta nascendo, adesso…»

«Non spingere, tesoro, concentrati sul respiro, sul respiro», gridarono le altre in coro.

«Credo che siamo intorno agli undici secondi», riferì Marni, parlando al cellulare.

«Può dare un'occhiata e dirmi che cosa vede?», chiese l'operatore.

«Ci provo. Prima devo trovare il modo di farla sdraiare. Quanto manca all'arrivo dell'ambulanza?»

«Ancora quattro minuti. Dica alla partoriente di fare piccoli respiri e di non spingere».

«Hai sentito, Bella?», le disse Marni. «Dammi la mano, guardami. Sta arrivando l'ambulanza, fai dei respiri brevi, uno, due, tre, quattro. Così, brava. Ancora una volta, su. Brava, così, stai andando alla grande».

Bella reagì con un gemito di dolore, poi tornò a concentrarsi sulla respirazione. Dopo un attimo però dovette vomitare. Ellen e Nettie corsero a prendere degli asciugamani.

«Ha vomitato», disse Marni all'operatore.

«Significa che si sta avvicinando il momento del parto. Informo subito l'ambulanza. Le stia vicino, continui a farla respirare».

Bella ce la stava mettendo tutta, ma era spaventata, e iniziò a singhiozzare. «Aiutatemi, mamma… il bambino… come sta il bambino?»

«Va tutto bene. Ci sono qua io. Non ti lascio. A quanto pare, il piccolo è pronto a nascere. Continua a concentrarti sulla respirazione e cerca di stare calma». In quel mentre si sentì il motore di un grosso veicolo avvinarsi al garage e poi spegnersi. «Eccoli. Finalmente. È arrivata l'ambulanza», esclamò Nettie.

«Bella, cos'ha detto Jason?», domandò Ellen.

«Sta arrivando».

Un attimo dopo una squadra di robusti paramedici affollò il soggiorno, spingendo una barella.

Uno di loro prese il controllo della situazione. «Sente già il bisogno di spingere?», domandò a Bella.

In preda ai dolori Bella non riuscì a rispondere, e continuò a contorcersi, rischiando di cadere dal divano.

«Respira, Bella», le gridò Marni.

«Mettiamola sulla barella e vediamo a che punto è. Forza, solleviamola. Piano», indicò il capo dei paramedici.

Non appena fu in posizione, la coprirono con un lenzuolo e le sfilarono i pantaloni. Dopodiché il capo diede un'occhiata e dichiarò: «Si vede la testa. È il primo figlio?»

«Sì».

«Allora, andiamo. È sempre meglio partorire all'ospedale. Per le primipare il travaglio è sempre più lungo. Chi vuole con sé sull'ambulanza?»

«Mia madre, per favore».

«Andiamo», ordinò il paramedico e due colleghi spinsero la barella fuori dall'abitazione e la caricarono sull'ambulanza.

A quel punto Marni pensò che sarebbe andato tutto bene, ma in realtà la situazione era tutt'altro che ideale. Salirono sull'ambulanza, Marni da un lato della barella e il capo dei paramedici dall'altro. Quest'ultimo misurò la pressione a Bella, riferì l'esito ad alta voce e procedette con una flebo. «Mi serve per somministrarle i farmaci e tenerla idratata», spiegò, quindi, stese su Bella una copertina, le auscultò la pancia, prese nota del battito cardiaco del nascituro, poi sollevò il lenzuolo per un altro controllo.

«Bene. A quanto pare, possiamo procedere», dichiarò.

«Procedere a fare cosa?», domandò Marni, quasi gridando.

«Il bambino è ben incanalato, possiamo farlo nascere. Bella, alla prossima contrazione, deve dare una bella spinta».

«Ma perché? Devo partorire adesso? Qui dentro?», domandò Bella, spaventata.

«Sì, signora, mi dispiace, ma le limousine erano tutte prenotate», rispose il paramedico.

17

Il paramedico che aveva aiutato Bella a far nascere il suo bambino si chiamava Dan ed era un uomo adorabile. Era già il settimo neonato che faceva venire al mondo insieme alla sua squadra durante un intervento di emergenza, e tutti avevano visto la luce senza complicazioni. Per questo i colleghi del dipartimento dei vigili del fuoco lo avevano soprannominato Doc.

Henry era un bel bambino sano e vivace, di quasi tre chili e mezzo, che Dan aveva subito adagiato sul petto di Bella.

Lei lo aveva stretto a sé e mentre gli baciava la testolina ancora sporca, aveva iniziato a piangere di gioia, sussurrandogli tutto il suo amore. Nel frattempo l'ambulanza aveva raggiunto l'ospedale e la squadra di ostetricia d'emergenza era già pronta fuori dall'edificio con un'incubatrice e un'équipe di medici e infermieri.

Marni non era mai stata così felice di vedere un ospedale. Nemmeno di fronte alla rediviva star della cucina televisiva

Julia Child avrebbe provato tanta gioia. I medici salirono sull'ambulanza e con cura prelevarono mamma e neonato, dirigendosi immediatamente in reparto. Marni fu invitata a seguirli. Fra esami e controlli di routine trascorse un'ora. Il piccolo venne lavato e riscaldato sotto le apposite lampade. Nel frattempo arrivò anche Jason, e dopo aver baciato e abbracciato Bella, osservò incantato l'infermiera che vestiva il suo piccolino e lo riconsegnava all'abbraccio della sua mamma.

Intanto Jeff, Ellen e Nettie avevano raggiunto l'ospedale ed erano impazienti di avere notizie.

«Che cosa pazzesca», sussurrò Bella a Marni, non appena si ritrovarono sole.

«Potresti mettere all'asta il tuo parto, figlia mia. Migliaia di donne vorrebbero aggiudicarsi un travaglio di un'ora e un parto così veloce».

«Sarà. Ma io sto ancora tremando dalla paura», confessò Bella.

Passarono diverse ore prima che tutto si normalizzasse, e amici e parenti potessero vedere la neomamma e il piccolo Henry. Marni non vedeva l'ora di prenderlo in braccio. Il suo cellulare continuava a vibrare. Immaginò che si fosse già sparsa la voce e che gli amici volessero sapere come stavano la mamma e il bebé.

Bella e Jason poterono familiarizzare con il piccolo Henry in una stanza a loro dedicata, dove consumarono una squisita cenetta. Dopo il dessert Bella poté concedersi una doccia calda e Marni ebbe il suo primo momento di intimità con il piccolino.

«Non hai idea di quanto tu sia stato desiderato», furono le sue prime parole. «Non sai quanto amore e quanti sforzi ci sono voluti per farti arrivare qui. La tua mamma e il tuo papà hanno fatto di tutto per averti fra le braccia. E adesso che ci sei, sento che cambierai anche la mia vita. Ci aspettano anni meravigliosi. Ti vorrò bene in ogni istante e per sempre».

Erano le nove di sera quando Marni fece ritorno a casa. Le avevano offerto un passaggio, ma lei aveva voglia di restare sola e preferì chiamare un taxi.

Mentre era seduta sul sedile posteriore dell'auto, notò che aveva ricevuto un messaggio da Tom, che ormai era ufficialmente il suo agente immobiliare, e uno da Sam. Non voleva ascoltarli a bordo del taxi perciò aspettò di arrivare a casa. Quando finalmente raggiunse la tranquillità della sua abitazione, infilò il pigiama, si versò un meritato bicchiere di vino e si ritirò in camera da letto.

La cucina, che aveva lasciato in condizioni disastrose, era tornata a risplendere, così come il soggiorno. Immaginò di dover ringraziare Ellen e Nettie per tutto quell'ordine, e forse anche Jeff. La sua enorme torta troneggiava ancora come un monumento al centro del bancone.

Ascoltò prima il messaggio di Tom. La informava che le aveva trovato la struttura ideale per realizzare la sua casa d'accoglienza, sempre che avesse ancora intenzione di proseguire con il suo progetto. Era una costruzione su due piani, circondata da un vasto terreno, con cinque camere da letto, quattro bagni, una grande cucina, un'enorme dispensa, un salone comune e un seminterrato abitabile. Era un edificio un po' vecchio stile e aveva bisogno di lavori di ristrutturazione, ma le dimensioni erano quelle richieste.

Poi passò al messaggio vocale di Sam.

«Ciao Marni. Ti chiamo per dirti alcune cose che sono rimaste in sospeso l'ultima volta che ci siamo sentiti. Ho provato a chiamarti, ma visto che non puoi rispondere, ti lascio questo messaggio. Sophia e io stiamo bene, non devi preoccuparti per noi. Ho preso un nuovo impegno con l'università. Condurrò una serie di ricerche e preparerò una relazione finale che servirà a valutare l'opportunità di creare un laboratorio idroponico in Argentina. Ho pensato che fosse il caso di trovare qualcosa da fare, dal momento che mi fermerò qui per alcuni mesi. Portare avanti il mio lavoro per il dipartimento di Scienze agrarie mi permetterà di dare un senso al tempo che trascorrerò qui. Sophia si è iscritta all'università, seguirà un paio di corsi mentre decide che cosa fare del suo futuro.

«Ho preso in affitto un piccolo bungalow che si trova su un terreno di mio cognato. E ho noleggiato un furgoncino. Sophia vuole restare dalla zia, ma io ho preferito cercare uno spazio tutto per me dove poter scrivere senza essere assediato dai parenti e dai bambini piccoli. Non sono molto felice di dover stare lontano da te così a lungo, ma almeno potrò godere di un po' di privacy, e non ci sarà nessuno a origliare le nostre telefonate. Perché...»

Marni si chiese se fosse caduta la linea, e addirittura chiamò Sam, come lui fosse presente all'altro capo della comunicazione. Ma poi il messaggio riprese.

«È terribile pensare di dover stare lontano da te per mesi. Questa cosa mi fa stare malissimo, però al tempo stesso sento che in questo momento devo stare accanto a Sophia. Siamo qui soltanto da pochi giorni, e lei è già un'altra persona. Non soltanto perché qui non corre nessun pericolo, ma perché le attenzioni della famiglia sono tutte per lei. Non vedevano l'ora di riabbracciarla. Qualche volta mi dimentico che questo è il suo Paese, la sua terra. Può darsi che il suo futuro sia qui. Chi lo sa. Sicuramente spetterà a lei decidere.

«Così, per ora, anche il mio posto è qui. Ti richiamerò al più presto e, ricordati, sto già contando i giorni che mi separano da te». Ci fu un altro istante di silenzio. «Voglio che tu sappia che ti amo. La distanza non cambia nulla di ciò che provo per te».

Una meravigliosa sensazione di calore pervase Marni. Il cuore prese a batterle forte e si ritrovò a sorridere da sola. Guardò l'orologio, erano le dieci di sera; in Argentina erano le due del mattino.

Cercò il numero di Sam nell'elenco delle chiamate recenti, e fece partire la telefonata. Dall'altro capo sentì suonare, suonare e suonare ancora, ma il senso di colpa per quella chiamata a tarda notte non la sfiorò nemmeno. Finalmente lui rispose. «Marni?»

«Oggi è nato mio nipote. È bellissimo, perfetto. L'ho tenuto in braccio e sento già che mi vuole bene», disse Marni d'un fiato.

Sam accolse la notizia con una risata di gioia. «Raccontami tutto».

E così Marni si mise a raccontare. Era quasi mezzanotte quando guardò l'orologio e, controvoglia, dovette salutarlo. «Ti amo, amore mio. In questo momento le nostre famiglie hanno bisogno di noi, ma presto ci occuperemo solo di noi due», fu la promessa di Sam.

«Molto presto, speriamo. Ti amo anch'io. Tantissimo», replicò Marni.

Il mattino dopo, si svegliò con la sensazione di essere la donna più fortunata della Terra. E dopo il suo solito caffè, si occupò della magnifica torta a quattro piani che la aspettava sul bancone della sua cucina.

Prima scattò una serie di fotografie, poi la impacchettò e la infilò in macchina, e puntò dritta verso la caserma dei vigili del fuoco di Breckenridge. Era il regalo di ringraziamento perfetto.

Quando Ellen tornò a casa dall'ospedale vide che il rimorchio refrigerato e il camper di Mark erano parcheggiati davanti al suo vialetto. Ma la sua casa era immersa nel buio. Avrebbe desiderato condividere con lui le emozioni della serata, ma immaginò che fosse distrutto dagli intensi giorni di lavoro sul luogo dell'incendio, e così rientrò subito a casa, sia pur di malavoglia.

Quando accese la luce del soggiorno, trovò Mark sdraiato sul suo divano, addormentato come un sasso.

Ellen si avvicinò e gli sfiorò la fronte con la punta delle dita. Lui aprì gli occhi e sbatté le palpebre un paio di volte. «Tutto bene con Marni?», domandò, con la bocca impastata di sonno.

«Bella ha partorito», lo informò Ellen. «Le doglie sono arrivate all'improvviso e il bambino è nato sull'ambulanza. Onore al merito ai vigili del fuoco di Breckenridge».

Mark sorrise compiaciuto e si mise a sedere. «Chissà che trambusto. Mamma e bimbo stanno bene?»

«Benissimo. E la nonna si riprenderà presto. Hai già scaricato tutto?»

«Non tutto, ma finirò domani. Tu che programmi hai?»

«Domani potrei avere mezza giornata libera, ma prima devo sentire Marni. Il suo mondo è sottosopra, ed è sempre stato compito mio rimettere le cose a posto», disse con un sorriso. «Che poi è la parte del mio lavoro che preferisco. No, anzi, la parte che preferisco è che Marni abbia bisogno di me».

«Sei una buona amica. Ed è un bellissimo lieto fine quello che mi hai raccontato. Non sono sorpreso che i vigili del fuoco abbiamo fatto la loro parte», osservò Mark, alzandosi dal divano. «Siamo lì per questo, in fondo».

«Già. Anche la tua prima uscita con la cucina mobile è stata un successo», commentò Ellen, dandogli un piccolo bacio.

«Grazie a te».

«Grazie a tutti i tuoi amici».

Mark la abbracciò. «Devi essere esausta».

«In effetti sono piuttosto stanca».

«Sei contenta di essere a casa?»

«Sì, molto. Ammetto che stare sul camper mi è piaciuto, e il lavoro fatto mi ha dato una grande soddisfazione, però... il mio letto è un'altra cosa», disse con un sorriso.

«Certo. Ovvio», concordò Mark, e dopo averla salutata con un affettuoso buffetto sul sedere, si alzò dal divano e si diresse verso la porta.

«Dove stai andando?»

«Pensavo di dovermi togliere dai piedi, così puoi riposare tranquilla».

«Non ti azzardare», replicò Ellen. «Cioè... volevo dire... Se preferisci dormire da solo, lo capisco. Anch'io sono esausta, solo che...»

Mark sorrise e tornò verso di lei. «Solo che... vuoi un po' di compagnia, vero, Ellen?»

Lei si sentì arrossire. «In effetti, non mi è dispiaciuto per niente dividere il letto. È bastata una settimana e ci ho già fatto l'abitudine».

«Ne sono felice. Perché anch'io mi ci sono abituato».

Tutti quei cambiamenti riportarono Marni indietro nel tempo. Il suo show subì qualche modifica, una sorta di ritorno alle origini, ovvero a prima che Sophia entrasse a far parte della squadra come stagista. Lei ed Ellen facevano i salti mortali per stare al passo con le scadenze, e decisero di anticipare le riprese della nuova stagione per non correre il rischio di rimanere indietro. In più c'era il problema di adeguare gli orari alle nuove necessità di Ellen, che ogni tanto accompagnava Mark nei suoi interventi con la cucina mobile.

Ma la vita di Marni si era anche impreziosita di una nota di magia. Ogni giorno trascorreva un paio d'ore con Henry, il che permetteva a Bella di fare qualche commissione o di occuparsi di sé. Quando il piccolo era con lei, il tempo sembrava fermarsi. Lo cullava, gli parlava, lo teneva in braccio, gli leggeva qualcosa, a volte perfino qualche ricetta, e il nipotino sembrava ripagarla con infinite smorfiette, che lei naturalmente interpretava come sorrisi di approvazione.

Mentre il legame fra Marni e Henry si faceva sempre più stretto, Bella sembrava rifiorire ogni giorno di più. La maternità l'aveva resa ancora più bella, e Marni fu felice di assistere alla rinascita dell'amore fra la figlia e il genero. Tutti i suoi timori che, con l'arrivo del bambino, le difficoltà già incontrate durante la fecondazione e la gravidanza sarebbero peggiorate, si rivelarono infondati. Ora che Henry era nato, e che Bella e Jason potevano concedersi un po' di tempo tutto per loro, la vita della famigliola procedeva serena e armoniosa. Pur sapendo che tutte le relazioni avevano i loro alti e bassi, Marni sperò con tutto il cuore che quella nuova e bella energia potesse durare a lungo, e che continuassero a vivere il loro attuale idillio il più a lungo possibile.

Oltre ai mille impegni di lavoro, Marni continuava a lavorare anche al progetto della casa d'accoglienza, un impegno che le aveva fatto trovare un nuovo amico in Tom, il suo agente immobiliare e drag queen a tempo perso. La nuova fondazione iniziava a essere riconosciuta a livello locale e Tom era già alla ricerca di un nuovo stabile da affiancare alla sede originaria. Il loro improbabile sodalizio si rivelò una collaborazione molto proficua, che aveva coinvolto Tom fino al punto di donare le sue commissioni per aiutare la fondazione a crescere. Marni era così soddisfatta del suo progetto che iniziava a riflettere sulla possibilità, una volta conclusa la sua carriera televisiva, di reinventarsi come direttrice di una fondazione che aiutasse donne in difficoltà di ogni età, senza più limitarsi a quelle con figli piccoli a carico.

Un'altra persona che si stava rivelando più di un semplice fantasma del suo passato era Jeff. Anche lui ormai era perdutamente innamorato di Henry. C'era voluto molto tempo affinché Bella riuscisse a perdonarlo e a riallacciare i rapporti con lui, ma alla fine era successo. E Marni era felice di constatare che Jeff era, effettivamente, un bravo nonno. Si era rimesso economicamente in sesto e Gretchen non faceva più parte della sua vita, mentre lui, al contrario, era molto presente in quella del piccolo Henry. Diceva di non vedere l'ora di portarlo alle partite di calcio e di baseball.

Marni era felice anche della nuova luce che vedeva negli occhi della sua socia e amica del cuore. Ellen e Mark erano innamorati come due ragazzini, e molto coinvolti nel loro progetto di pronto intervento alimentare. La stagione invernale era iniziata da un po', e in quel periodo dell'anno gli incendi non erano molto frequenti, perciò le uscite della cucina mobile erano molto ridotte. Il che le permetteva non soltanto di godersi la nuova relazione, ma anche la nuova famiglia di cui ora faceva parte.

Angelo non aveva creato più problemi, e l'agente che si occupava del caso li aveva informati che il giovane si era messo in altri e peggiori guai, finendo in prigione. Dai reati commessi, sembrava chiaro che la sua ossessione per Sophia era finita e che lei non aveva più niente da temere.

Alla pienezza della sua felicità mancava un solo tassello. Sam. I due si tenevano in contatto con telefonate, e-mail e messaggi continui. Marni contava letteralmente i giorni che la separavano dal suo ritorno. Sam le aveva promesso che sarebbe rientrato appena avesse concluso il suo progetto di ricerca e fosse stato certo di poter lasciare Sophia con la sua famiglia, ma su questo non aveva molti dubbi visto che la figlia in quei mesi era letteralmente un'altra persona.

Era una splendida giornata invernale, luminosa e tersa, quando la vita di Marni cambiò per l'ennesima volta. Mancavano tre giorni a Natale, lei giocava con il piccolo Henry seduta su una coperta stesa sul pavimento, quando qualcuno suonò alla porta ed Ellen andò ad aprire. Marni immaginò si trattasse di uno dei soliti ordini di cibo. Invece, quando alzò lo sguardo, si trovò a tu per tu con la consegna più inaspettata e meravigliosa di sempre. Di fronte a lei c'era Sam, con il più bello dei suoi sorrisi a illuminargli il volto.

«Questo sì che è un bel quadretto. Buon Natale, nonnina», la salutò, sedendosi anche lui sul pavimento.

«Sono Mimi, non nonna. Non lo dimenticare mai», precisò lei con una risata. «Che bella sorpresa! Cosa ci fai qui?»

«È stata un'idea di Sophia. A proposito, sta benone e ti saluta tantissimo. Continua a essere coccolata da una quantità infinita di zii e zie. Quando sono partito stavano programmando festeggiamenti in grande stile, molto chiassosi e molto pericolosi per la linea. Sophia mi ha suggerito di farti una sorpresa. E non me lo sono fatto ripetere due volte», spiegò, accarezzando delicatamente la peluria sulla testolina di Henry. «Quindi, eccolo qui, il nuovo arrivato. È davvero bellissimo».

Henry sollevò lo sguardo verso Sam e gli rivolse un sorriso luminoso come un sole.

«Quanto ti fermerai?»

«Tornerò in Argentina fra un mesetto, e mi fermerò lì un paio di settimane, più che altro per impacchettare la mia roba. Ho ancora un paio di cose da fare laggiù, dopodiché ci tornerò soltanto per brevi visite. Sophia ha deciso di completare il master a Buenos Aires. E solo dopo deciderà dove andare a vivere».

«Quindi tu resterai qui?», domandò Marni in un sussurro.

Sam annuì. «Abbiamo cominciato qualcosa, io e te, giusto? Sono ansioso di scoprire come va a finire».

Marni gli accarezzò il viso. Lui si avvicinò per baciarla. Fu un bacio lungo, appassionato e dolce. «Credo che andrà a finire molto bene».

Finito di stampare nel mese di giugno 2024
da Grafica Veneta S.p.A., via Malcanton, 2
Trebaseleghe (PD)